황금 다이아

현대지성 클래식 22

황금 당나귀

1판 1쇄 발행 2018년 8월 1일
1판 2쇄 발행 2024년 4월 1일

지은이 루키우스 아풀레이우스
그린이 장 드 보쉐르
옮긴이 송병선
발행인 박명곤 **CEO** 박지성 **CFO** 김영은
기획편집1팀 채대광, 김준원, 이승미, 이상지
기획편집2팀 박일귀, 이은빈, 강민형, 이지은
디자인팀 구경표, 구혜민, 임지선
마케팅팀 임우열, 김은지, 이호, 최고은

펴낸곳 (주)현대지성
출판등록 제406-2014-000124호
전화 070-7791-2136 **팩스** 0303-3444-2136
주소 서울시 강서구 마곡중앙6로 40, 장흥빌딩 10층
홈페이지 www.hdjisung.com **이메일** support@hdjisung.com
제작처 영신사

ⓒ 송병선 2018

"Curious and Creative people make Inspiring Contents"
현대지성은 여러분의 의견 하나하나를 소중히 받고 있습니다.
원고 투고, 오탈자 제보, 제휴 제안은 support@hdjisung.com으로 보내 주세요.

현대지성 홈페이지

현대지성 클래식 22

황금 당나귀

THE GOLDEN ASS

루키우스 아풀레이우스 지음 | 장 드 보쉐르 그림 | 송병선 옮김

현대
지성

차례

1장

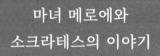

마녀 메로에와
소크라테스의 이야기

독자여, 나는 밀레투스식[1]의 몇몇 이야기들을 한데 모아 이야기하려고 합니다. 당신이 나일 강의 여린 나무줄기에 쓰여진 이 파피루스를 읽고자 한다면, 나는 흥미진진한 이야기로 당신의 귀를 유혹하겠다고 약속합니다. 당신은 인간이 동물로 변하고, 후에 수많은 모험을 거쳐 원래의 모습을 회복하는 이야기를 보면서 경탄하지 않을 수 없을 것입니다. 그러면 글을 시작하겠습니다.

그런데 도대체 나는 누구일까요? 간단히 말하면, 나는 루키우스 아풀레이우스입니다. 북아프리카의 마다우라에서 태어났지만, 그리스에 대해 많은 것을 알고 있는 사람입니다. 나의 선조들은 아티카[2] 근처의 히메투스와 한때 코린토스라고 불렸던 에피라와 라코니아의 타에나루스에 살았습니다. 이곳은 모두 나보다 유명한 작가들을 배출하여 불멸의 도시가 되었습니다. 또한 그곳에 살았던 사람들보다 더 많은 행운을 지닌 책들 때문에 영원히 칭송받을 장소입니다.

나는 어렸을 때 아티카로 와서 그곳에서 아티카의 언어를 배우며 유년 시절을 보냈습니다. 그 후 나는 로마에 정착했습니다. 그리고 나를 이끌어 주는 선생님도 없이 열과 성을 다해 키리테스의 언어[3]를 공부했습니다. 이런 이유로 무지한 수다쟁이인 내가 이곳에서 법정의 긴급 용어를 함부로 사용하더라도 용서해 주길 바랍니다. 그러나 이런 문체의 변

---

1 기원전 2세기경에 살았던 밀레투스의 아리스티데스의 극작품과 관련된 익살스러운 장르. 기원전 1세기경에 시세나의 루키우스 코르넬리우스가 그리스어 작품을 번역하여 라틴 문학에 소개한 후, 라틴 문학에 지대한 영향을 끼쳤다.
2 지금의 아테네.
3 라틴어를 뜻한다.

화는 지금 우리가 읽게 될 이야기의 변화와 관련이 있다는 것을 알아주시기 바랍니다. 그럼 그리스 문체[4]로 이야기를 시작하겠습니다. 독자여, 주의를 기울이십시오. 그러면 아주 즐거울 것입니다.

나는 사업상 테살리아로 가고 있었다. 그곳은 우리 어머니의 가문이 뿌리를 두고 있는 곳이다. 나는 어머니로부터 유명한 플루타르코스와 그의 조카인 철학자 섹스투스의 피를 이어받았다.

어느 날 아침, 나는 테살리아 태생의 순종 백마를 타고 높은 산과 위험한 계곡과 습기 찬 평원과 경작지를 지났다. 그러자 말은 완연히 피곤한 기색을 보였다. 나 역시 계속해서 말을 타고 있었기 때문에 피로에 지쳐 있었다. 나는 저린 몸을 풀고 싶었다. 그래서 말에서 내려 한 줌의 잎사귀로 조심스럽게 말 이마에 맺힌 땀을 닦고서 귀를 쓰다듬은 후, 고삐를 풀고 천천히 걷기 시작했다. 그렇게 나는 말의 긴장을 풀어주고, 피로로 축 처진 말의 호흡이 정상을 되찾게 하고 있었다.

말이 고개를 한쪽으로 숙인 채 걸음을 멈추지 않고 풀을 뜯어 먹는 동안, 나는 조금 앞서가던 두 사람을 보았다. 그들은 정신없이 대화하며 가고 있었다. 나는 그들이 무슨 대화를 나누고 있는지 알고 싶은 호기심에 말고삐를 죄었다. 내가 그들과 나란히 서게 되자, 갑자기 한 사람이 너털웃음을 터뜨리며 말했다.

"그런 거짓말을 하다니! 나는 그렇게 어리석은 말을 한 번도 들어 본 적이 없소!"

그 말을 듣자 나는 그들이 어떤 이야기를 주고받았는지 궁금해 하면

---

4 그리스의 이야기는 주로 사랑과 모험을 다룬다. 이것은 라틴 문학과 중세 및 르네상스의 기사 소설과 연애 소설에 커다란 영향을 끼친다. 이런 작품들이 가장 꽃을 피웠던 시기는 기원전 3세기부터 서기 1세기까지이다. 뛰어난 작품들로는 롱고의 『다피니스와 클로에』를 비롯하여 작자 미상의 『칼리마코와 크리소로에』, 『아폴리니의 이야기』 등이 있다.

서 말했다.

"내가 주책없이 남의 말에나 끼어드는 경거망동한 사람이라고는 생각하지 마시오. 나는 항상 무언가를 배우려고 노력하는 사람이오. 물론 몇 가지는 내 관심에서 벗어나 있지만 말이오. 나는 당신들이 도대체 무슨 대화를 나누고 있었는지 알고 싶소. 처음부터 끝까지 다시 얘기해 주면 고맙겠소. 내가 보기에 이런 이야기들은 이상스러운 매력이 있어서 우리가 거칠고 힘든 언덕을 올라가는 데 어느 정도 보탬이 될 거라고 생각하오."

그러자 웃음을 터뜨렸던 사람이 다시 말했다.

"난 말도 안 되는 그런 이야기를 더 이상 듣고 싶지 않소! 마법이란 것을 들먹이면서 요란한 급류를 뒤로 거슬러 올라가게도 하고, 잔잔한 바다를 소용돌이치게도 하며, 거센 바람의 힘을 약화시켜 멈추기도 하고, 태양을 한곳에 멈추기도 하며, 달을 커다랗게 만들기도 하고, 별들을 이동시키기도 하며, 낮 시간을 빨리 지나가게 하거나 밤 시간을 줄일 수도 있다고 말하는 것은 말도 안 되는 이야기요."

하지만 나는 내 뜻을 굽히지 않고, 집요하게 말했다.

"이봐요. 당신이 이 이야기를 시작했으니 질질 끌지 말고 끝까지 말해 보시오. 이게 과도한 부탁이 아니라면 제발 끝까지 말해 주시오."

그러고는 고개를 돌려 다른 사람에게 말했다.

"당신은 지금 친구의 말이 사실이 아니라고 집요하게 주장하고 있소. 그런데 그게 당신의 감성이 천성적으로 무뎌서 그런 것이 아니며, 학문에 대한 고리타분한 관념 때문도 아니라고 확신할 수 있소? 처음 듣는 이상한 이야기나, 아니면 상상을 초월하는 이야기를 모두 거짓말이라고 생각하는 실수를 저지르지 마시오. 좀 더 자세히 살펴보면 그것이 충분히 있을 수 있는 일일뿐만 아니라, 어느 정도 검증도 가능한 것임을 알게 될 것이오. 자, 당신은 그런 경험이 없소? 있으면 한번 말해 보시오. 우선 내가 먼저 말해보겠소.

어제 저녁 식사 때, 나는 내 테이블에 있는 사람들과 먹기 시합을 벌였소. 내가 아주 커다란 치즈케이크 한 덩어리를 통째로 삼키려고 했는데, 그만 케이크의 끈끈한 부분이 목구멍에 붙어 버렸소. 숨을 제대로 쉬지 못해 자칫하면 죽을 뻔했소. 그런데 바로 며칠 전에 아테네의 '페킬로스의 현관'[5] 앞에서 칼날이 오뚝 선 기사도騎士刀를 손잡이가 아닌 칼날 부분부터 삼켜 버리는 마법사를 바로 이 두 눈으로 보았소. 그런 후 그는 구경하던 사람들에게 얼마 되지 않는 돈을 동냥하고서 기사도를 삼켰을 때와 마찬가지로 사냥용 창을 손잡이 끝부분만 남긴 채 자기 배 속으로 깊숙이 집어넣었소. 우리는 그의 목구멍에서 하늘로 치솟은 손잡이를 그의 뒤쪽에서 지켜보고 있었소. 그런데 정말 믿을 수 없는 일이 벌어졌

---

5 이것은 아테네 광장에 위치하고 있다. 아주 유명한 화가들의 그림으로 치장되어 있으며, 잡상인들의 공연장소로 이용되는 아주 널리 알려진 장소이다.

소. 잘생긴 어린아이가 머리 위로 불쑥 솟은 창 손잡이 위로 기어 올라가 곡예사처럼 힘차고 유연하게 춤을 추기 시작한 것이오. 우리는 모두 너무나 감탄스러워 아무 말도 하지 못했소. 의술의 신이 갖고 다니는 거칠거칠한 올리브 나무 지팡이[6]를 매끄럽게 감아 오르는 뱀처럼 말이오. 우리가 보기에 그 아이는 뼈도 없고, 근육도 없는 뱀 같았소."

그때 나는 고개를 돌려 이야기하던 사람을 쳐다보며 말했다.

"자, 이제 당신이 하던 이야기를 계속해 보시오. 나는 절대적으로 그 이야기를 믿을 것이오. 그뿐만 아니라, 눈에 띄는 첫 번째 여관에 들어가면, 그 보답으로 당신에게 내 점심을 나누어 주겠소."

그러자 그가 말했다.

"친절을 베풀어 주어서 고맙소. 하지만 나는 무슨 보답을 바라고 내 경험을 이야기하는 것이 아니오. 그럼, 내가 하고 있던 이야기를 다시 시작하겠소. 하지만 그 전에 이 모든 것을 보고 있는 태양을 두고 맹세하는데, 내가 하는 말은 틀림없으며 검증된 것이오. 당신들이 오늘 오후에 테살리아에 도착하면, 이것이 사실인지 아닌지 확인해 볼 수 있을 것이오. 그곳의 모든 사람이 내가 겪은 사건이 사실임을 알고 있소. 이건 나 혼자만 알고 있는 이야기가 아니라, 그곳의 모든 사람이 알고 있다는 사실을 당신은 곧 알게 될 것이오.

자, 그럼 이야기를 시작하기 전에 먼저 내가 누구이며, 무슨 일을 하고 있는지부터 설명하겠소. 나는 이에기니움[7] 출신으로 식품 보내십사요. 나는 치즈와 꿀과 이와 유사한 물품들을 구입하여 테살리아와 아에톨리아, 보에오투스 전역으로 갖고 다니면서 돈을 버는 사람이오. 그리고 내 이름은 아리스토메네스요.

---

6 뱀 두 마리가 칭칭 감고 있는 메르쿠리우스의 지팡이를 지칭한다. 이것은 고대에 평화의 상징이었다.
7 테살리아 지방의 한 도시.

그건 그렇고, 나는 테살리아 지방에서 가장 중요한 도시인 히파타에서 아주 맛있고 신선한 치즈를 싼 가격에 팔고 있다는 소식을 듣게 되었소. 그 소식을 듣자마자 나는 커다란 치즈 한 덩이를 사려고 서둘러 길을 나섰소. 하지만 이런 종류의 장사를 할 때 종종 일어나듯이, 내가 치즈를 사려는 계획은 엉망이 되고 말았소. 그곳에 도착하자마자 나는 루푸스라는 도매상인이 치즈를 전날 모두 사재기해 버렸다는 것을 알았소.

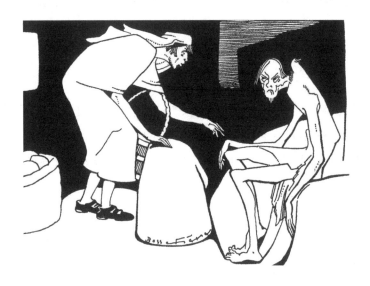

이토록 서둘러 왔건만 아무런 성과도 없게 되자, 나는 기운이 빠져 이른 저녁에 공중목욕탕으로 갔소. 그런데 놀랍게도 그곳에서 내 친구 소크라테스를 만나게 되었소. 그는 낡고 오래된 누더기만 걸친 채 바닥에 앉아 있었소. 몸은 야위어 거의 형체도 알아볼 수 없을 지경이었고, 머리는 빗지 않아 엉망이었소. 길모퉁이에서 동냥하는 불쌍한 거지들과 진배없었소. 나는 그와 친한 친구였기 때문에 그를 잘 알고 있었지만, 그가 과연 소크라테스일까 잠시 의심했소. 그러다가 그에게 다가가서 인사를 했소."

「어이, 소크라테스 아닌가! 몰골이 이게 뭔가? 왜 이렇게 형편없는 모습을 하고 있는 거야? 자네 집에서는 이미 통곡을 하면서 장례식을 치렀다는 사실을 모르는가? 그리고 지방 법원은 이미 자네 자식들에게 후견인을 지명했다네. 또한 의연히 장례식을 치른 후에도 자네 아내는 계속되는 슬픔을 참지 못해 너무나 눈물을 흘린 나머지 형편없이 되어 버렸다네. 거의 시력을 잃어버렸어. 심지어 자네 집안의 친척들조차도 재혼해서 새로운 가정을 꾸리라고 그녀를 부추기고 있어. 그런데 자네는 여기서 귀신같은 모습을 하고 있으니, 이게 웬일인가?」

그러자 소크라테스가 내게 말했소.

「아리스토메네스, 자네가 포르투나[8]는 인간에게 극히 경망스럽고 변덕스러운 속임수를 쓰는 존재임을 안다면, 그렇게 함부로 말하지는 못할 걸세.」

그는 얼굴을 붉히며 더덕더덕 기운 넝마를 끌어당겨 얼굴을 가렸소. 하지만 그런 행동은 불행히도 배꼽부터 발까지의 나머지 육체를 벌거벗겼소. 나는 더 이상 그 모습을 참고 볼 수가 없었소. 그래서 그에게 손을 내밀며 일어나라고 권했소. 그러나 그는 내 손을 뿌리치며 신음하듯이 말했소.

「놔두게, 그냥 이대로 놔두란 말이야! 포르투나가 나를 자기 마음대로 하면서 실컷 승리의 축배를 마시게 말이야.」

---

8 그리스의 티케와 동일인물이다. 로마 신화에서 포르투나는 인간의 삶 속에 나타나는 변덕스러운 상황을 상징하는 여신이다. 시인과 예술가들은 포르투나를 눈에 붕대를 감고 날개를 가진 채 한쪽 다리는 수레바퀴에 올려놓고 다른 다리는 허공에 놓은 모습으로 그리고 있다.

하지만 결국 그가 날 따라오게 하는 데 성공했소. 나는 입고 있던 두 개의 웃옷 중에서 하나를 벗어 그를 덮어 주고 독탕獨湯으로 데려갔소. 나는 매우 피곤한 상태였지만, 그에게 쌓인 때를 모두 벗겨 주고 깨끗이 씻겨 준 다음에 기름을 발라 주었소. 황금보다도 더 윤이 나자, 나는 내가 묵고 있던 여관으로 그를 데려갔소. 그리고 침대에 눕힌 다음 먹을 것과 포도주를 푸짐하게 주고서 그의 허기와 갈증을 풀어 주었소. 또한 최근 고향 소식을 전해 주었소. 그 이야기에 그의 표정은 밝아졌고, 우리는 함께 웃으며 농담을 했소. 그런데 그가 갑자기 마음 깊은 곳에서 솟아 나오는 고통의 한숨을 내쉬며, 이마를 주먹으로 마구 때리기 시작했소. 그리고 이렇게 큰 소리로 말했소.

「아, 비참한 나의 운명이여! 이건 모두 라리사 근처에서 있었던 검투사 시합 때문에 생긴 거라네. 내가 장사를 하려고 마케도니아로 떠났다는 사실은 자네도 익히 알고 있을 걸세. 10개월 후, 나는 상당한 돈을 벌어 고향으로 가고 있었다네. 그런데 라리사에 도착하기 조금 전에 나는 시합장에 보다 빨리 도착하기 위해 지름길을 택했어. 그런데 아무도 없는 계곡에서 그만 잔인무도한 도둑놈들에게 붙잡혔다네. 나는 갖고 있던 것을 모두 털려서 알거지가 되고 말았지만, 목숨만은 무사하게 도망칠 수 있었어. 그래, 나는 숨을 헐떡이면서 이 마을에 도착했다네. 나는 메로에라는 여인이 관리하던 여인숙으로 갔어. 그녀는 젊지는 않았지만 아주 매력적인 여자였어. 그래서 나는 그 여인숙에 짐을 풀고 내가 오랫동안 집을 비워야만 했던 이유와 내가 당했던 빌어먹을 강도와 얼마나 고향으로 돌아가고 싶은지 속마음을 모두 털어놓았다네. 그러자 그녀는 나를 마음 깊이 동정하면서 공짜로 푸짐한 저녁 식사를 대접했어. 그러고 나서 그녀는 열정의 노예가 되어 나를 자기 침대로 끌고 갔다네.

단 한 번의 사랑을 허용한 죄로 내 몸은 아파 왔고, 내 의지는 약해지기 시작했다네. 나는 긴 시간 동안 탐욕스러운 그녀의 손에 잡혀 일해야만 했어. 그녀는 내가 일할 수 있는 몸일 때에는 짐을 나르며 벌었던 몇 푼 안 되는 돈까지 빼앗았지. 하지만 몸이 점점 약해지자, 나는 도둑놈들이 내가 몸을 가릴 수 있게 남겨준 옷까지도 벗어 주어야만 했다네. 그리고 지금 자네도 보다시피 매혹적인 여인 때문에 얻은 불행으로 이 지경이 되었던 거야.」

그러자 나는 말했소.

「맙소사! 자네는 그런 천벌을 받아도 마땅한 짓을 했군. 가정과 자식보다 창녀의 육체와 가랑이를 즐겼기 때무에 그런 벌을 받을 걸세.」

그러자 그는 입술에 둘째 손가락을 대고 두려움에 질려 「쉿! 조용히 해!」라고 말했소. 그리고 주위를 둘러보면서 아무도 자기 말을 엿듣고 있지 않은지 살펴보았소.

「초자연적 능력을 지닌 그녀에 대해 함부로 말하지 말게. 잘못하면 자네에게도 아주 불행한 일이 일어날지도…….」

「진심으로 하는 말인가? 그 여자가 여인숙 주인이자 창녀가 아니라면 도대체 어떤 사람인가? 그런데 자네 말을 듣자니 초자연적 힘을 소유하고 있다는데, 그게 도대체 무슨 소린가?」

그러자 그는 애처로운 말투로 말했소.

「마녀일세. 자기가 하고 싶으면 뭐든지 할 수 있는 여자지. 초자연적 힘을 지니고 있으며, 하늘을 두 동강 낼 수도 있고, 땅을 들어 올릴 수도 있으며, 흐르는 물을 땅처럼 굳게 만들 수도 있고, 바위산을 물로 만들 수도 있으며, 죽은 사람을 불러내거나 신들을 옥좌에서 내던질 수도 있고, 별빛을 사그라지게 할 수도 있으며, 심지어 타르타로스[9]에도 불을 환히 밝힐 수 있는 여인이라네.」

「자, 너무 두려워 말게, 소크라테스. 슬프고 침울한 표정은 이제 그만 짓고 평소처럼 말해 보게.」

---

9 이 세상의 가장 깊은 곳에 있는 지역. 지옥 밑에 있으며, 신들이 자기들의 적을 감금하던 곳이다.

「그녀가 어떤 힘을 가졌는지 하나만 말해주면 자네는 내 말을 믿을 수 있을 걸세. 아니면 두 개나 그 이상을 말해줄까? 그녀의 위업을 몇 개나 듣고 싶어? 그녀는 남자들을 열렬히 사랑에 빠지게 만들 수 있는 능력이 있다네. 그리스인뿐만 아니라, 인도인이나 심지어 에티오피아인 혹은 안티온[10]들까지도 그녀는 자기를 사랑하게 만들 수 있는 능력이 있단 말이야. 물론 이런 것은 그녀가 지닌 힘을 볼 때 대수롭지 않은 것이네. 그런데 자네는 이런 막연한 것들보다는 믿을만한 증인들이 있는 분명한 것을 듣고 싶어 하는 것 같군. 내가 몇 가지만 얘기해 주지. 우선 그녀의 어느 정부情夫가 겁 없이 다른 여자와 사랑을 한 적이 있었다네. 그러자 단 한마디만 중얼거리자, 그는 비버로 변해버렸다네.」

「그런데 많고 많은 것 중에서 왜 하필이면 비버인가?」

「비버는 사냥꾼들에게 붙잡힐 것 같으면 자기의 음경을 거세하고서 그것을 강둑에 놔두고 가버리거든. 그렇게 해서 냄새를 쫓는 사냥개들을 피해 자유의 몸이 되는 걸세. 또한 자기 정부와 부정을 저지른 이웃 여인숙 주인을 개구리로 만들기도 했다네. 그래서 지금 그 불쌍한 노파는 포도주 통에서 헤엄치거나, 아니면 포도 찌꺼기에 파묻혀 걸걸하고 비굴하게 '개굴개굴' 울면서 자기의 옛 고객들에게 인사하고 있지. 그리고 그녀를 기소했다는 이유로 변호사에게 양의 뿔을 달아주었지. 그래서 그는 이마에 난 꼬불꼬불한 뿔을 단 채 법정에서 소송을 진행하고 반론을 제기하고 있다네. 마지막으로 그녀를 농락했던 어느 정부의 아내는 그녀에 대해 좋지 않은 소리를 했어. 그러자 메로에는 임신하고 있던 그녀의 자궁에 마법을 걸어 태아가 이 세상에 태어나지 못하게 했어. 그게 대략 8년 전의 일이야. 그러니까 8년 동안 배가 커져서 그 여인의 배는 마치 코끼리를 출산할 듯이 커진 상태라네.」

---

10 북아프리카의 종족을 일컫는다. 현재의 에티오피아에 위치한다.

「그것들을 다른 사람들도 다 알고 있어?」

「물론이지. 그녀가 너무나 자주 마법을 남용했고 너무나 많은 사람을 옴짝달싹 못하게 했기 때문에 모든 사람의 분노가 눈에 보일 정도로 커졌다네. 그래서 사람들은 만장일치로 다음 날 그녀를 석형石刑[11]에 처해 엄하게 복수하기로 결정했지. 하지만 채 하루도 못 되어 그녀는 마법의 도움으로 그들의 의도를 알았고, 크레온에게 얻은 단 하루의 시간 동안 왕의 가족 전체를 화염 속으로 몰아넣은 메데아[12]처럼 행동했어. 그녀가 술에 취한 어느 날 내게 말해준 바에 의하면, 그녀는 묘구덩이를 팠고, 그 위에서 의식을 행했어. 그리고 마법의 힘으로 여러 신을 불러 모아 그 신들의 힘을 사용했어. 그녀는 히파타에 있는 모든 집의 대문과 방문에 마법을 걸었어. 그래서 이틀 동안 사람들은 빗장을 풀 수도 없었고, 문지방을 움직일 수도 없어서 거리로 나올 수 없었지. 심지어 벽에 구멍을 뚫고 나올 수도 없었어. 마침내 모든 주민은 집에서 나올 수 있게 해주면 절대로 그녀를 괴롭히지 않을 것이며, 만일 어떤 사람이 그런 시도를 한다면 그들이 그녀를 구하러 달려올 것이라고 약속했어. 하지만 그녀는 그런 음모를 꾸민 주동자에게 복수했어. 그녀는 벽과 바닥을 포함해 그 집을 통째로 100마일도 더 떨어진 곳으로 끌고 갔어. 물론 그도 그 집 안에 있었지. 그녀가 데려간 곳은 물도 없는 언덕 꼭대기였고, 그곳 주민들은 빗물에 의존해 살아야만 했어. 하지만 집들이 너무 촘촘히 있어서 그 집을 놓아둘 공간이 없었어. 그래서 성문 밖에 그 집을 놔두었던 것이네.」

그러자 나는 그에게 말했소.

---

11 죄인을 돌로 쳐서 죽이는 처형 방법.

12 메데아와 크레온 : 크레온 왕은 자기 딸을 메데아와 사랑을 나눈 야손과 결혼시키려 했다. 그래서 마녀인 메데아를 코린토스에서 추방하라고 명령했다. 하지만 그녀는 하루만 추방을 연기해 달라고 애원하는 데 성공했고, 그 하루 동안 결혼 예복과 예물을 독으로 가득 적셔 놓았다. 그리고 불로 왕의 딸과 왕을 불태워 버리고, 궁궐을 잿더미로 만들었다.

「소크라테스, 자네가 들려주는 이야기는 끔찍하지만, 동시에 매우 멋지네. 자네는 내 몸에 두려움을 집어넣는 데 성공했어. 공포를 느끼게 해 주었단 말이야. 사실대로 말하면 무서워 죽겠네. 그런데 그 마녀가 초자연적 힘을 통해 우리 대화를 들었으면 어떻게 하지? 자, 밤이 아직 깊지 않았으니까, 일찍 잠자리에 드는 게 좋을 것 같네. 그리고 내일 아침 일찍 일어나 떠나는 게 좋을 것 같아. 우리가 걸을 수 있는 최대한으로 이 저주받은 소굴에서 벗어나게 말이야.」

내가 이렇게 말하고 있는데, 갑자기 소크라테스는 깊은 잠이 들어 코를 골기 시작했소. 피곤한 상태에서 포도주를 많이 마시고 맛있는 음식을 먹은 효과가 나타난 것이었소. 나는 침실 문을 닫고 걸쇠를 걸었소. 그리고 경첩 달린 곳에 침대 머리를 갖다 대고서 그 위에 매트리스를 올려놓고 누웠소. 나는 소크라테스의 무시무시한 이야기 때문에 한참 동안 잠을 이룰 수 없었소. 한밤중이 되어서야 간신히 눈을 붙일 수 있었소. 그런데 갑작스럽게 울리는 요란한 소리에 잠을 깼소. 그리고 도둑놈들이 힘을 합쳐 어깨로 밀친 듯이 갑자기 문이 열렸소. 아니 좀 더 정확하게 말하자면 문이 경첩과 함께 뿌리째 뽑혀 쓰러졌던 것이오. 갑자기 문이 열리자, 작은 데다 삐걱거리고 썩어 있던 침대는 그 충격으로 산산조각 나며 공중으로 솟아오르더니 이내 아래로 내려오면서 내 위를 덮쳐 옴짝달싹 못하게 만들었소.

그때 나는 김정의 모순됨을 깨달았소. 나시 받아변 너무 기쁠 때 눈물이 솟아나는 것처럼, 어떤 느낌은 거꾸로 표현된다는 것을 알게 되었소. 이런 끔찍한 상황 속에서 나는 히죽히죽 웃으면서 나 자신에게 「어이, 아리스토메네스,[13] 자네 거북이 신세가 되었구면」이라며 농담을 하고 있었소. 사실 나는 침대 밑에 안전하게 있으면서 옆으로 머리를 내밀

---

13 이 경우는 이야기하는 화자와 동명이인인 아테네의 희극 시인을 지칭한다.

어 무슨 일이 벌어지고 있는지 훔쳐보고 있었소. 마치 거북이가 껍데기 속에 몸을 숨기고서 주위 상황을 살펴보는 것과 똑같은 신세였소.

나는 나이 지긋한 두 여자가 들어오는 것을 보았소. 한 여자는 불을 밝힌 촛불을 들고 있었고, 다른 여자는 해면과 시퍼런 날이 오뚝 선 칼을 들고 있었소. 그들은 아직 잠자고 있던 소크라테스의 양편에 각각 자리를 잡았소. 칼을 들고 있던 여자가 먼저 말했소.

「판티아, 이것 좀 봐. 여기에 바로 내가 애인으로 선택한 사람이 누워 있어. 나의 사랑하는 엔디미온[14]이자 나의 카타미투스[15]가 바로 우리 앞에 있어. 나는 이 사람이 정말로 뜨거운 시간을 보내게 해 주었어. 그런데 이놈은 오랜 시간 동안 밤일을 하면서 내 청춘을 비웃기만 했지. 이놈은 내 사랑을 거부한 놈이야. 나에 관해 좋지 않은 소문을 퍼뜨리더니, 이제는 도망치려고 계획한 놈이야. 이제야 이놈을 잡았어. 오디세우스에게 버림받은 칼립소[16]처럼 이놈 때문에 내가 영원한 고독 속에서 울며 지내야 할 팔자가 되었던 거야.」

그런 후 나를 가리키면서 말했소.

「침대 밑에서 우리를 엿보고 있는 이놈이 바로 아리스토메네스야. 이놈이 내 사랑에게 도망치자고 사주한 놈이야. 만일 이놈이 무사히 나를

---

14 잘 생긴 목자로 유피테르(제우스)의 손자. 루나(셀레네)의 사랑을 받은 것으로 알려져 있다. 유피테르는 그에게 가장 살고 싶은 삶을 선택하라고 말했다. 그러자 그는 영원히 잠을 자는 것을 택했다고 알려져 있다. 또한 루나가 하늘에서 땅으로 내려와 그를 사랑했으며, 이 여신은 유피테르에게 엔디미온이 영원한 잠을 자면서 그의 아름다움을 보존할 수 있게 해 달라고 청원했다고 한다. 일반적으로 그는 꿈을 상징한다.

15 그리스 신화의 가니메데스, 트로이 왕자다. 인간 중에서 가장 아름다운 사람으로 알려져 있다. 그는 여러 신의 아버지의 마음속에 무한한 사랑을 불러일으켰으며, 그런 이유로 올림포스의 술 따르는 사람이 되었다. 그는 유피테르의 술잔에 과일주를 가득 담아 주는 일을 담당했다.

16 아름다운 목소리와 외모로 유명한 바다의 요정. 서부 지중해 섬에 살고 있었으며, 그곳에서 표류하던 오디세우스를 구조했다. 칼립소는 오디세우스와 사랑에 빠져 그에게 조국과 가족을 버리고 자기와 결혼하면 불멸의 삶을 선사하겠다고 했지만, 오디세우스는 그 제안을 거부했다. 유피테르의 명령 때문에 할 수 없이 그를 떠나 보내게 될 때까지 7년간 그를 억류하고 있었다.

빠져나갈 수 있기를 바란다면, 그건 아마도 일생일대의 오산일 거야. 초저녁에는 나한테 욕을 퍼붓더니, 이제는 건방지게 우리 행동을 흘끔흘끔 엿보고 있어. 하지만 머지않아 후회하게 될 거야.」

이 말을 듣자 나는 식은땀으로 범벅이 되고 있음을 느꼈소. 그리고 동시에 몸을 덜덜 떨기 시작했소. 그 떨림 때문에 내 어깨 위의 침대도 진동하고 있었소. 그러자 착한 판티아가 메로에에게 말했소.

「이놈을 주신제酒神祭에서 하듯이 난도질해 버릴까? 아니면 음경을 꽁꽁 묶고서 서까래를 쳐다보게 한 다음 거세해 버릴까?」

판티아와 함께 온 다른 여인은 소크라테스가 내게 말한 메로에 같았소. 그녀는 이렇게 대답했소.

「안 돼. 그렇게 하면 안 돼. 잠시 살려 줘야 해. 적어도 이 빌어먹을 소크라테스를 땅 밑에 묻어 줘야 할 놈이 있어야 하니까 그냥 놔 둬.」

이렇게 말하면서 메로에는 소크라테스의 머리를 향해 몸을 돌리더니 왼쪽 늑골 구멍으로 칼을 깊게 찔러 넣었소. 피가 솟구쳤지만, 그녀는 이미 준비한 조그만 자루로 그의 피를 한 방울도 흘리지 않고 받았소. 나는 이 모습을 두 눈으로 똑똑히 지켜보고 있었소.

그런 다음에 이런 희생 의식을 마무리하기 위해 메로에는 칼로 찌른 상처 안으로 오른손을 집어넣어 창자를 휘저었소. 그녀는 내 불쌍한 친구의 심장을 떼어 낼 때까지 그렇게 했소. 동시에 상처 입은 목구멍에서는 신음이, 좀 더 정확하게 말하자면 희미한 한숨 소리가 새어 나오고 있었소. 그는 마지막 호흡을 하고 있었던 것이오. 판티아는 열린 상처를 해면으로 막으면서 이렇게 중얼거렸소.

「해면이여, 해면이여. 넌 짜디 짠 바다에서 태어났다. 그러니 저 개울을 막아다오.」

그렇게 말하고서 해면을 거두었소. 그다음에 내 위를 덮쳤던 침대를 치우고서 내 얼굴 위로 가랑이를 벌리고 앉아 방광을 드러내었소. 그렇게 앉아서 내 얼굴에 오줌을 쌌고, 내 얼굴은 더러운 오줌으로 범벅이 되고 말았소.

이 일이 끝나자 그들은 나를 남겨두고 떠났소. 그들이 문지방을 넘어가자 문은 아무 일도 없었다는 듯이 원래 위치로 돌아갔소. 경첩은 기둥 틈에 끼워졌고, 빗장은 본래 있던 곳으로 되돌아갔으며, 걸쇠는 아래를 향해 잠겨 있었소. 나는 그대로 바닥에 누워 있었소. 하지만 숨도 제대로 쉬지 못하고 벌거벗은 채, 온몸은 차갑고 끈적끈적한 오줌으로 적셔져 있었소. 마치 어머니 배 속에서 갓 나온 아이 같았소. 나는 이렇게 생각하고 있었소.

'이제 내 생애에는 전혀 미래가 없어. 단지 과거만 존재할 뿐이야. 나는 거의 죽은 목숨이나 다름없어. 그래 나는 십자가에 못 박힌 죄수나 진배없어. 내일 아침, 사람들이 목이 잘려 죽어 있는 소크라테스의 시체를 발견하면, 내 목숨은 어떻게 될까? 아무도 내 이야기를 믿지 않을 거야. 「당신이 여자를 상대할 수 없었다면 소리라도 질러야 했을 것 아니야?」라고 내게 말하겠지. 그리고 이렇게 덧붙이겠지. 「당신처럼 몸집도 크고 강인한 사람이 당신 눈앞에서 친구의 목이 잘리는데 한마디도 외치질 않다니! 당신만 혼자 살았다는 것을 어떻게 설명할 거야? 당신은 증인이고, 증거를 없애려면 당연히 증인을 죽여야 하는데, 왜 그들이 당신을 죽이지 않았지? 그런 거짓말이나 늘어놓고 있다니, 당신은 사형을 당해도 싸지.」'

이런 생각을 하는 동안, 어두운 밤이 지나고 환한 아침이 되고 말았소. 나는 어둠을 더듬으면서 위험한 길을 가야 할지라도 이 여인숙에서 몰래 도망치는 것이 최선의 방책이라고 생각했소. 그래서 나는 꾸러미를 메고, 열쇠로 자물쇠를 열기 시작했소. 하지만 밤에는 스스로 열렸던 문이 너무도 완고하게 버티고 있었소. 자물쇠를 열려고 아주 힘들게 수없이 시도했고, 결국 손잡이가 덜걱거리면서 겨우 문이 열렸소. 그리고 안뜰로

나가자 나는 이렇게 소리쳤소.

「이봐, 문지기! 어디에 있어? 대문 좀 열어 줘! 날이 밝기 전에 떠나야 한단 말이야!」

그러자 문 옆에 쓰러져 잠자고 있던 문지기가 잠에서 깨지 않은 채 내 게 대답했소.

「도대체 누가 대문을 열어 달라는 거요? 누가 이 밤에 밖으로 나가겠 다는 거요? 길에는 도둑놈이 가득하다는 것도 몰라요? 그런데도 밤에 여 행을 떠나려 한단 말이오? 당신이 삶에 지쳐 목숨을 끊으려는 것인지, 아 니면 살인 공모자였기 때문에 죽으려고 하는지는 몰라도, 나는 아직 골빈 놈이 아니오. 당신에게 대문을 열어주면 도둑놈들이 몰려들어 올지도 몰 라요. 난 당신 때문에 목숨을 걸고 싶진 않아요.」

나는 그에게 대답했소.

「머지않아 날아 밝아 올 것이오. 어쨌거나 도둑놈들이 당신처럼 가난 한 여행자한테 뭘 훔칠 수 있겠소? 내가 보기에 당신은 도둑을 겁내는 겁 쟁이임이 틀림없소. 열 명의 검투사가 모여도 한 푼 없는 비렁뱅이 여행자 한테는 아무것도 뺏을 수 없다는 사실도 모르오?」

반쯤 잠이 든 그 얼간이는 등을 돌리며 투덜댔다.

「당신이 어제저녁에 함께 잠을 잔 동료를 죽이고, 감옥에 가기 싫어 도망치려고 하는 것을 내가 모를 줄 알아?」

나는 그가 이렇게 말한 순간을 절대로 잊을 수가 없소. 바로 그 순간 나는 지옥이 열리는 것 같은 착각이 들었소. 그 안에서 케르베로스[17]가 나 를 삼켜 먹을 듯이 노려보고 있었소. 나는 메로에가 착한 마음을 먹고 불 쌍히 여겨 나를 죽이지 않은 것이 아니라, 십자가의 고통을 주기 위해 죽

---

17 죽은 사람들이 들어오는 입구를 지키면서 그들이 나가지 못하게 보초를 서는 플루토(하데스)의 개. 이 괴물은 개 머리 세 개와 뱀 모양의 꼬리를 하고, 등에는 수많은 뱀 머리를 지녔다.

이지 않았다는 사실을 깨달았소.

침대로 돌아오면서 나는 목숨을 끊기로 마음먹었소. 하지만 포르투나 여신은 내게 허름한 침대라는 무기밖에는 손에 쥐여 준 것이 없었소. 그래서 나는 침대에게 말했소.

「내 사랑하는 침대야, 너는 이 잔인한 세상에서 남아있는 유일하게 진정한 내 친구야. 너만이 내가 죄가 없다는 것을 알고 있는 증인이야. 너는 오늘 밤에 일어났던 고통스러운 사건을 나와 함께 끝까지 참고 견디어 냈어. 침대야, 난 이제 빨리 지옥으로 가고 싶어. 그곳으로 갈 수 있게 날 좀 도와줘.」

나는 침대의 대답을 기다리며 침대에 얽혀 있던 밧줄을 풀기 시작했소. 나는 이쪽 창문에서 저쪽 창문으로 연결된 대들보 위로 밧줄을 맸소. 한쪽을 단단히 매면서 나는 다른 쪽에 매듭을 맸소. 그리고 자포자기의 마음으로 침대 위로 올라가 둥근 밧줄에 목을 집어넣었소. 그리고 발로 딛고 있던 것을 치워 버리면서 밧줄이 내 목을 조여주길 바랐소. 하지만 내 자살 시도는 실패로 돌아가고 말았소. 내 몸무게 때문에 낡고 썩은 밧줄이 일순간에 끊어져 버렸던 것이오. 나는 옆에서 잠자고 있던 소크라테스 위로 떨어졌고, 우리 둘은 바닥에 함께 뒹굴었소. 그 순간 문지기가 소리치며 뛰어들어왔소.

「얼마 전까지만 해도 그렇게 급하다고 아우성이더니 이제는 매트리스에서 뒹굴면서 코를 골고 있어요?」

내가 그 물음에 대답하기도 전에 소크라테스는 잠을 깼소. 내가 떨어져서 잠을 깼는지, 아니면 마구 질러 대는 소리에 잠을 깼는지는 알 수가 없소. 어쨌거나 그는 자리에서 일어나 말했소.

「여행자들이 이런 싸구려 여관집은 피해야 한다고 하던데, 역시 그 말이 일리가 있군. 피곤해 죽겠는데 이제 이 빌어먹을 놈이 갑자기 방으로 들어와 소리까지 지르니 말이야. 정말 몇 달 만에 달콤하게 깊은 잠을 자는데 소리를 질러 잠을 깨다니! 분명히 이놈은 우리가 놀란 틈을 이용해 뭔가를 훔치려고 들어온 것이 틀림없어.」

나는 소크라테스의 목소리를 듣자, 너무 놀랍고 기뻐서 즉시 자리에서 일어나 기쁨에 넘친 목소리로 말했소.

「이 세상에서 가장 훌륭한 문지기여, 바로 여기에 자네가 술에 취해 정신없이 자면서, 내가 죽였다고 말하던 사람이 있네.」

이렇게 말하면서 나는 감격에 젖어 소크라테스를 껴안았소. 하지만 그는 사녀蛇女들[18]이 내게 흩뿌린 더러운 액체 냄새 때문에 깜짝 놀라 나를 밀치면서 말했소.

「저리 가! 하수도 냄새보다도 더 지독한 냄새가 나는군.」

그는 이런 냄새가 나는 이유를 묻기 시작했소. 나는 이런 곤란한 문제에서 빠져나오기 위해 다른 말로 그의 관심을 돌렸소. 나는 그의 어깨에 손을 올리면서 말했소.

「이제 그만 가는 게 어때? 아침나절의 신선한 공기를 즐기며 길을 가는 게 어때?」

「좋지!」

나는 짐 보따리를 집어 들고서 여관비를 지불했소. 그리고는 다시 여행을 하기 시작했소.

한참을 걸어가서 마을을 벗어나자, 비로소 해가 떠서 그 마을을 환히 비추고 있었소. 나는 소크라테스의 목 주위를 조심스럽게 살펴보기 시작했소. 바로 칼이 들어갔던 부분을 살펴보았던 것이오. 하지만 아무런 상처도 발견하지 못하자 나는 내심 내 자신에게 이렇게 말했소.

「넌 참 바보야! 아무 탈 없이 멀쩡한 소크라테스가 바로 네 옆에 있잖

---

18 사녀(蛇女)들이란 아이들을 훔치는 여자 괴물들이나 어머니들이 아이들을 놀라게 할 때 사용하는 여자 괴물들을 지칭한다. 이런 사녀들에 관해서는 많은 전설이 내려오고 있다.

아. 상처 난 부위가 어디야? 어디에 해면이 있어? 그렇게 깊은 상처가 어디에 있어? 아, 이 얼마나 생생하고 환상적인 꿈인가! 술을 너무 많이 마셔서 내가 정신이 나갔었나 봐!」

그렇게 생각하면서 나는 큰소리로 그에게 말했소.

「음식과 술을 잔뜩 먹은 사람들은 나중에 아주 지독한 악몽을 꾼다고 훌륭한 의사들이 말을 하는데, 그 말이 맞는 것 같아. 나는 어제 오후에 술을 절제하지 않았기 때문에 지난밤에 불길하고 잔인한 조짐을 보이는 꿈을 꾸었어. 어젯밤 꿈에서 인간의 피가 튀겨 아직도 온몸이 젖은 것 같아.」

그는 미소를 지으면서 대답했소.

「너는 피로 젖은 것이 아니라, 오줌을 흠뻑 뒤집어썼어. 하지만 네가 꾼 악몽의 원인은 일리가 있다고 생각해. 이제야 생각이 나는데, 지난밤에 나도 끔찍한 꿈을 꾸었어. 내 목이 잘리는 꿈을 꾸면서 목에 심한 통증을 느꼈고, 심지어 내 심장을 도려내는 것 같은 느낌을 받았거든. 지금도 그걸 생각하면 제대로 숨을 쉴 수가 없어. 또 다리가 후들후들 떨리고, 서 있을 수가 없어. 기운을 차리려면 뭔가를 먹어야 할 것 같아.」

나는 대답했소.

「맞아. 자, 여기 아침이 있어.」

그렇게 말하면서 나는 어깨에 지고 있던 자루를 내려놓고 그에게 빵과 치즈를 주면서 「저 플라타너스 아래에 잠시 앉아서 먹는 게 어때?」라고 말했소.

우리는 그 장소에 앉아 함께 밥을 먹기 시작했소. 그런데 소크라테스가 엄청난 식욕으로 마구 먹고 있는데, 나는 그의 건강한 혈색이 곧 죽을 것처럼 누리끼리한 창백한 얼굴로 변해가고 있다는 사실을 깨달았소. 그때 나는 전날 밤의 푸리아에[19]를 생각했소. 그러자 첫 번째 빵 조각이 내

---

19 머리카락은 뱀이고, 박쥐의 날개를 달고 있는 세 자매(알렉토, 메가이라, 티시포네)의 복수의 여신이

목구멍에 걸리고 말았소. 비록 조그만 조각에 불과했지만, 나는 그것을 뱉어낼 수도 없었고 삼켜 버릴 수도 없었소. 거기에 아무도 없다는 사실이 나를 공포로 몰아넣었소. 우리 둘만 있었기에 한 사람이 다른 사람을 죽이지 않았다고 누가 믿겠소? 그 사이 소크라테스는 음식을 충분히 먹었고, 심한 갈증을 느꼈소. 커다란 치즈 조각을 처리했으니 당연한 일이오. 플라타너스 나무에서 그리 멀지 않은 곳에 잔잔한 시내가 흘렀소. 그 시내는 너무 느리게 흘러서 온통 은빛 투명한, 잔잔한 연못처럼 보였소. 나는 그에게 말했소.

「저기야. 깨끗한 물로 갈증을 풀게.」

그는 일어서서 개천가를 따라가더니 물을 마시기에 가장 적당한 자리를 찾았소. 그는 무릎을 꿇고서 물 위로 불안하게 상체를 숙였소. 그런데 그의 입술이 물 표면에 닿자마자 목에 깊은 상처가 열리고, 즉시 해면이

___
다. 디라에라고도 하며 그리스 신화의 에리니스(복수형 에리니에스)에 해당한다.

나타나면서 피가 몇 방울 떨어졌소.

만일 내가 그의 발 한쪽을 세게 잡지 않았더라면, 그의 시체는 물속으로 떨어지고 말았을 것이오. 나는 개천가의 둑까지 그를 힘들게 끌고 왔소. 그곳에서 나는 불행한 친구의 죽음을 애도하면서 눈물을 흘렸소. 그리고 그를 개천가 인근의 모래땅에 묻어주었소. 나는 겁에 질려 계속해서 정처 없이 오가면서, 아무도 살지 않는 외딴곳으로 다니고 있소.

나는 아에기나로 돌아갈 수가 없었소. 나는 마치 내가 그를 죽인 살인자인 것처럼, 내 사업과 아내와 고향과 아이들을 버리고, 지금은 아에톨리아에 피신해 살고 있소. 그리고 그곳에서 나는 재혼했소.

이것이 바로 아리스토메네스가 말한 내용이었다. 그의 친구는 처음부터 계속 완강하게 의심하며 그의 이야기를 믿으려 하지 않았다. 그러면서 그는 내게 말했다.

"내 평생 이 이야기보다 더 심한 거짓말은 들어본 적이 없소. 이건 사제들의 말보다 더 황당한 말이오. 자, 당신의 옷차림새와 외모로 보건대, 당신은 학식이 있는 사람 같소. 그런데 한 마디라도 확실히 믿을 수 있다고 생각하오?"

이 질문에 나는 이렇게 대답했다

"흠, 이론적으로는 믿지 않소. 하지만 나는 불가능한 이야기는 없다고 믿을 뿐만 아니라, 인간에게 일어나는 모든 일은 운명이 정해 놓은 대로 일어난다고 생각하오. 당신이나 나나 혹은 죽을 운명을 띤 모든 사람에게는 기이한 일들이 벌어지는 법이오. 불가능하다고 생각하는 일들이 생기곤 하오. 그래서 그런 이야기들을 아무것도 모르는 사람들에게 말하면, 그들은 전혀 믿지 않소. 하지만 나는 그 이야기들을 믿소. 그리고 재미있고 유쾌한 이야기로 우리 모두를 즐겁게 해준 아리스토메네스에게 고맙게 생각하고 있소. 덕분에 애쓰지 않고, 피곤하지도 않게 이 길고 험한 길을 끝까지 왔소. 내 말馬도 덕택에 등에 아무것도 싣지 않고 성문에 당도하여 피곤하지 않고, 즐거웠을 거라고 믿소."

이것이 우리 대화의 끝이자 우리가 함께했던 여정의 마지막이었다. 그들이 근처 농장을 향해 왼쪽으로 방향을 돌리는 동안, 나는 눈에 띈 첫 번째 여관으로 가서 그곳에 있는 늙은 여자에게 물었다.

"안녕하세요? 이곳이 히파타입니까?"

그녀는 고개를 끄덕이면서 그렇다고 했다.

"밀로 씨를 아십니까? 이 도시에서 가장 중요한 인사라고 하던데요."

그러자 그녀는 히죽히죽 웃으면서 대답했다.

"물론이죠. 그렇게 부를 수도 있겠죠. 당신이 머물 집이니 당연히 그렇게 말해야죠. 그 집은 성 밖에 있는 공터에 있어요. 이 마을의 후원을 받아 생긴 집이지요."

"이제 농담은 그만하시고, 그가 어떻게 생겼는지, 그리고 그 집에 어떻게 가야 하는지 알려 주세요."

그녀가 대답했다.

"저 멀리 도시를 굽어보는 창문이 보이나요? 저기 골목길을 마주 보는 문 옆에 있는 창문 말이에요. 그게 그의 집이에요. 그는 돈이 남아돌 만큼 엄청나게 부자예요. 하지만 구두쇠이며 노랑이로 악명이 높아요. 금이나 은을 담보로 고리대금업에 전념하고 있는데, 집에 처박혀 항상 돈에만 신경 쓰는 천박한 사람이지요. 그 사람과는 아무도 함께 살려고 하지 않아요. 단지 불행한 아내와 한 명의 식모만이 그와 살고 있을 뿐이죠. 그는 밖을 나올 때면 항상 거지처럼 옷을 입고 다녀요."

나는 말에서 내리면서 웃음을 터뜨렸다.

"내 친구 데메아스가 소개장을 써 주면서 미리 얘기해 줬어요. 내가

그의 집에 머무는 동안 집에서 연기도 올라오지 않고, 음식 냄새도 나지 않을 거라고 했거든요."

이렇게 말하고서 노파가 가르쳐준 집으로 걸어갔다. 그러고는 단단히 닫혀 있는 문을 두드리기 시작했다. 마침내 한 여자아이가 모습을 드러내며 말했다.

"당신이 시끄럽게 문을 두드린 사람인가요?"

"그렇소, 내가 두드렸소."

"그런데 왜 이렇게 세게 문을 두드리나요? 도대체 뭘 저당 잡히고 싶어서 그런 거죠? 당신은 우리가 금이나 은 이외에는 저당 잡지 않는다는 것을 모르진 않겠지요?"

그 물음에 나는 점잖게 대답했다.

"점잖은 말로 손님을 대접하시오. 내가 당신 물음에 대답하기 전에 집에 있는 당신 주인을 만날 수 있을지 묻고 싶소."

"물론이죠. 그런데 무슨 일 때문에 그러죠?"

"코린토스에 사는 데메아스의 편지를 갖고 왔소."

"주인님에게 알릴 테니 여기에서 잠깐만 기다리세요."

이렇게 말하고 그녀는 문을 닫고서 안으로 들어갔다. 그리고 잠시 후에 돌아와 문을 열고 말했다.

"들어오시랍니다."

내가 안으로 들어갔을 때, 그는 매우 작은 침상에 누워 그의 발치에 앉아 있는 아내와 함께 저녁 식사를 막 시작하고 있었다. 그는 완전히 텅 빈 테이블을 가리키며 내게 말했다.

"저기에 앉으시오."

나는 고맙다고 말하고서 데메아스의 편지를 건네주었다. 그는 잽싸게 그 편지를 읽고서 말했다.

"내 친구 데메아스가 당신처럼 고귀한 손님을 소개해 주어 몹시 고맙게 생각하고 있소."

그곳에는 두 사람이 먹고도 남을 충분한 음식이 있었다. 그런데 그는 자기 아내에게 일어나 다른 곳으로 가라고 한 다음, 나보고 그 자리에 앉으라고 했다. 나는 훌륭한 가정 교육을 받은 사람이었다. 그래서 그렇게 하지 말라고 말하면서 앉지 않으려고 했다. 그러자 그는 내 웃옷 자락을 잡고 의자를 주면서 말했다.

"여기에 앉으시오. 미안하오, 의자도 단 두 개뿐이고, 다른 가구도 없어서. 도둑놈이 들어올지 몰라서 취한 조치이니 이해해 주시오."

그래서 나는 하는 수 없이 의자에 앉았고, 그는 계속해서 말했다.

"당신의 깨끗한 옷차림과 예의 바른 행실을 보고, 나는 당신이 훌륭한 가문이라는 사실을 익히 짐작했소. 그런데 내 친구 데메아스의 편지를 읽으니 내 짐작이 맞았다는 생각이 드는군요. 우리 집이 보잘것없다고 너무 무시하지 않기를 바라오. 이 방과 옆에 있는 빈 침실을 마음대로 사용해도 좋소. 그리고 우리 집이 마음에 든다면 우리는 더 없는 영광이라고 여길 것이오. 당신이 보잘것없는 집에 머문다는 것에 만족한다면, 당신의 명예는 당신 아버지와 동명이인인 위대한 테세우스와 동일시될 것이오. 그러니 자기 집에 머물러 달라는 늙고 겸손한 노인 헤칼레[20]의 청을 거절하지 마시오.”

그는 내가 무언가를 집어 먹기도 전에 하녀를 부르더니 말했다.

“포티스, 이 손님의 짐을 저 방에 조심해서 갖다 놓아라. 그리고 벽장에서 오일과 깨끗한 수건과 목욕에 필요한 모든 것을 꺼내거라. 그리고 여기 근처에 있는 목욕탕까지 안내하거라. 손님이 길고 험한 길을 와서 피곤하실 테니까.”

나는 이 말을 듣자 밀로가 무지무지한 노랑이임을 알았다. 하지만 나는 그에게 이렇게 유머를 깃들여 말했다.

“저는 여행을 떠날 때면 항상 필요한 것들을 갖고 다닙니다. 당신이 말한 것은 하나도 빠짐없이 들어 있습니다. 제가 옷을 갈아입고 혼자 온천에 가겠습니다. 하지만 이것만은 부탁합니다. 말은 제게 가장 소중합니다. 제 말이 잘 걸어 주었기 때문에 제가 여기까지 올 수 있었습니다. 포티스, 이 돈으로 건초와 사료 좀 사다 줘.”

나는 마당으로 나갔다. 그리고 내 말이 배불리 먹이를 먹고, 포티스가 침실에 내 짐을 정리할 때까지 그곳을 어슬렁어슬렁 거닐었다. 그런 다음에 나는 혼자 걸어서 목욕탕으로 갔다. 하지만 먼저 저녁에 먹을 것을 사고 싶었기 때문에 길을 빗어니 시장에 갔다. 그곳에는 많은 생선이 있었다. 나는 어느 가게에서 먹음직스러운 생선을 보고 값을 물어보았다. 그러자 100세스테르티우스[21]라고 대답했다. 깎고 또 깎아서 나는 20

---

20 테세우스가 마라톤(아티카 지방에 있는 해안 마을)에 있던 투우와 싸우려고 떠났을 때 그를 환대한 노인이다.

21 로마 화폐 단위에서 1아우레우스(금화)는 25데나리우스(은화)에 해당하며, 1데나리우스는 4세스테르티우스(동화)에 해당한다. 그러므로 100세스테르티우스는 25데나리우스에 해당한다.

데나리우스에 생선을 사고 가게를 나왔다.

나는 아무 말 없이 걸어서 시장을 나오고 있었다. 그런데 그때 뜻밖에 아티카에서 함께 공부했던 피티아스와 마주쳤다. 그는 즉시 나를 알아보고서 나를 껴안고는 다정하게 키스를 하면서 말했다.

"이봐 루키우스, 이게 웬일이야! 얼마나 오랜만인가! 우리가 도시테우스 선생님 아래에서 함께 공부한 후로는 한 번도 만나지 못했지? 이게 얼마 만인가? 그런데 여기는 웬일이지?"

나는 대답했다.

"나중에 이야기해 줄게. 내일 만나 이야기할게. 반갑다고 말할 사람은 나인 것 같군. 피티아스, 그런데 이게 전부 뭐지? 도끼를 든 경호원들을 거느리고 법관 복장을 하고 있으니 말이야. 도대체 무슨 일이지? 정말 축하하네."

그러자 그가 설명했다.

"곧 알게 될 거야. 난 시장 경호를 책임지고 있거든. 나는 관리책임자[22]가 되었어. 만일 네가 저녁 식사에 먹을 것을 사 왔다면, 내가 기꺼이 도와주지."

나는 괜찮다면서 그의 도움을 거절했다. 내가 산 생선으로 저녁 식사는 충분했기 때문이었다. 하지만 피티아스는 내 바구니를 보더니 물고기를 휘저으면서 자세히 살펴보았다. 그런 다음에 내게 물었다.

"이따위 것을 사는데 얼마나 줬어?"

"깎고 깎아서 20데나리우스를 줬어."

내 말을 듣자 그는 내 팔을 잡고서 시장 안으로 끌고 들어가면서 이렇게 물었다.

"이런 쓰레기를 누구한테 샀어? 누군지 나한테 가르쳐 줘."

---

22 로마 법관으로 그의 직책은 도시 농수산물 공급을 감독하고 조정하는 것이며, 동시에 시장 경찰관이다.

나는 시장 구석에 앉아 있는 늙은이를 가리켰다. 그러자 피티아스는 시장 관리책임자라는 자신의 힘을 믿고 아주 엄하게 그 늙은이를 나무랐다.

"어떻게 그럴 수가 있소? 관리책임자의 친구를 이렇게 대해도 되는 거요? 아무 값어치도 없는 그따위 것들을 그런 가격에 팔다니! 이건 우리 친구뿐만 아니라, 시장에 물건을 사러 오는 모든 이방인을 모욕하는 태도요. 이런 쓰레기로 20데나리우스나 요구하다니! 히파타는 테살리아 지방에서 가장 잘 사는 도시오. 그런데 터무니없는 가격을 요구하는 당신 같은 사람 때문에 사막이나 자갈밭처럼 황폐한 마을이 될 수 있다는 것도 모르오? 이건 그냥 놔둘 수 없어. 루키우스, 넌 내가 지휘하는 이곳에서는 이런 몹쓸 놈들을 어떻게 벌주는지 곧 알게 될 거야."

그는 노인의 바구니를 땅으로 집어던지면서 한 경비원에게 물고기 더미를 발로 짓밟아서 으깨 버리라고 지시했다. 그는 시장 질서를 바로잡았다는 것에 만족하면서 내게 이제 집으로 가라고 말했다.

"루키우스, 네가 더 이상 그 늙은이와 싸울 필요는 없을 거야. 난 그 빌어먹을 늙은이가 창피당한 걸로 충분하다고 생각해."

이런 일이 있고 난 뒤에 나는 너무 놀라 정신이 혼비백산한 채 온천으로 향했다. 나는 내 학교 친구의 과격한 해결 방법 때문에 돈도 잃고, 저녁 식사 거리도 잃어버렸다. 나는 목욕을 한 후, 밤이 되자 밀로의 집으로 돌아가서 내 방에 틀어박혀 있었다. 그런데 얼마 되지 않아서 포티스가 내 방으로 와서 말했다.

"주인님께서 당신과 저녁을 함께 하시려고 기다리십니다."

하지만 나는 밀로가 밥을 매우 검소하게 먹는다는 사실을 알고 있었기 때문에 저녁을 먹는 것보다 잠을 자며 쉬는 편이 나을 것 같다고 아주 정중하게 말했다. 포티스는 내 메시지를 갖고 갔다. 그러자 즉시 밀로가 나타나 아주 다정하게 내 팔목을 잡고서 식당으로 정중히 데려가려고 했다. 내가 "아닙니다. 정말로 배가 고프지 않습니다"라고 말하자 그는 이렇게 대답했다.

"당신이 나와 함께 갈 때까지 난 여기에 이대로 있을 것이오."

그는 한 손으로는 내 손목을 쥐고, 다른 손은 올리면서 법정에서 맹세하듯이 말했다. 그래서 나는 억지로 그의 말을 따를 수밖에 없었다. 그는 내게 의자에 앉으라고 하면서 자기는 침상에 앉았다. 그곳은 그가 얼마 전에 누워 있던 곳이었다. 그러자 그는 이렇게 대화하기 시작했다.

"우리의 친구 데메아스는 어떻게 지내오? 잘 지내고 있겠죠? 그의 아내는 어떻게 지내오? 아이들은 건강하게 자라고 있소? 그리고 하인들과는 아무런 문제도 없소?"

나는 그의 질문에 하나씩 자세히 대답했다. 마침내 그는 아주 조심스럽게 내가 히파타에 온 동기가 무엇이냐고 물었다. 나는 다시 한번 그의 호기심을 충족시켜 주었다. 그러자 그는 내 조국은 어떤 상황이며, 주요 인사들은 누구며, 총독이 누구냐고 물으며 대단한 관심을 표명했다. 드디어 그는 내가 정말로 여행과 대화 때문에 피로해 있다는 사실을 깨달았다. 왜냐하면 대화하는 도중에 꾸벅꾸벅 졸았고, 아무 의미도 없는 말을 더듬거렸기 때문이다. 그때야 비로소 그는 내가 잠자러 가는 데 동의했다. 나는 그제야 초대받은 지루한 대화에서 해방될 수 있었고, 오래되고 케케묵은 식탁에서 잠을 자지 않아도 되었다. 비록 대화로 배를 채웠지만, 나는 과식한 것처럼 잠이 쏟아졌다. 그리고 침대로 돌아오자 그토록 갈구하던 잠 속으로 빠져들었다.

2장

관능적인 포티스와의 사랑

밤이 사라지자마자 해가 어김없이 떠올랐다. 나는 테살리아에서 일어나곤 하는 이상하고 놀라운 일들을 알고 싶은 충동과 갈망으로 눈을 떴다. 이곳은 옛날부터 마법이 전 지역에 깊게 뿌리박고 있는 곳이었다. 게다가 여행 도중에 동료인 아리스토메네스가 말해 준 그 이야기가 이 도시에서 일어났다는 사실을 알고, 나는 기쁜 마음으로 조심스럽게 모든 것을 눈여겨보았다.

이 도시에는 달라 보이는 것이 전혀 없었다. 그러나 나는 잔인한 마녀의 힘이 곳곳에 작용하여 모든 것이 다른 형태로 바뀌어 있다고 상상했다. 그래서 내 발길에 걸어차인 돌은 돌로 굳어진 사람이며, 새들은 신화 속의 프로크네[1], 테레우스, 필로멜라[2]처럼 깃털로 만들어진 사람이라고 생각했다. 또한 성벽을 에워싸고 있는 나무들은 잎사귀로 변신한 인간이며, 분수에서 솟아 나오는 물은 인간에게서 뿜어져 나오고 있다고 상상했다. 심지어 석상과 나머지 형상들이 금방이라도 걸어 다닐 것이며, 벽들은 언제라도 갑자기 말하기 시작할 것이고, 소나 양들은 앞으로 일어날 일들을 내게 말해 줄 것이며, 하늘에 떠 있는 태양은 어떤 신탁의 목소리를 전해 줄 것이라고 확신하고 있었다.

나는 이런 몽상한 상막관념에 사노십어 있었다. 이니 니를 피롭이난 이런 느낌에 도취되어 이곳저곳을 마구 돌아다녔다. 하지만 그 어떤 징조도 느끼지 못했을 뿐만 아니라, 나를 사로잡고 있던 마법에 대한 흔적 하나도 발견하지 못했다. 나는 마치 방랑자처럼 모든 것을 자세히 응시

---

1 아테네의 왕인 판디온의 딸이자 필로멜라의 자매이며, 테레우스의 아내. 제비로 변했다고 알려져 있다.
2 판디온의 딸. 나이팅게일로 변했다.

하면서 아무런 목적지 없이 이리저리 방황하다가, 마침내 곡물 시장에 이르러서 본래의 나 자신으로 되돌아왔다. 여러 명의 하인을 거느리고 시장을 지나가던 여자를 보았기 때문이다. 나는 급히 그녀를 뒤쫓아 갔다. 그녀가 치장한 보석들과 금으로 자수를 놓은 옷차림으로 보아 그녀는 정말로 대단한 여자임이 틀림없었다. 그녀와 함께 노인이 걷고 있었는데, 그는 나를 보자마자 이렇게 소리 높여 외쳤다.

"맙소사, 이게 누구야! 루키우스 아닌가!"

그러고는 나를 껴안았다. 그런 다음 그 여자에게 돌아가 귓속말로 뭔가 속삭이고 난 다음, 내게 돌아와서 말했다.

"자, 어서 가까이 가서 다정스럽게 입을 맞추고 인사하게나."

"저는 저 부인을 잘 모릅니다. 제가 모르는 부인에게 함부로 그렇게 할 수는 없습니다."

나는 얼굴이 빨개져 몸 둘 바를 모르며 고개를 숙인 채 모기만한 소리로 대답했다.

그러나 그녀는 나를 주의 깊게 쳐다보면서 이렇게 말했다.

"그래, 네 어머니 살비아와 아주 똑같이 생겼구나. 늘씬하고 나긋나긋한 몸매와 피부색도 그렇고, 진짜 금발인데다가 마치 독수리 눈처럼 반짝이고 살아 있는 푸른 눈하며, 고상한 표정까지 똑같이 닮았구나. 어디를 봐도 똑같이 생겼어."

그리고 이렇게 덧붙였다.

"내가 바로 이 두 손으로 너를 받아 낸 사람이란다. 그건 너무나 당연한 일이었지. 우리 플루타르코스 가문, 그러니까 네 외가 쪽으로 형제라곤 나 하나밖에 없기도 했지만, 나와 네 어머니는 한집에서 함께 자랐거든. 우리 둘의 차이가 있다면, 단지 사회적 신분이 다르다고나 할까…… 네 어머니는 권세 당당한 가문과 결혼했고, 나는 평범한 사람과 결혼을 했으니 말이야. 어쨌거나 내 이름은 비라에나야. 네가 어렸을 때 네 어머니가 내 이름을 자주 말했을 테니, 아마 기억이 날 거야. 그러니 당장 우리 집에 가서 머물러라. 네 집이라 생각하고 마음 편히 먹고 지내."

이 말을 듣자, 나는 초반에 느꼈던 서먹서먹한 감정을 떨쳐 버릴 수 있었다. 나는 이렇게 대답했다.

"이모님, 초대해 주셔서 정말로 너무나 기쁘긴 하지만, 지금 밀로라는 친구 집에 손님으로 머물고 있습니다. 그런데 그에게 아무 말도 없이 당장 떠나는 것은 옳지 않은 행동 같습니다. 더구나 한동네에서 그러는 것은 예의가 아니지요. 하지만 기회를 봐서 밀로에게 양해를 구해 이모님과 함께 지낼 수 있게 애써 보겠습니다. 그리고 도시 안으로 들어올 때마다 빠짐없이 이모님 집에 들르겠습니다."

우리는 대화를 계속하면서 걸었다. 그곳에서 몇 걸음 떨어지지 않은 곳에 비라에나의 집이 있었다. 나는 그 집에 들어서자마자 놀라지 않을 수가 없었다. 아름답게 꾸며진 안마당의 주춧돌 위에는 구석마다 날개를 펼친 승리의 여신상이 놓여 있었다. 실제로 여신상들은 전혀 움직이지 않았지만, 곡선 형태의 표면 위에 붉은 식물들이 자라고 있어서 마치 살아 있다는 인상을 풍기고 있었다.

그리고 안마당 한가운데를 차지하고 있던 파로스[3]의 대리석에는 디아나 여신이 새겨져 있었다. 그것은 바람에 날리는 튜닉을 걸치고, 활기찬 모습으로 방문객들을 기쁘게 맞이하는 아주 우아한 형상이었고, 오직 신만이 가졌을 법한 고대의 장엄한 멋을 풍기고 있었다. 양쪽에는 공격적인 눈과 쫑긋 세운 귀와 벌렁거리는 코, 그리고 커다란 입을 벌린 몇 마리의 개가 그 여신을 지켜 주고 있었다. 그 개의 모습은 너무나 현실감이 있어서, 마치 근처에서 개 짖는 소리가 나면 그 소리가 바로 대리석으로 새겨진 개의 입에서 나왔다고 착각할 정도였다. 용감하고 위협적인

---

3 에게 해의 섬. 흰 대리석으로 유명하다.

개들이 뒷다리에 중심을 두고 있었지만, 앞다리는 마치 뛰어가는 것 같은 인상을 풍겨서 조각가가 자기 솜씨를 가장 훌륭하게 보여 주었다.

이 여신 뒤에는 세상 곳곳에서 자라는 이끼와 잡초, 나뭇잎, 싹들, 포도 덩굴과 관목으로 뒤덮인 동굴 모양의 바위가 눈에 띄었다. 여신상의 그림자는 동굴 안쪽의 투명한 대리석 위로 드리워져 있었다. 그리고 바위 아래쪽에는 사과와 포도가 걸려 있었다. 그 과일들도 너무나 정확하고 완전하게 마무리되어 있었다. 잘 익은 과일 색을 내뿜고 있어서, 가을이 되면 누구든지 따먹으려고 생각할 정도였다. 은은한 물살을 흔들면서 여신의 발아래로 모여든 분수 속에 비친 모습을 들여다보면, 진짜 포도 덩굴에 달려 있는 포도 잎사귀가 움직이고 있다는 착각을 불러일으킬 정도였다. 바위를 덮고 있는 무성한 잎사귀 한가운데에는 이미 반쯤 사슴으로 변한 채 곁눈질로 열심히 여신을 바라보는 악타에온[4]의 모

4　아리스타에우스의 아들로 사냥꾼이었지만, 디아나(아르테미스)의 목욕을 훔쳐보았다는 이유로 그녀

습이 보였다. 악타에온은 디아나의 욕탕 입구에 시선을 고정시키고 있었다.

내가 주의 깊게 이런 예술 작품을 음미하고 있는데, 비라에나가 다가와서 말했다.

"얘야, 지금 보고 있는 것은 모두 너를 위한 것이란다."

그렇게 말하면서 비라에나는 하인들에게 둘이서만 말하고 싶으니 모두 물러가라고 지시했다. 모두 물러가자, 그녀는 말했다.

"사랑스러운 루키우스야. 바로 이 여신의 이름, 순결의 여신에게 널 지켜달라고 빌고 있었다. 현재 네 상황을 보니 몹시 걱정되지만, 어떻게 말해야 할지 모르겠구나. 하지만 내가 너를 자식처럼 사랑하고 있다는 점만 알아주길 바란다. 그래서 미리 경고하는데 조심하는 것이 좋을 거야. 무엇보다도 팜필레라고 불리는 여자의 사악한 꼬임과 역겨운 마법을 조심해라. 그 여자는 바로 밀로의 아내란다. 바로 네가 머물고 있다고 말한 그 집 말이야. 그녀가 마녀라는 건 세상이 다 아는 사실이야. 온갖 마법을 자기 마음대로 부린다고 소문나 있어. 그 여자는 나뭇가지나 조그만 돌, 또는 하찮은 것을 이용해 마법을 부려. 또한 밝은 태양과 반짝이는 별을 타르타로스의 심연으로 가져가 혼돈의 왕국을 부활시킬 수 있다고들 하지. 그리고 풍채 좋은 젊은이를 보고 눈독을 들이면, 그 남자를 자기 것으로 만들고 마는 여자야. 남자에게서 아름다운 눈이나 먼지 가슴마 빼내는 게 아니라, 애교를 떨면서 남자의 영혼을 차지하고 마침내 아무도 풀 수 없는 사랑의 끈으로 남자를 옭아맨다고 하지. 그런 다음에 그런 불행아들, 그러니까 불행의 덫에 빠진 남자들이 반항하면, 한두 마디의 주술로 돌이나 양 혹은 다른 동물로 바꿔 버리곤 해. 그리고 최악의 경우에는 이 세상에서 모습을 감추게 만들기도 하지. 나는 네

가 목욕할 동안에는 그녀를 지키는 벌을 받았다.

게 그런 일이 일어날까 두렵단다. 그러니 내가 보기에 넌 만반의 준비를 해야만 할 것 같구나. 그 여자는 한창 꽃 피는 몸을 항상 노리고 있으니까. 너는 나이로 보나 얼굴로 보나 그녀에게는 멋진 요리로 보일 게 틀림없어."

이것이 불안에 떨면서 진심으로 비라에나가 말한 내용이었다. 하지만 그토록 듣고 싶어 하던 마법에 관한 말을 듣자, 나는 호기심에 사로잡혀 버렸다. 팜필레를 조심하라는 말을 들었지만, 나는 초조한 마음으로 어떤 대가를 치러도 좋으니 그녀가 나를 마법 도구로 삼아주길 바라고 있었다. 심지어 맹목적으로 그녀가 파 놓은 벼랑으로 몸을 던지고도 싶었다. 내 마음은 불타오르고 있었다. 그래서 나는 족쇄를 끊어버리듯이 비라에나의 손에서 내 손을 뺐다. 그런 다음 그녀의 충고는 아랑곳하지 않은 채 "안녕히 계세요"라는 간단한 작별 인사를 하고서 밀로의 집으로 날아가듯 잽싸게 달려왔다. 귀신에 홀린 듯이 뛰어오는 동안, 나는 나 자신에게 이렇게 말하고 있었다.

'루키우스, 지금이 기회야! 이제야 네가 그토록 갈망하던 기회가 왔단 말이야. 오랜 시간을 기다린 끝에 마침내 이런 초자연적 현상에 대한 네 욕망을 마음껏 채울 수 있게 되었어. 그러니 철부지 같은 두려움 따위는 집어치워. 대신 과감히 행동으로 옮겨. 물론 팜필레 부인과 사랑하는 일은 피해야겠지. 소중한 안주인과 침대로 간다는 것은 자칫하면 인생의 실패를 의미할 수도 있거든. 하지만 이런 생각도 해보라고. 왜 포티스를 꼬셔 볼 생각은 안 하는 거지? 못할 이유가 없잖아? 비록 하녀이긴 하지만 얼굴도 예쁘고 생기발랄한 데다가 제법 장난기도 있고, 벌써 반쯤은 네게 빠져 있는 것 같은 눈치던데……. 바로 어젯밤에 네가 잠자려고 했을 때, 네 방까지 따라와서 온 정성을 다해 침대를 정리해 주었고, 애정 어린 손길로 시트를 덮어 주고, 잘 자라고 네 이마에 키스해 주었지. 그러고는 섭섭하다는 듯이 여러 차례 뒤를 돌아 너를 바라보았고, 자기

의지와는 상관없이 방을 나간다는 표정이었잖아. 이건 네게 최고의 행운이야. 이봐 루키우스, 결과야 어찌 되든 먼저 포티스에게 가 봐. 비록 사리 바른 행동은 아니지만, 너는 포티스의 속마음을 떠봐야 해.'

나는 속으로 그렇게 하기로 했다. 그리고 밀로의 집에 도착하자, 다수의 박수를 받으며 회의장에 들어가는 원로처럼 씩씩하게 걸어 들어갔다.

집에는 아무도 없었다. 다만 나의 귀여운 포티스만이 주인을 위해 군침 도는 냄새를 풍기며 싱싱한 쇠고기와 순대로 맛좋은 요리를 만들고 있었다. 그녀는 기다란 옷을 입고서 빨간 천으로 가슴 주위를 동여매고 있었다. 그녀는 꽃다운 손으로 냄비 안을 휘저으면서 요염한 자태로 몸을 움직이고 있었다. 또한 팔이 가볍게 움직일 때마다 그녀의 엉덩이도 부드럽게 요동치면서 몸 전체가 관능적으로 물결치고 있었다.

그 모습이 너무 인상 깊어서 나는 멍하니 선 채 정신없이 감탄만 하고 있었다. 하지만 마침내 나는 목소리를 가다듬고 이렇게 말했다.

"안녕, 포티스. 냄비를 젓는 모습이 너무 매력적이야. 또 엉덩이가 움직이는 모습도 아름다워. 그러니 당신의 고기 수프[5]는 얼마나 맛있겠어! 당신의 고기 수프에 손가락을 적실 수 있는 사람은 정말로 행복하고 축복받은 사람일 거야."

그러자 예쁘고 괄괄한 포티스가 뒤를 돌아보며 대답했다.

"쓸데없는 소리 말고, 얼른 아궁이에서 떨어지세요. 아무리 약한 불이라도 불똥이 튀면 당신은 화상을 입을 수도 있어요. 그런 일이 벌어지면 그 불꽃을 끌 수 있는 사람은 나밖에 없다고요. 내가 요리를 잘한다고요? 물론이죠. 어떻게 요리해야 사람들이 군침을 흘리는지 잘 알죠. 사람들의 입맛을 잘 알죠. 그리고 부엌 아궁이뿐만 아니라, 침대 시트 속에서도 어떻게 뜨겁게 달구는 지도……."

이런 말을 하면서, 그녀는 나를 돌아보고 미소를 지었다. 하지만 나는 그 자리에서 꼼짝하지 않고 그녀의 몸을 머리에서 발끝까지 하나도 빠짐없이 살펴보고 있었다.

하지만 지금은 그녀의 머리칼에 관해서만 쓰고 싶다. 사실 나는 머리칼에 대해 일종의 강박관념이 있다. 지나가는 예쁜 여자를 볼 때 가장 먼저 내 눈길을 끄는 것은 그 여자의 머리칼이다. 그리고 그 기억을 간직하고 집에 와서 혼자 상상의 나래를 편다. 나의 이런 버릇은 철저히 논리적인 원칙에 입각하고 있다.

머리칼은 신체 중에서 가장 중요하면서 가장 눈에 띄는 부분이다. 그리고 육체를 화려한 옷으로 장식하듯이 머리를 장식하는 것은 빛나는 머리칼이다. 사실 많은 여자가 남자들에게 황금빛 옷보다는 여인의 벌거벗은 몸이 훨씬 훌륭한 효과를 자아낸다는 사실을 알고 있다. 그래서 자신의 아름다움을 한껏 과시하기 위해서 화려하게 수놓인 외투와 비싼 드레스를 벗고는 자랑스럽게 아무것도 걸치지 않은 몸을 드러낸다. 하

---

5 그녀가 준비하는 수프를 의미할 뿐만 아니라, 여자의 성기를 의미한다.

지만 당신이 보기 드물게 아름다운 여인의 머리칼을 잘라 그녀의 얼굴에서 자연스러운 미를 없앴다고 생각해 보라. 그럼 그 여인이 파도 거품에서 다시 태어난 베누스 여신 같은 미녀라도 전혀 우리의 관심을 끌지 못한다. 마찬가지로 그라티아에 세 자매[6]의 합창에 둘러싸인 진짜 베누스가 쿠피도의 시중을 받으며 계피 향처럼 향기로운 냄새를 풍기고 허리에 사랑의 코르셋을 걸치고 있더라도, 머리칼이 없다면 그녀를 사랑하는 불카누스[7]조차도 좋아하지 않을 것이다.

사실 햇빛이 비칠 때나 고즈넉할 때 혹은 석양이 질 때마다, 색이 바뀌는 윤기 있는 머리칼을 보는 것만큼 즐거운 일이 어디 있을까? 어느 순간에는 황금처럼 빛나면서 또 다른 순간에는 꿀 색처럼 은은해지기도 하며, 또한 까마귀 날개처럼 흑옥黑玉 같다가도 갑자기 비둘기목의 깃털처럼 하늘색을 띠는 것이 바로 머리칼이다. 향수를 뿌리고 약간 헝클어지게 놔둔 채 예쁜 빗으로 단장하고, 리본으로 고정시킨 뒷머리는 애인의 눈을 즐겁게 한다. 끝까지 말아 올린 진한 머리칼이나 허리까지 내려오게 풀어헤친 머리의 아름다움을 어떻게 말로 표현할 수 있겠는가! 머리칼의 위업은 이 정도로 대단하므로 여인들이 금이나 보석 혹은 여러 장신구로 머리칼을 장식하는 것은 일리 있는 행동이다. 하지만 머리칼은 제때 적절한 모양으로 빗지 않으면, 아무리 깔끔하게 차려입은 여자도 결코 우아하다고 느낄 수 없게 만드는 마력을 지니고 있다.

내가 사랑하는 포티스는 느련하게 머리를 치장한 편요가 없었다. 그녀의 머리칼은 자연 그대로의 생머리였지만, 그것만큼 매력 있는 모습

---

6 이 세 자매는 식물과 인간과 신의 기쁨의 수호자이다. 이 여신들은 아폴로(아폴론)의 연인이다. 흔히 어깨를 드러낸 채 움츠리고 있는 에우프로시네, 아글라이아, 탈리아라고 불리는 세 자매로 표현된다.

7 유피테르와 유노(헤라)의 아들이자 베누스의 남편. 그는 불의 신이며, 에트나 아래에 있는 자기 집에서 유피테르의 번갯불을 만든 신이다. 그를 기념하기 위해 8월 말경에 '불카날리아'라는 여름 축제가 열린다.

은 없었다. 그녀는 길고 진한 머리칼을 땋아 목덜미 위에서 리본으로 동여맨 다음 목까지 느슨하게 흘러내리고 있었다. 그 모습을 보자 나는 근질거리는 욕망을 참을 수 없었다. 그래서 머리칼을 머리 위쪽으로 땋아 올린 부분에 열정적인 키스를 했다. 그러자 그녀는 머리를 한쪽으로 기울이면서 곁눈으로 나를 훔쳐보았다. 그리고 탐욕스러운 눈빛으로 내게 말했다.

"왜 이래요, 어린애같이! 지금 당장은 달콤하지만, 씁쓸한 뒷맛은 생각 못하네요. 조심하세요. 오늘은 꿀맛을 맛보았지만, 머지않아 씁쓸한 맛을 삼키게 될지도 몰라요."

"아, 아름다운 내 사랑이여! 그렇게 아름다운 입에서 조심하라는 말이 나오다니⋯⋯. 당신의 키스만 있으면 나는 당장 당신의 불에 구워질 준비가 되어 있어."

이렇게 말하면서 나는 그녀의 허리를 팔로 감싸며 그녀가 항복할 때까지 키스를 퍼부었다. 그러자 그녀는 내 포옹에 화답하듯이 나를 끌어안았다. 그녀의 숨소리에서는 계피 향내가 났다. 그리고 그녀는 자기 입술을 내 입술에 갖다 대고서 자기 혀를 슬쩍 내 입안으로 밀어 넣었다. 마침내 서로의 혀가 섞여 나오는 천상의 음료를 맛보자, 나는 숨을 헐떡이며 말했다.

"아, 포티스! 죽을 것 같소. 당신이 나를 어여삐 여기지 않는다면 나는 죽은 목숨과 다름없어."

그러자 그녀는 내게 숨 막히게 키스를 퍼부으면서 대답했다.

"죽는 것 따위는 무서워하지 말아요. 당신이 조금 더 버틴다 하더라도 죽지는 않을 거예요. 나는 내 모든 영혼을 받쳐 당신을 사랑하고 있어요. 정말이지 당신을 사랑해요. 난 완전히 당신의 여자가 되었어요. 이제 이런 우리의 흥분을 더 이상 미루지 말아요. 횃불을 켤 시간이 되면 당신 침실로 가겠어요. 그러니 방으로 가서 오늘 밤에 벌어질 전쟁에 대비하

세요. 난 밤새도록 당신과 격렬한 길고 즐거운 전쟁을 벌일 거예요."

수차례의 포옹을 주고받은 후에 우리는 약속을 다짐하고 헤어졌다.

정오경에 비라에나는 내게 일등품 돼지와 닭 다섯 마리, 그리고 아주 맛좋고 오래된 포도주 한 통을 선물로 보냈다. 나는 포티스를 불렀다.

"포티스, 이것 봐! 우리가 술의 신을 기억하지 못했어. 베누스의 욕망을 부추기고 도와주는 바쿠스[8]가 어떻게 우리 앞에 스스로 모습을 나타내는지 한번 봐. 바보 같은 정조 관념 따위에서 해방되고 우리가 쾌락을 즐길 수 있게 이 술을 한껏 마시자. 베누스의 배는 다른 식량을 필요로 하지 않아. 난지 램프를 밝힐 기름과 포도주산만 있으면 돼."

나는 목욕탕에서 오후를 보냈다. 그리고 집으로 돌아오자 나의 두 노

---

8 술과 감흥의 신. 그리스 신화의 디오니소스에 해당한다. 베누스는 그리스 신화의 아프로디테에 해당하는 사랑의 여신이다. 여기에서는 물론 어느 정도 마시면 흥을 돋우고 사랑을 하게 만들지만, 너무 마시면 사랑의 능력을 감소시키는 술을 균형 있게 마시는 것이 어렵다는 사실을 지적한다. 흔히 베누스와 바쿠스는 서로 공존할 수 없다고 말하기도 한다.

예가 코린토스에서 이곳에 도착해 있다는 것을 알게 되었다. 밀로는 팜 필레와 함께 형편없는 저녁을 차려놓고, 나를 기다리고 있었다. 그러자 포티스는 비라에나가 보낸 선물로 즉석에서 요리했다. 진수성찬이 차려 지자 나는 저녁을 먹으면서 그 날의 나머지 시간을 보냈다. 그리고 비라 에나의 경고를 떠올리면서, 팜필레의 사악한 눈길을 벗어나기 위해 나 는 저녁 식사 내내 아베르노스[9]의 늪과도 같은 그녀의 눈과 마주치지 않 으려고 노력했다. 그 대신 저녁 식사를 나르는 포티스 모습을 한참 동안 뚫어지게 쳐다보는 것으로 위안을 삼았다.

어둠이 깔리자 식탁 위의 램프에 불이 켜졌다. 그러자 팜필레는 램프 심지를 바라보며 이렇게 예언했다.

"내일은 온종일 비가 내릴 거예요."

남편은 어떻게 그걸 아느냐고 물었고, 그녀는 램프가 그 사실을 말하 고 있다고 대답했다. 그러자 밀로는 웃으면서 대답했다.

"우리는 부지불식간에 그 유명한 시뷜레[10]를 즐겁게 해주고 있소. 매 일 저녁 내 아내는 램프 심지에서 우주를 내려다보고, 다음 날 태양이 어 떤지를 예언하오."

그 말을 듣자 나는 그의 말을 가로막고 끼어들었다.

"이 조그만 불꽃이 인간의 손으로 켜졌지만, 이 불꽃의 아버지이자 모든 불의 원천인 태양과 관련이 있다는 것은 정말로 놀라운 사실입니 다. 따라서 신성한 영감을 통해 하늘에서 무슨 일이 일어날지를 점칠 수 있는 것입니다. 내가 코린토스에서 만난 사람의 예언과 비교해 볼 때, 이 것은 초보적인 점술이라고 생각합니다. 최근에 코린토스에서는 칼데아

---

9 시뷜레가 사는 곳으로 유명한 캄파니아 해변에 있는 호수. 이곳은 시인들이 지옥의 입구를 파악하는 곳이며, 흔히 지옥과 동의어로 쓰인다.

10 아폴로의 유명한 여자 점술가. 특히 예언과 여러 신탁의 재주를 지니고 있다. 그녀의 이름은 '예언적 능력을 지닌 여인'이라는 뜻을 내포하고 있다.

에서 온 점잖은 이방인이 점술로 온 도시를 시끄럽게 하고 있습니다. 동전 몇 푼만 받고도 그는 결혼하려는 사람에게 택일을 해주고, 혹은 건물을 지을 때 언제 첫 삽을 들어야 하는지, 혹은 여행을 떠나려는 사람들에게 언제가 가장 적당한지 예언을 해주면서 운명의 숨겨진 비밀을 사람들에게 가르쳐 주고 있지요. 난 언제 여행을 떠나야 가장 좋으냐고 그에게 물었어요. 그러자 정말로 놀랄 만한 여러 가지를 예언해 주었지요. 그는 내가 아주 엄청난 경험을 하게 되고, 믿을 수 없을 정도의 변화를 겪으며, 화려한 명성을 얻을 것이고, 또 그런 이야기를 책으로 쓰게 될 것이라고 말했습니다."

밀로의 입가에 희미한 미소가 번졌다. 그는 내게 물었다.

"그 칼데아 사람이 어떻게 생겼고, 이름은 뭐요?"

"그 사람은 키가 크고, 피부는 까무잡잡한 편입니다. 이름은 디오파네스라고 하지요."

그러자 밀로가 말했다.

"여기 히파타에서 앞일을 예언하던 바로 그 사람이군. 그 사람은 꽤 많은 돈을 긁어모았지만, 재수 없는 일이 일어났소. 그러니까 불행한 운명과 마주친 것이오. 어느 날 아침, 그는 사람들에 둘러싸인 채 예언을 해주며 그들의 질문에 답하고 있었소. 그런데 그때 케르도라는 상인이 언제 여행을 떠나는 것이 좋은지 알고 싶어서 그에게 다가왔소. 그가 대답을 해주자, 그 상인은 돈주머니를 열어 복비로 100프라나를 세었소. 바로 그때 어떤 귀족 젊은이가 뒤따라와서 점쟁이가 입고 있던 긴 법복을 벗겨 버렸소. 그러자 점쟁이는 뒤를 돌아보았고, 그 친구와 우정 어린 포옹을 한 다음, 자기 옆자리에 앉으라고 권했소. 그런데 뜻하지 않은 만남에 정신이 멍해진 점쟁이는 자기가 무슨 사업을 하고 있는지 잊고서 친구에게 말했소.

'이게 얼마 만인가? 이런 데서 만날 줄은 꿈도 못 꿨어. 언제 여기에

도착했어?'

그러자 친구가 대답했소.

'어제 오후에 왔는데……. 그런데 네가 먼저 얘기해 봐. 도대체 왜 에우보에아 섬[11]에서 그렇게 급하게 떠난 거야? 여행이 어땠는지 얘기 좀 해 봐.'

자기 직업이 무엇인지 깜빡 잊고 있던 저명한 칼데아 점쟁이는 이렇게 떠들었소.

'내 원수들도 내가 겪은 무서운 운명을 맞았으면 좋겠어. 아마 오디세우스가 트로이에서 돌아오기 위해 10년 동안 떠돌이 생활을 한 것도 내가 겪은 고통과는 비교가 안 될 거야. 우리가 타고 갔던 배가 휘몰아치던 폭풍과 회오리바람에 방향을 잃고, 무인도 해안가의 절벽에 부딪쳐 그곳에 침몰하고 말았어. 우리는 구조되어 간신히 목숨을 구해 테살리아의 해변에 도착했지만, 이미 모든 것을 잃어버린 후였지. 그런데 몇몇 친구들과 모르는 사람들이 친절하게 도와주어 다음 여행을 떠날 경비를 마련할 수 있었어. 그런데 이걸로 끝이면 얼마나 좋았겠나! 다시 여행을 떠났는데, 도중에 도둑놈들이 우리가 가진 얼마 안 되는 돈마저 빼앗아 버렸어. 이런 대담한 도둑놈들에게 내 유일한 형제였던 아리그노투스가 대항해 싸웠지만, 나는 눈앞에서 그가 어떻게 죽어 가는지를 지켜봐야만 했어.'

디오파네스가 자기의 슬픈 이야기를 하고 있는데, 상인인 케르도는 복비로 지불하려고 했던 돈을 슬그머니 돈주머니에 다시 넣기 시작했소. 그러고는 성급히 그 자리를 떠났소. 그제서야 점쟁이는 제정신으로 돌아왔소. 그러자 그를 에워싼 사람들이 폭소를 터뜨렸소. 어쨌거나 루키우스, 자네에게는 제대로 점을 쳐주었을 테니, 훌륭한 여행이 되기를

---

11 좁은 지협을 사이로 테살리아와 마주 보고 있는 지역.

진심으로 바라오.”

밀로가 이런 이야기를 하는 동안, 나는 아무 말 없이 나 자신을 탓하고 있었다. 이런 쓸데없는 이야기를 시작하게 만든 나 자신을 힐책하고 있었다. 그것은 자칫하면 밤의 최고의 순간과 그 밤의 가장 달콤한 과일을 잃어버릴 위험에 처해 있었기 때문이다. 그러나 마침내 나는 뻔뻔스럽게 하품을 하며 밀로에게 말했다.

“이제 그 점쟁이 얘기는 그만두는 게 어떻겠습니까? 디오파네스는 자기 운명대로 살 것이고, 육지나 바다를 돌아다니며 자기가 모은 돈을 쓰겠지요. 저는 어제부터 아직 지쳐 죽을 지경입니다. 실례지만, 일찍 자러 가야겠습니다.”

이렇게 말하면서 나는 그 장소에서 물러나 내 방으로 갔다. 가는 길에 나는 포티스가 오늘 밤 축제를 위해 모든 준비를 해놓았음을 알게 되었다. 혹시 오늘 밤 우리 대화를 엿듣지 못하게 그녀는 내 노예들의 잠자리를 내 방에서 멀찌감치 떨어진 마당 안쪽에 마련해 놓았다. 그리고 나이트테이블에는 저녁 식사를 하고 남은 먹음직스러운 음식들과 반쯤만 채운 몇 개의 술잔[12]이 놓여 있었다. 그리고 그 옆에는 아주 쉽게 술을 따라 먹을 수 있게 주둥이가 둥그런 상감 술병이 있었다. 한마디로 말한다면 큰 싸움을 앞둔 검투사의 아침 식사 같았다.

나는 침대로 들어가 시트를 덮었다. 그때 밀로 부인의 잠자리를 봐주고 나온 포티스가 방울 소리보다도 더 즐거운 모습으로 장미 꽃더미를 가득 안고 나타났다. 그녀의 가슴팍에는 활짝 핀 장미 한 송이가 꽃혀 있었다. 그녀는 살그머니 나를 향해 다가와서 진하게 키스를 했다. 그리

---

12   포도주를 물과 혼합하는 행위는 고대에 종종 있었으며, 그런 풍습은 아직도 존재한다. 현재 우리가 마시는 포도주는 모두 로마식 포도주와 다르다. 로마식 포도주는 물과 혼합할 뿐만 아니라, 포도주를 만드는 과정에서 꿀이나 포도즙 혹은 포도나무 수액을 첨가하곤 했다. 이런 다양한 종류의 포도주에 관해서는 마르쿠스 카토가 그의 책 『농업론』에서 광범위하게 설명하고 있다.

고 가져온 장미로 화관을 만들어 내 머리 위에 얹고는, 나머지 꽃잎은 침대에 뿌렸다. 그런 후 술잔을 집어 그 잔에 미지근한 물을 채우고서 내게 그 잔을 마시라고 주었다. 그런데 내가 그 술잔을 마시기도 전에 부드럽게 내 손을 잡더니 술잔을 빼앗고는 나를 뚫어지게 바라보면서 한 모금씩 그 술을 마시기 시작했다. 우리는 술을 가득 채운 술잔을 서너 번 서로 교환했다.

그러자 술기운이 올랐다. 하지만 술기운은 내 머리를 어지럽게 한 것이 아니라, 내 허벅지를 흥분시키고 있었다. 나는 점차 술잔 돌리기에 짜증이 났다. 그래서 상처를 보이며 쓰러지는 병사처럼 내 옷을 사타구니가 보이게 내렸다. 포티스는 내가 사랑을 갈구하고 있음을 눈치챘다. 그러자 나는 말했다.

"나를 어여삐 여겨 줘. 가능한 한 빨리 내 욕망을 채워줘. 너도 보다시피 전쟁 문서[13] 절차를 이행하지도 않고 선포한 전쟁에서, 나는 무자비하게 싸울 준비가 되어 있어. 오늘 아침, 잔인한 쿠피도의 첫 번째 화살을 내 가슴 가장 깊은 곳에 맞은 이후, 지금까지 만반의 준비를 했어. 자, 내가 완전히 만족할 수 있게 머리를 풀고, 풀어헤친 머리칼로 나를 사랑스럽게 애무해 줘."

그녀가 옷을 모두 벗고, 그 옷을 음식 접시 옆에 차곡차곡 개어 놓기까지는 약간 시간이 걸렸다. 그리고 머리를 풀어헤친 다음, 고개를 흔들며 머릿결을 마구 흩날렸다. 그리고 그곳에 서 있던 그녀는 바다로 들어가고 있는 완벽한 베누스의 형상으로 변했으며, 어느 순간 그녀는 달아오른 손으로 베누스의 숲을 가리고 있었다. 그것은 베누스 여신상과 마찬가지로 창피해서라기보다는 일부러 그런 것이었다.

"이제 온 힘을 다해 싸우세요. 난 한 발짝도 물러서지 않을 것이며,

---

13 전쟁 포고나 평화 협정을 맺을 때 취하는 공식적인 약속이다.

등을 보이지도 않을 거예요. 당신이 남자라면 얼굴을 맞대고 정면으로 싸우세요. 하지만 신중하게 공격하세요. 자, 이제 나를 공격하세요. 나를 죽이세요. 이 전쟁에서 절대로 살려달라는 말은 하지 말아요."

이렇게 말하고서 그녀는 침대로 올라와 한쪽 다리를 누워있던 내 등 위에 올려놓았다. 그리고 레슬링 선수처럼 웅크리고 앉아 허벅지로 재빠르게 공격을 하면서 나긋나긋한 엉덩이를 뜨겁게 흔들었다. 그러자 나는 순간적으로 정신을 잃었다. 그것은 마치 사랑의 사과가 내 위를 오르내리는 것과 같았다. 나는 배가 터지도록 베누스의 과즙을 마실 수 있었다. 마침내 우리의 감각이 마비되고 우리의 몸이 흠뻑 젖자, 포티스와 나는 동시에 껴안으며 침대에 쓰러졌다. 그러나 포도주를 더 마시자 우리는 즉시 기운을 차렸고, 다시 무기 없는 전쟁을 치렀다. 그리고 계속해서 잠과의 투쟁을 벌이며, 새벽이 될 때까지 욕망의 싸움을 벌였다. 힘든 운동이었지만, 그 기쁨이란 이루 말할 수 없었다. 하지만 그날 밤은 우리가 그런 싸움을 치른 수없이 많은 밤의 첫날에 불과했다.

어느 날, 비라에나는 저녁 만찬에 나를 초대한다는 메시지를 보냈다. 내가 갖가지 핑계를 대면서 사양했지만, 그녀는 이런 핑계를 하나도 받아들이지 않았다. 그래서 나는 신탁의 신전을 지키는 여사제에게 조언을 구하는 것처럼 포티스에게 애원할 수밖에 없었다. 단 한시라도 나와 떨어지는 것을 참지 못했던 포티스였지만, 그날 저녁 내가 사랑의 전사戰士로서 의무를 다할 수 없을 것이라며 점잖게 양해를 구하자, 그녀는 잠시 휴전하는 데 동의했다. 하지만 이렇게 충고했다.

"내 말을 잘 들으세요. 그 만찬에 너무 오래 있지 마세요. 그리고 저녁 식사를 끝낸 후 가능한 한 빨리 돌아오세요. 밤이 깊은 시간에 거리를 쑥대밭으로 만드는 모훅스라는 도당들이 있거든요. 그 도당들은 거리를 지나가는 사람은 누구든지 죽여요. 그래서 광장에는 시체들이 항상 널려 있어요. 그들은 이 도시에서 내로라하는 가문의 자식들이고, 로마 군대는 여기에서 떨어진 곳에 주둔하고 있어서 이런 불법적인 행동을 근절시킬 방법이 없어요. 특히 당신은 공격당할 위험이 커요. 이 모혹스 일당들은 특히 이방인들을 좋아하거든요. 게다가 귀족처럼 옷을 입은 당신을 보면, 그들은 틀림없이 기뻐하면서 마구 칼을 휘둘러 댈 거예요."

그 말을 듣자 나는 이렇게 대답했다.

"포티스, 걱정하지 마. 나는 저녁 만찬보다는 여기서 벌이는 우리의 사랑 만찬이 더 좋아. 당신이 걱정하지 않게 될 수 있는 한 빨리 돌아올게. 그리고 난 맨몸으로 다니지는 않을 거야. 별 것 아닐 수도 있지만, 신변 안전을 위해 허리에 칼을 차고 다니는 습관이 있거든. 그리고 내 노예도 한 명 데려갈 거야."

나는 그렇게 말하고 저녁 만찬에 갔다.

저녁 만찬은 공식 행사에서나 벌이는 정식 연회 같았다. 유명한 여인의 집이라 그런지 초대 손님들 중에는 이름만 대면 알 만한 그 도시의 핵심 인물들이 많이 있었다. 그곳에는 호화로운 삼목과 화려한 상아로 만든 테이블이 금실로 짠 식탁보로 덮여 있었으며, 다양한 형태의 수많은 최고급 크리스털 잔들이 있었다. 그 잔들은 무늬가 새겨져 있었지만 흠하나 없이 투명한 광채를 발하고 있었다. 이것 말고도 깨끗한 은으로 만든 잔들과 심지어 빛나는 금과 잘 세공된 호박琥珀으로 만든 잔도 있었다. 이 모든 것은 너무나 세련되어 훌륭한 세공 솜씨고 제작되었음을 한눈에 알아볼 수 있었다. 화려하다 못해 눈부시기까지 한 의상을 입은 하인들은 그런 고상한 분위기와 조화를 이루듯이 우아하게 술을 따라 주었다. 아주 아름답게 머리칼을 말아 올린 몇몇 처녀들은 쉴 새 없이 귀금속으로 만든 잔에 오래된 포도주를 따라 마시고 있었다.

어둠이 깔리자 촛불이 켜졌다. 그러자 초대 손님들은 재치 있고 유쾌한 농담을 나누면서 웃음 짓고 있었다.

비라에나는 내게 다가와서 말했다.

"테살리아가 어때? 내가 알고 있는 바로는 신전이나 목욕탕 혹은 다른 기념물들도 다른 도시들보다 뛰어날 뿐만 아니라, 필요한 다른 것들도 모두 갖추고 있어. 가령 사상가는 충분한 자유를 누리고 있고, 상인들은 로마에서와 똑같은 기회를 가질 수 있으며, 조용한 것을 좋아한다면 집에 있건 시골로 나가건 평화를 만끽할 수 있어. 우리가 다른 지역보다 풍요로운 곳에 살고 있다는 것은 사실이야."

그 말에 나는 이렇게 대답했다.

"이모님 말씀이 맞아요. 여러 곳을 다녀보아도 이곳처럼 편안한 곳은 가 본 적이 없거든요. 하지만 이곳 마녀들이 벌이는 신비스러운 마법은 두려워요. 마법에서 자신을 보호할 방법이 하나도 없으니까요. 그들은 죽은 사람들의 묘지조차도 개의치 않고 마구 사용해요. 무덤이나 화장터를 파헤쳐 시신의 뼈를 찾아 산 사람들을 죽이는 마녀도 있고, 또한 죽음의 냄새를 맡으면 날개를 단 듯이 재빨리 무덤으로 달려가 곡하는 사람들이 오기 전에 먼저 그들의 사지를 절단하는 마녀도 있어요. 심지어 장례식이 벌어지는 순간에도 그런 일이 일어나지요."

"그건 의심의 여지가 없소."

내 테이블에 함께 앉아 있던 남자가 말했다.

"더 기막힌 일은 산 사람도 그냥 놔두질 않는다는 거요. 이름은 기억나지 않는데, 얼마 전에 내가 아는 어떤 친구는 끔찍하게 얼굴을 물어 뜯겨서 기형이 되고 말았소."

사람들은 그의 말을 듣자 껄껄거리며 폭소를 터뜨렸다. 동시에 그들의 시선과 얼굴은 한쪽으로 쏠렸다. 그 구석에 앉아 있던 사람은 그 비웃음을 몹시 기분 나빠하고 있었다. 그가 일어나려고 하자, 비라에나가 말했다.

"잠시 기다려요, 텔리프론. 무턱대고 화내지 말고 자리에 앉아요. 그리고 평소처럼 기분 좋은 표정으로 당신에게 무슨 일이 있었는지 얘기해 줘요. 내 조카이자, 내가 아들처럼 여기는 루키우스는 당신의 재미난 얘기를 당신의 입으로 직접 해주길 원할 거예요. 그건 정말로 멋진 이야기잖아요?"

그러자 그는 볼멘소리로 대답했다.

"비라에나 부인, 당신은 예의 바르고 착한 분이기에 기꺼이 이야기를 들려 드릴 수 있지만, 저 무례한 사람들의 건방진 태도는 도저히 참을 수가 없습니다."

그는 그토록 화가 나 있었다. 하지만 비라에나는 건배를 하면서 이야기를 해달라고 졸랐다. 그는 여전히 내키지 않는 표정이었지만, 결국 비라에나의 요구에 손을 들고 말았다. 그는 식탁보를 접어 팔꿈치 밑에 대고서 테이블 위로 상반신을 일으켰다. 그는 오른손의 새끼손가락과 넷째 손가락을 한데 모으고 다른 손가락들을 펼쳤다. 그리고는 엄지손가락으로 위협적으로 다른 사람들을 가리키면서[14] 이야기를 시작했다.

내가 밀레투스의 대학에 다닐 때, 올림픽 경기를 보려고 그곳을 떠난 적이 있습니다. 그리스 북부를 여행하고 싶었기 때문에 나는 테살리아의 거의 모든 지방을 여행하고 있었습니다. 그런데 재수가 없던 어느 날, 나는 라리사에 도착했습니다. 그때 내겐 돈이 거의 바닥나 있었습니다. 그래서 내 지갑을 채울 요량으로 거리 이곳저곳을 기웃거리고 있었지요. 그런데

---

14 이런 손동작은 자기가 그리 자랑스럽게 생각하지 않는 이야기를 억지로 한다는 사실을 의미한다. 이런 동작은 연설가들이 충격적인 이야기를 시작할 때 사용하던 몸짓이다.

마침 광장 한복판에 있는 바윗돌에 올라서 있던 노인이 눈에 띄었습니다. 그는 그날 밤 죽은 자를 지켜 줄 사람이 있느냐고 큰 소리로 말하고 있었습니다. 그 노인은 지원자가 원하는 대로 대가를 치르겠다고 말하고 있었습니다. 나는 행인을 붙잡고 물었습니다.

「이게 도대체 무슨 소립니까? 라리사에서는 시체들이 도망이라도 간답니까?」

그가 내게 대답했습니다.

「입 다무시오, 젊은이. 이곳이 처음인 모양인데, 댁은 마녀들이 죽은 사람들의 얼굴을 온통 깨문 다음에 마법에 사용한다는 그 유명한 테살리아에 있다는 사실도 모르고 계시오?」

「흠……. 그렇군요. 그럼, 도대체 시체를 지킨다는 게 무슨 말입니까?」

「우선 밤새 한시도 눈을 감지 않고 뜬눈으로 지새워야 하지요. 계속해서 시체를 바라보면서 한시도 한눈을 팔면 안 돼요. 만일 한눈을 팔면 종종 사악한 마녀들이 동물로 변장해서 몰래 들어오지요. 경비가 철저한 재판소까지도 대낮에 들어갈 수 있게 변장을 하지요. 가령 새나 개, 혹은 쥐 심지어 파리로 변신해서 시체 지키는 보초들에게 못된 마법을 걸어 깊이 잠들게 하거든요. 이런 못된 마녀들이 자기들의 목적을 이루기 위해 얼마나 많은 속임수를 쓰는지 아는 사람은 없어요. 이렇게 위험한 일이기에 보통 하룻밤을 지켜주는데 4아우레우스나 6아우레우스를 주지요. 아! 한 가지 잊은 게 있군요. 만일 다음 날 아침에 시체를 온전히 돌려주지 않으면, 마녀가 시체에서 빼앗은 부분을 보초의 얼굴에서 떼어 내 보충하지요.」

나는 그런 사실이 별로 두렵지 않았습니다. 그래서 소리치는 노인에게 용기 있게 다가가 말했습니다.

「이제 그만 떠드시오. 내가 그 일을 하겠소. 자, 얼마나 지불할지 말해

보시오.」

그러자 노인이 말했습니다.

「당신 몫으로 1000데나리우스[15]를 주겠소. 하지만 아주 교활한 마녀들로부터 시체를 보호하려면 매우 조심해야 하오. 왜냐하면 그 시체는 이 도시 시장의 아들이니 말이오.」

그 말에 나는 이렇게 대답했습니다.

「말도 안 돼는 소리는 그만하시오. 당신 앞에는 잠이 뭔지도 모르고, 아르고스의 륀케우스[16]보다 더 날렵하고 용감하며, 주의력이 좋은 쇠처럼 강인한 사람이 있소.」

그 말이 끝나기가 무섭게, 노인은 나를 굳게 대문이 닫힌 집으로 데려갔습니다. 그는 나를 조그만 옆문으로 인도했습니다. 그리고 복도를 지나서 창문이 모두 닫힌 침실로 데려갔습니다. 어두운 방문을 열자 그는 어느 여인에게 나를 소개시켰습니다. 그녀는 상복을 입은 채 슬픔에 잠겨 있었습니다. 내가 인사하는 동안 노인은 그 여인에게 말했습니다.

「이 청년이 오늘 밤 당신 남편을 지켜주기로 약속했습니다. 그리고 그에 대한 대가도 합의되었습니다.」

그녀는 헝클어진 머리를 가다듬었습니다. 그러자 슬픔으로 가득 찬 예쁜 얼굴이 드러났습니다. 그녀는 내 눈을 바라보면서 말했습니다.

「제발 부탁인데, 최선을 다해 당신의 임무를 수행해 주세요.」

나는 그녀에게 말했습니다

---

15 40아우레우스에 해당한다.

16 전설에 의하면 륀케우스는 아르고스라는 도시에 도착하자 자기가 위험하지 않게 돌아갈 수 있다는 사실을 확신할 때까지 근처 언덕 뒤에 숨어 있었다. 왜냐하면 그의 미래의 장인인 다나오스는 딸인 히페르메스트라가 륀케우스를 죽이라는 명령을 이행하지 않았을 뿐만 아니라, 그녀가 그와 사랑에 빠져 죽이지 않았다는 이유로 재판에 회부했기 때문이다. 전설은 또한 그는 히페르메스트라가 아르고스에 들어와도 위험하지 않다는 사실을 횃불로 가르쳐줄 때까지 숨은 장소에서 나오지 않았다고 덧붙이고 있다.

「걱정하지 마십시오. 사례금이나 두둑이 준비해 놓으십시오.」

이 말을 듣자 그녀는 고개를 끄덕이더니, 자리에서 일어나 나와 함께 옆방으로 갔습니다. 그곳에서 일곱 명의 증인이 지켜보는 가운데 그녀는 값비싼 시체 덮개를 벗겼습니다. 잠시 곡을 한 후에 그녀는 서기를 불러 나무판자에 계약 내용을 적게 했습니다. 그런 후 사람들에게 이렇게 말했습니다.

「여러분, 코와 눈에 하나도 흠집이 없다는 것을 확인하세요. 그리고 귀도 완전하고 입술도 제 자리에 있고, 수염도 꼿꼿하게 있습니다. 선량한 키리테스[17]들이여, 이 모든 것에 증인이 되어 주십시오.」

그녀는 얼굴 부위를 하나하나 만져 보았고, 서기는 그것을 모두 나무판자에 기록했습니다. 그리고 증인 서명을 끝내자 봉인을 하고, 그곳을 떠나려고 했습니다. 그래서 나는 얼른 필요한 것을 요구했습니다.

「오늘 밤을 지내는데 필요한 모든 것을 갖다 주십시오, 부인.」

「그게 뭐지요?」

나는 하나씩 말했습니다.

「커다란 램프와 내일 아침까지 램프를 켤 수 있는 충분한 기름과 따뜻한 물, 포도주 한 병, 컵과 남은 저녁 식사 한 접시입니다.」

그러자 그녀는 고개를 가로저으며 화난 목소리로 내게 말했습니다.

「이게 얼마나 무례한 행동인지 압니까! 상을 치르는 집에서 당신에게 먹을 것과 마실 것을 줄 수 있다고 생각합니까? 며칠 전부터 우리 집 주방에서 연기 나는 것을 본 사람은 아무도 없습니다. 당신은 우리처럼 곡을 하고, 눈물을 흘려야 할 사람입니다. 여기에 놀러 온 줄 아십니까?」

그다음 그곳에 있던 하녀를 향해 이렇게 덧붙였습니다.

---

17 '키리테스'란 자유롭게 활동할 수 있는 로마 시민들이다. 전통적으로 이 용어는 로마에 도착한 사비누스인들이 키리날 언덕에 거주지를 정한 것에서 유래한다.

「미리나, 즉시 가서 램프에 기름을 가득 채워서 가져오거라. 그리고 문을 닫고, 이 사람이 본연의 임무를 수행할 수 있게 해라.」

나는 혼자 남아 시체를 지키게 되자, 가장 먼저 눈을 비비고는 밤을 새울 준비를 했습니다. 석양이 진 후, 밤이 시작되고 깊어 가자 처음으로 졸음이 엄습했습니다. 그러자 나는 마음을 안정시키기 위해 노래를 불렀습니다. 그런데 무섭다고 말할 수도 없는 공포를 느끼고 있을 때, 갑자기 족제비 한 마리가 나타나서 내 옆에 앉아 나를 가만히 쳐다보고 있었습니다. 조그만 놈이긴 했지만, 자신만만해 있던 나도 조금 놀랐습니다. 하지만 용기를 내서 족제비에게 소리쳤습니다.

「야, 이 더러운 짐승아, 꺼져. 내 팔 힘을 보여주기 전에 네 친척인 쥐새끼들과 함께 꺼져. 자, 얼른 꺼져!」

그러자 족제비는 꼬리를 돌리더니 방을 나갔습니다. 하지만 그 짧은 시간에 그놈은 나를 깊은 잠에 빠뜨렸습니다. 델포이의 신[18]조차도 그곳 바닥에 누워 있던 나와 관속에 누워 있던 시체 중에 누가 죽었는지 구별하지 못했을 것입니다. 나는 거의 죽은 것과 진배없었고, 따라서 내가 지키던 시체는 지켜줄 사람 없이 홀로 놓여 있었습니다.

나는 수탉들이 노래하면서 밤의 적막을 깨는 소리에 놀라 잠을 깼습니다. 나는 두려움에 떨면서 시체로 다가가 얼굴을 들추었습니다. 그리고 램프 불빛의 도움으로 흠 하나 없이 내게 맡겨둔 부위를 하나씩 쳐다보았습니다. 그 순간 갑자기 불쌍한 과부가 눈물로 바다를 이루고 크게 염려하며, 전날 증인들과 함께 들어왔습니다. 그녀는 시체 위에 몸을 기대고는 오랫동안 키스를 한 후, 불빛 속에서 신체 부위를 하나씩 자세히 살폈습니다. 그런 다음에 관리자인 필로데스포투스를 불러 임무를 수행한

---

18 델포이의 신은 델포이 신탁을 관리하는 사람을 일컫는다. 그는 바로 예언과 음악의 신이자, 요정과 요정의 자연과 사랑으로 목자의 신이라고 일컬어지는 아폴로이다. 또한 아폴로는 전쟁의 신이기도 하며, 그의 여동생인 디아나와 마찬가지로 멀리서도 사랑의 달콤한 죽음을 야기할 수 있는 신이다.

보초에게 바로 약정된 돈을 지급하라고 지시했습니다. 그러고는 돈을 내게 건네면서 말했습니다.

「정말로 고맙습니다. 이제부터 우리는 당신을 가족 이상으로 대할 것입니다.」

기대 이상의 행운과 손에 넘치도록 쥐여주는 휘황찬란한 금화에 너무나 기쁜 나머지 나는 말했다.

「부인, 나는 의무를 다했을 뿐입니다. 다시 당신을 도와줄 기회가 있었으면 좋겠군요. 언제든지 필요하면 주저 없이 불러 주십시오.」

말이 채 끝나지도 않았는데, 집안사람들이 모두 몰려나와 내게 욕을 퍼부었습니다. 몇몇 사람은 내 얼굴을 주먹으로 때렸고 어떤 사람은 내 등을 팔꿈치로 쳤으며, 또한 발길질과 몽둥이질도 서슴지 않았습니다. 나는 갈비뼈가 부러지고, 머리칼이 뜯겼으며 옷도 찢겼습니다. 그런 다음 그들은 나를 집에서 내쫓았습니다. 나는 멧돼지에게 혼난 아도니스나 트라키아의 여인에게 옷을 찢긴 오르페우스와 같다는 생각을 했습니다.

근처 광장에서 몽둥이찜질로 엉망이 된 몸을 회복하는 동안, 나는 내 말이 얼마나 경솔했는지 깨달았습니다. 그리고 나 자신이 그런 몽둥이질을 찾아 스스로 이리저리 헤매고 다녔다는 사실도 알았습니다.

이렇게 생각하고 있는데, 장례의 통곡 소리와 울음이 멈추고, 장례 행렬이 시체를 광장으로 내오고 있었습니다. 그는 귀족이었기 때문에 그 도시의 관습에 따라 모든 사람이 참여한 거대하고, 화려한 장례식이 벌어지고 있었습니다. 그때 상복을 입은 노인이 눈물로 숨을 헐떡이며 달려와서, 멋진 흰머리를 가다듬으며 두 팔로 관을 껴안았습니다. 계속 흐느껴서 간헐적으로 말이 끊겼지만, 노인은 아주 분명한 목소리로 이렇게 말했습니다.

「시민들이여! 여러분의 양심에 호소합니다! 여러분의 정의로운 정신과 도덕적 양심에 호소합니다! 당신들은 한 시민의 무고한 죽음을 보고,

그대로 있으면 안 됩니다. 당신들은 잔인무도한 범죄를 저지른 저 불경스럽고, 흉악무도한 여인을 단죄해야 합니다. 부정을 저지르고 유산을 가로채기 위해 내 누이의 아들인 이 불쌍한 청년에게 독약을 먹인 사람은 바로 저 여자입니다.」

그 노인의 한숨 섞인 슬픈 울음소리를 듣자 군중들은 웅성거리기 시작했습니다. 그 여자가 그런 범죄를 저질렀을 것이라고 생각한 사람들은 때맞추어 「화형에 처해라!」, 「돌로 쳐 죽여라!」와 같은 구호를 외치기 시작했고, 젊은 망나니들은 여자를 서로 때리려고 난리를 부렸습니다. 하지만 당사자인 그녀는 흐느끼는 소리를 일부러 더 높이고, 하늘의 신들을 자기의 증인으로 내세우면서 그렇게 사악한 짓을 어떻게 자기가 저질렀겠느냐고 극구 부인했습니다.

그러자 노인이 말했습니다.

「정 그렇다면, 심판을 신에게 맡깁시다. 하지만 바로 여기에 최고의 예언가인 이집트 사람 자클라스가 있습니다. 이 사람은 지옥에서부터 죽은 자의 영혼을 꺼내올 수 있습니다. 그래서 지하 세계에서 내 조카를 불러와 잠시 죽은 육체에 다시 영혼을 불어넣어 달라고 이 지옥의 신을 설득했습니다.」

이렇게 말하면서 그는 짧은 튜닉을 입고, 종려나무 샌들을 신은 채 머리를 완전히 빡빡 밀은 청년을 광장 한복판으로 나오게 했습니다. 노인은 호들갑스럽게 그의 손에 키스하고, 그의 무릎을 싸안고서 말했습니다.

「위대한 사제시여, 우리의 청을 들어주소서. 그리고 하늘의 별과 지옥의 힘과 기본 원소[19]들과 죽음의 침묵과, 콥트인들의 성전과 불어난 나일

---

19 기본 원소 혹은 주요 원소들은 아리스토텔레스의 개념에 의해 우주를 구성하고 있는 재료들을 의미한다. 이 원소들은 물, 흙, 불, 공기인데 아리스토텔레스주의자들은 이 네 원소의 결합은 현존하는 다른 물질들을 탄생시킨다고 믿었다.

강과 멤피스[20]의 비밀과 파로스의 성스러운 딸랑이[21]를 불쌍히 여기소서. 그리고 잠시 태양의 즐거움을 맛보게 허락하시고, 그의 감긴 눈에 영원히 빛의 행운을 불어넣으소서. 우리는 대지가 당신의 명을 수락해야만 한다는 사실을 거부하는 것이 아니라, 단지 우리의 복수를 위해 잠시 생명의 순간을 가질 수 있게 해달라고 애원하는 것입니다.」

노인의 애원에 감동한 점쟁이는 죽은 자의 입과 가슴에 이상한 약초를 놓았습니다. 그리고는 동쪽을 바라보며 장엄한 태양의 광채를 향해 잠자코 기도했습니다. 이렇게 황홀한 예배 의식을 취하자, 군중들의 관심은 이 예언가가 일으킬 커다란 기적에 쏠렸습니다.

그동안, 나는 사람들 틈을 헤집고 관 옆에 있는 층계로 올라가 자리 잡았습니다. 나는 무슨 일이 일어날 것인지 호기심 있게 바라보았습니다.

그때 갑자기 시체의 가슴에 맥박이 뛰기 시작했고, 피가 핏줄을 통해 다시 돌기 시작했으며, 영혼이 그의 육체로 스며들었습니다. 그리고 죽었던 남자는 이렇게 입을 열었습니다.

「나는 레테[22]의 물을 마시고서 이미 스틱스[23]의 호수를 헤엄치고 있는데, 무엇 때문에 나를 스쳐 지나가는 인생의 고통으로 다시 돌아오게 하는가? 나를 내버려 둬, 편안히 잠들 수 있게 내버려 두란 말이야!」

예언가는 갈수록 격앙되는 죽은 자의 목소리를 듣더니 이렇게 말했습니다.

「왜 그대의 죽음에 쌓인 어두운 비밀을 우리에게 밝히지 않는 것이

---

20 이집트의 주요 도시.

21 라틴어로 '시스트룸'이라 불리는 이 딸랑이는 여러 금속판을 매달아 딸랑거리는 음을 내는 악기이다. 파로스는 나일 강 하구에 있는 이집트의 섬이며, 이곳에는 유명한 등대가 있어서 항해에 아주 중요한 이정표가 되는 곳이다. 아마도 여기에서 파로스의 딸랑이는 바로 이 섬의 등대를 의미하는 듯하다.

22 불화의 여신인 디스코르디아(에리스)의 딸이자, 망각의 여신인 레테는 지옥에 있는 샘에 자신의 이름을 붙였다. 이것은 죽은 자들이 샘물을 마시면서 자신들의 속세의 삶을 잊으려고 했기 때문이다.

23 '증오'라는 뜻으로 원래는 저승을 돌며 흐르는 강의 이름이다. 또한 우뚝 솟은 바위에서 솟아나 땅 밑으로 스며드는 샘의 이름이기도 하다.

냐? 내가 주술로 신들을 불러 네 늘어진 사지를 괴롭힐 수 없다고 생각하느냐?」

바로 그때 죽은 사람이 관에서 몸을 일으키더니 경악해 있는 사람들을 향해 말했습니다.

「나는 얼마 전에 결혼한 아내의 사악한 마법에 걸려 죽었습니다. 나는 독약을 마셔야만 했습니다. 어제 내가 잔 침대는 이제 텅 비어 있지 않습니다. 그녀의 정부情夫가 내 따스한 침대를 차지했기 때문입니다.」

그러자 고상하게 있던 미망인은 화를 벌컥 내면서 불경스럽게 남편의 말을 반박하기 시작했습니다. 맹세코 아니라고 하면서, 죽은 송장의 말을 어떻게 믿을 수 있냐고 대들었습니다. 그러자 사람들은 서로 다른 의견을 내놓으며 두 패로 나뉘었습니다. 어떤 사람들은 죽은 남편의 무덤에 저 하이에나 같은 여자를 산 채로 매장해야 한다고 했고, 또 다른 사람들은 시체의 말은 신빙성이 없으니 믿으면 안 된다고 했습니다. 이런 이견異

尺들은 죽은 송장이 새로운 비밀을 털어놓자 비로소 정리되었습니다. 그는 흐느껴 울면서 말했습니다.

「내 말이 사실이라는 증거를 여러분에게 보여주겠습니다. 이것은 당신들 중 누구도 모르는 비밀입니다.」

그러고는 손가락으로 나를 가리키면서 계속 말했습니다.

「저 똑똑한 젊은이는 어젯밤 아주 조심스럽게 내 육신을 지키고 있었습니다. 내 시체 주위를 떠돌던 늙은 마녀들은 내 신체를 훔칠 기회를 엿보고 있었습니다. 마녀들은 변신하면서 그를 속이려고 최선을 다했지만, 그는 이런 마녀들의 계략을 모두 눈치챘습니다. 방문은 굳게 닫혀 있었지만, 그 마녀들은 족제비와 쥐새끼로 위장하여 문에 뚫린 구멍으로 살그머니 들어왔습니다. 그리고 저 젊은이를 깊은 잠의 안개로 덮어 버렸습니다. 그가 깊은 잠 속에 빠져들자, 마녀들은 내 이름을 부르기 시작했습니다. 굳어진 내 몸과 차가운 사지가 그녀들의 마법에 복종할 때까지 그랬습니다. 하지만 잠에 빠져 있었지만 살아있던 저 젊은이는 나와 이름이 똑같았기 때문에 아무것도 모른 채 자발적으로 마녀들이 부르는 곳으로 걸어갔습니다. 마치 고통받는 영혼처럼 말입니다. 방문이 굳게 닫혀 있었지만, 마녀들은 그가 나인 줄 알고서 문틈을 통해 먼저 그의 코를 잘랐고, 나중에는 귀를 잘랐습니다. 그리고 그가 눈치채지 못하게 자른 부분과 아주 똑같이 생긴 초로 코와 귀를 만들어 붙였습니다. 이제 여러분은 많은 돈을 벌었지만, 불쌍하고 불행하게 된 저 사람을 보십시오. 그는 자신의 용기로 돈을 번 것이 아니라, 자신의 코와 귀를 대가로 돈을 번 것입니다.」

그가 말을 끝내자, 나는 무서워 떨면서 손으로 내 얼굴을 더듬었습니다. 나는 그 말이 사실인지 확인하려고 먼저 코에 손을 댔더니 코가 떨어졌습니다. 나는 계속해서 얼굴을 만졌습니다. 귀를 만지자, 귀도 역시 떨어지고 말았습니다. 나는 다른 사람들이 손가락으로 나를 가리키면서 폭

소를 터뜨리고 있다는 사실을 알게 되었습니다. 나는 식은땀으로 범벅이 된 채 나를 에워싼 사람들에게서 빠져나왔습니다. 신체도 잘려나갔고, 게다가 비웃음을 샀기 때문에 나는 가족들이 사는 고향 밀레투스로 돌아갈 엄두가 나지 않았습니다. 그 이후부터 나는 머리칼을 양쪽으로 빗어 귀 잘린 부분을 덮고, 코가 없는 수치스러움은 이 기름 덩이를 붙여서 위장하고 있습니다.

텔리프론이 이야기를 끝내자, 술을 마시고 있던 모든 사람이 다시 웃음을 터뜨리면서 미소의 여신을 위해 축배를 들자고 했다. 그러자 비라에나는 나를 향해 이렇게 말했다.

"내일 이곳 히파타에서 아주 재미있는 축제가 벌어져. 이 도시가 탄생했을 때부터 기념하기 시작했는데, 축제 동안 우리는 기쁨과 놀이를 즐기면서 자비심 많은 미소의 신을 기억하지. 올해에는 네가 여기 있으니 우리에게 한층 더 의미 있는 축제가 될 거야. 그러니 너도 이 행사에 동참하려면 사람들에게 웃음을 줄 수 있는 멋진 농담을 생각해내야 해. 멋진 농담을 제물로 봉헌하면 숭고한 신이 내리는 최고의 영광을 누릴 수 있을 거야."

"물론이죠. 나는 정말로 멋진 농담을 만들어 낼 수 있어요. 이곳 여신의 목에 걸어 놓아도 창피하지 않을 농담을 생각해 놓겠어요."

그때 내 하인이 저녁이 되었다고 내게 알려 주었다. 나는 포도주를 과하게 마셨기 때문에 자리에서 일어나 비라에나에게 인사한 후, 비틀거리는 발걸음으로 집으로 향했다.

그런데 대로로 들어서자마자 갑자기 돌풍이 불어와 하인의 손에 들려 있던 횃불이 꺼졌다. 그래서 우리는 어두운 밤을 헤치며 힘들게 집에

도착했다. 우리는 수많은 돌에 부딪혀 살가죽이 벗겨진 발로 간신히 집에 도착했다. 우리는 집에 들어가려고 했다. 그런데 그 순간 거대한 몸집의 세 작자가 우리의 출현에는 아랑곳하지 않은 채 온 힘을 다해 대문으로 달려들고 있었다. 그들은 앞다투어 서로 문을 두드리고 있었다. 그래서 나는 그들이 위험하기 그지없는 도둑놈들이라고 생각했다. 나는 이런 경우를 대비해 허리춤에 매고 다니던 칼을 뽑아 들고서 반 토막을 내버리겠다고 그들을 위협했다. 그런데 그들은 물러설 생각은 하지 않고, 오히려 나에게 달려들었다. 그래서 나는 세 명과 싸웠고, 손잡이가 들어갈 때까지 칼로 그들의 몸을 찔렀다. 그들은 칼에 여러 차례 깊숙이 찔린 끝에 내 발 밑에 고꾸라지고 말았다. 이런 전쟁이 끝나자, 우리는 포티스가 열어 준 문으로 들어갔다. 그녀는 우리의 소란스러운 행동에 잠을 깨어 식은땀으로 뒤덮인 채 거친 숨을 몰아쉬고 있었다. 나는 헤라클레스가 게리온[24]을 죽인 것처럼 세 명의 도둑들과 싸워 기진맥진해 있었다. 그래서 침실로 가자마자 침대에 파묻혀 잠의 세계로 빠져들었다.

---

24 게리온은 세 개의 머리와 엉덩이 부분까지 세 개의 몸을 지닌 거대한 괴물이다. 그는 헤라클레스가 머물던 장소에서 개와 하인을 죽인 후에 가축을 훔치려고 하다가 헤라클레스에 의해 죽었다.

3장

당나귀로 변한 루키우스

시인들이 말하듯이, 나뭇가지에 걸린 붉은 아우로라[1]는 이미 장밋빛 팔을 흔들면서 하늘 위로 빠르게 날아가고 있었다. 나는 편안하게 잠을 잔후 눈을 떴다. 밤은 이미 낮이 되어 있었다. 그런데 갑자기 전날 밤에 있었던 도둑들과의 싸움이 떠올랐다. 그러자 오한이 나를 엄습했다. 나는 침대에 다리를 쪼그리고 앉아 손으로 무릎을 쓰다듬으며 손가락을 낀채 법정, 재판, 선고, 사형 등을 머릿속으로 떠올리면서 하염없이 눈물을 흘리며 울적해 있었다. 그러면서 이런 생각을 하고 있었다.

'무기도 없는 사람을 세 명이나 죽인 나를 무죄로 판결 내릴 이해심 많고 자비로운 법관이 있을까? 디오파네스가 이번 여행은 나를 유명하게 만들어 줄 거라고 예언했는데, 그게 이건가 봐.'

나는 지난밤의 재수 없었던 사건을 떠올리며, 그것이 어떤 결과를 가져올지를 곰곰이 생각하고 있었다. 그런데 그때 문을 마구 두드리는 소리가 났고, 문 입구는 악쓰는 소리로 야단법석이 되었다. 문이 열리자마자 수많은 사람이 집안으로 뛰어 들어왔다. 그리고 이내 법관들과 그들의 수행원들, 그리고 여러 사람이 집안을 가득 채웠다. 법관들은 수행원들에게 나를 체포하라고 지시했다. 나는 아무 저항도 하지 않았지만, 그들은 나를 과격하게 밖으로 끌어냈다. 골목길을 벗어날 무렵, 나는 모든 시민이 거리로 나와 서로 아우성치면서 우리를 지켜보고 있다는 사실을 깨달았다. 히파타의 모든 사람이 몰려든 것 같은 느낌이었다. 나는 바닥을 바라보며 걸었다. 그 순간 내 영혼이 곧 지옥으로 떨어질지도 모른다는 생각이 엄습했다. 그러자 나는 더욱 놀란 모습으로 거리를 걸어

---

1 아우로라 또는 오로라(Aurora)는 새벽의 여신으로 그리스 신화에서는 에오스에 해당한다.

갔다. 그리고 몹시 궁금한 표정으로 우리를 쳐다보는 군중들을 흘끗 쳐다보았다. 우리 주위에 있는 수많은 사람 중에서 웃지 않는 사람은 아무도 없었다.

그들은 재판소가 있는 광장으로 곧장 가지 않고, 나를 끌고 도시의 구석구석을 돌아다녔다. 마치 속죄를 기원하며 재앙의 위협에서 벗어날 수 있도록 도시의 주요 도로를 거니는 희생제물처럼, 우리는 도시의 모든 거리를 하나도 빠짐없이 지나갔다. 그런 후, 마침내 나를 법정에 세웠다. 법관들은 높은 단상에 있는 의자에 앉았다. 재판장이 조용히 하라고 요구했지만, 군중들은 서로 밀쳐 대면서 "자칫하면 떠밀려 죽겠어요! 그를 극장에서 재판하시오! 여기에서 재판을 멈추고 극장으로 바꾸시오!" 라고 소리 높여 요구했다.

이 재판은 사람들의 비상한 관심을 불러일으켰기에, 재판관들은 재판 장소를 바꾸기로 했다. 그러자 모든 군중이 놀라울 정도로 빠르게 극장을 가득 메웠다. 입구는 물론이고, 심지어 천장까지도 사람들로 가득 찼을 뿐만 아니라, 기둥으로 올라간 사람도 있었다. 또 어떤 사람들은 동상에 기어오르기도 했으며 심지어 천장의 채광창에 두 다리를 걸치고 재판을 들여다보는 사람도 있었다. 나의 재판을 보기 위해 누구도 목숨을 아끼지 않는 것 같았다. 두 명의 관리는 나를 무대 쪽으로 데려가서, 마치 신에게 바치는 희생제물처럼 연주석[2] 오른쪽에 앉혀서 모든 사람이 나를 자세히 볼 수 있게 했다.

재판장은 위엄 있는 목소리로 다시 고함쳤다. 하지만 이번에는 기소에 필요한 증인을 호출했다. 그러자 내가 얼굴도 보지 못한 익살스럽게

---

2 오케스트라 연주석은 상원의원들에게 지정된 극장 좌석이다. 일반적으로 그곳은 무대에서 가장 가까운 곳을 지칭하기 위해 쓰인다.

생긴 노인이 걸어 들어왔다. 법정에는 깔때기 같은 그릇에 담긴 물이 아주 좁은 병 입구로 한 방울씩 떨어지고 있었다. 그는 그 물이 다 떨어질 때까지만 말을 하라는 지시를 받았다. 그 그릇은 바로 그의 발언 시간을 측정하는 시계였다. 그는 관중들을 바라보며 말했다.

"존경하는 시민 여러분. 저는 지금 중대한 사건에 대해 증언하고자 합니다. 이것은 하찮은 사건이 아니라, 이 도시 전체의 평화와 관련된 것입니다. 그러므로 이번 사건은 엄중하게 다루어져야 합니다. 우리 모두 시민의 명예를 걸고, 이 비열한 살인자가 피의 학살에서 무죄로 석방되지 않도록 주시해서 살펴볼 필요가 있습니다. 저는 개인적인 증오나 사적인 적개심 때문에 이렇게 격노하는 것이 아닙니다. 그것은 제 생각과는 거리가 멉니다. 저는 야경夜警 대장입니다. 이때까지 제가 저의 의무를 완수하는데 한 치도 게을리하지 않았다는 사실을 의심할 사람은 없으리라고 생각합니다. 이제 여러분에게 지난밤의 사건을 하나도 빠짐없이 자세히 설명하겠습니다.

지난 자정에 우리는 집집마다 순찰하면서 이상한 일이 벌어지고 있지 않은지 확인하고 있었습니다. 그때 잔인한 이 젊은이가 칼을 빼 들고 살육하는 것을 보았습니다. 그래서 그쪽으로 가려고 하는데, 세 사람이 숨을 헐떡이면서 피 웅덩이를 이룬 그의 발밑에 고꾸라졌습니다. 그는 자기가 저지른 엄청난 죄를 보더니 충격을 받았는지 도망치기 시작했습니다. 어둡기만 하지만 다행히 우리는 그가 어느 집으로 숨어드는지 볼 수 있었습니다. 그는 어둠의 보호를 받아 밤새 그곳에 숨어 있었습니다. 하지만 악당들에게는 반드시 벌을 내리고야 마는 신의 섭리 덕택에, 우리는 새벽녘부터 그 집을 포위했고, 그가 뒷문으로 도망치기 전에 붙잡아 성스러운 재판이 진행 중인 이곳까지 데려올 수 있었습니다. 여러분, 피에 굶주린 피고가 여기에 있습니다. 이 자는 현행범입니다. 그는 테살리아 태생은 아니지만, 저는 그를 우리 주민등록부에 기재된 사람처럼 엄히 다스려야 한다고 생각합니다."

그가 말을 마치자 재판관은 내게 할 말이 있으면 하라고 지시했다. 하지만 나는 이런 끔찍한 고발 내용을 깊이 생각하지 않았다. 내 비참한 상황만을 염두에 두고 있었다. 그래서 다른 생각은 하지 않은 채 흐느끼고만 있었다. 하지만 마침내 의심할 바 없이 신께서 과감히 나를 격려한 탓인지, 나는 용기 내어 그들에게 이렇게 대답했다.

"저는 이토록 순진한 수많은 군중을 납득시킨다는 것이 얼마나 힘든지 알고 있습니다. 이 사건을 명확하게 밝히기 위해 사실대로 말할 것을 맹세합니다. 저는 제가 세 시민을 죽였음을 부인하지 않습니다. 하지만 의도적으로 범죄를 저지르지 않았습니다. 여러 방청객께서 약간의 허락만 하신다면, 저는 여러분에게 제가 그렇게 해야만 할 극한 상황까지 몰렸다는 사실을 설명해 드리겠습니다. 여러분을 분노로 이끈 이 사건은 정말로 우연의 결과였습니다.

저는 저녁 식사를 끝내고 돌아오고 있었습니다. 약간 늦은 시간이었고, 제가 조금 취했다는 것은 사실입니다. 저는 절대로 제가 잘못한 부분을 부정할 생각이 없습니다. 그런데 여러분의 이웃인 밀로의 대문에 도착할 무렵, 잔인무도한 도둑놈들이 대문을 에워싼 채 대문을 기둥 틀에서 떼어 내고, 아주 조심스럽게 잠근 자물쇠를 강제로 열려는 것을 목격했습니다. 그들은 흥분 상태에서 그 집에 사는 사람들을 죽여 버리자고 말했습니다. 그러자 가장 뚱뚱하고 대담한 청년이 사방에 울릴 정도의 큰 소리로 격려했습니다. 그의 태도는 너무도 태연하면서도 냉정했습니다.

'자, 친구들. 주저하지 말고 남자다운 패기로 잠자고 있는 사람들을 덮쳐 버려. 칼을 꺼내 모든 식구를 죽여 버려. 잠자고 있는 사람은 칼로 베어 버리도록 해. 그리고 대드는 사람과는 목숨을 걸고 싸워. 산 사람이 한 명도 없어야 우리는 이 집에서 무사히 나올 수 있어.'

　존경하는 시민 여러분. 저는 훌륭한 시민의 의무를 항상 지켜왔다고 말하고 싶습니다. 그러므로 저는 저뿐만 아니라, 제가 묵고 있는 집주인들이 걱정되었습니다. 그래서 이런 경우를 대비해 가지고 다니던 칼을 빼서 잔인무도한 도둑놈들을 놀래주고 쫓아내려고 했습니다. 그러나 이 잔인한 놈들은 도망치지 않고, 제가 칼을 가진 것을 보자 제 얼굴에 일격을 가했습니다. 이것이 바로 그들이 잘못 계산한 무모함이었습니다.

　그래서 전면적인 싸움이 전개되었습니다. 다른 청년들의 두목이자 선동자였던 청년은 온 힘을 다해 저를 덮치고서 두 손으로 제 머리칼을 움켜잡은 다음에 제 등을 후려쳤습니다. 그런 후 돌멩이로 제 머리를 치려고 했습니다. 하지만 돌멩이를 가져오라고 지시하는 동안, 저는 정확한 칼솜씨로 그의 옆구리를 찔러 쓰러뜨렸습니다. 그런 다음 제 발을 물어뜯고 있던 놈을 멋진 칼솜씨로 죽여 버렸고, 저를 향해 돌진하던 세 번째 놈은 가슴에 칼을 찔러 깨끗이 처리했습니다.

　이렇게 싸움은 끝났습니다. 저는 우리 주인의 목숨을 구하고, 도시의 평화를 안전하게 지켰다고 생각하면서 자축自祝했습니다. 사실대로 말하자면, 제 행위는 아무 잘못도 없으며 용서받아야 할 것도 없다고 생각했을 뿐만 아니라, 공식적으로 제가 표창을 받아야 할 행동을 했다고 확신하고 있었습니다. 하지만 지금 제가 의도적 살인이라는 명목으로 기소되어 놀랍고 어리둥절할 따름입니다. 저는 아주 사소한 죄도 저지르지 않았으며 법정에 선 적도 없습니다. 제 나라에서 저는 존경받는 계층이고, 시민들 사이에서 훌륭한 평판을 받고 있으며, 성실함을 그 어떤 것보다도 우선으로 생각하는 사람입니다. 저는 가장 흉악한 도둑놈들과 성스러운 분노로 맞섰을 따름입니다. 저는 도둑놈들에게 아무런 적의와 증오도 없었으며, 그들을 전혀 알지도 못합니다. 그런데 왜 저를 감옥에 가두려고 하는지 아직 이해할 수 없습니다. 만일 이런 천인공노할 살인을 저지르는데 사리사욕이 있었다면, 누구라도 좋으니 와서 그 사실을 증명해 보십시오.”

이렇게 말을 끝내면서 나는 울음을 터뜨렸고, 애원하듯이 두 팔을 펼치면서 낙담한 표정으로 시민들의 인정에 호소했다. 그리고 나는 극장에 모인 모든 사람에게 자비를 베풀어달라고 빌었다. 이런 내 울음에 모두가 충분할 정도로 감동되었다고 생각하자, 나는 태양과 정의의 여신에게 천상의 신들이 모두 모인 모임에서 나의 무죄를 밝혀달라고 울부짖었다. 이렇게 시민들의 자비가 베풀어질 준비가 되었다고 생각되자, 나는 눈을 조금 들었다. 그런데 놀랍게도 모든 사람이 간신히 폭소를 참으며 킥킥 웃고 있는 장면이 눈에 들어왔다. 내가 묵고 있던 집의 주인이자 제2의 아버지라고 생각하던 밀로는 파렴치하게도 폭소를 참지 못하고 있었다. 그런 장면을 보자 나는 생각에 잠겼다.

‘오, 자비로운 신이시여! 저 사람은 마음도 없습니까? 양심도 없는 사람입니까? 난 그를 구하기 위해 살인범이라는 누명을 썼고, 죄수가 되었습니다. 그런데 나를 도와주면서 위로해도 시원찮을 판인데, 내가 사형

당할 이 순간에 껄껄거리며 웃고 있다니 말이 됩니까!'

바로 그때 극장 한가운데로, 너무 울어 눈이 퉁퉁 붓고 슬픔에 잠긴 채 검은 상복을 입고 무릎에 아이를 안은 한 여인이 다가왔다. 그리고 넝마 옷을 두르고 눈물로 바다를 이룬 늙은 여인이 뒤따라 들어왔다. 그런 비탄의 상태에서 두 여인은 올리브 가지를 흔들고 있었다. 살해당한 세 시체가 담긴 관에 다다르자 그녀들은 더욱 눈물을 흘리며 대성통곡하기 시작했다. 노파가 울면서 말했다.

"존경하는 판사님들, 자비와 양심의 이름으로 호소합니다. 이 젊은 이들은 어머니도 있고, 아내도 있는 몸이었습니다. 적어도 가장 순진한 나이에 포르투나에게서 버림받은 이 젊은이들에게 그들의 자리를 찾아 주시고, 우리 시민들의 법으로 이 잔인한 살인자를 복수할 수 있게 해 주소서."

그러자 젊은 여인이 다시 울부짖었다.

"이 중에서 가장 나이 많은 희생자는 저의 남편입니다. 이제 저는 남편도 없는 가난한 과부의 몸이 되었습니다. 그러나 저는 어떤 일을 당해도 괜찮습니다. 하지만 여러분은 어린 나이에 고아가 된 제 어린아이를 잊지 말아 주십시오. 모든 사람이 법을 지키는 이곳 히파타에서 일어난 이 끔찍한 죄를 이 살인자의 피로 씻어 주십시오."

그 말을 듣자 재판장이 일어나 군중들에게 다음과 같이 말했다.

"이 죄를 범한 사람소차노 이빈 사신이 임아께 미스껴개아 한다는 것을 부정할 수는 없을 것이다. 하지만 아직도 우리에게는 밝혀야 할 이 사건의 경위가 남아 있다. 그것은 바로 피비린내 나는 이번 사건의 공범 자들을 찾는 것이다. 이 범인이 혼자 건장한 세 청년을 죽였다는 것은 도 저히 있을 수 없는 일이다. 우리는 고문이라는 방법을 통해서라도 진실을 밝혀야 한다. 이 범인과 함께 있던 공범자는 살그머니 도망쳐 버린 게 틀림없다. 그러므로 잔인무도한 일당들에 대한 공포를 송두리째 뽑아버릴 수 있도록, 이 범죄에 참여한 사람들의 이름을 심문을 통해 알아내는 방법 이외에는 다른 방법이 없다."

그 말이 떨어지기가 무섭게 그리스에서 일반적으로 사용되는 고문 기구들이 즉시 준비되었다. 법정의 단상까지 불과 고문대와 모든 종류의 채찍을 가져왔다. 나는 내가 온전히 죽을 수조차 없다는 사실을 알고서 더욱 슬퍼졌다. 하지만 그 순간 자신의 눈물로 모든 관중을 감동시켰던 늙은 여인이 말했다.

"존엄하신 시민 여러분. 여러분이 불쌍한 제 자식들을 죽인 이 나쁜 놈을 고문하기 전에 죽은 자들의 시체 덮개를 벗기도록 허락해 주십시오. 이 청년들이 얼마나 멋지고 젊은지를 보면, 아마 여러분의 정의의 분노는 더욱 들끓을 것입니다. 그리고 여러분은 이 자가 저지른 죄처럼 잔인하게 복수하라고 요구할 것입니다. 그러면 이 살인범의 죄에 걸맞은 적절한 형벌을 내릴 수 있을 것입니다."

모든 사람이 손뼉 치며 이 말에 찬성했다. 그러자 법관은 영구대에 안치된 시체들의 덮개를 내 손으로 직접 벗기라고 명령했다. 나는 그렇게 하지 않으려 했다. 왜냐하면 다시 전날의 광경을 떠올리고 싶지 않았기 때문이다. 하지만 수행원들은 법관의 명령을 이행할 것을 촉구했고, 나는 내 의지와는 상관없이 내 비운을 자초했던 시체들이 있는 곳으로 끌려갔다.

불쾌했지만 나는 힘에 굴복하고 말았다. 그래서 시체 덮개를 들춰 시체들을 드러냈다. 신이시여! 이것이야말로 기적이 아닌가! 얼마나 갑작스러운 운명의 변화인가! 잠시 전만 해도 나는 프로세르피나[3]와 오르쿠스[4]의 노예가 될 준비가 되어 있었다. 그런데 나는 너무도 놀란 나머지

---

3 로마에서 프로세르피나는 지옥의 여신이다. 이 여신은 그리스의 페르세포네와 동일시 된다.

4 민간 신앙에서 오르쿠스는 죽음의 악마이다. 디스 파테르나 플루토와 동일 시 되고, 그리스 신화의 하데스에 해당한다. 당대에는 일반 사람들의 입에서 오르쿠스라는 이름이 흔히 쓰였다.

표정이 바뀐 채 멍하니 서 있었다. 도대체 어떻게 설명해야 좋을지, 적당한 말을 찾지 못하고 있었다. 칼에 찔려 죽은 세 청년의 시체는 포도주를 담는 양가죽 포대였다. 그 포대들이 칼에 찔려 여러 구멍이 나 있었다. 나는 지난밤 집을 침입한 자들과의 전투를 떠올렸다. 그런데 이 구멍들은 내가 칼로 찌른 것과 정확히 일치하고 있었다.

그때까지 내숭 떨며 웃음을 참고 있었던 사람들이 갑자기 웃음을 터뜨렸고, 극장이 떠나갈 정도로 일제히 깔깔거리며 웃는 소리가 들렸다. 몇몇 사람은 성성이 좋은 친구 더러서 니에게 바수 갑케를 보냈다. 하기만 대부분의 사람은 배가 아파 죽지 않도록 배를 두 손으로 움켜쥐며 웃고 있었다. 이렇게 재판은 갑자기 끝이 났다. 관중들이 극장을 떠나는 동안, 그들은 뒤를 돌아 나를 바라보았다. 한편 나는 손에 덮개를 들고서 마치 꽁꽁 얼어붙은 대리석처럼, 또는 극장에 있던 석상들이나 기둥처럼 꼼짝 않고 있었다. 내가 머물던 집주인 밀로가 가까이 다가와 나를 동정 어린 표정으로 껴안았다. 그가 싫다고 하는 내 고집을 꺾고, 자기 집으로 데려갈 때까지 나는 그렇게 있었다. 나는 그때까지 눈물을 철철 흘리고 있었다. 그리고 내가 지옥에서 빠져나왔다는 사실이 실감 나지 않았다. 그는 나를 달래려고 애쓰면서 집으로 향했다. 그리고 길을 우회하면서 나를 즐겁게 하려고 모든 노력을 다했지만, 내 마음속에 깊이 박힌 모욕과 분노를 누그러뜨리지는 못했다.

그런데 얼마 안 되어 재판에 참석했던 법관들이 법복을 입은 채 밀로의 집에 도착하여 다음과 같이 사과했다.

"루키우스 선생, 우리는 당신이 귀족 출신이며 당신 집안도 명문가라는 사실을 모르는 게 아닙니다. 사실 당신 혈통을 나타내는 성姓은 그리스 전역에 익히 알려져 있습니다. 우리가 당신을 재판정에 강제로 출두시킨 것을 너무 지나친 장난이라고 생각하지 마십시오. 또한 당신이 만인 앞에서 치욕을 당했다고 생각하면서 마음을 상해하지도 마십시오. 이제 더 이상 슬퍼하거나 괴로워하지 마십시오. 우리가 해마다 미소의 여신에게 봉헌하는 축제는 항상 새로운 사건을 만드는 것으로 이루어져 있습니다. 그리고 여신은 항상 누가 가장 적당한 대상이며, 누가 주인공인지를 지정하십니다. 이제 즐거움과 미소의 여신은 당신이 고통받는 것을 원치 않으십니다. 반대로 당신의 이마에 영원한 행복을 축복으로 내리실 겁니다. 이런 이유로 우리 시민들은 당신에게 특별한 영광을 제공하기로 했습니다. 당신의 이름을 당신의 수호신들의 이름과 함께 새겨 당신의 동상을 세우기로 합의를 보았습니다."

그런 공식적인 말을 듣자 나는 정중하게 다음과 같이 말했다.

"그런 영광을 주시다니 테살리아의 모든 시민에게 형언할 수 없는 감사를 드립니다. 하지만 청컨대 저보다 훨씬 훌륭하고, 나이 많은 사람들을 위해 동상을 세워 주시기 바랍니다."

나는 억지로 미소를 짓고 예의 바르게 그들의 제의를 거절하면서, 법관들과 작별 인사를 했다. 이렇게 나는 매우 행복하다는 인상을 그들에게 심어주려고 했다.

그들이 떠나자마자 한 하인이 달려 들어오면서 말했다.

"비라에나 여사가 당신에게 축하의 말을 전하셨습니다. 그리고 어젯밤에 당신이 참석하기로 한 연회가 곧 열릴 예정이라는 사실을 상기시키라고 하셨습니다. 그리고 반드시 참석해 달라고 부탁하셨습니다."

나는 그 집 때문에 이 모든 일이 일어났다는 사실을 떠올리자 두려워 죽을 것 같았다. 그래서 벌벌 떨면서 말했다.

"물론 이모님의 소망을 들어주는 것보다 더 좋은 일이 어디 있겠나? 하지만 피할 수 없는 선약이 있어서 오늘은 곤란할 것 같네. 밀로 씨가 오늘 잔치를 주선하신 신에게 감사드린다면서 내가 저녁 식사에 응해 주었으면 좋겠다고 간청을 했다네. 그리고 이제 나 혼자 집 밖으로 돌아다니지 못하게 할 것이며, 따라서 이모님 집에 가는 것을 허락하지 않을 걸세. 그러니 이번 초대 건은 잊고 다음으로 연기하는 게 좋을 것 같네."

이 말이 끝나자마자 밀로는 내 어깨에 손을 올려놓으면서 목욕탕으로 가자고 했다. 우리는 하인에게 필요한 것을 준비하라고 지시한 다음, 그곳에서 가까운 목욕탕으로 갔다. 나는 그의 옆에서 얼굴을 파묻고 걸었다. 그렇게 해서 내 이마를 쳐다볼 타인들의 시선과 우스꽝스러운 존재가 되어버린 나 자신을 피하고자 했다. 나는 그렇게 나를 스쳐 지나가던 부끄러움 때문에 내가 목욕을 했는지, 물은 제대로 닦았는지, 어떻게 집으로 돌아왔는지 신씨 기익이 니기 않았다. 눈과 얼굴과 손으로 나를 심판하라고 지시하던 사람들에 휩싸였을 때처럼, 나는 정신이 멍한 상태였다.

밀로와의 보잘것없는 저녁 식사가 끝나자 나는 너무 많은 눈물을 흘려 머리가 아프다고 변명을 했다. 그래서 나는 내 방으로 돌아가도 좋다는 허락을 쉽게 얻어냈다. 나는 잠을 자러 내 방으로 갔다.

나는 지난 일련의 사건들을 슬픈 마음으로 회상하고 있었다. 바로 그때 내가 사랑하는 포티스가 안주인을 잠재운 뒤, 내 방으로 왔다. 하지만 평소의 즐거운 표정이나 기쁨에 찬 말도 없이 인상 쓴 얼굴에 주름이 가득한 채 수심에 잠겨 있었다. 한참 동안의 침묵 끝에 드디어 그녀는 입을 열었다.

　"루키우스, 고백할 게 있어요. 내가 바로 당신이 겪은 악몽의 원인이에요."

　그렇게 말하면서 그녀는 가슴에서 가죽 채찍을 꺼내어 내게 내밀었다.

　"자, 받으세요. 당신을 배신한 이 여인에게 마음껏 복수하세요. 당신이 때리고 싶은 만큼 때리세요. 당신이 다른 방법을 원하신다면 이것보다 더 엄한 체벌을 해도 좋아요. 하지만 내가 의도적으로 당신에게 고통을 겪게 했다고는 생각하지 마세요. 모든 신을 두고 맹세하는데, 내 잘못으로 당신에게 상처를 입히느니, 나는 오히려 기꺼이 내 피를 흘려 희생

하고 싶어요. 그리고 문제를 일으켜서 당신의 머리를 복잡하게 만들고 싶지도 않았어요. 하지만 재수가 없었어요. 악운이 나를 붙잡고 놔두지 않았던 거예요. 전혀 다른 의도로 했는데 당신에게 끔찍한 해를 입히게 된 거예요."

나는 끔찍한 경험을 했지만, 호기심이 일었다. 나는 호기심을 참지 못하고, 일어난 사건의 숨겨진 원인이 무엇인지 알고 싶었다.

"나는 당신이 당신을 때려 달라고 건네준 이 건방진 채찍이 눈처럼 흰 당신의 피부에 닿게 하느니 차라리 산산조각 내버릴 거야. 그렇지만 사실을 말해 줘. 도대체 무슨 잘못을 저질렀기에 이토록 큰 체벌을 해 달라고 온 거지? 완벽하게 아름다운 당신의 얼굴을 두고 맹세하는데, 나는 당신이 내 재앙을 꾸몄다는 사실을 믿을 수 없어. 의도가 없으면 죄가 될 수 없다는 것이 법의 기본 원칙이야. 단순히 재수가 없어서 우연히 일어난 일을 범죄로 몰아붙일 수는 없어."

이 말을 끝내자, 사랑하는 내 포티스의 눈은 촉촉이 젖어 있었다. 그녀는 눈이 풀린 채 눈썹을 떨고 있었는데, 뜨거운 욕망으로 눈이 거의 반쯤 감겨 있었다. 나는 그런 눈을 보자 키스에 굶주린 사람처럼 열렬히 키스하면서 그녀의 사랑을 마셨다. 얼마 후 그녀는 다시 본래의 모습을 되찾고 말했다.

"우선 이 방문을 닫아야 할 것 같아요. 누군가 밖에서 내가 당신에게 하는 말을 들으면 우리는 끔찍한 시고를 당할 수도 있거든요. 이건 정말이지 아무도 모르는 비밀이에요."

이렇게 말하면서 그녀는 빗장을 걸어 잠근 다음에 다시 돌아와서 팔로 내 목을 껴안았다. 그러고서 부드럽고 극도로 겸허한 목소리로 고백했다.

"이 집의 비밀과 내 안주인의 미스터리를 발견한 이후, 너무나 무서워 몸서리가 쳐져요. 그래서 당신에게 이 집의 비밀을 털어놓는 거예요.

난 당신이 신중하고 분별력이 있다고 굳게 믿어요. 당신은 귀족 출신이며, 귀족적인 성품을 지니고 있어요. 또한 당신은 여러 신앙의 신비에 입문했었기에 이 비밀을 말해주는 거예요. 그래서 당신은 침묵이라는 성스러운 충성이 무엇인지를 이해하고 있으리라 생각해요. 애원하건대 내가 당신에게 고백할 내용은 당신 가슴 한쪽 구석에 숨겨두고 다니세요. 절대로 남에게 말하면 안 돼요. 난 당신이 굳건한 침묵으로 내가 솔직하게 말하는 이야기에 보답하리라 믿어요. 나는 당신에게 사랑을 느꼈기 때문에 다른 사람들이 전혀 모르는 비밀을 밝히려고 하는 거예요. 당신은 이 집에 관한 진실을 알게 될 거예요. 안주인 팜필라는 남들이 부러워하는 어마어마한 재산을 교활한 마법을 통해 얻었어요. 그녀는 마법사예요. 그 마법을 이용해 신들을 복종시키고, 행성의 궤도를 바꾸기도 한답니다. 또한 그런 수단을 이용해 신의 의지를 굴복시키고, 4원소들을 자기 마음대로 부린답니다. 특히 근사한 젊은이를 유혹하려고 할 때는 주저 없이 마법을 사용하지요.

지금 그녀는 보에오티아[5] 출신의 한 청년을 열렬히 사랑하고 있어요. 그 청년은 정말로 멋지게 생겼어요. 그래서 그를 유혹하려고 최고의 마법을 사용하고 있어요. 어제저녁에 나는 이 두 귀로 태양을 협박하는 소리를 들었어요. 만일 태양이 서둘러 지지 않고 자기에게 마법을 부릴 시간을 더 많이 주지 않으면, 어두운 구름을 불러들여 영원한 어둠에 빠지게 하겠다고 위협하고 있었어요.

어제 오후에 온천에서 돌아와 이발소에 앉아 머리를 손질하던 보에오티아의 젊은이를 본 후에 그렇게 협박한 거예요. 그리고 아무도 모르게 내게 바닥에 떨어진 머리카락을 주워 오라고 시켰어요. 그런데 내가 급히 머리칼을 줍고 있는데, 이발사가 내 행동을 눈치챘어요. 우리는 이

---

5 아티카의 동서쪽에 있는 그리스의 도시.

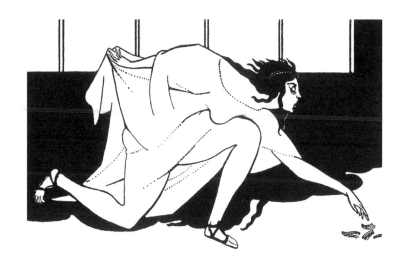

미 마녀로 악명이 자자했기 때문에, 이발사는 나를 붙잡고는 욕을 해대며 이렇게 나무랐어요.

'야, 이년아! 빌어먹을 년 같으니라고! 이제 잘 생긴 청년들의 머리칼은 그만 훔치란 말이야! 우리 고객의 머리칼은 그냥 놔두란 말이야! 만일 그런 나쁜 버릇을 고치지 않으면, 널 법정으로 끌고 가 고발해 버리겠어!'

그리고 이런 말에도 흡족하지 않았는지 제 가슴팍에 손을 넣어 제가 숨겨 놓은 머리칼을 빼앗았어요. 사실 나는 이런 일이 일어났다는 사실에 몹시 당황했고 고민스러웠어요. 나 우리 아주인의 고약한 성미를 그 누구보다도 잘 알고 있어요. 그래서 이런 뜻밖의 일을 당했다는 사실을 알면, 그녀가 화를 내며 나를 마구 때리면서 아주 가혹하게 질책할 것은 안 봐도 훤했어요. 나는 그 집에서 도망치려고 생각했지만, 당신을 떠올리자 즉시 생각을 바꿨어요.

나는 이발소에서 나오며 빈손으로 집에 돌아가야 한다는 생각을 하니 기운이 쭉 빠졌어요. 그때 커다란 가위로 세 개의 양가죽 털을 깎고 있는 사람을 보았어요. 그 가죽들은 목 부분이 꼭 매어져서 잘 부풀려져 가게 앞에 매달려 있었어요. 바로 그때 양털 색깔이 노랬고, 보에오투스 청년의 머리칼과 거의 같다는 사실을 깨달았어요. 그래서 나는 바닥에 떨어진 거무스름한 황갈색 털을 주웠고, 그 사실을 숨긴 채 안주인에게 갖다 주었지요.

밤이 되자 팜필레는 흥분된 상태에서 다락방으로 올라갔어요. 당신이 저녁 식사에서 돌아오기 전이었죠. 그곳은 사방이 훤히 트인 곳이에요. 특히 동쪽 하늘이 잘 보여요. 그곳은 그녀가 그 누구의 간섭도 받지 않고 자신의 마법을 행하는 곳이에요. 그곳에서 그녀는 먼저 평소에 사용하던 기구로 좋지 않은 실험을 준비했어요. 그 기구들은 모든 종류의 향료와 아무도 모르는 기호가 새겨진 금속판, 불길한 물건들, 얼마 전까지 울었지만 이제는 땅속에 묻힌 시체들의 수많은 부위, 벽에 걸려 있던 고기 조각들, 살해된 사람들의 피, 맹수의 얼굴에서 빼낸 잘린 두개골 등이었어요. 그다음에 아직도 뛰고 있는 따뜻한 동물의 창자에 마법을 걸고서 여러 액체를 뿌리며 희생 의식을 시작했어요. 우선 샘물로 몸을 닦았어요. 그리고 몸에 꿀을 뿌린 다음에 우유로 다시 목욕했고, 마지막으로 꿀물로 몸을 씻었어요. 그 후 곧바로 풀 수 없게 매듭지어진 털을 봉헌하고 여러 향료를 뿌린 다음에, 이글거리는 화로에 양털을 갖다 대고서 태웠어요. 그 즉시 그녀가 불러낸 신들의 무자비한 힘과 불에 지글지글 타면서 뿌연 연기를 내뿜는 양털 냄새는 그 털의 주인을 이 집으로 불러들였어요. 그래서 보에오투스 청년을 대신해서 그 양가죽들이 대문을 마구 두드렸던 거예요. 바로 그때, 깜깜한 밤에 술에 취해 놀란 당신이 실수로 그들을 강도로 오인한 것이에요. 당신은 술 취한 상태에서 용감하게 칼을 뽑아서 한 마리의 가축만을 죽인 아이아스[6]와는 달리 세 개의

<hr>

6 텔라몬의 아들로 '큰 아이아스'라고 불린다. 그는 트로이 전쟁에서 열두 척의 배와 맞서 싸웠다. 그는

양가죽을 죽이는 혁혁한 전과를 올린 거예요. 피 한 방울 흘리지 않고 당신의 적들을 소탕했으니, 나는 당신을 살인자가 아니라 양가죽을 죽인 사람으로 받아들이겠어요."

포티스가 이렇게 말하니 나 역시 그녀와 마찬가지로 농담조로 대답했다.

"난 헤라클레스야. 세 마리의 양가죽을 죽인 것을 게리온의 세 개의 몸과 비교하거나, 혹은 케르베로스의 세 개의 머리를 생포한 것과 비교한다면, 내가 헤라클레스처럼[7] 첫 번째 관문을 무사히 통과했다고 말할 수 있잖아. 하지만 나를 고통스럽게 만들었던 당신의 행동을 용서받고 싶다면, 이제 당신은 내 요구를 들어 줘야 해. 내 요구는 뭐냐 하면, 당신의 안주인이 신비의 기술을 실제로 행할 때, 그 장면을 내게 보여 달라는 거야. 적어도 그녀가 어떻게 마법을 준비하는지 보게 해 줘. 사실 난 그런 마법을 이 두 눈으로 직접 보고 싶거든. 내가 보기에 당신도 아마 그런 마법과 전혀 상관없지는 않을 거야. 난 절대로 한 여자에게 묶이지 않는 성격인데, 내가 이 사실을 알게 된 것은 당신 말대로 당신에게 유혹당했기 때문이지. 당신의 반짝이는 눈과 당신의 불그스레한 뺨과 당신의 빛나는 머리카락, 그리고 탐욕스러운 당신의 키스와 매끄러운 당신의 가슴의 노예가 되어 당신의 포로가 되었거든. 이제 더 이상 나는 내 집을 그리워하지도 않고, 집으로 돌아가려고 준비하지도 않아. 오늘 밤 당신과 즐길 즐거움은 있지만 안느다면, 난 당신에게 이 세상의 모든 것을 다 줄 수 있어."

그러자 포티스가 대답했다.

"당신이 원하는 것을 이루게 해 주면 나도 얼마나 기쁘겠어요. 하지

키 크고 건장하며 튼튼하고 절대로 흥분하지 않고 자신을 잘 다스리는 전사(戰士)의 전형이다. 흔히들 그의 방패는 7개의 소가죽이 무두질 되어 서로 겹쳐져 있으며, 겉에는 동으로 장식되어 있다고 한다.

7 이것은 게리온과 그의 하인과 개를 죽인 위업을 시사한다.

만 팜필레는 욕심 많고 약아빠진 여자라, 비밀스러운 마법을 부릴 때면 그 누구의 간섭도 받지 않는 장소에서 하곤 해요. 하지만 난 당신이 원한다면 목숨을 바칠 준비도 되어 있어요. 그러니 그녀의 행동을 주의 깊게 살펴보다가 그녀가 마법을 부리려고 부산히 움직이면, 당신에게 알려줄게요. 그렇지만 전에 당신에게 말했던 대로, 당신이 본 것에 대해서는 절대로 한 마디도 발설하면 안 돼요."

이런 말 저런 말을 나누고 있는데, 우리의 욕망이 갑작스럽게 기지개를 켰다. 우리는 서로를 원하고 있었다. 우리는 옷을 모두 벗어버리고, 완전히 나신의 몸이 된 베누스의 축제를 하나도 빠짐없이 재현했다. 나는 매우 피곤한 상태였지만 내 욕망을 한껏 발산하자, 포티스는 내게 보너스로 한 번의 기회를 더 주었다. 잠을 자지 않고 이렇게 오랜 시간을 보낸 끝에, 마침내 우리 사랑은 졸음으로 빠져들었다. 우리가 다시 눈을 떴을 때는 해가 중천에 떠 있었다. 우리는 이렇게 쾌락을 즐기는 데 몰두하며 며칠 밤을 보냈다.

어느 날 아침, 포티스가 숨을 헐떡이며 흥분된 얼굴로 찾아왔다. 자기 안주인이 평범한 방법으로는 원하던 사랑을 얻지 못했음을 확인하자, 그날 밤 새로 변하여 그의 침실 창가로 날아가려고 한다고 말했다. 그러고 나서 그런 멋진 광경을 보고 싶으면 준비하라는 말을 덧붙였다.

그날 석양이 질 무렵, 포티스는 작은 소리도 나지 않게 발꿈치로 살살 걸으면서 나를 옥상까지 안내했다. 그리고 안주인이 준비하고 있는 것을 문틈으로 살펴보게 해 주었다. 먼저 팜필레는 옷을 모두 벗고, 굳게 닫힌 보물 상자에서 나무로 만든 조그만 상자를 몇 개 꺼냈다. 그리고 그 중 한 상자를 열었다. 그 상자에는 향유가 담겨있었다. 그녀는 향유를 꺼내 손으로 머리끝부터 발끝까지 온몸에 발랐다. 그다음에 마치 애인과 비밀스럽게 말하는 듯이 램프를 향해 몇 마디 말을 하면서 팔을 너울거리며 움직였다. 그러자 그녀의 손발에서 부드러운 깃털이 점차 솟아 나왔고 팔은 억센 날개로 변했다. 또한 그녀의 코는 독수리 부리처럼 딱딱해졌으며 발톱은 사나운 새의 발톱이 되었다. 이렇게 팜필레는 올빼미로 변했다. 그녀는 부엉부엉 하면서 한이 뒤섞인 울음소리를 냈다. 그녀는 날기 전에 날개를 펼쳐 시험해 보았다. 그런 다음에 날개를 펼치며 단숨에 날아올랐다.

그녀가 나한테 마법을 걸지도 않았는데, 나는 너무나 놀라 그 자리에서 꼼짝도 하지 못했다. 나는 정말로 내가 루키우스인지 확인하기 위해 눈을 비볐다. 나는 제정신이 아니었고, 심지어 미친 사람처럼 멍하니 있었으며, 잠을 깬 채 꿈꾸는 것 같았다. 잠시 후 나는 제정신으로 돌아왔다. 그러자 포티스의 손을 잡고 내 눈앞으로 데려다 놓으며 귓속말로 말했다.

"제발 부탁이야. 지금이 가장 좋은 기회야. 당신에게 청컨대 정말 나를 사랑한다면 내 부탁 하나만 들어줘. 달콤한 꿀 같은 당신 가슴으로 당신 안주인이 바른 저 향유를 내게 발라 줘. 그러면 돈으로 지불할 수 없는 엄청난 부탁을 들어준 대가로 난 당신의 영원한 노예가 되겠어. 난 날개 달린 쿠피도가 되어 당신을 나의 베누스로 섬기고 싶어."

그러자 그녀가 말했다.

"뭐라고요? 무슨 바보 같은 소리를 하는 거예요? 도대체 뭘 원하는 거죠? 내가 도끼로 내 발등을 찍기를 바라는 거예요? 저 테살리아의 마녀에게서 벗어나 당신과 안전하게 만나기가 얼마나 어려웠는데, 이 시간을 얼마나 기다렸는데……. 그런데 당신에게 날개를 달아 주면 언제 어디에서 당신을 볼 수 있을까요?"

"나는 결코 배은망덕한 행동으로 신들의 분노를 일으키는 사람이 아니야! 잘 들어 봐. 최고의 신인 유피테르의 사신이나 그의 행복한 보초인 독수리처럼 오만하게 하늘을 가르며 날게 되면, 당신은 내가 날개를

달고 권위를 맛보면 둥지로 돌아오지 않을 거라고 생각하는 거지? 맹세하건대 내 영혼을 굴복시킨 당신의 달콤한 머리카락 때문에 나는 사랑하는 포티스 외에는 그 누구도 사랑하지 않을 거야. 그것 말고도 내가 새의 모습이 된다면 어떤 종류의 사랑놀이도 피해야만 할 거야. 멋진 여인들이 올빼미처럼 매력 없는 정부情夫에게서 무엇을 즐길 수 있겠어? 우리 모두 알다시피 이런 야조夜鳥들이 집안에 들어오면 잡아서 날개를 펼친 다음 못을 박아 문지방에 걸어 놔. 그렇게 고통을 주면서 음산하게 날며 불길한 징조를 가져온 대가를 치르게 하는 거지. 그런데 무슨 행복을 즐길 수 있겠어? 참, 자칫 잊어버릴 뻔했는데, 깃털을 떨쳐 버리고 다시 루키우스가 되기 위해서는 내가 뭘 먹어야 하고, 또 뭐라고 주문을 외어야 하지?"

이 질문을 받자 그녀는 대답했다.

"그건 걱정하지 않아도 돼요. 어떤 형태로 변신하든지 어떻게 인간으로 되돌아오는지는 안주인이 내게 가르쳐 주었거든요. 그녀가 친절해서 내게 그것을 가르쳐 주었다고는 생각하지 마세요. 단지 그녀가 되돌아왔을 때 내가 적절한 조치를 취할 수 있게 하려고 가르쳐 주었을 뿐이니까요. 이 마법에 사용하는 약초들은 평범하지만, 그것들을 먹으면 완전히 변신하게 돼요. 가령 오늘 안주인이 필요한 것은 샘물이나 목욕물에 담근 월계수 잎과 약간의 아니스예요. 그녀는 물을 조금 마신 다음, 나머지 물로 자기 몸을 씻은 거예요. 그러면 다시 본래 모습으로 돌아와요. 새가 된 후에 당신도 똑같이 하면 돼요."

나는 확실하냐고 여러 차례 물어보았다. 그러자 그녀는 틀림없다고 말했다. 그러면서 나를 잃어버릴지도 모른다는 두려움에 떨며, 보물 상자에서 조그만 상자 하나를 꺼내서 가져왔다. 나는 그 상자를 꼭 껴안고 입 맞추면서, 성공적으로 날 수 있게 해달라고 신들의 이름을 말하며 주문을 외웠다. 주문이 끝나자 나는 순식간에 옷을 벗어버리고 잽싸게 손으로 상당량의 향유를 찍어 온몸에 발랐다.

　나는 왼손과 오른손을 새처럼 휘젓기 시작했지만 부드러운 깃털도, 아니 딱딱한 깃털조차도 나타나지 않았다. 그 대신에 내 머리칼이 돼지 털처럼 빳빳해지기 시작했으며, 내 연약한 피부는 딱딱한 가죽으로 변했고, 손가락과 발가락은 단 하나의 손톱과 발톱으로 뒤섞여 버렸다. 그리고 나는 엉덩이 척추에서 긴 꼬리가 나오는 것을 느꼈다. 얼굴은 아주 커다랗게 부풀었으며, 입은 커졌고, 콧구멍은 크게 열렸으며, 입술은 늘어졌고, 귀는 엄청나게 커졌으며, 얼굴에는 털이 가득했다. 이런 끔찍한 변형 중에서도 위안이 되는 게 있었다. 내 남성이 엄청나게 커졌다는 사실이다. 사실 나는 그즈음 갈수록 커지는 포티스의 욕망을 채워주는 데 몹시 힘겨워하고 있었다. 결과적으로 내 몸은 새鳥가 아니라, 당나귀로 변했다.

　이 사실을 깨닫자, 나는 포티스의 바보 같은 실수를 나무라려고 했다. 하지만 나는 인간의 몸짓도 할 수 없고, 인간의 소리도 낼 수 없다는 사실을 깨달았다. 나는 무언의 항의로 아랫입술을 축 늘어뜨리며 기다란 얼굴로 눈물을 가득 담은 채 그녀의 눈을 바라볼 수밖에 없었다. 그녀는 내가 그렇게 변하자 커다란 소리로 탄식하면서 두 손으로 자기 얼굴을 마구 때리며 자책했다.

　"난 빌어먹을 년이에요! 난 죽어야 해요! 너무 긴장하고 당황해서 상자를 잘못 꺼냈나 봐요. 사실 상자 두 개가 아주 똑같이 생겼거든요. 하지만 보기보다 그리 나쁜 운명으로 변하지는 않았어요. 왜냐하면 이런 변신에 대한 처방을 알고 있는데, 이 경우에 해독제는 가장 쉽게 구할 수 있거든요. 당신이 장미를 씹으면 당나귀에서 다시 루키우스가 될 거예요. 오늘 오후에 내가 평소처럼 장미꽃을 가져왔다면, 하룻밤도 기다릴 필요 없이 인간이 되었을 텐데. 하지만 날이 밝으면 당신이 필요한 것을 가져오겠다고 약속할게요."

　이렇게 말하면서도 포티스는 계속 자신의 어리석음과 부주의를 저주하고 있었다. 한편 나는 루키우스가 아니라 완벽한 당나귀였지만, 아직도 인간의 정신 능력을 온전히 지니고 있었다. 한참 동안 나는 이 바보 같은 여자를 발로 차 죽여야 할지, 아니면 물어뜯어서 죽여야 할지 망설이고 있었다. 하지만 마침내 나는 나를 본래의 모습으로 되돌려 줄 수 있는 유일한 사람인 포티스를 죽이는 것은 위험천만할 뿐만 아니라, 바보스러운 짓이라고 생각했다. 나는 당분간 분노를 속으로 삼키며 큰 머리를 숙인 채 세심한 듯이 끄덕인 기를 이미지기 흔들며 나에 잔인한 운명에 복종하기로 했다. 나는 총총걸음으로 포티스를 따라 마구간으로 갔다. 나는 내가 인간이었을 때 잘 대해 준 순종 백마와 그곳에서 함께 잘 지낼 수 있을 것이라고 생각했다.

　그런데 내 백마는 다른 당나귀와 함께 있었다. 즉, 집주인 밀로가 소유한 당나귀였다. 나는 말 못하는 짐승들 사이에도 무언의 의사소통 방법이 있으며, 따라서 내 말은 나를 알아보고 이렇게 변해버린 내 처지를 동정하여 좋은 자리를 양보할 것이라고 생각했다. 아, 숙박의 신인 유피테르여! 충성과 진리의 신이여! 하지만 이 말은 당나귀와 힘을 합쳐 나와 맞섰다. 그들은 내가 자기들 음식을 먹으려 한다고 생각했다. 그래서 내가 마구간으로 오자마자 귀를 쫑긋 세우고 발길질을 해대며 나를 몰아냈다. 아, 이 배은망덕한 동물들이여! 그래서 나는 불과 몇 시간 전에 내 손으로 직접 주었던 건초 더미에서 가능한 한 멀리 떨어져 있어야만 했다.

그들에게 무참히 짓밟힌 후, 나는 마구간 한쪽 구석에 고독하게 처박혀 있었다. 그리고 내일 장미꽃잎을 먹고 다시 루키우스로 돌아오면 이 비정한 동물들에게 복수하겠다는 생각을 떨쳐 버리지 못하고 있었다. 그런데 그때 마구간 대들보를 받치고 있던 중앙 기둥의 가운데 부분에 에포나 여신[8]의 성체를 모시는 곳이 장미꽃잎으로 장식되어 있음을 알았다. 나는 그것이 나를 구원할 방법임을 알고 있었기에, 희망을 품고 장미꽃잎을 따먹기 위해 안간힘을 썼다. 나는 가능한 한 앞다리를 최대로 뻗고 목과 주둥이를 내밀었다. 그런데 내 주둥이가 꽃잎에 닿으려는 순간, 재수 없게도 마구간을 지키던 마부가 나를 보았다. 그는 화가 치밀어 자기가 누워있던 밀짚 더미에서 일어나며 말했다.

"이 빌어먹을 당나귀 때문에 문제가 한두 가지가 아니네! 도대체 뭐든지 먹어치우려는 이 빌어먹을 당나귀의 버르장머리를 언제까지 참고 견뎌야 하지? 처음에는 말먹이를 먹으려고 하더니, 이젠 고귀한 여신까지 먹으려고 해? 이 못된 당나귀의 다리를 부러뜨리고 말 거야. 그리고 불알도 떼어버리고 말겠어."

그는 더듬거리며 필요한 도구를 찾았지만, 단지 땔감 더미만 있었다. 그러자 그는 그 더미에서 제일 두껍고 좋은 장작을 꺼내 나를 마구 때리

---

8 에포나는 나귀와 말의 수호신이다.

기 시작했다. 아 가련한 나의 신세여!

　그런데 그때 대문을 마구 두드리는 소리와 함께 사람들이 "도둑이야! 도둑!"이라며 아우성치는 소리가 들렸다. 그 소리를 듣자 마부는 놀라서 막대기를 놓고 도망쳤다. 얼마 후 무장한 패거리들이 안뜰 대문을 부순 후 마구간으로 쳐들어왔다. 몇몇 사람은 밀로를 구하기 위해 덤벼들었지만, 이내 격퇴되고 말았다. 그들은 언제 어디서 쳐들어올지 모르는 사람들과 싸우기 위해 만반의 준비를 하고 있었다. 해가 없는 밤이었지만, 도둑들의 횃불은 주위를 환하게 밝히고 있었다. 그래서 그들이 휘두르는 칼은 횃불의 빛을 받아 마치 떠오르는 햇빛처럼 반짝이고 있었다. 마침내 그들은 마당 한복판에 있는 곳간으로 갔다. 그곳은 커다란 빗장이 여러 개 걸려 굳게 닫혀 있었지만, 그들은 어마어마한 도끼로 단숨에 문을 두 동강 내버렸다. 그곳은 바로 밀로의 값비싼 재물이 가득 쌓여 있는 곳이었다. 그들은 그것들을 모두 꺼내 값어치 있어 보이는 것들을 꾸리기 시작했다. 하지만 그들이 가져온 말에 가져가려고 했던 물건들을 싣기에는 턱없이 부족했다. 바로 그때 그들은 한 가지 지혜를 떠올렸다. 그들은 최대한 많이 나르기 위해 마구간에서 말과 나귀 두 마리를 꺼냈다. 그래서 말로 표현할 수도 없이 무거운 짐을 우리에게 싣고서 몽둥이질을 해대며 이미 텅 비어버린 집에서 끌고 나갔다. 그리고 이런 약탈에 관한 수사 방향이 어떻게 진행되는지를 알기 위해 한 명만 남겨 둔채, 노서히 셀를 누 없는 힘힌 신끌고 메길을 헤대머 우리를 전속력으로 달리게 했다.

　언덕은 가팔랐고, 내가 싣고 있던 짐은 무거웠으며, 우리가 가는 길은 끝없이 길었다. 그래서 나는 살았다기보다는 오히려 죽음의 문턱에 와 있다는 생각이 들었다. 그때 나는 로마 시민으로서 황제의 이름을 말하면서 시민법에 명시된 보호 수단에 호소하면 이런 고통으로부터 해방될 수 있을 거라고 생각했다. 해는 이미 중천에 떠 있었다. 그때 우리는 장이 열리던 큰 마을을 지났다. 나는 그리스 군중 앞에서 내 모국어로 카이사르의 엄숙한 이름을 말하려고 애썼다. 나는 커다란 소리로 "오"라고 발음을 했지만 그것이 전부였다. 나는 "카이사르"라는 말을 제대로 발음할 수 없었다. 그러자 내 울음소리를 들은 도둑들은 내 등가죽을 하찮은 가죽 제품에도 쓸 수 없을 정도로 마구 때리면서 재수 없는 당나귀 울음소리를 잠재웠다.

그런데 드디어 유피테르가 전혀 기대하지 않은 도움을 베풀어주었다. 수많은 농장과 커다란 집을 지난 후, 나는 아주 잘 정돈된 정원 앞을 지나고 있었다. 나는 그 집 정원에서 향긋한 풀 이외에도 티 한 점 없는 장미꽃이 피어 있음을 눈여겨보았다. 나는 내 주둥이가 장미에 닿기만 하면 해방될 것이라 생각하며 기분 좋게 장미꽃으로 다가갔다. 하지만 장미꽃을 먹으려는 순간, 나는 생각을 고쳐먹었다. 갑자기 구원에 대한 진짜 생각이 머릿속을 스쳐 지나갔다. 즉, 내가 모든 사람이 보는 앞에서 당나귀에서 루키우스로 바뀐다면, 마법사라는 의심을 받아 죽거나, 혹은 나중에 그들을 고발할지도 모른다는 이유로 도둑들의 손에 죽을 것이 분명했다. 그래서 나는 이런 상황을 고려해서 장미꽃을 먹고 싶은 욕망을 억제하고, 조금 더 고통을 참고 견디기로 마음먹었다.

4 장

젊은 도둑들의 좌충우돌 이야기

한창 햇볕이 뜨거운 정오경에 우리는 큰길을 벗어나 샛길로 접어들었다. 얼마 안 돼서 작은 마을이 나타났고, 우리는 그곳의 어느 조그만 집 앞에 멈추었다. 두세 명의 노인이 우리를 맞이하러 달려 나왔다. 그들이 도둑들을 무척 환대한 것으로 보건대, 아무리 우둔한 당나귀라도 그들이 도둑들의 친척이거나 아니면 같은 무리임을 알 수 있었다. 그들은 서로 오랫동안 대화를 나누면서, 서로 키스와 포옹을 했다. 도둑들은 내 등에서 물건을 몇 개 내려서 선물로 주며 이것들은 훔친 물건이니 절대로 아무에게도 말하면 안 된다고 경고했다. 그리고 그들은 나와 밀로의 당나귀와 내 말에게서 짐을 모두 내린 후, 인근 목초지에서 풀을 뜯도록 내버려 두었다. 사실 나는 그 짐승들과 함께 풀을 뜯어 먹어야 한다는 사실이 달갑지 않았다. 게다가 나는 아직 건초로 점심을 때우는 것도 익숙하지 않았다. 그때 나는 마구간 뒤에 있는 채소밭을 보았다. 배고파 죽을 지경이었기 때문에 나는 채소밭으로 달려가 아직 익지도 않은 푸성귀들을 배가 터질 정도로 잔뜩 먹어 치웠다. 그리고 나서 나는 제발 행운을 가져다 달라며 조용히 신들에게 간청하며 사방을 둘러보았다. 혹시 인근의 어느 채소밭에 흰 장미밭이 있을까 해서 둘러본 것이었다. 그곳은 길에서 떨어져 있었고 과일수 사이에 숲이 있었기 때문에, 만일 내가 네 발로 걷는 짐승에서 두 발로 기립하는 인간으로 탈바꿈할 수 있는 장미를 발견한다면, 아무도 보지 않는 상황에서 인간으로 변신할 수 있는 절호의 기회였다. 나는 이런 생각의 바다를 거닐고 있었다. 바로 그때, 저 멀리 빽빽한 숲속의 그늘진 계곡 너머 아름답게 펼쳐진 잔디밭 사이에 붉은 장미와 비슷한 색이 빛나고 있음을 보았다. 아직 완전히 동물이 되지 않은 나는 아름다운 꽃의 광채를 발하고 있는 저 숲이 베누스와 그라티아에[1]의 숲이라고 상상하고 있었다. 나는 '성공의 여신'에게 기도하며 재빨리 그곳으로 뛰어갔다. 당나귀가 아니라 마음대로 발을 뻗으며 뛰어가는 경주마처럼 달렸다. 이토록 빠르게 뛰었지만, 나는 내 운명을 앞서지 못했다. 숲으로 다가가자, 나는 그것이 신들의 이슬과 꿀에 적셔진 부드럽고 상냥한 장미가 아니며, 다정하고 달콤한 가시를 지니지도 않았다는 사실을 알았다. 그것은 마치 월계수처럼 잎사귀를 늘어뜨리고 아무 향내도 없이 붉기만 한 커다란 꽃봉오리와 같았다. 그것은 농민들이 일상적으로 '월계수의 장미'라고 부르는 꽃이었지만, 모든 종류의 가축들에게 해로운 식물이었다.[2]

나는 아직도 내가 불행의 수렁에 빠져있음을 알았다. 그런 절망의 상태에서 나는 자살하기 위해 이 가짜 장미를 먹으려고 했다. 하지만 그 꽃을 먹으려고 다가가는 순간, 방금 전에 내가 먹어 치운 채소밭의 농부가 나를 보더니 손에 몽둥이를 들고 화를 내면서 달려왔다. 격분한 그는 내게 몽둥이질을 하기 시작했다. 나는 그렇게 맞다가는 죽을지도 모른다고 생각했다. 그래서 엉덩이를 들어 뒷발로 그를 힘껏 두 번 찼다. 그렇게 나는 그에게 중상을 입히고 강둑에 쓰러뜨린 채 도망쳤다. 하지만 바로 그 순간 언덕에서 그의 아내로 보이는 한 여자가 반쯤 죽은 상태로 쓰러져 있는 청년을 보았다. 그녀는 "저놈의 당나귀를 죽여라! 저놈이 내 남편을 쓰러뜨렸어!"라고 외치며 남편을 구하기 위해 달려왔다.

그 외침 소리를 듣고 깜짝 놀란 이웃 농부들은 개들을 풀어 나를 갈기갈기 찢어버리라고 지시했다. 사자와도 능히 대적할 수 있을 만큼 사납고, 머리털이 곤두선 커다란 개들이 나를 공격하려고 달려오는 것을 보자, 나는 내 목숨이 죽음을 향해 치닫고 있다는 사실을 알았다. 그래서

---

1 베누스의 수행원이며, 인간을 기쁘게 하는 우미(優美)의 세 여신이다.
2 아마도 이것은 현재 협죽도(夾竹桃)라고 불리는 관목의 일종 같다.

나는 살아남기 위한 최후의 방법을 썼다. 나는 멀리 달아나는 대신에 있는 힘을 다해 우리가 머물고 있던 마구간을 향해 달려가기 시작했다.

그러자 이웃 농부들은 개들을 불러들였다. 하지만 내게서 위험이 사라지지는 않았다. 그들은 나를 가죽끈으로 고리못에 매어 놓고는 마구 때리기 시작했다. 다음과 같은 일이 벌어지지 않았다면, 나는 목숨을 잃었을 것이다. 나는 몽둥이질을 당한 고통과 배가 터질 정도로 푸성귀를 먹은 덕택에 갑자기 설사를 했고, 그 똥을 몇몇 농부들의 얼굴을 향해 쌌다. 나는 완전히 기진맥진한 상태였지만, 농부들은 내가 쏟아부은 악취 때문에 축 처진 내 어깨 뒤로 도망치기 시작했다.

정오가 지난 후 해가 기울기 시작하자 도둑들은 다시 우리에게 짐을 실었다. 특히 내게 가장 무거운 짐을 지게 했다. 나는 긴 여행과 등에 진 무거운 짐 때문에 완전히 녹초가 되었고, 옆구리는 매를 맞아 쑤셨다. 게다가 편자를 박지 않은 발굽이 너무 빨리 닳아 버려 절룩거리고 비틀거리며 걸었다. 그렇게 먼 거리를 오자, 나는 다시 도망칠 계획을 짰다.

우리는 깊은 골짜기를 따라 꾸불꾸불 이어진 길을 걷고 있었다. 그때 나는 고꾸라질 최고의 기회이며, 도둑들이 마구 때리며 앞으로 계속해서 가라고 하더라도 절대로 일어나지 않으리라고 작정했다. 나는 채찍질뿐만 아니라, 칼로 찌른다 해도 참으리라고 내심 각오했다. 그렇게 하면 그들은 내가 피로에 지치고 과도한 짐을 실어 실신할 지경이라는 사실을 알지 알겠는가? 나는 도둑들이 시간을 지연할 수 없으므로 다른 두 말에게 내 짐을 나누어 실은 다음에, 나를 늑대와 까마귀밥이 되도록 길에 그냥 내버려 둘 것이라고 확신했다.

하지만 저주스러운 포르투나는 다시 한번 나의 이런 교묘한 전략을 미리 눈치챘다. 밀로의 당나귀가 이런 나의 의도를 짐작이나 했다는 듯이 먼저 내 생각대로 해 버렸다. 그 나귀는 아주 피로한 표정을 지으며 길가에 사지를 쭉 뻗고 쓰러지더니 그곳에 죽은 듯이 누웠다. 도둑들은 채찍질도 하고 아프게 찔러 보기도 했으며, 귀와 꼬리와 다리를 잡아당기며 당나귀를 일어나게 했지만, 그 어느 방법도 효과가 없었다. 당나귀가 일어날 가능성이 전혀 없다고 생각하자, 그들은 자기들끼리 잠시 말을 주고받았다. 그리고 돌처럼 움직이지 않는 당나귀 때문에 더 이상 달아나는 일을 지체할 필요가 없다는 결론에 도달했다. 그러더니 그 당나귀의 짐을 나와 말에게 나누어 싣고, 쓰러진 당나귀의 다리 근육을 칼로 자른 다음에 산채로 깊은 심연의 물속으로 던져 버렸다.

내 동료의 이런 비참한 운명을 보면서 나는 겁을 먹었다. 그리고 더 이상 꾀를 부리거나 도망칠 계획을 세우지 않기로 했다. 대신에 나는 내가 정직하고 열심히 일하는 당나귀임을 보여주기로 마음먹었다. 이외에도 그들이 주고받는 말을 통해 나는 조금만 더 가면 그들이 사는 동굴에 도착하여 이 힘든 여행이 끝난다는 사실을 알았다.

마침내 가파르지 않은 언덕을 하나 넘자, 우리는 목적지에 도착했다.

도둑들은 짐을 내려 모든 전리품을 안전하게 동굴 안에 숨겨 놓았다. 물이 없었기 때문에 나는 바닥에 누워 흙먼지 속에 뒹굴며 휴식을 취했다.

그곳에서 일어난 사건을 서술하기 전에 나는 도둑들이 살고 있던 은신처와 주위 환경에 대해 묘사하려고 한다. 이것은 나의 문학적 능력을 검증해줄 것이며, 또한 여러분도 내 머리와 감수성도 당나귀처럼 우둔했는지 평가할 기회가 될 것이다.

우선 산부터 시작하자. 그 산은 수많은 높고 낮은 산들로 둘러싸인 험한 곳이었다. 도저히 오를 수 없는 헐벗고 커다란 바위들과 가시나무로 가득한 계곡들 속에 있는 그들의 거주지는 양쪽 모두 절벽으로 이루어져 있었다. 근처의 산꼭대기에서는 샘물이 물밀 듯이 솟구쳤으며, 그 샘물은 산기슭 아래로 은빛 폭포를 이루며 떨어지고 있었다. 그리고 그 물은 산 아래 수많은 개울 속으로 흩어지고 있었다. 한마디로 말하자면 그곳은 천연 요새였다. 산기슭에 자리 잡은 동굴 옆에는 아주 높은 망루가 솟아 있었고, 망루 주위에는 충분한 여유를 두고 우람한 나무들이 울타리를 치고 있었다. 그렇게 담 대신에 산울타리가 동굴 입구를 에워싸고 있었으며, 그곳은 도둑들에게 일종의 접견실 역할을 하고 있었다. 근처에는 아무 건물도 없었다. 단지 갈대 지붕의 조그만 오두막집이 전부였다. 나중에 알게 되었는데 그곳은 초소로 사용되고 있었다. 제비를 통해 뽑힌 보초들이 매일 밤 그곳에서 보초를 서고 있었다.

그들은 올가미 사이로 빠져 나아 밧줄로 우리를 동굴 입구에 매어 놓았다. 그리고 아주 건방진 태도로 집안일을 하고 있던 병약한 노파를 바라보며 말했다.

"이봐, 해골바가지에 화형장의 시체이며, 인생의 수치이고 지옥도 거절하는 인생이여! 비록 조금 늦은 시간이긴 하지만, 업무로 지친 우리의 배와 우리가 참고 견딘 위험을 조금이라도 달래 줄 간단한 음식조차도 준비하지 않고, 손 하나 까딱하지 않은 채 집안에 처박혀 있어도 되는 거야? 그 게걸스러운 식욕으로 창자를 채우는 것 말고는 아무 일 안 해도 되는 거야?"

그 말을 듣자 노파는 놀라 부르르 떨면서 카랑카랑한 목소리로 투덜댔다.

"아, 나의 젊은 용사들이여, 그리고 나의 충실한 보호자들이여, 날 그렇게 대하지 마오. 나는 여러분의 구미를 살살 돋울 맛있는 고기 스튜와 엄청나게 많은 빵을 준비했고, 포도주를 반짝반짝 빛나는 술잔에 따라 놓았소. 그리고 평소대로 여러분이 저녁을 먹기 전에 목욕할 수 있도록 물도 뜨겁게 데어 놓았소."

노파가 말을 끝내자 그들은 모두 옷을 벗고서, 활활 타고 있는 장작 근처에 둘러섰다. 그리고 따뜻한 물로 목욕을 한 후, 온몸에 기름을 바르고 풍성히 차려진 테이블에 둘러앉았다. 그들이 의자에 앉자마자, 젊은 이들로 이루어진 더 커다란 무리가 도착했다. 그들도 똑같이 따뜻한 물로 목욕을 했다. 행색으로 보아 그들도 도둑들임이 틀림없었다. 왜냐하면 금화와 은화, 값비싼 그릇과 금실이 수놓인 실크 옷을 전리품으로 가져왔기 때문이다. 그들은 이미 앉아 있던 사람들 사이에 자리를 잡고서 테이블에 음식을 가져올 사람을 제비로 뽑았다. 그들은 산처럼 쌓인 고기와 엄청나게 많은 빵과 끝없이 제공된 술을 무한정 먹고 마셨다. 그들은 다 함께 노래를 흥얼거리면서 놀았고, 시끄러운 소리로 음탕한 이야기를 떠들면서 농담을 했다. 이런 장면을 보자 나는 피리토우스[3]의 결혼 만찬 이야기에 나오는 라피타에 야만족[4]과 울부짖는 켄타우로스[5]의 행

---

3 익시온의 아들이자, 라피타에 족의 왕이며 테세우스의 친구이다.

4 라피타에 종족은 역사뿐만 아니라, 신화 속에 등장하는 민족이다. 그들은 테살리아 근처의 산지에 사는 야만족이다. 이 종족은 수많은 전설 속에 등장하는데, 가장 유명한 전설은 이 종족이 피리토우스의 결혼 만찬에서 켄타우로스와 전쟁을 벌이는 장면이다.

5 켄타우로스는 반인반마(半人半馬)의 괴물이다. 전설에 의하면 켄타우로스는 라피타에 족과 싸움을 벌였다. 라피타에 족의 결혼식에 초대받은 켄타우로스들은 술에 취했고, 그중의 한 켄타우로스가 피리토

동을 떠올렸다. 마침내 그들 중에서 가장 우람한 도둑이 일어나서 말했다.

"자, 조용히 하시오! 이제 식사가 끝나가니 용감한 여러분에게 내가 말을 하겠습니다. 우리는 히파타에 사는 밀로의 집을 습격했소. 우리는 용감하게 싸워 다량의 전리품을 획득하고, 단 한 명의 부상자도 없이 이곳으로 되돌아왔소. 이것 말고도 우리는 여덟 개의 다리를 더 갖고 왔소. 하지만 보에오티아까지 가려고 했던 당신들은 사상자를 내고 돌아왔소. 내가 한 가지는 분명히 말할 수 있소. 당신들은 두목인 라마쿠스를 잃었소. 그런데 그의 목숨은 당신들이 가져온 모든 전리품보다 더 값진 것이오. 라마쿠스야 말로 정말로 용감한 동지였소."

그러자 몇몇 사람이 그 말에 동의한다는 듯이 이렇게 말했다.

"사실 과도한 용기가 그의 목숨을 앗아갔소. 그는 위대한 전투에 참가한 왕과 장군들처럼 우리의 기억에 영원히 남아 있을 것이오. 반면에 여러분은 목욕탕과 창녀들의 매음굴을 배회하며 빌어먹거나 아니면 하잘것없는 것을 훔치려는 소인배처럼 행동하니, 모두 하찮은 좀도둑에 불과하오."

이 말을 듣자 두 번째 그룹의 임시 두목을 맡고 있던 사람이 대답했다.

"당신이야말로 정말 바보군요. 당신은 커다란 저택을 공습하는 것이 얼마나 쉬운 일인지 아직도 모릅니까? 물론 그런 집에는 많은 하인이 있지만, 하인들은 주인의 재산보다는 자기들의 생명을 더욱 소중히 여기는 사람들입니다. 하지만 얼마 안 되는 재산이나 혹은 많은 재산을 열심히 싸워 지키려는 사람들은 피를 흘리는 위험도 감수하지요. 비록 그들의 재산이 별 것 아니라도 말입니다. 자, 이제 우리 이야기를 들어보면

우스의 아내인 히포다메아를 범하려고 시도했다. 이것이 바로 대학살의 기원이자 원인이었다.

내 말이 얼마나 맞는 소리인지 알게 될 것입니다."

우리는 일곱 개의 성문으로 유명한 테베[6]에 도착하자마자, 그곳에서 가장 부자가 누구인지 은밀히 알아보았습니다. 우리가 가장 먼저 해야 할 일이 바로 돈이 어디에 있는지 찾아내는 것이라는 사실은 여러분 모두 동의할 것입니다. 그리고 크리세로스라는 은행가가 엄청난 돈을 갖고 있지만, 세금과 세리稅吏가 무서워 아주 교묘히 재산을 숨기고 있다는 사실을 알아냈습니다. 우리는 그가 조그만 집에서 혼자 살지만, 그 집은 튼튼한 빗장과 걸쇠로 잠겨 있어서 마치 요새와 같다는 말을 들었습니다. 그곳에서 그는 다른 사람들과 관계를 끊은 채, 더러운 넝마를 걸치고 황금이 숨겨진 매트리스에서 잠을 자고 있었습니다. 우리는 그 집부터 털기로 했습니다. 한 사람만 간단히 해치우면 그의 모든 재산을 아무 문제없이 차지할 수 있기 때문입니다. 우리는 더 이상 생각하지 않고, 해가 지자 그의 대문 앞에 모였습니다.

우리는 자물쇠를 부수고 대문을 기둥에서 빼내는 것은 적당치 않다고 생각했습니다. 만일 그렇게 한다면 시끄러운 소리 때문에 이웃 사람들이 잠을 깰 것이고, 그러면 우리가 불행을 맞이할 수도 있기 때문입니다. 따라서 문을 부수고 들어간다는 것은 불가능했습니다. 그래서 우리의 용감한 대장인 라마쿠스는 모든 사람이 인정하는 자기 재주를 믿고 안에서 잠긴 문고리를 들기 위해 열쇠 구멍에 손을 집어넣었습니다. 그런데 불행히도 아직 잠자리에 들지 않았던 크리세로스가 이 소리를 들었습니다. 이

---

6 그리스의 모이오티아 지방에 있었던 도시. 신화에 의하면 페니키아 계의 카드모스가 이곳에 성을 쌓고, 카드메이아라고 이름 지었다.

Boss chare

놈이야말로 인간 중에서 가장 빌어먹을 인간이었습니다.

　그는 한 손에는 망치를, 다른 손에는 못을 들고 조용히 문으로 다가왔습니다. 그리고 문고리를 들려고 하던 우리 대장의 손에 갑자기 못을 박아 손을 문에 고정시켜 버렸습니다. 이렇게 그는 우리 대장을 십자가에 못 박힌 죄수처럼 고통으로 몸부림치게 만들고 나서, 오두막집 지붕에 올라가 커다란 소리로 자기 이웃들의 이름을 부르기 시작했습니다. 그는 주민들에게 목청을 한껏 돋워 「도와줘요! 도와줘요! 불이야, 불! 어서 와서 불을 꺼 줘요! 당신 집으로 불이 번지기 전에 어서 도와줘요」라고 외쳤습니다. 그러자 모든 사람이 도대체 어디서 불길이 일고 있는지 알아보기 위해 놀란 채 집에서 뛰쳐나왔습니다.

　그래서 그들이 우리를 포위하게 놔두어야 할지, 아니면 우리의 대장을 버리고 도망쳐야 할지 진퇴양난에 빠지게 되었습니다. 그때 우리는 세 번째 해결 방안을 떠올렸고, 대장에게 그것을 생각해 보라고 했습니다. 우리는 대장의 동의하에 대장의 팔꿈치 관절 부분을 단칼에 잘라 그 부분을 그곳에 걸어 두었습니다. 떨어진 핏자국이 우리의 흔적을 남길까 두려워, 우리는 많은 옷으로 그의 상처를 동여매고서 급히 그를 데리고 도망쳤습니다. 이제 그 동네는 모두 전쟁 상태에 돌입했습니다. 우리는 우리를 추적하는 수많은 사람이 곧 들이닥칠지 몰라 불안해하고 있었습니다. 하지만 전속력으로 줄행랑을 쳐야 할지 아니면 그들과 맞서 싸워야 할지 결정을 내리지 못했습니다. 줄행랑을 칠 경우 라마쿠스가 우리와 보조를 맞추어 빠르게 도망칠 수는 없었고, 그를 놔두고 간다는 것은 곧 그를 죽이는 행위였기 때문입니다. 다른 사람에게서는 찾아볼 수 없는 용기와 고상한 정신의 소유자인 우리 대장은 마르스[7]의 오른팔이 되게 해 달라고 간절히 애원했습니다. 그가 한 말을 충실히 이행하기 위해, 그리고 착한 동료를 고통에서 해방시키고 동시에 포로의 몸이 되지 않게 하려면 단 하나의 방법밖에는 없었습니다. 사실 체포된 도둑은 살아남을 수 없었기 때문에 우리는 그를 죽여야만 했습니다. 그는 너무나 훌륭한 전사였기에 친구의 손에 죽기를 원했습니다. 그렇지만 우리 중 그 누구도 대장을 죽이려고 나서는 사람은 없었습니다. 그러자 그는 다른 한 손으로 칼을 꺼내 여러 번 그 칼에 입을 맞춘 후, 자기 가슴을 깊이 찔렀습니다.

라마쿠스는 우리가 아는 사람 중에서 가장 용감한 사람이었고, 그의 죽음을 본 우리는 깊이 감동했습니다. 그런 대장의 생각을 우러러보면서 우리는 그를 급히 겉옷으로 싸서 그의 잔해를 이스메리우스 바다에 던졌습니다. 그러자 우리 모두 「신들의 품 안에서 편히 쉬십시오, 대장! 당신의 행동은 정말로 영웅적이었고, 당신은 남성다운 기품에 걸맞게 죽었습니다」라고 탄식 어린 소리로 말을 했습니다. 이제 라마쿠스는 광활한 바

---

7 전쟁의 신이며, 전쟁과 관련된 모든 것과 깊은 관련이 있다. 가령 청춘(단지 젊은이들만이 싸울 수 있으므로), 봄(전쟁의 계절은 겨울이 끝나면 시작하므로) 등과의 개념과 연관을 맺고 있다. 어느 면에서 도둑들은 용병이기 때문에 마르스(아레스)를 자신들의 수호자로 삼고, 그의 오른팔을 완벽함의 상징으로 여기는 것은 전혀 이상하지 않다.

닷물 속의 무덤에 누워 있습니다.

또한 우리는 강도와 약탈의 천부적인 계획의 수립자인 알키누스도 잃었습니다. 불쌍한 알키누스는 포르투나의 또 다른 불길한 징조를 극복하지 못했습니다. 알키누스의 사건은 그가 어느 노파의 오두막을 강제로 점거하고, 2층으로 올라갔을 때 벌어졌습니다. 그는 2층 다락방 침실에서 잠자고 있던 노파를 목 졸라 죽여야 했습니다. 그런데 무슨 이유인지 그는 노파를 그냥 놔둔 채 창문으로 훔친 물건들을 던지는 쪽을 택했습니다. 그렇게 밖에 있던 우리가 그것들을 줍게 했습니다. 그는 능숙한 솜씨로 거의 모든 물건을 밖으로 던졌습니다. 하지만 그는 우리가 노파의 침구를 기다리고 있다고 생각했습니다. 그래서 잠자고 있던 노파를 침대에서 밀쳐 떨어뜨린 다음에 다른 물건들을 던진 바로 그 창문으로 침대 커버를 던지려고 했습니다. 그런데 그 못된 노파가 무릎을 움켜잡으며 애원했습니다.

「이 창문으로 보이는 부잣집 이웃들에게 가난한 늙은이의 보잘것없는 누더기가 무슨 소용이 있겠소?」

이런 재치 있는 말과 노파의 기지에 속아 알키누스는 그럴지도 모른다고 생각했습니다. 그리고 던진 물건들과 아직 던지지 않은 물건들이 동료들의 손이 아니라, 다른 사람의 집에 떨어졌을지도 모른다는 의심을 했습니다. 그래서 창가를 내다보면서 노파가 옆의 부잣집들에 대해 한 말이 사실인지 확인하려고 했습니다. 그것이 겸손한 행동이라는 생각도 하지 않은 채, 노파의 말을 확인하기 위해 몸을 창 밖으로 내미는 순간, 할망구는 뜻하지 않게 그를 밀어 몸의 균형을 잃게 했습니다. 그는 사실을 확인하는 데 골몰해 있었기 때문에 순간적으로 그의 몸은 공중으로 붕 떠올랐고, 머리는 아래를 향해 떨어졌습니다. 그곳은 비교적 높은 곳이었습니다. 게다가 그는 집 밖에 있던 커다란 돌에 갈비뼈를 부딪쳤습니다. 그래서 온몸이 파열되어 피가 강처럼 흐르기 시작했습니다. 그는 우리에게 무슨 일이 있었는지 말하기도 전에 목숨을 잃었습니다. 우리는 라마쿠스처럼 그를 바다에 묻었습니다. 그렇게 해서 라마쿠스는 훌륭한 동지와 함께 있게 됐습니다.

우리는 두 사람을 잃자 비탄에 잠겼습니다. 그래서 테베에서의 도둑질을 포기하고, 그곳에서 가까운 플라타에아로 향했습니다. 그곳에서 우리는 검투사 경기를 준비하고 있던 데모카레스라는 사람이 부자라는 사실을 알아냈습니다. 그는 돈이 많을 뿐만 아니라, 마음씨도 너그러운 사람이었습니다. 또한 상류 계층 출신이었으며, 바람둥이로 익히 알려져 있었고, 돈 속에 파묻혀 사는 사람이며, 자신의 재산에 걸맞은 화려한 행사를 준비하고 있었습니다. 그가 준비한 것이 얼마나 다양하며 위대한지를 설명할 수 있는 재주와 달변을 지닌 사람은 아마도 이 세상에 없을 겁니다. 그는 손목을 잘 쓰기로 유명한 검투사들과 익히 발재간 뛰어난 전사들, 그리고 결정적으로 희망을 잃어버린 채 축제에서 맹수의 밥이 될 사형수들을 모두 모았습니다. 또한 상당히 높은 나무 우리도 준비했습니다. 그것은 사냥 때 편안한 안식처로 사용되는 이동 가옥처럼 바퀴가 달려 있었고 지붕도 있었습니다. 그 안에는 갖가지 맹수들이 모두 한데 모여 있었습니다. 그는 죄수들을 최고형에 처할 수 있는 이런 맹수들을 특별히 외국에서 수입했습니다. 이 맹수들은 죄수들의 무덤과 같았지만, 보는 이에게는 멋진 광경이었습니다.

그가 가장 열성을 보인 것은 거대한 곰들이었습니다. 그는 개인적으로 사냥을 하면서 이런 곰들을 얻거나 상당한 돈을 들여 구입 했습니다. 아니면 친구들에게 선물로 받았습니다. 이것 이외에도 그는 엄청난 비용을 지출하면서 곰들을 극진하게 보살폈습니다. 하지만 이렇게 성대한 행사를 조직하고 있던 사람조차도 질투의 불길한 눈을 피할 수는 없었습니다. 오랫동안 갇혀 있어 맥이 빠지고 한여름 더위로 기운을 잃고 온종일 누워만 있던 맹수들에게 갑작스럽게 유행병이 번졌습니다. 이런 죽음의 운명은 바로 불쌍한 곰들에게 들이닥쳤는데, 곰들은 반쯤 죽은 상태로 거리에 쓰러졌고, 가죽만을 남긴 채 숨을 거두었습니다. 그러자 너무도 가난했던 일반 사람들은 구역질도 하지 않고 이 공짜 음식을 모두 가져갔습니다. 거리에 쓰러진 고기 위로 모두 몰려들어 곰 고기로 주린 배를 채웠습니다.

이런 이야기를 듣자 나와 바불루스에게 아주 멋진 생각이 떠올랐습니다. 우리는 마치 곰 고기를 먹으려는 사람처럼 거리로 나갔습니다. 그리고 거리에 늘어진 곰 중에서 가장 커다란 놈으로 골라 우리의 은신처로 데려왔습니다. 우리는 곰의 발톱을 비롯해서 머리가 목까지 완전히 붙어 있게 가죽을 벗기고는, 정성을 다해 가죽을 다듬었습니다. 또한 고급 향료를 뿌리고 햇빛에 말렸습니다. 태양 빛에 바싹 말리는 동안 우리는 곰 고기로 주린 배를 채우고 위안을 삼으면서, 우리의 계획을 준비하기 시작했습니다. 그러자 우리의 육체는 피로에서 회복되었을 뿐만 아니라, 정신도 더욱 용감해졌습니다. 우리가 생각한 계획은 바로 한 사람이 곰 가죽을 둘러쓰고 변장해서 데모카레스의 집에 들어가, 적막하고 평온한 밤이 되면 다른 동료들에게 그 집 대문을 활짝 열어 주는 것이었습니다. 우리의 많은 용사가 이런 멋진 운명에 매혹을 느꼈지만, 우리는 만일에 일어날지 모르는 불안과 직면하여 싸우고, 유연하게 그 가죽 속으로 들어가 침착하게 행동할 수 있는 사람으로 트라실레온을 선택했습니다. 그런 다음에 우리는 이주 그네에서 터진 부분을 바느질했고, 붉한 부분을 연구리 털루 덮었습니다. 그리고 즉시 우리는 온 힘을 다해 트라실레온의 머리를 동물의 목으로 집어넣었습니다. 우리는 그에게 눈과 코 주위에 몇 개의 구멍을 내주어 숨을 쉬게 만든 다음 거대한 맹수로 변신시켰습니다. 그는 정말로 살아있는 곰 같았습니다. 먼저 우리는 곰 우리를 샀습니다. 그리고 우리의 동료를 그 안으로 집어넣었습니다. 이렇게 준비가 끝나자, 우리는 다음 속임수 단계로 넘어갔습니다.

우리는 이미 니카노르라는 사람이 데모카레스와 아주 친한 우정을 간직하고 있다는 사실을 알고 있었습니다. 우리는 니카노르가 사냥에서 잡은 최고의 곰을 데모카레스가 준비하고 있던 공개 행사에 선물로 보내는 것처럼 편지를 위조했습니다. 밤이 되자 우리는 어둠의 비호를 받으며 트라실레온이 있던 곰 우리를 위조된 편지와 함께 데모카레스에게 가져갔습니다. 이 동물의 멋진 모습에 감탄한 그는 자기 친구의 우정에 매우 흡족해하며, 우리에게 감사의 표시로 금화 10개를 주었습니다. 새롭고 신기한 일은 사람들의 호기심을 자극하는 법입니다. 멋진 곰이 도착했다는 소식이 퍼지자, 이 곰을 보기 위해 많은 사람이 몰려들었고, 우리의 트라실레온은 위협적으로 울어대면서 구경꾼들이 접근하지 못하게 했습니다.

모든 시민이 데모카레스의 행운을 다 함께 축하했습니다. 맹수들이 떼죽음을 당했지만, 마지막으로 도착한 맹수로 검투사 시합의 계절을 멋지게 장식할 수 있었기 때문입니다. 따라서 그는 그 곰을 가능한 최대한 조심스럽게 자기가 갖고 있던 맹수 우리로 데려가라고 지시했습니다. 바로 그때 나는 말했습니다.

「선생님, 이 곰은 더위와 힘든 여행으로 피로해 있음을 명심하십시오. 제가 보기에는 다른 맹수들과 이 곰을 함께 수용하는 것은 적절치 않습니다. 게다가 저는 다른 곰들이 병에 걸렸다고 들었습니다. 집안의 시원하고 탁 트인 공간을 찾는 것이 어떻습니까? 그러니까 연못 근처는 어떻겠습니까? 이 동물은 숲속과 깨끗한 샘물이 있는 습습한 동굴에 산다는 것을 모르지는 않으시지요?」

그는 내 충고를 듣자, 다른 곰들이 죽었다는 사실을 떠올리면서 아무 의심 없이 우리가 원하는 장소에 놓으라고 허락했습니다. 나는 이 기회를 틈타 다시 말을 했습니다.

「저희 역시 우리 옆에 머물면서 밤을 지새워도 괜찮습니다. 이 동물이 더위나 피로로 기분이 상하지 않도록 말입니다. 그리고 이 동물이 먹던 음식과 물을 제때 주겠습니다.」

그러자 그가 대답했습니다.

「그렇게 신경 쓸 필요는 없소. 우리 집 하인들도 곰에게 먹이를 주는데 이미 전문가들이니까 말이오.」

그 말을 듣고, 우리는 다음에 만나자며 작별 인사를 나누었습니다. 조금 걸어가자 도시의 성문이 보였습니다. 그곳에서 우리는 대로에서 약간 떨어져 거의 보이지 않는 무덤 하나를 보았습니다. 그곳에는 시간이 지나 반쯤 허물어지고 좀먹은 관이 있었고, 그 안에는 먼지와 재로 변한 시체들이 누워 있었습니다. 우리는 앞으로의 전리품을 실어 나르는 데 유용하게 쓰일 수 있는 몇몇 관을 한쪽에 빼놓았습니다.

우리는 밤에 달이 숨는 순간과 처음으로 졸음이 엄습해 와서 인간의 마음을 느슨하게 만드는 순간을 이용합니다. 우리는 이런 관습을 따라 도둑질하기로 이미 약속했습니다. 약속대로 데모카레스의 집 대문 앞에 칼로 무장한 일당들을 배치했습니다. 트라실레온은 밤중에 가장 적당한 시간을 택해 우리에서 빠져나와, 눈 깜짝할 사이에 꿈에 빠져 잠자던 보초들을 처치하고, 그다음에는 문지기를 해치웠습니다. 그는 문지기에게서 열쇠를 빼앗아 대문을 활짝 열었습니다. 우리는 서로 앞다투어 집 안으로 들어갔습니다. 우리가 집 안으로 들어가자 그는 많은 금과 은이 보관된 창고를 가리켰습니다. 우리 모두 동시에 있는 힘을 다해 문을 넘어뜨렸습니다. 나는 각자 힘닿는 데까지 금과 은을 운반하여, 죽은 사람들도 모르는 우리의 은신처에 숨기라고 말했습니다. 그리고 다른 짐을 실어야 하니 가능한 한 빨리 되돌아오라고 지시했습니다. 나는 그곳에 자발적으로 혼자 남아 그들이 돌아올 때까지 대문에서 지켜보고 있겠다고 말했습니다. 물론 트라실레온이 곰으로 변장한 채 저택을 어슬렁거리며 돌아다닌다는 사실이 커다란 도움이 될 거라고 생각했습니다. 그 존재만으로도 하인을 놀라게 하기에 충분했기 때문입니다. 사실 밤인 데다가 그토록 커다란 맹수 앞에서 도망치지 않을 정도로 용감하고 씩씩한 사람이 누가 있겠습니까? 그런 맹수를 보면 공포에 떨면서 방문을 걸어 잠그지 않을 사람이 있겠습니까? 이렇게 우리의 계획이 무사히 진행될 수 있도록 사전에 만반의 준비를 했지만, 재수 없는 일이 벌어져 우리는 모든 것을 잃었습니다. 일은 이렇게 벌어졌습니다.

내가 다른 동료들이 돌아오기를 기다리는 동안, 시끄러운 소리 때문인지 아니면 신의 영감을 받아서인지 좌우간 젊은 노예 한 명이 잠을 깼습니다. 그는 맹수가 자유롭게 집안을 왔다 갔다 하는 모습을 보자, 마음을 졸이며 아무 소리도 내지 않고 하인들을 깨워 집에서 벌어지고 있는 일을 알려 주었습니다.

그러자 순식간에 많은 하인이 몰려들었습니다. 우선 그들은 수많은 횃불과 램프와 촛불로 어둠을 환히 밝혔습니다. 그들이 아무 무기도 들지 않은 채 이런 것만 갖고 왔다고는 생각하지 마십시오. 그들은 작대기

와 투창과 심지어 칼날을 번뜩이며 무장했습니다. 그들은 출입구를 모두 봉쇄하고 사냥개를 풀어서 맹수를 한쪽 구석으로 몰았습니다. 귀를 쫑긋 세우고 털을 곤두세우는 무서운 개들을 풀어놓았습니다. 그러자 나는 그곳에 몰려있던 사람들을 약간씩 밀치면서 그 틈으로 빠져 나왔습니다. 그렇게 집 입구까지 왔습니다. 그때 대문 뒤에 숨어서 개들과 싸우는 트라실레온을 볼 수 있었습니다. 그는 삶과 죽음의 경계로 치닫고 있었지만, 우리의 특징인 용기를 잃지 않고 계속해서 용감하게 싸우고 있었습니다. 그런 그의 모습은 지옥의 케르베로스와 싸우는 모습과 흡사했습니다. 그는 씩씩하게 자기 스스로 택한 임무를 성실히 수행했습니다. 그는 어떤 때는 자기 자신을 방어하고, 또 어떤 때는 여러 번 펄쩍펄쩍 뛰면서 온 힘을 다해 개들을 공격하고, 마침내 집 밖으로 나가는 데 성공했습니다. 그는 거리로 나가는 데 성공했지만, 도망치면서 목숨을 구할 방법은 없었습니다. 왜냐하면 사나울뿐만 아니라, 숫자도 엄청난 인근 거리의 개들이 데모카레스의 집에서 나온 다른 사냥개들과 무리를 이루어 함께 공격했기 때문입니다. 그래서 나는 우리의 트라실레온이 슬프고 비참하게 죽어 가는 광경을 지켜보아야만 했습니다. 그는 개떼에 둘러싸였고, 개들은 흉악한 이빨로 그를 마구 물어뜯었습니다. 나는 더 이상 참고 볼 수가 없어서 그를 에워싼 군중 틈에 끼었습니다. 나는 내 동료를 모른 척하며 도와주기로 마음먹었습니다. 그래서 물어뜯으라고 부추기는 사람들을 혼란스럽게 하려고 이렇게 소리쳤습니다

「이렇게 멋지고 우람한 동물이 갈기갈기 찢겨 죽다니, 정말로 유감이군요! 우리에게 아주 유용할 텐데!」

하지만 내 속임수는 청년 트라실레온에게 하나도 도움을 주지 못했습니다. 왜냐하면 그 순간 키 크고 건장한 남자가 집에서 달려 나와, 전혀 머뭇거리지 않고, 곰의 배에 창을 꽂았기 때문입니다. 그러자 다른 사람들도 두려움을 떨쳐버리고 곰에게 달려가 칼로 난자하기 시작했습니다.

하지만 우리 그룹의 가장 뛰어난 자랑거리인 트라실레온은 불멸의 이름에 어울리게 행동했습니다. 그는 인간적으로 참을 수 있는 것보다 훨씬 심한 고통을 당하면서도, 소리를 지르거나 신음하지도 않고 충성의 맹세를 이행했습니다. 그는 개들이 자기를 물어뜯는 것을 알고, 또한 창이 배를 찌르는 것을 느꼈지만, 마치 진짜 맹수인 것처럼 으르렁거리며 자기의 불행을 참고 견뎠습니다. 그는 이렇게 영광의 길을 걸었고, 자기 인생을 운명에 맡겼습니다. 그가 그곳에 모인 사람들에게 불러일으킨 공포와 두려움이 어느 정도였느냐 하면, 새벽이 밝아 올 때까지, 심지어 해가 어느 정도 환히 떴을 때까지, 그 누구도 이 맹수를 만지려는 사람이 없었습니다. 맹수는 죽어서 누워 있었지만 사람들은 손가락 하나도 감히 갖다 대지 못했습니다. 어느 고깃간 주인이 엄청나게 겁을 집어먹고 조심스럽게 곰의 내부에서 우리의 영웅적인 도둑을 꺼낼 때까지 그 상황은 지속되었습니다. 이렇게 우리의 트라실레온은 죽었지만, 그의 영광은 언제까지나 계속될 것입니다.

그동안 나는 나머지 동료들을 만나 트라실레온의 소식을 전했습니다. 그리고 우리는 미리 봐 두었던 무덤으로 향했습니다. 그곳에서 우리는 충성스럽게 죽어간 세 동료가 남겨 준 전리품을 재빨리 꾸리고 가능한 한 빨리 플라타에아의 접경 지역을 벗어났습니다. 그러면서 우리는 충성의 여신이 '충성'이란 것이 형편없는 대접을 받자 천상의 세계를 떠나 영혼과 죽음의 세계로 내려왔다는 말이 일리가 있다고 생각했습니다. 이렇게 우리는 여기까지 여러분이 본 전리품을 갖고 도착했습니다. 험한 길과 무거운 짐 때문에 피로에 지치고, 우리 세 명의 동료를 잃은 것을 계속해서 한탄하면서 힘들게 왔습니다.

이 이야기가 끝나자 도둑들은 거르지 않은 포도주를 황금 잔에 가득 채우더니 바닥에 뿌리며 죽은 동료들을 기억하겠다는 맹세를 했고, 그들의 수호신인 마르스 신에게 받치는 찬미가를 불렀다. 그리고 몇몇은 그곳에 드러누웠고, 또 다른 도둑들은 잠을 자러 갔다.

노파는 나와 내 말에게 익지 않은 보리를 푸짐하게 가져왔다. 그러자 내 말은 살리아르 신학교[8]의 축제에 초대받은 손님이라고 생각한 것 같았다. 그래서 내 말은 그녀가 준 먹이를 모두 먹어 치웠다. 나도 보리를 좋아하긴 했지만, 나는 약한 불에 서서히 찐보리나 밀을 빻아 만든 빵만 먹었다. 나는 모퉁이에 남은 빵조각이 있다는 사실을 알았고, 게걸스럽게 그 빵을 씹어 먹기 시작했다. 배가 고픈 탓이었는지 턱이 아파 왔다. 그리고 너무 오랫동안 사용하지 않아 목구멍에 거미줄이 가득하다는 느낌을 받았다.

밤이 이슥해지자 도둑들은 잠을 깨고서 급히 동굴을 떠났다. 몇몇 도둑은 유령처럼 옷을 입었고, 평상시처럼 옷을 입은 다른 도둑들은 칼로 무장하고 있었다. 나는 매우 졸린 상태였지만, 쉬지 않고 계속해서 게걸스럽게 빵을 씹고 있었다. 내가 루키우스였을 때, 나는 항상 한 개나 두 개를 먹은 후에는 배가 불러 식탁에서 일어났다. 그러나 지금은 커다란 위를 채워야 할 상황이었고, 따라서 나는 텅 빈 창자의 노예가 되어 빵을 거의 세 개째 먹고 있었다. 새벽이 밝아 왔지만, 나는 아직도 빵으로 허기를 채우고 있었다. 하지만 마침내 나는 조금씩 먹어야만 하는 당나귀의 습관에 따라 먹는 것을 멈추었다. 그리고 갈증을 달래기 위해 근처 개울가로 갔다.

---

8 당시에는 살리오 혹은 살리아르라고 불리던 사제 학교가 있었다. 이 학교의 형용사는 상대적으로 화려한 축제와 멋진 삶을 지칭하기 위해 사용되고 있었다.

도둑들은 슬픈 표정으로 금방 되돌아왔다. 그들은 수가 많았고 무장을 하고 있었지만, 보잘것없는 전리품 하나도 건지지 못한 채 되돌아왔다. 그들이 가져온 것은 포로로 잡은 여자아이 한 명뿐이었다. 그러나 그녀의 의상은 그녀가 그 지역에서 가장 훌륭한 가문에 속해 있음을 보여주고 있었다. 또한 무척 아름다워서 나 같은 당나귀조차도 욕심낼 만했다. 도둑들이 동굴로 데려오자 그녀는 울면서 머리칼과 옷을 쥐어뜯기 시작했다. 그러자 도둑들은 그녀의 울음을 그치게 하려고 안간힘을 썼다.

"걱정하지 마. 그리고 진정해. 우리는 당신을 해칠 생각도 없고, 당신의 명예를 짓밟고 싶은 생각도 없어. 며칠만 참으면 돼. 우리가 이런 일을 하는 것은 순전히 돈이 필요해서야. 당신 부모가 돈에 아무리 욕심이 많더라도, 애지중지하는 딸을 위해 곧 몸값을 지불할 거야. 어쨌거나 당신은 외동딸이고, 당신 부모는 엄청난 부자니까."

하지만 이런 말이나 이와 비슷한 말도 가련한 여자아이의 고통을 잠재울 수 없었다. 물론 머리를 무릎에 파묻고 하염없이 울고 있는 그녀가 잘못한 것은 하나도 없었다. 그러자 도둑들은 노파에게 자기들은 할 일이 많으니, 대신 그녀 옆에 앉아서 달콤한 말로 달래주라고 지시했다.

그러나 노파의 말도 이 여자아이의 울음을 그치게 하지는 못했다. 그녀는 더욱 크게 울면서 자기 가슴을 눈물로 적셨다. 그런 행동을 보자 나의 털 난 뺨도 동정의 눈물로 축축해졌다. 그때 그녀가 울면서 말했다.

"난 모든 걸 잃어버렸어요! 내 집과 내 가족, 그리고 사랑하는 고향 사람들과 존경하는 부모님을 모두 잃었어요. 이렇게 끔찍스럽게 납치되어 마치 죄인처럼 바위 감옥에 갇혀 있다니! 내가 태어나고 자란 여유 있는 생활을 모두 박탈당했단 말이에요! 내 목을 잘라버리겠다고 위협하는 피에 굶주린 이런 도둑들에게 잡혀 있는 몸이 되었단 말이에요! 그런데 어떻게 울음을 그칠 수 있나요? 어떻게 해야 내가 목숨을 부지할 수 있다고 생각하나요?"

그녀는 너무 탄식하고, 계속된 고통에 지쳐 더 이상 목소리가 나오지 않자 마침내 울음을 멈추었다. 그러자 기운 빠진 눈을 감고 꿈속으로 빠져들었다. 하지만 이내 그녀는 전보다 더 절망스러운 표정을 지으며 놀란 듯이 잠을 깼다. 그녀는 자기의 아름다운 얼굴과 가슴을 다시 때리면서 쥐어뜯기 시작했다. 왜 그토록 놀라고 절망하느냐고 노파가 묻자, 그녀는 눈물을 흘리고 깊은 한숨을 내쉬며 말했다.

"이신 희님의 어찌끼 없어요. 난 내가 끄든 것을 잃었다는 확시이 들어요! 이제 여기서 도망칠 희망은 없어요. 이제 모든 것이 끝났어요. 밧줄에 목을 매거나, 아니면 칼로 찔러 목숨을 끊거나 혹은 절벽에서 뛰어내리는 길밖에는 없어요. 이제 그래야 할 시간이 왔어요."

그 말을 듣자 노파는 벌컥 화를 냈다. 노파는 여자아이를 노려보면서 이렇게 말했다.

"무엇 때문에 우는 거야? 왜 잠을 자더니 깨어나서 말도 안 되는 빌어먹을 소리를 하면서 울기 시작하는 거야? 내가 당장 절벽으로 데려다 줄까? 아니면 우리 아이들이 네 몸값으로 벌 돈을 못 벌게 하려는 수작이야? 도둑들은 눈물에 마음이 움직이는 사람들이 아니야. 그러니 네가 눈물을 흘리며 계속 이런 식으로 굴면, 아마 도둑들은 널 산채로 불 속에 집어넣어 통째로 구워버릴지도 몰라."

노파의 말을 듣자 겁에 질린 소녀는 그녀의 손을 잡고 입을 맞추었다.

"용서해 주세요, 할머니. 이렇게 눈물 흘리는 나를 불쌍히 여겨주세요. 그리고 나를 휘감고 있는 잔인한 운명의 이야기에 귀 기울여 들어주세요. 당신은 나이를 먹었고, 또한 그 사랑스러운 머리카락을 보건대 동정심이 없다는 생각이 들지는 않아요. 이제 내가 어떤 재앙을 겪었는지 들어보세요. 이건 아주 슬픈 이야기예요."

노파가 걱정하지 말고 이야기하라고 하자, 여자는 말하기 시작했다.

"나보다 세 살 많은 사촌 오빠가 있었어요. 아주 잘 생긴 청년이었는데, 그의 이름은 틀레폴레무스였어요. 우리 둘은 어릴 때부터 떨어진 적이 없었어요. 사실 우리는 한 지붕 밑에서 같은 침대에서 자면서 함께 살았어요. 그는 귀족이었으며 학식도 풍부했어요. 그래서 도시의 모든 사람이 그는 가장 높은 지위까지 올라갈 거라고 생각했어요. 우리는 순결한 사랑에 매력을 느껴 결혼을 약속했어요. 약혼은 이미 오래 전에 했어요. 그리고 바로 오늘 우리 부모님과 내 약혼자 부모님이 공식적으로 우리의 결혼을 신고했어요. 그런 후 그는 가족과 친구들과 함께 여러 신전에 봉헌하기 위해 갔어요. 그동안 월계수로 뒤덮이고 횃불로 밝혀진 우리 집에서 모두가 결혼 축하 노래를 부르는 가운데, 나는 그를 기다리고 있었어요. 불쌍한 우리 어머니는 자기 무릎에 나를 앉히고는 꼭 껴안았어요. 그리고 내 웨딩드레스를 만지작거리면서 계속해서 키스를 해주었어요. 그러면서 머지않은 미래에 손자를 갖게 해 달라고 기원하고 있었어요. 그런데 전쟁이 일어난 것처럼 갑자기 사람들이 독 묻은 칼을 번쩍이면서 들이닥쳤어요. 하지만 사람을 죽이고 도둑질하는 대신에 곧장 신방으로 갔어요. 우리 가족 중 그 누구도 그들에게 안 된다고 말할 시간조차 없었고, 그들과 맞설 수도 없었어요. 그들은 무서워 벌벌 떨고 있는 나를 어머니의 품에서 빼앗았어요. 그래서 결혼식은 갑작스레 끝나버렸어요. 프로테실라우스[9]나 아티스[10]처럼 내 결혼은 파경으로 치닫게 되었어요. 이제 그것도 부족해서 내 불행은 더욱 앙심을 품고 꿈속에서 다시 모습을 드러냈어요. 나는 그들이 내 집과 침실과 침대에서 어떻게 나를 꺼내는지 보고 있었어요. 아주 무자비하게 나를 꺼내 길도 없는 사막으로 데려갔어요. 그래서 나는 내 키스를 받고 즐거워하던 내 남편의 이름을 마구 불렀지요. 그동안 신랑은 아직 향수 냄새가 가시지 않은 채 화관을 쓰고서[11] 내가 납치된 길을 따라 쫓아오기 시작했어요. 그는 자신의 아름다운 아내가 납치되었다면서 아내를 구출하게 도와달라고 모든 사람에게 외치고 다녔어요. 그런데 어느 도둑이 이 소리를 듣고 분노했어요. 그는 바닥에서 돌을 집어 단숨에 내 불쌍한 남편을 죽여 버렸어요. 바로 그때 이런 흉측한 짓에 놀라 그가 죽을지도 모른다고 두려워하면서 불길한 잠에서 깼어요."

그러자 노파는 동정의 한숨을 내쉬며 다정하게 말했다.

---

9   트로이 전쟁에 참가했던 테살리아의 영웅. 헬레나와 결혼하고 싶어 했던 사람 중의 한 명이었으나, 그는 결국 라오다미아와 결혼했다. 하지만 이 결혼은 제대로 치러지지 못했다. 왜냐하면 모든 의식을 제대로 거행하지 않았기 때문이었다. 그래서 그는 불경죄로 벌을 받아 전쟁터에서 죽었고, 라오다미아는 과부가 되었다. 나중에 이 영웅은 수많은 모험 끝에 마침내 신의 중재로 부활했다.

10 이 영웅에 대해서는 두 가지의 다른 전설이 존재한다. 하나는 동성애의 결과로, 또 다른 하나는 시빌레의 사랑을 받은 결과로 아티스는 남근이 극도로 작아지는 벌을 받는다. 첫 번째 전설의 경우에 이런 일은 양성(兩性)인 아그디티스의 영향을 받아 이루어지고, 두 번째 전설의 경우에는 그가 사랑한 여인을 시빌레가 죽였다는 이유로 시빌레를 괴롭게 하려고 이루어졌다.

11 이것은 결혼식과 피로연의 장식을 의미한다. 하지만 이것을 오늘날 우리가 결혼할 때처럼 결혼 계약을 맺는 행위라고 생각하면 안 된다.

"진정해. 꿈 따위에 놀라지 마. 낮에 꾸는 꿈은 거짓이고, 밤에 꾸는 꿈은 대부분 반대의 사건을 예고하는 거야. 이건 모든 사람이 다 아는 사실이야. 눈물을 흘리거나 매를 맞거나 심지어 죽는 경우는 아주 좋고 유익한 사건이 일어날 것을 알려주는 징조야. 반대로 웃거나 맛있는 사탕을 배불리 먹거나 혹은 농담하며 즐거워하는 꿈은 네가 아주 슬픈 일이나 질병, 혹은 나쁜 일을 당할 거라는 징조지. 이제 내가 달콤한 옛날이야기를 하나 들려줄 테니 즐거운 마음으로 들어봐."

옛날 어느 도시에 세상에서 가장 아름다운 세 딸을 둔 왕과 왕비가 살고 있었다. 두 딸은 아주 예쁘긴 했지만, 그래도 그녀들의 아름다움은 인간의 말로 묘사할 수 있었다. 하지만 막내딸은 매우 사랑스럽고 눈부시게 아름다워서 그 아름다움을 빈약한 인간의 언어로는 충분히 묘사할 수 없었다. 매일 수많은 시민과 이방인들이 막내딸의 진귀한 명성에 매혹되어 몰려들었다. 그들은 도저히 가까이할 수 없는 아름다움 앞에서 경탄한 나머지, 하나같이 둘째 손가락을 엄지손가락 위에 올려놓으며[12] 손을 입으로 가져갔고, 마치 그녀가 베누스의 여신인 양 열렬히 예찬했다. 어떤 사람들은 이렇게 말했다.

「깊고 푸른 바다에서 태어나 물거품 이는 파도에서 하늘로 올라간 불멸의 여신 베누스가 천상의 신들의 허락을 받아 이 땅으로 내려와 이제는 인간의 모습으로 나타났어. 그래서 이제 모든 사람이 그녀를 볼 수 있게 된 거야.」

아니면 이렇게 말하는 사람들도 있었다.

「이번에는 바다가 아닌 육지가 하늘의 영혼을 수태하여 새로운 사랑의 여신을 낳았어. 그녀가 아직도 처녀이고, 순결하므로 천상의 베누스보다 더욱 아름답다고 말할 수 있지.」

이 공주의 명성은 이런 식으로 날이 갈수록 더해만 갔고, 마침내 그런 소문은 인근의 모든 섬과 육지의 대부분의 지방까지 번지게 되었다. 비록 먼 거리를 걸어서 여행하고 바다에서 비바람 부는 험난한 날씨를 헤치고 와야 할 경우도 있었지만, 많은 사람이 당대의 기적 중 하나인 가장 완벽하고 섬세한 인간이 누군지 눈으로 보기 위해 쉴 새 없이 몰려들었다. 그 결과 베누스 여신을 찬미하기 위해 키프로스의 파포스나 크니도스 혹은 기데라섬[13]까지 아무도 배를 타고 여행하지 않았다. 베누스의 명성은 추락하기 시작했고, 그녀가 모셔진 신전들은 칠이 벗겨지기 시작했으며, 그녀의 제단은 잊혀졌고, 그녀에 대한 제사도 점차 사라지고 있었다. 아무런 봉헌물도 놓여있지 않고, 항상 쓰고 있던 화관花冠도 없는 그녀의 석상

---

12 보고 있는 장면에 경탄하고 있음을 의미하는 일반화된 몸짓이다.

13 베누스의 유명한 신전들이 있는 도시. 이 도시들은 베누스를 칭송하는 사람들이 그동안 받은 은덕에 감사하거나 혹은 단순히 그녀를 찬미하려는 목적으로 순례하던 곳이었다.

과 차가운 먼지로 덮인 외로운 제단만이 덩그러니 남아 있었다.

베누스를 섬기던 사람들은 고상하고 아름답기 그지없는 여신 같은 인간의 얼굴 앞에서 자신들의 소원을 빌기 시작했다. 이 소녀가 아침에 산책을 할 때면, 사람들은 베누스의 이름을 거론하지도 않은 채 그녀에 대한 경의로 희생물을 바쳤으며, 그녀를 위한 성스러운 축제를 벌였다. 그녀가 가는 길을 꽃으로 장식했으며, 수많은 사람이 그녀에게 장미 화관을 바치곤 했다. 다시 말하면, 사랑의 여신인 베누스에게 해야만 하는 것을 모두 그녀에게 했다.

평범한 인간인, 소녀에 대한 숭배가 도를 지나치자 진짜 베누스는 불편한 심기를 참지 못하고 화난 표정으로 고개를 흔들며 이렇게 되뇌었다.

'내가 이런 대접을 받을지 누가 알았겠느냐? 내가 바로 철학자들이 말하는 우주의 어머니이자 자연의 본원이고, 만물의 근원이며 생명의 바람인 베누스다! 그런 내가 하잘것없는 인간과 내 통치권을 공유해야 한단 말인가? 하늘에 새겨진 찬란한 내 이름이 속세의 천박하고, 추잡한 여자아이에게 더럽혀지다니! 이건 절대로 그냥 놔둘 수 없어! 그녀에게 바치는 희생물을 내가 공유해야 한단 말인가? 사람들이 또 다른 나처럼 행동하는 그 여자아이에게 수많은 영광을 바치며 우상처럼 떠받들고 있는데, 이런 걸 참아야 한단 말인가? 그 양치기[14]가 두 명의 경쟁자를 마다하고 내게 미의 사과를 준 것이 전혀 근거 없는 일이었던가? 이건 도저히 있을 수 없는 일이다. 누구든지 간에 이 싫은 아이는 더 이상 내 명예를 찬탈하지 못할 것이다. 나는 그녀를 병들게 하고, 그녀가 자신의 아름다운

---

14 이 양치기는 프리아모스와 헤쿠바의 아들인 파리스를 의미한다. 그는 신탁에 의해 태어나자마자 죽도록 운명이 결정되어 있었다. 전설에 따라 다르지만, 어쨌든 일련의 사건들이 그의 생명을 보존하고, 그는 튼튼하고 용감하며 아주 멋진 양치기의 전형이 된다. 그러자 그는 미네르바(아테나), 케레스(데메테르)와 베누스 중에서 가장 숭고한 여신을 선택하는 일에 휘말리게 된다. 그는 베누스에게 승리의 상징으로 사과를 주었고, 이로써 세 여신 간의 싸움은 일단락된다. 이것에 관해서는 이 작품의 10장에서 다루어진다.

모습을 후회하도록 만들리라.'

베누스는 즉시 날개 달린 심술쟁이 쿠피도[15]를 불렀다. 그는 모든 질서를 업신여기면서 불과 화살로 무장하고서 이곳저곳을 마구 돌아다니는 망나니였으며, 좋은 일이라고는 하나도 하지 않고 단란한 가정의 평화를 헤치는 등 이루 헤아릴 수 없는 수치스러운 일을 아무런 죄책감도 없이 자행하고 있었다. 베누스는 쿠피도가 본래 짓궂은 장난을 치는데 열심이라는 사실을 알고 있었다. 그녀는 그를 도시로 데려가 프쉬케 — 이게 바로 아름다운 소녀의 이름이었다 — 를 보여주면서, 이런 그의 나쁜 습관을 더욱 충동질했다. 그리고 그녀의 아름다움이 자신의 경쟁 상대가 된 이야기를 들려주면서 분노와 탄식의 눈물을 흘리며 그에게 말했다.

「사랑하는 아들아! 네가 어머니를 사랑한다면 네 화살과 사랑의 불꽃을 저 무례한 여자아이에게 사용해라. 그녀를 벌주어 네 어머니의 복수를 갚아라. 네게 하는 부탁은 단지 그녀가 인간 중에서 가장 비참한 사람에게 애간장이 녹게 하라는 것이다. 그러니까 그 공주가 이 세상에서 가장 찌꺼기 같은 인간과 사랑에 빠지게 하라. 명예도 없고 재산도 없을 뿐만 아니라, 평생을 공포에 떨며 살게 할 남자와 사랑에 빠지게 하라. 이 세상에서 가장 사악하고 타락한 남자에게 그녀의 순결을 바치도록 하라.」

이렇게 베누스는 말했다. 그녀는 자기 아들과 애정 어린 키스를 길게 한 후, 파도가 생명을 다하고 있는 근처 해안가로 향했다. 베누스의 장밋빛 발이 너울거리는 파도를 밟자 갑자기 바다가 잠잠해졌다. 그녀가 깊은 바닷속에 있던 수행원들을 부르자, 그들은 이미 준비가 되어 있었던 것처럼 차례대로 모습을 나타내면서 오케아노스의 영접 의식이 시작되었다.

---

15 아모르라고 불리기도 하는 쿠피도는 그리스 신화의 에로스와 동일 인물이다. 쿠피도는 사랑의 신이고, 또한 베누스도 사랑의 여신이다. 이 두 신은 5장과 6장에 서술된 프쉬케의 사랑 이야기 속에서 주요 인물로 등장한다.

우선 네레우스의 딸들[16]이 합창을 했다. 그다음에는 뻣뻣한 푸른 수염을 단 포르투누스[17]와 무릎에 물고기를 가득 담고 있는 살라키아[18], 돌고래를 타고 마차를 몰던 아들 팔라이몬[19]도 그곳에 있었다. 그때 어리광을 피우는 트리톤[20]의 무리가 모습을 드러냈다. 어떤 트리톤은 소라고둥으로 은은한 가락을 연주하고 있었으며, 다른 트리톤은 비단 양산으로 베누스를 태양의 뜨거운 열기부터 보호하고 있었고, 또 다른 트리톤은 베누스의 눈앞에 거울을 갖다 주었다. 나머지 트리톤들은 수레에 멍에를 씌우고서 두 사람씩 짝을 지어 물밑에서 희희낙락거리며 베누스의 마차를 에워싸고 있었다. 베누스가 바다로 가자 바로 이런 가신家臣들이 그녀를 맞이했다.

그동안 아름다움이 절정에 달했던 프쉬케는 수많은 사람의 칭송을 받았지만, 그 아름다움과 칭송은 아무런 소용이 없었다. 모든 사람이 그녀를 바라보며 칭찬할 뿐, 왕이나 왕자, 혹은 서민 중 그 누구도 그녀와 결혼하겠다는 의도로 구혼하려는 사람이 없었다. 한 조각가가 만든 최고

---

16 네레우스와 도리스의 딸들이며, 오케아노스의 손녀들로 바다의 정녀(精女) 혹은 바다의 신이다. 그녀들은 수많은 파도의 화신이며, 그녀들의 이름은 모두 알려져 있고, 각자 독특한 이야기를 지니고 있다. 그녀들은 자기들이 바다 밑에 황금 옥좌에 살고 있다고 믿으면서 뜨개질하고 노래하면서 시간을 보냈다. 시인들은 바다의 신과 돌고래 사이에서 헤엄을 치면서 파도 속에서 흔들거리는 그녀들을 상상했다.

17 로마의 옛날 신으로 역사 시대에는 바다의 신이자 항구의 수호자로 여겨졌다. 그리스 신화의 팔라이몬과 동일 시 된다. 그를 기리기 위해 8월 중순경에 포르투날리아라는 축제가 열린다.

18 넵투누스(포세이돈)의 아내로 바다의 여신이다. 바닷물의 화신으로 여겨진다.

19 그가 인간이었던 어린 시절에는 멜레케르테스라는 이름으로 불렸다. 하지만 그의 어머니가 그를 안고 절벽에서 자살하자, 모자를 불쌍히 여긴 신들이 그를 바다의 신인 팔라이몬이 되게 했다. 그의 어머니는 어린아이를 팔에 안고 벼랑으로 떨어져 자살했다. 그런데 돌고래 한 마리가 이 아이를 코린토스 지협까지 데려갔고, 그곳에서 시쉬포스가 그 아이를 받아 팔라이몬이란 이름으로 매장했다.

20 바다의 신 넵투누스의 아들들. 트리톤이라는 이름은 종종 넵투누스의 수행원들을 지칭한다. 그들의 상반신은 인간의 모습과 비슷하고 하반신은 물고기와 흡사하다. 그들의 모습은 소라고둥을 부는 모습으로 표현된다.

의 완성된 작품처럼 단지 그녀를 감상할 뿐이었다. 반면에 두 언니의 균형 잡힌 미는 프쉬케처럼 널리 알려지지는 않았다. 하지만 그녀들은 이미 오래전에 멋진 구혼자들과 약혼을 하고 행복하게 결혼했다. 하지만 프쉬케는 한 명의 구혼자도 없이 집에 처녀의 몸으로 남아 의지할 곳 없는 고독을 느끼며, 자신을 비참한 존재로 생각하고 있었다. 비록 다른 사람들은 그녀를 바라보면서 흐뭇해했지만, 그녀는 산산이 찢긴 마음으로 자신의 아름다움을 증오하게 되었다. 이 불행한 딸아이의 아버지는 신들이 그녀에게 반감을 품고 있는 것은 아닌지 두려워하기 시작했다. 그래서 밀레투스[21]에 있는 오래된 신탁을 찾아가 기도를 하고, 희생제물을 바친 다음에 아무도 프쉬케와 결혼하려는 사람이 없는데, 어디에서 남편감을 찾을 수 있느냐고 물었다. 이오니아 출신의 그리스인이었으며, 밀레투스의 진정한 창시자인 아폴로는 라틴어로 다음과 같은 신탁을 전해 주었다.

왕이여, 들어라.
바위 많은 험준한 높은 산 위에
처녀는 사자死者와 결혼식을 치르듯 옷을 입는다.
그대는 인간인 사위를 맞이할 수 없으며
단지 무섭고 독사 같고 맹수 같은
장난꾸러기를 맞이할 뿐.
그는 창공을 날아다니며
불과 칼로
모든 사람을 불행하게 만들고, 모든 사람을 슬프게 만든다.
그는 끔찍할 정도의 힘을 지니고 있어서
가장 높은 하늘을 지배한다.

---

21 밀레투스는 아폴로의 아들이다. 여기에는 밀레투스 도시에 있는 그의 아버지의 신탁을 지칭한다.

위대한 유피테르도

날개 달린 이 괴물 앞에서는 벌벌 떨고,

신들도 겁을 먹고,

스튁스의 강도 떨며

어둠도 뒷걸음질 친다.

지금까지 행복하게 지냈던 왕은 이런 성스러운 예언을 듣자 딸아이의 운명이 불행하게 정해졌음을 알고, 슬프고 당혹한 표정으로 집에 돌아왔다. 그리고 소리 없이 눈물을 흘리며, 이 사실을 왕비에게 설명해 주었다. 그들은 며칠 동안 딸아이의 운명을 곰곰이 생각하면서 눈물 지으며 비참하게 보냈다. 하지만 시간은 흘렀고, 그들은 잔인한 신탁의 예언에 복종해야만 했다.

신탁이 예언한 시간이 되자, 그들은 프쉬케의 끔찍스러운 결혼식을 치러야만 했다. 횃불은 힘없이 타오르고 있었고, 행복한 결혼 행진곡 대신에 플루트는 리디아의 음울한 노랫가락[22]을 연주하고 있었다. 그리고 결혼식의 즐거운 노랫소리는 장례식처럼 슬픈 신음을 내고 있었으며, 신부는 불꽃 같은 노란 베일을 쓴 채[23] 베일 한쪽으로 눈물을 닦고 있었다. 왕국의 모든 사람은 정장을 입고서 왕가王家에 닥친 재앙을 애석해하고 있었다. 또한 그날 하루는 소식을 새앙이려는 처럼이 선포되었다. 하지만 부모는 프쉬케가 천상의 신들이 내린 벌을 받아야 하며, 신탁의 예언에 복종해야 한다고 믿었기 때문에 어찌할 도리가 없었다. 이 결혼식은 모든 사람이 슬퍼하는 가운데 끝났고, 곧이어 결혼 행렬이 시작되었다. 하지

---

22 춤곡의 일종.

23 불꽃처럼 환히 빛나는 노란 색은 갓 결혼한 신부의 옷 색깔이다.

만 그것은 결혼식이 아니라, 인생의 절정기에 있던 한 사람의 장례식이었다. 울고 있는 프쉬케는 결혼 행렬의 맨 선두가 아니라, 자기 장례 행렬의 선두에 서서 가고 있었다. 프쉬케의 모습은 첫날밤의 침대로 가는 여인이 아니라 무덤으로 가는 여인의 모습이었다.

슬픔에 젖은 부모는 흐느끼면서 이토록 끔찍한 최후의 순간이 절정에 달하는 것을 의도적으로 지연시키고 있었다. 그러자 딸은 그런 행동을 나무라면서 이렇게 말했다.

「불쌍한 아버지, 불쌍한 어머니, 왜 하염없이 눈물을 흘리고 고통스러워하시면서 이 행사를 지연시키십니까? 당신들은 이럴 필요가 없다는 사실을 저보다도 더 잘 알고 계실 겁니다. 왜 이토록 흐느끼면서 당신들의 기력을 소진하십니까? 그런 당신들의 모습을 보는 제 마음은 찢어질 것 같습니다. 왜 당신들을 바라보는 내 눈에 상처를 입히십니까? 왜 제가 이 세상에서 가장 사랑하는 당신들의 얼굴을 눈물로 적시고 가슴을 치고 흰머리를 쥐어뜯으며, 제 가슴을 아프게 하십니까? 하지만 이제는 너무 늦었습니다. 당신들은 제 아름다움으로 얻은 영광의 대가를 보고 계시는 겁니다. 이것은 사람들이 제게 지나친 경의를 표했기 때문에 받는 신들의 저주입니다. 당신들은 전 세계의 모든 사람이 천상의 모든 신에게만 드려야 할 영광을 저에게 바치면서, 침이 마르도록 칭찬하며 제물을 바치고 하나같이 저를 새로운 베누스라고 선언했을 때, 마치 제가 죽은 것처럼 슬퍼하셔야만 했습니다. 이제야 저는 그걸 알게 되었습니다. 마치 밝은 햇빛을 보듯이 분명히 그 이유를 알고 있습니다. 저의 비극은 제가 베누스 여신의 이름을 함부로 사용했기 때문입니다. 그러니 이제 제 운명이 간직된 저 신탁의 바위로 저를 데려가 주십시오. 저는 행복한 결혼 초야는 어떻고, 또한 제 멋진 남편이 누구인지 알고 싶습니다. 기뻐 즐거워하는 남편을 빨리 보고 싶습니다. 제가 뭘 기다리겠습니까? 제 남편이 모든 세상을 파멸시키기 위해 태어났다고 하더라도 저는 그를 피하고 싶지 않습니다.」

　이렇게 말하면서 프쉬케는 행렬의 선두에 서서 단호하게 앞으로 나아가기 시작했다. 혼례 행렬이 험준한 산 위에 있는 지정된 바위에 도착하자, 신탁의 예언대로 부모는 그녀를 혼자 놔두었다. 그들은 자신들이 밝혔던 횃불을 눈물로 끈 다음, 꺼진 횃불을 그곳에 둔 채 집으로 돌아왔다. 너무 울어서 기진맥진한 부모는 궁전에 도착하자마자 문을 걸어 잠그고 창문에 커튼을 친 채, 그곳에 틀어박혀 영원히 끝나지 않을 밤을 지새웠다.

　프쉬케는 바로 그 바위 위에서 두려움에 떨며 흐느끼고 있었다. 그때 부드러운 제피로스[24]가 갑자기 불어오기 시작했다. 그러더니 그녀 주위를 맴돌며 그녀의 치맛자락과 베일과 외투를 부풀리면서 그녀를 바닥에서 들어 올렸다. 그리고 그녀의 옷자락을 휘날리면서 그녀를 천천히 아래쪽 산기슭으로 데려가더니, 꽃이 만발한 푸른 잔디 위에 살며시 내려놓았다.

24　제피로스는 서쪽에서 불어오는 부드럽고 따스한 바람이며, 봄이 도착했음을 알리는 바람이다.

5장

쿠피도와 프쉬케의 사랑

프쉬케는 이슬에 반짝이는 풀 침대 위에 기분 좋게 누웠고, 마음속의 큰 불안이 진정되자 달콤한 잠에 빠져들었다. 이윽고 충분히 휴식하여 생기를 되찾았고, 편안한 마음으로 눈을 떴다.

그녀는 일어나서 근처에 있던 크고 울창한 나무로 가득 찬 숲으로 조용히 걸어갔다. 샘에서 솟아난 맑은 물이 숲속으로 흐르고 있었다. 프쉬케가 샘물을 따라 숲속으로 들어가자, 그곳에는 아주 멋진 저택이 한 채 있었다. 인간의 손이 아니라, 신의 재주로 세워진 것임이 분명해 보일 정도로 매우 화려하고 멋졌다. 그녀는 대문 안으로 들어가면서, 그곳에 신이 살고 있을 거라고 생각했다.

황금 기둥이 받들고 있는 천장은 정교하게 조각된 나무와 대리석으로 만들어져 있었고, 은으로 수놓은 벽돌에는 세상의 모든 야생 동물이 새겨져 있었다. 이것이 프쉬케가 집 안으로 들어가면서 본 것이었다. 누가 보더라도 이런 궁전은 어느 신의 주거지처럼 보였을 것이다. 이토록 정교한 예술로 멋지게 은을 세공할 수 있는 존재는 완전한 신이 아니면, 적어도 신과 같은 사람일 것이 분명했다. 또한 각양각색의 무늬가 새겨진 수록석 水綠石(아콰마린)의 모자이크도 한데 모여 여러 그림을 형성하고 있었다. 진주와 보석의 모자이크 위로 걸어 다니는 사람은 도대체 얼마나 복 받은 사람일까? 넓고 잘 설계된 다른 방들도 모든 벽이 값으로 환산할 수 없을 만큼의 금으로 뒤덮여 있었다. 금 자체가 환히 빛나고 있었기 때문에, 햇빛이 없더라도 불을 켤 필요가 없을 정도였다. 방과 현관과 대문들은 이렇게 광채를 발하고 있었고, 나머지 가구들도 이 집의 화려함에 뒤지지 않게 조화를 이루고 있었다. 이것은 유피테르가 인간 세계의 거주지로 손수 지은 궁전처럼 보였다.

조심스레 들어간 프쉬케는 자신을 둘러싼 멋진 것들을 보자, 즉시 그 집에 매혹되었다. 그녀는 좀 더 마음 편히 현관을 지나 안으로 들어가기로 마음먹었다. 아름다운 거실이 그녀를 유혹했다. 눈에 띄는 모든 것이 탄성을 자아내기에 충분했다. 궁전 안으로 깊숙이 들어가자, 상상조차 안 되는 귀금속으로 가득 찬 화려한 침실이 눈에 나타났다. 인간이 상상할 수 있는 모든 것이 그곳에 있었다. 하지만 그녀가 가장 놀란 점은 이런 보물을 쇠창살이나 쇠사슬로 보호하지 않았고, 경비원도 없다는 것이었다. 그녀가 이 모든 것을 넋을 잃고 바라보고 있는데, 갑자기 육체 없는 목소리가 그녀에게 다가와 말을 했다.

「왜 당신은 이런 귀금속 앞에서 놀란 채 멍하니 있습니까? 이것은 모두 당신의 것입니다. 그러니 이제 당신 방으로 가서 침대에 누워 잠시 휴식을 취하십시오. 당신이 목욕을 하고 싶으시면, 목욕물을 준비하라고 지시하십시오. 지금 당신에게 말하고 있는 목소리는 당신의 하인입니다. 우리는 당신을 정성껏 모시기 위해 항상 당신 곁에 있을 것입니다. 그리고 목욕을 마치시면, 결혼식 만찬을 위한 진수성찬이 기다릴 것입니다.」

형체 없는 목소리의 말을 듣자, 프쉬케는 위대한 신이 자기에게 행운을 선사하고 있다는 사실을 깨달았다. 먼저 그녀는 침실로 가서 잠시 잠을 잤다. 그런 후 욕실로 갔다. 그곳에서는 보이지 않는 손이 그녀의 옷을 벗겨주고, 그녀를 씻겨주고, 그녀의 몸에 기름을 발라 준 다음에 결혼 예복을 입혀 주었다. 프쉬케는 욕실을 나와 이리저리 서성이다가 편안한 의자가 놓인 반원 모양의 식탁을 보았다. 그곳에는 아직 마실 것도 없었고, 먹을 것도 놓여있지 않았다. 하지만 분명히 저녁 만찬을 위해 놓인 것이라고 생각하면서 기쁜 마음으로 자리에 앉았다. 그러자 이상하게도 빛깔과 맛이 좋은 술과 진수성찬을 가득 담은 쟁반이 나타났다. 그것은 하인이 가져온 것이 아니라, 바람에 실려 왔다. 프쉬케는 자기를 시중드는 그 누구도 볼 수 없었다. 단지 간헐적으로 여자의 말소리만 들을 수 있을 뿐이었다. 그래서 그녀는 이 집의 주인이 여자 같은 목소리를 지니고 있을 것이라고 확신했다.

푸짐한 만찬을 다 즐기자, 모습이 보이지 않는 누군가가 들어와 노래를 부르기 시작했다. 그리고 역시 보이지 않는 다른 사람은 하프를 켜고 있었다. 그런 후 여러 사람이 부르는 잘 조화된 합창곡이 그녀의 귀에 들려왔다. 사방을 둘러봐도 아무도 보이지 않았지만, 아주 멋진 합창이었다. 이런 즐거운 향연이 끝나자, 프쉬케는 이제 침대에 가야 할 시간이라고 생각했다. 그녀는 다시 침실로 가서 옷을 벗었다. 그리고 침대에 누워 한참 동안 잠을 이루지 못했다.

한밤중이 되자 그녀의 귓가에 조용히 속삭이는 소리가 들려왔다. 그녀는 고독 속에서 처녀성을 잃어버릴지 몰라 두려워하고 있었다. 사실 이곳처럼 아무도 살지 않는 광활한 저택에서는 무슨 일이든 일어날 수 있었다. 하지만 그것은 프쉬케가 알지 못하는 남편의 속삭임이었다.

그는 이제 침대로 올라와 그녀와 함께 있었다. 그는 그녀를 껴안고서 자기의 아내로 만들었다. 그런 다음에 그는 새벽이 밝기 전에 성급히 그 방을 떠났고, 그러자마자 문 뒤에서 기다리던 몇몇 하인의 목소리가 갓 결혼한 신부에게 처녀성을 잃었지만, 순결을 상실한 것은 아니라고 말해 주었다. 그 말을 듣고 그녀는 다시 잠을 잤다.

다음 날, 프쉬케는 전날보다 더 편안한 마음으로 궁전을 둘러보았다. 그날 밤에도 모습을 보이지 않는 그녀의 남편이 그녀를 다시 찾아왔다. 사흘째 되던 날도 프쉬케는 첫째 날과 둘째 날과 마찬가지로 보냈다. 시간이 흐르자 형체 없는 하인들을 데리고 있다는 최초의 놀라움은 즐거움으로 변했고, 그들의 시중을 받는 것은 일상이 되었다. 또한 너무 많은 목소리와 함께 있어서 그녀는 전혀 고독을 느낄 수 없었다.

프쉬케가 이렇게 지내는 동안, 그녀의 늙은 부모는 그녀가 하지 말라던 부탁을 어겼다. 즉, 헤아릴 수 없는 고통과 낙담 속에서 눈물을 흘리며 시간을 보내고 있었다. 그런데 프쉬케에 관한 불행한 소식은 마을과 마을을 지나 다른 나라까지 번지게 되었다. 그러자 프쉬케의 운명을 알게 된 두 누이는 슬픔에 젖어 자신들이 살던 궁궐을 떠나 부모를 위로하기 위해 달려왔다.

프쉬케는 남편을 볼 수 없었지만, 그의 손에서 촉감을 느끼고 그의 목소리를 들을 수 있었다. 그런데 누이들이 부모 집에 도착한 날 밤에 남편은 프쉬케를 바라보며 말했다.

「사랑스러운 프쉬케여, 사랑하는 나의 아내여. 운명의 여신은 잔인하오. 지금 무자비한 포르투나가 당신을 노리면서 극도의 위험에 빠뜨리려고 하고 있소. 그러니 위험에 처하지 않도록 조금도 방심하지 마시오. 지금 당신의 누이들은 당신이 죽었다는 소식을 접하고서 몹시 놀라 있소. 그래서 당신의 흔적을 찾기 위해 곧 바위에 도착할 것이오. 제피로스가 당신을 이 계곡으로 데려왔던 그 바위 말이오. 좋소, 이제 본론으로 들어가겠소. 만일 당신이 그들의 통곡 소리를 듣더라도 절대로 관심을 보이지 마시오. 절대로 대답해서도 안 되고, 눈을 들어 그들을 쳐다볼 생각도 하지 마시오. 그렇게 하면 내게 커다란 불행을 안겨줄 것이오. 또한 당신도 파멸의 길을 갈 것이오.」

그녀는 알았다고 대답하면서 그가 부탁한 대로 행동하겠다고 약속했다. 그렇지만 어둠이 걷히자, 가련한 프쉬케는 오종일 눈물 속에서 보냈다. 그러고는 자신은 멋진 황금 감옥에 갇혀 그 누구와도 대화할 수 없는 죄수와 똑같을 뿐만 아니라, 이제는 가련한 누이들의 고통도 달래줄 수도 없고, 심지어 그녀들을 바라보며 말하지도 못하게 되었다면서 혼잣말로 투덜댔다. 그런 이유로 그녀는 그날 밤 목욕도 하지 않고 음식도 먹지 않았으며, 그 어떤 위로의 말도 거부한 채 잠자리에 들어서 눈물로 베개를 적셨다. 얼마 후 남편이 침실로 들어왔다. 그날 남편은 평소보다 약간 일찍 도착했다. 그리고 아직도 울고 있는 그녀를 보더니 껴안으면서 다정하게 말했다.

「이게 나한테 약속한 거요? 사랑하는 프쉬케여, 이제 내가 어떻게 해야 하오? 당신이 밤낮을 가리지 않고 슬퍼하고, 심지어 사랑스러운 내 품 안에서조차 슬픔을 느끼니, 당신 남편으로서 내가 무엇을 더 이상 바랄 수 있겠소? 이제부터 당신이 원하는 대로 불행의 길을 걸으시오. 하지만 당신에게 엄히 경고하는데, 당신이 내 말을 듣는 것이 좋았을 것이라며 후회하기 시작할 때는 이미 돌이킬 수 없는 위험에 처해 있을 것이오.」

그러자 프쉬케는 잘 알았다고 대답하면서, 남편에게 간절히 애원하기 시작했다. 그러면서 자기 언니들과 만나 잠깐만 대화하면 언니들의 고통을 달랠 수 있을 거라고 맹세했다. 이렇게 남편에게 끝없이 애원한 끝에 프쉬케는 언니들을 만나도 좋다는 허락을 얻어냈다. 그 외에도 남편은 언니들에게 원하는 대로 금과 보석을 주어도 좋다고 허락했다. 하지만 언니들은 사악한 마음을 지니고 있으며, 아마도 프쉬케에게 그가 어떻게 생겼는지 보라고 집요하게 얘기할 텐데, 절대로 그런 사악한 충고에 속으면 안 된다고 다시금 경고했다. 만일 그렇지 않다면 신성모독적인 호기심 때문에 지금의 행복은 종말을 고할 것이며, 그 이후부터 자기의 따뜻한 품 안에 안길 수 없을 거라고 재차 지적했다.

그녀는 남편에게 고맙다고 말하면서 행복에 가득 찬 표정으로 이렇게 대답했다.

「내가 천만 번 죽어도 이렇게 달콤한 우리의 결혼 생활을 포기하지는 않을 거예요. 나는 당신을 놓치고 싶지 않아요. 나는 당신이 누구인지 모르지만, 당신을 사랑해요. 정말로 사랑해요. 나 자신보다도 당신을 더 사랑하고 있어요. 쿠피도가 오더라도 당신과는 절대로 바꾸지 않을 거예요. 하지만 당신에게 부탁이 있어요. 당신의 종 제피로스에게 우리 언니들을 데려오라고 말해 주세요. 나를 여기에 데려왔던 것처럼 말이에요.」

그녀는 남편에게 열렬한 키스와 달콤한 아부의 말을 하면서 두 손으로 그의 몸을 꼭 껴안았다. 그러고는 다시 애무를 시작하면서 남편을 이렇게 불렀다.

「당신은 내 유일한 남편이자, 나의 영원한 맛이자 멋이에요. 나 프쉬케는 당신의 꿀이며, 당신은 나의 영혼이에요.」

이런 프시케의 뜨거운 사랑의 말과 감언이설을 듣자 남편은 프쉬케의 요구에 굴복하고 말았다. 그래서 그녀가 요구한 대로 해 주겠다고 약속했다. 그리고 나서 날이 밝기 전에 아내의 품에서 벗어나 침실에서 사라졌다.

한편 언니들은 프쉬케를 놓아두었던 바위에 도착했다. 그녀들은 하염없이 슬피 울면서 가슴을 치고 통곡했다. 그러자 그녀들의 울음소리는 계곡에서 메아리쳤고, 이내 그 메아리는 정신이 없을 정도로 시끄러운 굉음으로 변했다. 그녀들은 「프쉬케! 프쉬케!」 하며 여동생 이름을 소리쳐 불렀다. 그러자 날카로운 비명은 계곡 밑에 있던 프쉬케의 집에 이르렀다. 그 소리를 듣자 프쉬케는 흥분하여 집에서 뛰쳐나와 대답했다.

「언니들, 언니들! 왜 그렇게 통곡을 하나요? 나는 여기에 있어요. 내가 바로 프쉬케예요. 이제 슬픈 소리는 내지 말아요. 그리고 눈물에 젖은 뺨을 닦으세요. 이제 언니들이 외쳐 부르고 있는 나를 두 팔로 안을 수 있을 거예요.」

프쉬케는 제피로스를 불러 남편의 지시를 말해 주었다. 그는 주인의 명령에 따라, 프쉬케의 언니들을 부드러운 바람에 실어 아무런 상처도 입히지 않고, 황금 궁전으로 데려왔다. 그녀들은 동생을 다시 안을 수 있게 되자 감정에 복받쳐 있었다. 그러자 말라붙었던 눈물이 다시금 솟아났다. 하지만 이번에는 슬픔의 눈물이 아니라, 기쁨의 눈물이었다. 그 모습을 보자 프쉬케는 이렇게 말했다.

「우리 집으로 들어오세요. 우리 처마에서 당신들의 프쉬케와 함께 편히 쉬세요. 제가 언니들을 행복하게 해 드릴게요.」

그녀는 화려한 집과 보석으로 가득 찬 방들을 보여주었다. 또한 언니들은 눈에 보이지 않는 수많은 하인의 목소리를 들었다. 프쉬케는 하인들에게 언니들을 위해 호화로운 목욕을 준비하라고 지시했고, 신비한 광경이 펼쳐지는 식탁에서 신들이나 먹을 수 있는 화려한 저녁 식사를 대접했다. 그러나 언니들은 프쉬케가 천상에나 존재하는 여신처럼 부귀영화를 누리며 사는 모습을 보자 질투가 났고, 이내 마음속으로 깊은 증오심을 품기 시작했다. 특히 작은언니는 질투심을 못 이겨 꼬치꼬치 캐묻기 시작했다. 그녀는 이토록 화려한 집의 주인이 누구인지, 프쉬케의 남편은 어떻게 생겼는지, 남편이 프쉬케를 어떻게 대해 주는지 물었다. 그것은 사악한 호기심의 발로였다.

하지만 프쉬케는 부부간의 약속을 위반하지 않으려고, 그 비밀을 드러내지 않았다. 그러면서 남편은 아주 근사한 남자이며, 두 뺨에는 솜털이 보일락 말락 뒤덮여 있으며, 대부분의 시간을 산이나 들로 사냥을 가서 보낸다고 즉석에서 둘러대었다. 하지만 언니들이 집요하게 캐묻자 프쉬케는 자칫하면 비밀을 누설할지 몰라 두려워지기 시작했다. 실수하거나 모순되는 이야기를 한다면 어떻게 되겠는가? 그러자 그녀는 언니들에게 금과 보석 반지를 주고 값비싼 목걸이를 걸어 주었다. 그러면서 제피로스를 불러 언니들을 데려다주라고 부탁했다.

제피로스가 언니들을 바위로 데려다주자, 그들은 집으로 되돌아가면서 질투로 인해 쓸개가 썩을 듯한 고통을 느꼈다. 큰언니가 먼저 말했다.

「불행하고 눈먼 포르투나여! 어떻게 당신은 이토록 불공평하게 우리를 다루면서 뭐가 좋아 그렇게 즐거워하는 것입니까? 얘, 넌 한 부모에게서 태어난 딸들이 이토록 다른 운명을 갖는 게 공평하다고 생각해? 우리들은 이방인들과 결혼하여 식모처럼 살고 있어. 우리는 조국과 부모와 친구들에게서 멀리 떨어진 곳에서 유배된 사람들처럼 생활하고 있단 말이야. 그런데 어머니의 마지막 가임 기간에 태어난 막내는 우리보다 뭐가 잘났다고 신을 남편으로 데리고 살고, 휘황찬란한 궁전에 살며, 너무 많아 어쩔 줄 모를 재산을 가진 거지? 너도 프쉬케가 얼마나 많고, 다양한 보석들을 갖고 있는지 봤지? 또한 색색으로 수놓인 옷들이 옷장에 얼마나 많이 걸려 있는지도 봤지? 게다가 바닥은 금과 보석으로 만들어져 있었단 말이야! 또한 그 애가 말한 것처럼 매력이 철철 넘치는 남편도 데리고 살고 있어. 아마 이 지구상에 개처럼 행복하게 사는 사람은 없을 거야. 심지어 남편과의 관계가 굳어지고 사랑이 확인되면, 그 애는 여신이 될 가능성도 있어. 맙소사, 실제로 여신과 같은 풍요를 누리고 그렇게 행동하고 있었어. 마치 여신과 같은 태도를 보이면서 여신처럼, 뛰어난 사람처럼 행동했단 말이야! 비록 그 애는 피와 살로 이루어진 인간이지만, 보이지 않는 하인들에게 지시를 내리고, 바람에게 명령을 하고 있었어. 아, 정말이지 그 애가 미워 죽겠어! 반면에 난 우리 아버지보다 더 늙고, 호박보다 더 대머리이고, 어린애보다 더 작은 남편을 시중들며 살아야 할 팔자야. 그것도 모자라서 남편은 집에 있는 모든 것에 자물쇠를 채우고, 일일이 간섭하면서 자기가 열쇠를 관리한단 말이야.」

이 말을 듣고 작은언니가 말했다.

「나는 언니보다 더 못된 남편을 참고 견디고 있어요. 게다가 그는 좌고 신경통을 앓고 있어서 푸른 달이 비추는 밤에도 나와 한 번 이상 잘 수가 없어요. 나는 온종일 빨래를 해서 손마디는 굵어질 대로 굵어졌고, 손은 돌처럼 딱딱해졌어요. 그리고 악취 풍기는 향유와 더러운 거즈와 냄새 고약한 찜질을 하며 보낼 수밖에 없어요. 그러니까 나는 편안한 아내의 역할보다는 돌팔이 찜질사 역할을 하고 있지요. 내 마음대로 하는 말을 용서해 주세요. 하지만 언니는 그래도 이런 속박과 노예 생활을 견뎌낼 수는 있어 보이네요. 반면에 나는 가장 자격 없는 여자에게 그런 행운이 주어졌다는 것을 생각하면 더 이상 한시도 참을 수 없어요. 우리를 얼마나 거만하고 건방지게 대했는지 기억해 봐요. 거드름이란 거드름은 다 피우고, 웃기지도 않게 거만한 태도로 으스대며 걸었어요. 또 그 많은 재산 중에서 겨우 눈곱만치만 우리에게 주고서, 우리가 지겹다는 듯이 시원한 바람에 실어 우리를 내쫓아버렸잖아요. 난 내가 아내임을 포기하는 한이 있더라도, 그 애가 그런 사치스러운 생활을 하는 것은 눈 뜨고 볼 수 없어요. 프쉬케를 그 집에서 쫓아내지 않으면 난 목숨을 끊어버리고 말겠어요. 당연한 소리겠지만 언니도 그 애가 우리를 모욕했다고 생각하고 있을 거예요. 그러니 우리 두 사람은 함께 힘을 합쳐 어떻게 프쉬케의 콧대를 꺾어버릴지 생각해야 해요.」

이 말을 듣자 큰언니가 다시 말했다.

「나도 네 생각과 똑같아. 우선 우리는 그 애가 준 선물에 대해서는 그 누구에게 일언반구의 말도 하면 안 돼. 부모님에게도 말이야. 그리고 그 애가 살아있다는 것도 말하지 말아야 해. 그 애가 행복에 겨워 흥청망청 사는 것만을 보아도 가슴 아파 죽겠는데, 우리 부모님이나 다른 사람들에게 그 애의 행복한 모습을 떠들고 다닐 필요는 없잖아. 이제 우리는 식모가 아니라, 언니들이라는 것을 프쉬케가 알게 해야 해.」

그러자 작은언니가 대답했다.

「좋아요. 그럼 이제 우리는 가난하지만 정직한 남편들이 있는 집으로 돌아가요. 그리고 부모님한테는 아무 말도 하지 않기로 해요. 하지만 거만한 프쉬케의 콧대를 꺾어버릴 우리의 계획이 무르익으면, 다시 이곳으로 와서 계획을 실천에 옮겨요.」

천박한 언니들은 서로 악수하며, 이런 생각을 떠올린 자신들의 머리가 훌륭하다고 자화자찬했다. 그래서 비싼 선물들을 모두 숨긴 채, 부모가 살고 있던 궁전에 도착하자 머리를 쥐어뜯고 자기 얼굴을 때리며 울상을 짓고 울기 시작했다. 그 모습을 하고, 부모님께는 아무 흔적도 찾을 수 없었다고 말했다. 그렇게 부모의 고통을 가중시켰고, 부모를 절망의 늪에서 허덕이게 했다. 그러고 나서 그녀들은 헤어졌고, 화가 치밀어 오른 채로 자기들이 살던 집으로 돌아가 더러운 계략을 짜기 시작했다. 아니 좀 더 정확히 말하면, 순진하고 죄 없는 자기 동생을 죽이려는 계획을 준비하기 시작했다.

그 사이, 아직도 얼굴을 보지 못한 프쉬케의 남편이 어느 날 밤, 다시금 그녀에게 경고했다.

「당신을 위협하는 위험한 바람이 먼 곳에서 불어오고 있다는 사실을 아직도 눈치채지 못했소? 당신이 주의하지 않으면 그 바람은 곧 당신에게 도착하여, 당신을 파멸시킬 것이오. 간사한 욕심쟁이들은 우리를 파멸시킬 계획을 짜기 위해 최선을 다하고 있소. 그녀들의 계획 중에서 가장 사악한 것은 당신에게 내 얼굴을 보라고 설득하는 것이오. 내가 말해서 당신도 알고 있겠지만, 내 얼굴을 한 번이라도 보는 날엔 두 번 다시 내 얼굴을 볼 수 없을 것이오. 어쨌거나 당신에게 자신 있게 말하는데, 그 비열한 마녀들은 다시 이리 올 것이오. 그리고 자신들의 원한을 실행에 옮길 만반의 준비를 하고 이곳으로 오면, 당신은 절대로 그들이 이곳에 들어올 구실을 만들어 주면 안 되오. 하지만 부드럽고 순진하기 그지없는 당신에게 이것이 너무 어렵다면, 적어도 그들의 말에 귀 기울이지 마시오. 그리고 당신 남편에 관해 묻는 말에는 절대로 아무 대답도 하지 마시오. 당신도 알겠지만, 우리는 곧 가정을 갖게 될 것이오. 당신이 침묵을 지키고 우리의 비밀을 간직한다면, 지금 당신 배 속에서 자라고 있는 아이는 세상에 태어나 신이 될 것이오. 하지만 만일 우리의 비밀을 누설한다면, 그는 신이 아닌 인간이 되고 말 것이오.」

이 소식을 듣자 프쉬케는 넘쳐흐르는 행복을 느꼈다. 그녀는 신의 자손이 태어날 거라고 생각하자 한없이 기뻤으며, 신의 영광을 누릴 미래의 싹에 자부심을 느끼며 미친 듯이 좋아했다. 또한 이제 존엄한 어머니란 이름을 듣겠다는 생각을 하자 말할 수 없이 기뻤다. 그녀는 몇 날 며칠이 남았는지 손꼽아 세기 시작했다. 하지만 그녀는 삶에 대해 아는 것이 거의 없었다. 그래서 단지 처녀성을 상실했을 뿐인데, 왜 자기 몸매가 이상하게 변하는지 전혀 이해할 수 없었다.

하지만 그 사악하고 혐오스러운 푸리아에는 냉혹하게 뱀의 독을 흘리면서 그녀를 찾아 항해하고 있었다. 그러자 남편은 다시 한번 프쉬케에게 경고했다.

「오늘이 바로 최후의 날이오. 즉, 결전의 순간은 이미 왔소. 당신의 적들은 지금 우리 가까이에 와 있소. 질투로 가득 찬 당신의 적들은 무기를 들고 야전 천막을 거둔 후, 군대를 전투 대열로 정렬시켰소. 그리고 이미 전쟁을 예고하는 나팔을 불었소. 당신의 사악한 언니들은 칼을 들고 당신의 목을 베려 하오. 아, 사랑스러운 프쉬케여, 왜 이토록 많은 재앙이 우리 주위를 맴도는가! 당신과 나를 어여삐 여겨 주시오. 그리고 곧 닥칠 재앙에서 당신 자신과 우리 집과 우리의 아이를 구해 주시오. 당신의 파렴치한 언니들을 쳐다보지도 말고, 그들의 말을 듣지도 마시오. 그들은 이미 당신과 인연을 끊은 사람들이오. 그리고 당신을 죽도록 증오하고 있소. 그러니 그들을 언니라고 부르지도 마시오. 세이렌들[1]이 절벽에 기대고 있는 것처럼, 그녀들은 바위에 모습을 드러내어 사악한 목소리가 이 바위 저 바위로 메아리치게 할 것이오.」

이 말에 프쉬케는 눈물과 한숨으로 울먹이면서 대답했다.

「정말로 당신은 나를 믿지요? 오래전부터 나는 남편에게 충성하고, 남편 말을 잘 들었다고 생각해요. 지난번에 언니들이 이리로 왔을 때 나

---

1 머리는 여인이고, 몸은 새의 모습을 한 바다의 요정들. 세이렌들은 지중해의 섬에 살고 있었으며, 그들의 음악 소리로 어부들을 유혹하여 그들이 경솔하게 해안가로 오게 만든 다음에 배를 침몰시켜 잡아먹었다고 전해진다.

는 당신에 대한 충성을 보여주었고, 또한 비밀을 지킬 힘을 갖고 있다는 것도 보여주었어요. 아마 내일도 마찬가지가 될 거예요. 당신은 제피로스에게 예전처럼 그의 임무를 다해 달라고 말해 주세요. 그리고 당신의 성스러운 모습을 보지 못해 고통받는 대가로, 적어도 내 언니들만은 볼 수 있게 해 주세요. 풍성하고 향긋한 머리카락과 부드럽고 매끄러운 뺨과 당신을 뜨겁게 흥분시킬 수 있는 이 가슴으로 당신에게 간청하는 이 충성스러운 여인의 애원을 들어주세요. 또한 우리 아들의 얼굴을 통해 알게 될 당신의 인자한 얼굴에 부탁할게요. 제발 내 언니들을 품에 안을 수 있게 허락해 주세요. 이런 내 청을 들어주셔서 당신에게 모든 것을 바친 프쉬케의 영혼이 편히 지낼 수 있게 해 주세요. 언니들만 만나게 해 준다면 어둠 속에서 불안해하지도 않을 것이며, 당신이 내 품 안에 있을 때도 당신에게 얼굴을 보여 달라고 하지 않겠어요. 당신은 나의 빛이에요.」

프쉬케의 이런 달콤한 말에 넋이 나간 남편은 그녀가 따뜻한 포옹을 해주자 그 청을 마다할 수 없었다. 그래서 그는 머리카락으로 프쉬케의 눈물을 닦아주며, 그녀가 원하는 대로 해주겠다고 약속했다. 그리고 새벽이 밝아오기 전에 방을 떠났다.

음모를 짠 두 언니는 가장 가까운 항구에 내려 부모의 집도 들르지 않은 채 이미 알고 있던 바위로 최대한 빨리 걸어갔다. 그리고 그들을 데려 갈 바람을 시나티시로 닿고, 무덕데고 공중으로 몸을 날렸다. 하지만 제피로스는 주인이 내린 명령을 잊지 않고 있었다. 비록 마지못해서였지만, 그녀들을 바람 한가운데로 받아 안전하게 바닥에 내려주었다.

그녀들은 아무 생각도 없이 급히 집으로 달려 들어가면서 「프쉬케, 사랑스러운 우리 동생아, 어디에 있니?」라고 외쳤다. 그리고 자신들의 희생자가 될 프쉬케를 언니들이란 허울 좋은 이름으로 껴안았다. 또한 마음속에 사악한 의도를 숨기고, 미소 지으며 이렇게 듣기 좋은 말을 했다.

「프쉬케, 평상시처럼 호리호리한 몸매가 아니구나! 이제 머지않아 곧 엄마가 되겠구나! 네 배 속에서 결실을 맺다니 얼마나 기쁜 소식인지 모르겠구나. 어떤 아이가 태어날지 보고 싶어 죽겠구나. 어머니와 아버지도 이 소식을 들으시면 얼마나 기뻐하시겠니. 우리들도 너무나 기쁘구나. 어여쁜 아기한테 먹을 것을 주면서 우리는 한없는 기쁨을 느낄 거야. 그 아이는 멋진 부모를 닮아, 의심할 여지도 없이 또 다른 쿠피도로 태어날 거야.」

그녀들은 이렇게 애정을 위장하면서 동생의 마음을 정복했다. 프쉬케는 언니들에게 의자에 앉으라고 권했다. 그러면서 오느라고 힘들었을 텐데 쉬라고 청하면서 김이 무럭무럭 나는 목욕물을 준비하라고 지시했다. 또한 멋진 식탁에서 온갖 소스로 양념 된 훌륭한 음식을 제공했다. 그런 다음에 하프를 연주하라고 지시했다. 하프 연주가 끝나자 피리를 불라고 했다. 그러자 달콤한 피리의 선율이 들려왔고, 노래를 부르라고 하자 얼굴을 드러내지 않은 채 청중들의 영혼을 사로잡는 감미로운 합창 소리가 들려왔다. 하지만 언니들의 사악함은 이런 음악의 선율에도 전혀 누그러지지 않았다. 그녀들은 이미 준비해 놓은 함정으로 자신들의 관심을 돌렸다. 그래서 그녀의 남편이 어떻게 생겼으며, 어떤 가족 출신이며, 어떤 상류 계급인지를 꼬치꼬치 캐묻기 시작했다.

착하고 순진한 프쉬케는 전에 자기가 말했던 내용을 이미 잊고서 태연자약하게 또 다른 이야기를 꾸며내어 말해주었다. 그들에게 자기 남편은 인근 지방의 아주 돈 많은 상인이며, 나이는 중년 정도이고, 머리칼은 희끗희끗하다고 말했다. 그리고 더 이상 이런 문제에 관해 말하지 않도록 그들에게 선물을 한 아름 안겨주면서 바람이 대기하고 있는 곳까지 그들을 데려갔다.

제피로스의 부드러운 날개에 안겨 바위로 올라간 후 집으로 돌아오는 동안, 작은언니가 말했다.

「저 멍청이가 말한 거짓말을 어떻게 생각해요? 며칠 전에는 아직도 애송이에 불과한 청년이라고 말하더니, 지금은 중년에 흰머리가 희끗희끗 반짝인다고 말하잖아요. 이토록 짧은 시간에 갑자기 늙어버린 그 사람은 도대체 누구일까요? 이건 저 못된 년이 우리에게 무언가를 숨기기 위해 만들어 낸 거짓말이거나, 아니면 자기 남편이 누군지도 모르는 게 분명해요.」

그러자 큰언니가 말했다.

「어떤 게 진실이건 간에, 우리는 가능한 한 빨리 그녀를 파멸시켜서 풍요롭게 살지 못하도록 해야 해. 자기 남자의 얼굴을 모른다는 것은 틀림없이 어느 신과 결혼했음이 분명해. 그러면 그녀의 아들 역시 신이 될 거야.」

그 말을 들은 작은언니는 이렇게 말했다.

「만일 아기 신이 그녀를 어머니라고 부르는 소리를 듣는다면, 난 밧줄에 목을 맬 거예요. 이제 그녀를 속이고 우리의 의도를 실현할 생각이 떠오르네요. 그럼 부모님의 집으로 돌아가 계획을 세워요.」

부모에게 거만하고 방자하게 인사한 다음, 그녀들은 프쉬케를 파멸로 몰아넣을 생각으로 온밤을 새웠다. 아침이 되자 언니들은 벼랑으로 향했고, 그곳에서 이미 알고 있던 바람의 도움으로 다시 프쉬케의 집으로 내려왔다. 그녀들은 눈을 마구 비벼대어 약간의 눈물을 흘린 것처럼 위장하고서 프쉬케에게 거짓말을 했다.

「너는 너무도 세상을 모르기 때문에 아주 편안히 살고 있구나. 하지만 네가 있는 이곳은 의심의 여지 없이 끔찍한 위험들이 도사리고 있단다. 네 문제에 신경을 써주고 너의 불행을 함께 할 우리가 있어서 그나마 다행이야. 우리는 확실한 소식통을 통해 알고 있어. 그것을 숨기지 않고 말해주는 이유는 우리가 너와 고통을 함께 할 둘도 없는 사람들이기 때문이야. 너와 함께 잠을 자는 그 사람은 커다랗고 수많은 마디를 지니고 있으며, 사람의 목숨을 앗아갈 수 있는 치명적인 독을 흘리는 큰 입을 가진 뱀이야. 네가 아주 사나운 얼굴을 한 동물과 결혼할 거라고 예언한 아폴로의 신탁을 기억해 봐. 이 근방 숲속에서 사냥을 하는 농부들이나 다른 이웃 주민들은 가축에게 풀을 먹이고 돌아오는 길에 강물 속에서 커다란 뱀이 헤엄치는 것을 보았다고 말했어. 그 사람들 모두 그 동물이 이런 진수성찬으로 너를 그리 오래 대하지는 않을 거라고 확신하더구나. 그리고 가장 맛있는 과일을 먹듯이, 임신한 네 몸이 한껏 부풀어 오른 아홉 달째가 되었을 때 너를 먹어치울 거라고 말했어. 이제 모든 것은 네 손에 달려 있어. 너를 구하기 위해 열성을 다하는 언니들의 말대로, 죽음을 피하고 모든 위험에서 멀리 떨어진 곳에서 우리와 함께 살지, 아니면 포악한 짐승의 배속에서 장사를 치를지 결정해. 이 모든 것은 네 의지에 달려 있어. 네가 이렇게 목소리만 들리는 곳에서 고독을 즐기며, 네 욕망대로 혐오스럽고 위험한 동물과 숨어서 함께 잠을 자고 싶으면 그렇게 해. 만일 그렇다면 네가 어떻게 인생의 종말을 맞이할지 쉽게 짐작할 수 있겠지? 우리는 정직하고 애정 어린 언니들로서 네게 경고하는 것이니 네가 알아서 결정해.」

평소와 마찬가지로 항상 달콤하고 부드러우며 가련한 프쉬케는 이런 무시무시한 말을 듣자 무서워 어찌할 바를 몰랐다. 그녀는 남편의 경고와 남편과의 약속을 잊고서, 자신을 억제하지 못하고 낙담에 빠졌다. 그리고 벌벌 떨면서 창백한 얼굴로 제대로 말을 잇지 못했다.

「사랑스러운 언니들, 언니들의 애정은 한 치도 변함이 없네요. 언니들에게 그런 말을 해 준 사람들이 거짓말을 하고 있다고 믿진 않아요. 사실난 남편의 얼굴을 한 번도 본 적이 없고, 그가 누구이며 어디에서 왔는지도 몰라요. 그가 어떤 존재인지도 모른 채 밤에만 내게 속삭이는 소리를 들을 뿐이에요. 그는 항상 날이 밝기 전에 방에서 빠져나가요. 그가 햇빛을 싫어하는 것을 보니, 나도 그가 틀림없이 괴물일 거라고 생각해요. 내가 그의 모습을 보고 싶다고 하면, 그는 항상 자기 얼굴을 보면 놀랄 것이며, 커다란 재앙이 닥칠 거라고 위협해요. 위험에 처한 언니들의 동생이 무엇을 해야 할지 충고해 주세요. 이제 모든 것을 결정할 시간이에요. 결정을 미루면, 자칫 좋은 결과를 잃어버릴 수도 있어요.」

극악무도한 언니들은 이제 자기 동생의 의지를 자기들 마음대로 주무를 수 있다는 사실을 알았다. 그래서 자신들의 계획을 숨기지 않고 말해 주었다. 작은언니는 속임수의 칼을 빼 들고 순진한 프쉬케의 머리 위로 쳐들면서 말했다.

「피는 물보다 진하단다. 우리는 한 가족이야. 네 안전을 위해서라면, 우리는 목숨을 걸고서라도 함께 헤쳐 나가야 할 운명이야. 어제부터 우리 두 사람은 이 문제에 관해 셀 수 없이 토론한 끝에 이런 결론에 이르렀어. 이것만이 네가 목숨을 구할 수 있는 유일한 길이야. 자, 우선 날이 매우 날카로운 단도를 집어. 그리고 손바닥으로 그 칼날을 만져서 아주 날카로운지 확인한 다음, 네가 항상 자는 침대 옆에 숨겨 놓도록 해. 그리고 램프에 기름을 가득 채우고, 불을 환히 켠 다음에 불빛이 보이지 않게 두꺼운 천으로 감싸서 숨겨 놓도록 해. 이 모든 것은 아무도 모르게 아주 조심스럽게 해야 해. 그리고 네 남편이 평상시처럼 침실에 도착해서 침대에 올라와 깊은 잠에 빠져들 때까지 기다려. 그의 숨소리를 들으면, 아마도 너는 그가 깊은 잠에 빠졌는지 알 수 있을 거야. 그러면 침대에서 빠져나와 맨발로 아무 소리도 내지 말고 걸어서 어두컴컴한 곳에 숨겨둔 램프를 꺼내. 그리고 환한 불빛 아래에서 네 고귀한 업적을 실현할 적당한 순간을 기다려. 그 순간이 오면 오른손에 들고 있는 단도로 혐오스러운 뱀의 목덜미 부분을 단숨에 싹둑 잘라버려. 우리의 말이 실패할 거라고 의심하지는 마. 반대로 틀림없이 성공할 거야. 그리고 우리는 밤새워 너를 밖에서 기다리고 있을게. 그를 죽여서 네 목숨을 구하면, 우리는 네가 이 보물들을 모두 가져갈 수 있게 도와줄 거야. 그리고 너를 점잖은 남자와 결혼시켜 주겠어.」

너무나 당혹해하던 프쉬케는 이 말을 듣자 마음에 격렬한 불꽃이 타올랐다. 두 언니는 엄청난 위험이 닥칠지도 모른다면서 겁을 내며 그녀를 버리고 즉시 도망쳤다. 그들은 바람의 도움으로 산꼭대기의 바위까지 올라가서 급히 그곳을 빠져나와 배를 타고 멀리 도망갔다.

프쉬케는 혼자 남았다. 그녀와 함께 있는 것은 남편을 죽이라고 사주하는 잔인한 푸리아에 뿐이었다. 프쉬케는 끔찍한 일을 저질러야 한다는 생각을 하며 깊은 슬픔의 고독에 빠졌다. 그 고독은 폭풍이 불기 전에 너울거리는 파도와 같았다. 비록 굳은 마음을 먹고 결심했지만, 그녀는 흉악한 범죄를 준비하면서 망설였다. 불행에 잠긴 그녀는 만일 성공했을 때 일어날 일과, 실패했을 때 일어날 서로 다른 두 미래 사이에서 어찌할 바를 모르고 있었다. 그래서 서둘러 일하다가도 시간을 지체했고, 결심을 굳혔다가도 머뭇거렸으며, 남편이 자신을 배신할 거라는 사실에 화를 내다가도 언니들의 말을 의심하기도 했다. 어쨌거나 참으로 이상한 것은 그녀는 한 몸이었지만 그 맹수를 깊이 증오하면서도 남편을 뜨겁게 사랑하기도 했다. 오후가 질 무렵이 되자, 그녀는 마음을 굳히고 언니들이 미리 말해 준 대로 급히 램프에 불을 켜고 숨긴 후, 끔찍한 범죄를 실행에 옮길 단도를 준비했다.

밤이 되자, 남편은 침대로 왔다. 그들은 서로 껴안고 키스하면서 뜨거운 사랑의 전쟁을 치렀다. 그런 다음 그는 깊은 잠에 빠져들었다. 프쉬케는 천성적으로 용감하거나 강인한 여자가 아니었다. 게다가 계속해서 언니들의 말이 정말일지 의심하고 있었다. 하지만 잔인한 운명의 힘은 그녀의 약한 마음을 대담하게 만들었다. 그녀는 칼을 집어 들고 침대에 누운 남편의 비밀을 알기 위해 램프를 싸놓은 천을 벗겼다.

그러자 드디어 남편의 비밀이 벗겨졌다. 침대에는 이 세상에서 볼 수 있는 그 누구보다도 평온하고 온화한 얼굴이 누워 있었다. 그것은 아름답게 잠을 자는 쿠피도 신이었다. 그의 모습을 보자 램프의 불꽃마저 기쁜 듯이 더욱 활활 타오르면서, 신성 모독할 칼날을 더욱 환히 비추었다. 남편의 모습을 보자 생각을 고쳐먹은 프쉬케는 이성을 잃고 죽은 사람처럼 창백해졌다. 그리고 몸을 떨면서 무릎을 꿇었다. 그녀는 단도를 자기 가슴 안으로 숨기려고 했다.

하지만 그녀가 저지를 치욕스러운 범죄에 전율한 칼은 그녀의 손에서 벗어나 바닥으로 떨어져 버렸다. 자신의 실수를 덮어버릴 다른 방도가 없게 되자, 기운이 빠진 그녀는 쿠피도의 멋진 얼굴을 오랫동안 응시했다. 그러면서 점점 기운을 되찾았다. 그녀는 신고神膏[2] 향내가 나는 금발의 머리카락과 흰 이마, 약간 흩어진 곱슬머리 사이로 드러난 붉은 뺨, 한쪽은 앞으로 다른 쪽은 뒤로 넘어간 머릿결을 바라보았다. 무척 빛나는 머리카락 앞에 서자 램프의 불꽃마저도 창백해 보였다. 날아다니는 신의 어깨에는 너울거리는 꽃처럼 축축한 날개가 흰빛을 발하고 있었고, 그 날개 안에는 잠자는 동안에도 부드러운 깃털이 계속하여 움직이면서 나부끼고 있었다. 그의 나머지 몸도 너무나 윤기 나고 부드럽고 멋졌기 때문에, 베누스가 그를 자기 아들이라고 주저하지 않고 인정한다는 말을 실감할 수 있었다. 침대 다리에는 위대한 신의 무기인 활과 화살과 화살통이 가지런히 잠들어 있었다.

프쉬케는 억제할 수 없는 호기심으로 자기 남편이 성스러운 무기를 경탄하듯이 살펴보면서 화살통에서 화살 하나를 꺼냈다. 엄지손가락으로 날카로운 화살촉을 더듬는 순간 손이 떨려 찔리고 말았다. 그러자 손가락에서 피가 한두 방울 떨어졌다. 프쉬케는 자기도 모르게 사랑의 신에게 미칠 것 같은 사랑에 빠져버렸다. 점점 더해 가는 욕망의 불구덩이 속에

---

2 불로불사를 선사한다는 신의 음식.

서, 그녀는 숨을 헐떡이며 그에게 달려갔다. 그리고 깊게 잠든 그의 잠을 깨우지 않으려고 애쓰면서 경솔하리 만큼 거친 키스로 그를 애무하기 시작했다.

너무도 큰 희열과 흥분을 오가는 동안, 그녀가 들고 있던 램프는 끓어오른 기름 한 방울을 사랑의 신의 오른쪽 어깨 위에 떨어뜨렸다. 램프가 그녀를 배신한 것인지, 아니면 그녀가 그토록 멋진 몸을 더듬는 데에 질투한 것인지, 혹은 램프가 스스로 움직이다가 그런 것인지는 알 수 없었다. '아, 겁 없이 무모하고 잔인한 램프여, 사악한 사랑의 노예여, 네가 감히 불의 신에게 화상을 입혔구나! 램프란 어느 정부가 자신의 욕망을 못 이겨 밤새 사랑을 즐기려고 발명했음이 틀림없어'라고 프쉬케는 생각했다. 사랑의 신은 화상을 입자 고통스럽게 신음하며 눈을 떴고, 아내가 자기를 배신했다는 사실을 알게 되었다.

그는 배은망덕한 아내의 팔과 키스를 아무 말 없이 뿌리치고 날개를 펴서 하늘로 날아가려고 했다. 하지만 그 순간 프쉬케는 남편의 오른쪽 다리를 두 손으로 꼭 잡고 매달렸다. 그것은 구름이 잔뜩 낀 하늘 아래에서 항해를 떠나려는 남편을 붙잡는 가엾은 아내의 모습과 똑같았다. 그녀는 그의 다리를 잡고 구름과 하늘을 향해 함께 날아올랐지만, 이내 힘이 빠져 바닥으로 떨어지고 말았다.

하지만 사랑의 신은 그녀를 내버리지 않고 근처에 있는 삼나무까지 날아가 나무 꼭대기에서 떨리는 목소리로 이렇게 꾸짖었다.

「순진하지만 어리석고 분별력 없는 프쉬케여! 난 당신을 위해 우리 어머니 베누스의 지시를 어겼소. 어머니는 당신에게 인간 중에서 가장 형편 없는 사람을 사랑하게 하여 불행한 결혼 생활을 하게 하라고 말했소. 하지만 당신을 보는 순간 나는 하늘에서 내려와 나 스스로 당신의 연인이 되었소. 그런데 이제야 내가 경솔한 짓을 했음을 알게 되었고, 지금 그 결과를 보고 있소. 나 쿠피도는 정열의 궁수니까요. 그래서 내 화살로 나에게 상처를 입혀 당신을 내 아내로 만들었는데, 당신은 나를 괴물 취급하며 머리를 자르고 당신을 사랑하는 두 눈을 멀게 하려고 했소. 난 이미 당신에게 이런 일이 일어날 것이니 사전에 준비하라고 경고했고, 여러 차례에 걸쳐 그것을 가르쳐주었소. 당신이 위대한 조언자라고 생각했던 언니들은 사악한 함정을 판 결과로 엄한 벌을 받을 것이오. 하지만 당신에게는 내가 떠나는 것으로만 벌할 것이오.」

이 말을 끝내고 그는 저 높은 곳으로 날아갔다.

프쉬케는 바닥에 쓰러져 꼼짝도 하지 못한 채 남편이 시야에서 사라질 때까지 지켜보면서 신음하며 울었다. 빠르게 날갯짓을 하면서 심연의 공간 속으로 남편이 숨어버리자, 그녀는 근처에 있는 강둑으로 기어 올라가 강물에 몸을 던졌다. 하지만 강은 맹수나 새뿐만 아니라, 물고기들 역시 존경해마지 않는 쿠피도 신에게 겁을 먹고 있었다. 그래서 강은 친절하게도 그녀에게 아무런 상처를 입히지 않고, 물로 에워싼 후 꽃이 가득한 강변에 데려다 놓았다.

그곳에는 산양들이 주위를 거닐며 풀을 뜯어 먹고 있었다. 우연히 파우누스[3]라는 신이 근처 언덕에서 산의 신인 에코[4]를 껴안고 앉아서, 그녀에게 목소리의 굴절에는 어떤 종류가 있는지 가르쳐주고 있었다. 바로 그때 풀밭에서 깡충깡충 뛰놀던 산양들이 강물에 젖은 그녀의 머리칼을 엉망으로 만들었다. 산양의 신이자 그동안 프쉬케에게 무슨 일이 있었는지 이미 알고 있던 파우누스는 비탄에 잠긴 프쉬케를 보자 그녀를 불러 편히 쉬라고 한 다음, 다정한 말로 그녀의 마음을 달래 주었다.

「예쁜 여인이여, 나는 산양을 지키는 늙고 보잘것없는 목자에 불과

---

3 파우누스(판)는 목자와 가축의 신이다. 반은 인간이고 반은 염소로 표현된다. 이마에는 두 개의 뿔이 있으며, 몸에는 털이 잔뜩 나 있다. 아랫부분은 숫양이고, 발에는 짐승의 발톱이 나 있다.

4 에코는 숲의 요정이며, 메아리를 내는 신이다. 그녀에 관한 전설을 살펴보면, 판의 애인이었지만 그는 그녀에게 걸맞지 않았다. 또한 멋진 나르시스의 애인이었지만, 그는 그녀에게 관심을 두지 않았다.

하지만, 늙었기 때문에 아주 경험이 많다오. 정처 없이 떠도는 당신의 발길과 창백한 피부와 자주 내쉬는 한숨 소리와 무엇보다도 슬픈 눈빛으로 판단하건대, 현자들이 '예언'이라고 부르는 내 '추측'이 맞다면, 당신은 사랑 때문에 커다란 고통을 받고 있는 것 같소. 그러니 내 말을 귀담아 들으시오. 절대로 벼랑에서 떨어져 자살하려고 하거나, 혹은 이런 종류의 죽음과 관련된 어떤 행동도 하지 마시오. 그리고 고통과 슬픔을 버리고 신 중의 신인 쿠피도에게 솔직하게 당신의 속마음을 털어놓으면서 애원하시오. 그는 응석을 부리며 자란 청년이니, 당신이 다정하고 달콤한 말로 그의 기분을 맞추면 당신의 청을 들어줄 것이오.」

　이렇게 목신牧神의 충고를 들을 수 있었던 것은 행운이었지만, 프쉬케는 아무 대답도 하지 않았다. 단지 의례적인 감사의 표시만 한 후 그곳을 떠났다.

　한참 동안 강을 따라 터벅터벅 무거운 발걸음을 옮겼다. 그러다가 무슨 이유에서인지 좁은 길로 들어섰다. 그리고 해 질 무렵 어느 도시에 도착했는데, 프쉬케는 그곳이 큰언니가 왕비로 있는 도시임을 알았다. 그러자 프쉬케는 궁전으로 가서 큰언니에게 자기가 왔다는 사실을 통보했다. 언니는 즉시 그녀를 맞이했다.

　축하의 포옹 후에 큰언니는 프쉬케에게 어떤 이유로 이곳에 왔느냐고 물었다. 프쉬케는 이렇게 대답했다.

　「내 남편이자 나와 함께 잠을 자는 맹수가 이빨로 나를 물어뜯어 죽이기 전에, 날카로운 칼로 죽여야 한다고 나에게 했던 말 기억나요? 나는 그렇게 하려고 했어요. 그런데 그 전에 나는 램프 불빛에 비친 그의 얼굴을 볼 수 있었어요. 그리고 말로는 설명 못할 멋진 광경을 목격했어요. 그 사람은 바로 베누스 여신의 아들인 쿠피도였어요. 그러니까 침대에서 곤히 잠자고 있던 사람은 쿠피도였어요. 나는 너무 놀랐으면서도 안도의 한숨을 내쉬었어요. 나는 그의 모습을 보느라 넋을 잃었고, 또한 이제는 더이상 즐기지 못할 그의 관능적인 매력에 도취되었어요. 그런데 그때 끔찍한 일이 일어났어요. 나는 그의 어깨에 램프 기름 한 방울을 떨어뜨리는 실수를 했어요. 그는 통증으로 즉시 잠을 깼어요. 그는 한 손에는 램프를 들고 있고, 다른 한 손에는 칼을 쥐고 있는 나를 보았어요. 그러더니 이렇게 소리쳤어요. "못된 여자 같으니! 내 말을 어기고 죄를 저지르려고 하다니! 지금 당장 내 침대를 떠나시오. 당신 물건을 모두 챙겨 당장 떠나시오. 난 당신 대신 당신의 큰언니와 결혼하겠소." 그러더니 그 자리에서 제피로스에게 나를 집 밖으로 내쫓고 이곳으로 데려가라고 지시했어요.」

프쉬케가 말을 마치자마자 큰언니는 신과 함께 잠자리에 들고, 프쉬케와 똑같이 화려한 궁전에서 살고 싶은 욕망에 사로잡혔다. 그녀는 자기 부모가 돌아가셨다는 거짓말로 남편을 속인 후, 즉시 배를 타고 집을 떠나 산 위의 바위로 달려갔다. 비록 다른 방향의 바람이 불고 있었지만, 그녀는 제피로스가 자기를 안아 줄 것이라 굳게 믿고 공중으로 몸을 날리면서 소리쳤다.

「내가 왔어요, 쿠피도. 날 받아 주세요. 당신의 사랑을 받을 내가 왔어요. 그리고 제피로스여, 나는 그대의 여주인이다. 그대의 바람으로 나를 감싸 궁전으로 데려가라.」

하지만 그녀는 죽어서도 그 장소에 있을 수는 없었다. 바위에 부딪힌 충격으로 그녀의 시체는 사방에 흩어졌으며, 갈기갈기 찢긴 팔다리는 새들과 나머지 짐승들에게 뜻하지 않은 먹이가 되었다. 사악한 그녀는 자신에게 걸맞게 숨을 거두었다.

두 번째 복수도 곧 이루어졌다. 돌아오는 길에 이리저리 방황하던 프쉬케는 마침내 둘째 언니가 왕비로 있는 도시에 도착해서 큰언니에게 한 이야기를 똑같이 했다. 그러자 둘째 언니도 똑같은 함정에 빠지고 말았다. 그녀는 큰언니가 자기를 배신하고 쿠피도와 결혼하려고 했다는 사실을 알자, 그녀보다 먼저 도착하기 위해 온 힘을 다해 바위로 달려가 몸을 던졌다. 그렇게 큰언니와 비슷한 운명을 맞았다.

그 사이 프쉬케는 쿠피도를 찾아 마을과 도시들을 헤매며 돌아다녔다. 하지만 쿠피도는 아직도 램프의 기름으로 인한 상처로 신음하면서 자기 어머니의 침대에 쓰러져 있었다. 바로 그때, 날개로 파도를 스치며 날아가는 흰 갈매기가 바다 깊은 곳까지 들어가 목욕을 하고 있던 베누스에게 다가갔다. 그리고 쿠피도가 심각한 화상을 입었고, 상처의 고통으로 기력을 잃은 채 침대에 누워있으며, 그 상처가 나을지도 불확실하다는 소식을 전해주었다. 또한 베누스의 가족에 관한 추문醜聞이 나돌고 있다고 말해 주었다.

그러면서 쿠피도가 어느 여자와 사랑에 빠져 산 아래에 궁전을 지어 살고 있으며, 베누스는 여신으로의 임무는 게을리한 채 한가로이 바다만을 거닐며 살고 있고, 따라서 이제는 두 사람 사이에 더 이상 열정이나 기쁨이나 기품도 없으며, 단지 방종과 우악스러움과 쌍소리만 오갈 뿐이라는 소문이 번지고 있다고 귀띔해 주었다. 또한 이 세상에는 우정이나 자식을 향한 모성애나 새로운 결혼은 망각 속으로 사라진 채, 단지 매정함과 경멸감과 무질서만이 존재할 것이라는 소문도 나돌고 있다고 말해 주었다.

남의 말을 옮기기 좋아하는 이 수다쟁이 새는 이런 말들을 베누스의 귀에 속삭이며 아들의 명성이 추락하고 있다고 평해 주었다. 그러자 베누스는 화가 나 소리쳤다.

「내 아들에게 여자 친구가 있다는 말이 정말이냐? 너는 내게 가장 최근의 소식을 전해주는 유일한 존재이니, 아직도 애송이에 불과한 그 아이를 유혹한 여자의 이름이 무엇인지 말해 보아라. 그 여자아이가 님페[5]

---

5 님페란 평야나 숲 혹은 강과 바다 위에 사는 정령이다. 그들의 우아한 기품과 풍요함은 농촌과 자연의

냐, 아니면 호라이[6]들 중의 하나이냐, 아니면 무사이[7]의 합창단원이냐, 그 것도 아니면 내 수행원인 그라티아에 중의 한 명이냐?」

하지만 수다쟁이 갈매기는 입을 다물지 않고 계속 말을 했다.

「저도 정확히는 모르겠습니다. 하지만 어느 여자아이와 미칠 듯이 사랑에 빠진 것 같습니다. 제 기억이 틀리지 않다면, 그녀의 이름은 프쉬케라고 합니다.」

그러자 베누스는 분노가 치밀어 큰소리로 외쳤다.

「뭐라고! 왜 하필이면 많고 많은 여자 중에 그 여자란 말이냐! 나의 미美를 찬탈하고, 내 명예와 경쟁을 벌인 철면피 프쉬케와 사랑에 빠졌단 말이냐? 이건 말도 안 돼. 그럼 내 아이가 나를 뚜쟁이로 생각했단 말이냐? 내 아이가 나 때문에 그녀를 알게 되었단 말이냐!」

그렇게 외치며 바다에서 솟아 나와 금빛 찬란한 자기 침실로 갔다. 그리고 갈매기가 그녀에게 말해 준 대로 신음하고 있는 아들을 보자, 입구에서부터 화난 목소리로 나무랐다.

「이게 점잖은 행동이냐? 너는 우리 가문을 자랑스럽게 여겼고, 너 자신도 훌륭한 명성을 얻고 있었어. 그런데 어떻게 네 어머니의 명령을 그렇게 짓밟으면서 상식에 어긋나는 일을 할 수 있어! 내 말이 말 같지 않았어? 추저분한 사랑으로 내 적에게 고통을 주라고 했는데, 그렇게 하지 않은 것은 참을 수가 없단 말이야! 네 나이를 보란 말이야! 네가 방탕하고 경솔하게 그녀를 껴안으면서 그녀와 밤새 신나는 것은 네가 그녀를 멀

영혼으로 상징된다. 흔히 유피테르의 딸들이라고 간주된다.

6 호라이는 계절의 여신들이다. 흔히 규율(에우노미아)과 정의(디케)와 평화(에이레네)라는 이름으로 알려져 있거나 혹은 탈라우스(발아), 아우코스(성장), 카르푸스(결실)의 이름으로 사용되기도 한다. 유피테르의 딸들이었으며, 올림포스 신전에서 각각 다른 기능을 수행한다.

7 무사이는 므네모시네와 유피테르의 딸들이다. 그들은 모두 아홉 자매였으며, 유피테르와 므네모시네의 수많은 사랑의 밤의 산물이었다. 그들은 우주 속에 음악의 우월성이라는 철학적 개념과 연관되어 설명된다. 그들은 웅변, 설득, 지혜, 역사, 수학, 천문학과 같은 형태의 사상을 주도하며, 각각 예술의 한 분야를 이끈다.

리로 맞이해야 한다는 것이야! 내가 그녀를 며느리로 맞으면 기뻐할 것이라고 생각했어? 이 가증스럽고 타락하고 배은망덕한 놈아! 너만 자식을 가질 수 있는 줄 알아! 넌 내가 늙어서 아이를 가질 수 없다고 생각하겠지. 하지만 아직도 너보다 훨씬 잘생긴 아들을 가질 수 있다는 사실을 명심해! 아니 네가 최고의 모욕을 느끼도록 내 하인 중 한 명을 양자로 맞을 거야. 그리고 이 날개와 불꽃과 활과 화살을 모두 그에게 줄 거야. 이건 모두 내 거란 말이야! 이건 내가 다른 식으로 사용하라고 너에게 준 거란 말이야! 이럴 줄 알았으면 네 아버지의 상징인 이 물건들을 너에게 주지 않았을 거야! 어릴 때부터 버릇없이 길렀더니 사람들의 마음을 아프게 하면서 즐거워하고, 이제는 호래자식이 되어버렸군. 종종 네 형들에게 마음대로 화살을 쏘면서 버릇없이 굴더니, 이젠 네 엄마한테까지 그래? 그래 난 바로 네 엄마란 말이야! 그 조그만 화살로 내 마음을 쏘아서 몇 번이나 내 가슴에 못을 박더니, 이제는 과부라고 날 무시해? 그건 심지어 전사 중에서 가장 용감한 네 의붓아버지인 마르스조차도 하지 않는 행동이야.[8] 넌 나에게 고통을 주기 위해 그에게 계속해서 젊은 여자들을 제공하면서 내 화를 돋웠어. 하지만 이제 넌 그 모든 몹쓸 장난을 후회할 거야. 넌 결혼의 신맛과 쓴맛이 무엇인지 알게 될 거야.」

하지만 쿠피도는 아무 대답도 하지 않았다. 그러자 그녀는 혼잣말로 불평을 늘어놓았다.

「그래, 이제 모든 사람이 나를 비웃겠지. 그런데도 나는 무엇을 해야 할지, 어디로 가야 할지도 모르고 있어. 누구한테 도움을 청해야 하나? 이 파충류 같은 놈을 어떻게 해야 할까? 이 버릇없는 아들의 음모 때문

---

8 베누스가 사랑을 나누었던 전쟁의 신 마르스를 의미한다. 그들은 사랑을 나누다가 한번은 새벽녘에 기습을 받았다. 베누스의 남편인 불카누스는 눈에 보이지 않는 가느다란 실로 그물과 올가미를 만들어서 그들을 꼼짝 못하게 했다. 그리고 올림포스의 모든 신을 불러 모아 발가벗은 채 서로 껴안고 있는 그들의 모습을 보여주면서 공개적으로 망신을 주었다.

에 내가 수없이 거친 말을 해댔던 '거만'의 여신에게 도움을 청할까? 아냐, 그렇게 촌스럽고 단정치 못한 아낙네와 대화하는 것은 역겨워. 하지만 복수란 무슨 대가를 치르더라도 달콤한 거야. 난 그녀에게 도움을 청할 거야, 그녀만이 내게 모든 일을 해 줄 수 있는 유일한 여신이야. 그녀만이 최적의 방법으로 이 망나니의 화살통을 비워버릴 수 있을 거야. 그녀만이 그에게 화살을 빼앗아 열정의 횃불을 끄고, 심지어 그의 됨됨이도 고칠 수 있을 거야. 내가 내 손으로 수없이 다듬어 준 황금빛 곱슬머리를 모두 삭발해버릴 때까지는, 절대로 그녀에게 심한 말은 하지 않을 거야. 그래, 내 가슴에서 나온 넥타르[9]로 손질한 그 날개를 잘라버릴 때까지는, 절대로 거친 말로 그녀의 마음을 상하게 하지 않을 거야.」

그녀는 이렇게 호통을 치고 내심 마음을 굳게 먹은 후, 화를 발끈 내면서 밖으로 나갔다. 잠시 후 그녀는 케레스[10]와 유노[11]를 만났다. 얼굴이 충혈되어 있는 베누스를 보자, 도대체 무슨 일이 있었기에 양미간을 찡그리면서 반짝이는 아름다운 눈동자를 추하게 만드냐고 물었다. 그러자 베누스가 대답했다.

「내 뜨거운 가슴이 가장 원하고 있는 것을 주려고 때맞추어 오는군요. 제발 모든 수단을 다 동원해서 프쉬케라는 아이 좀 찾아 주세요. 당신들도 그녀가 우리 집안에 일대 소동을 일으켰다는 것은 알고 있겠지요? 물론 우리 아들도 그 소동을 일으킨 장본인이지만 말이에요.」

그들은 무슨 일이 벌어졌는지 이미 알고 있었다. 유노는 베누스의 넘쳐흐르는 분노를 삭여 주려고 애썼다.

「도대체 네 아들이 얼마나 큰일을 저질렀기에 그렇게 화를 내면서 무

---

9 그리스 신화에서 신들이 마시는 음료 혹은 술이다.

10 그리스의 데메테르와 동일 인물. 사투르누스와 오프스의 딸. 인간들에게 땅에 씨를 뿌리고 재배하는 법을 가르쳐 주어 대지의 어머니라고 불리며, 특히 곡식의 여신이다.

11 그리스 이름으로는 헤라. 여인들, 특히 정식으로 결혼하여 임신한 여인들의 여신이다.

조건 반대하는 거지? 게다가 그가 사랑하는 여자까지 파멸시키려고 하면서 말이야. 자, 우리에게 말해 봐. 그리고 좋은 쪽으로 생각해 봐. 도대체 네 아들이 그 예쁜 여자아이한테 무슨 잘못을 저질렀다는 거야? 그가 혈기왕성한 사내란 것은 너도 알잖아? 아니면 혹시 그가 몇 살을 먹었는지 잊은 건 아니니? 이제 늠름한 청년이 되었는데, 언제까지 네 품 안에 품고 있을 거야? 넌 엄마고, 게다가 현명하고 사려를 분별할 수 있는 여자야. 그런데 계속해서 네 아들의 애정행각을 엿보며 질투만 하고 있을 셈이야? 그의 욕망을 언제까지 비난할 거야? 그의 사랑을 엉망으로 만들 셈이야? 설마 네 아들이 네게 이어받은 아름다운 사랑의 기술과 우아함을 이러쿵저러쿵 말하려고 하는 것은 아니겠지? 너는 사방에 열정을 뿌리고 다녔어. 그런데 이제는 네 아들인 사랑의 신의 열정을 억압하면서 여자들의 접근을 막으려 한다면 그 어떤 신이나 인간도 이해하지 못할 거야.」

이렇게 여신들은 자리에 없는 쿠피도에게 아부하면서 그의 보호를 받으려 했다. 그들은 그의 화살을 겁내고 있었다. 하지만 베누스는 자기 말을 귀담아듣지 않는 것을 보자, 분노하여 그들을 그 자리에 놔두고 성큼성큼 걸어서 바다로 향했다.

6장

쾌락을 낳은 사랑과 영혼

그동안 프쉬케는 밤낮을 가리지 않고 이리저리 자기 남편의 흔적을 찾아 돌아다녔다. 그녀는 절망에 빠지면 빠질수록, 더욱 열심히 그를 찾아다녔다. 프쉬케는 사랑스러운 말투로 남편의 화를 누그러뜨리려고 했을 뿐만 아니라, 그의 노예가 되겠다고 간청하면서 다시금 그를 자신의 품에 안고 싶었다.

어느 날, 그녀는 산 위에 높이 서 있는 신전을 발견했다. 그러자 마음속으로 말했다. '저기에 남편이 있지 않을까?'

그런 생각을 하자마자 서둘러 그쪽으로 발걸음을 재촉했다. 그녀는 아주 힘들게 산등성이를 넘었다. 쓰러질 지경이었지만, 남편이 있을 거라는 희망과 기대로 간신히 기운을 차릴 수 있었다. 마침내 정상에 올라 제단으로 가까이 가자, 더미를 이루며 쌓여있는 밀과 보리 이삭 찌꺼기들을 보았다. 또한 바닥에 흩어진 곡식들을 주워 모으기 위해 사용되는 갖가지 연장들이 무질서하게 흩어져 있었다. 그것은 뜨거워지는 시간이 되자 일꾼들이 바닥에 팽개친 것이었다. 프쉬케는 조심스럽게 그것들을 주워 제자리에 갖다 놓으면서, 그 어떤 신의 신전이나 의식도 절대로 무시해서는 안 된다고 생각했다. 그녀는 모든 신에게 자비를 베풀어 자기를 도와달라고 애원하려 했다.

정성 들여 모든 것을 정리하고 있는데, 풍요의 여신인 케레스가 그녀를 보았다. 그러자 멀리서 이렇게 소리쳤다.

「너는 가련한 프쉬케 아니냐? 베누스는 화가 나 너를 찾으려고 혈안이 되어 있단다. 이제 너는 상상할 수도 없는 최악의 고통을 참아낼 준비를 해야 한다. 베누스가 있는 힘을 다해 네게 복수할 테니까 말이다. 그런데도 너는 한가로이 내 농기구를 정리하는 것을 보니 놀랍기 그지없구나. 너는 너의 목숨을 먼저 생각해야 할 것이다.」

그러자 프쉬케는 그녀의 발밑에 무릎 꿇고서 바닥에 머리를 조아리며 펑펑 쏟아지는 눈물로 케레스의 발을 적시면서 끈질기게 애원했다.

「당신의 오른손의 풍요로운 곡식과 추수의 기쁜 축제와 당신의 기념제 때 바구니에 담긴 알지 못할 비밀과, 당신에게 봉사하는 용[1]들의 펄럭이는 날갯짓과 시칠리아 땅의 고랑과 강간범의 수레[2]와 당신이 애착을 가진 비옥한 땅과 납골당의 어둠 속에서 진행된 프로세르피나의 결혼식[3]과 지상에서 화려하게 귀환한 당신 딸과 당신의 축제인 엘레우시스[4] 사당 속에 아무 말 없이 숨어 있는 신비스러운 것들 앞에서 이렇게 애원합니다. 제발 당신의 발 아래에서 간청하는 이 프쉬케를 불쌍히 여기소서. 그토록 위대한 여신의 분노가 누그러질 때까지 단지 며칠 동안만이라도 밀더미 아래에서 몸을 숨길 수 있도록 허락해 주소서. 아니면 적어도 지금 실신 직전의 상태에 있는 제가 기운을 차릴 수 있도록 도와주소서.」

이 말을 듣자 케레스가 대답했다.

「너의 눈물과 애원을 들으니 나도 정말로 마음이 아프구나. 나도 너를 도와주고 싶단다. 하지만 내 질녀이자 친구인 베누스와 적이 되고 싶진 않구나. 나이를 먹으면서 우리는 정말로 친하게 지내고 있단다. 그러니 될 수 있으면 빨리 이 신전을 떠나거라. 내가 너를 붙잡지 않은 것만으로도 다행이라고 생각해라.」

그녀는 기대했던 바와 달리 거절당하자, 다시 슬픔과 비탄에 젖어 산

---

1 케레스는 흔히 뱀이나 용들과 같은 상징들과 함께 표현된다.
2 이것은 케레스의 딸인 프로세르피나의 강간을 뜻한다. 이 강간은 그녀를 사랑한 삼촌 플루토(하데스)가 저질렀다.
3 이 대목은 플루토와 프로세르피나의 결혼식을 의미한다.
4 곡식의 신 케레스를 섬기는 의식.

아래쪽으로 발걸음을 옮겼다. 그런데 저 아래의 그늘진 계곡 한가운데에 아주 아름다운 신전이 보였다. 그녀는 어떤 위험이 닥치더라도 모든 신전을 하나도 빠짐없이 들러서 남편을 찾든지, 아니면 그곳의 신에게 도움을 요청하겠다고 마음먹고 있었다. 그래서 성스러운 신전의 문으로 다가갔다. 그곳에는 금빛 글씨가 수놓인 천으로 만들어진 수많은 봉헌물이 나뭇가지와 문지방에 걸려 있었는데, 그중에는 유노라는 여신의 이름과 그녀가 베푼 은덕에 감사하는 내용이 적혀 있었다. 그녀는 눈물을 훔친 후에, 무릎을 꿇고 제단을 껴안으면서 이런 식으로 기도했다.

「고귀하신 유피테르의 여동생이자 아내시여! 저는 당신이 지금 이 순간 어디에 계신지 모릅니다. 아마 당신은 당신이 태어나고 말하기 시작했으며, 당신이 자란 것을 영광스럽게 여기는 사모스의 옛 사당에 계신지도 모릅니다. 아니면 사자를 타고 천국으로 향하는 당신을 찬미하는 높은 언덕 도시 카르타고를 행복한 마음으로 방문하고 계신지도 모릅니다. 혹은 천둥의 신의 아내와 모든 신의 여왕으로 칭송받는 이나쿠스 강변에 있는 아르고스의 그 유명한 성벽을 지켜보고 계신지도 모릅니다. 당신이 어디에 계시건 간에 동쪽 사람들이 지기아[5]를 우러러보고, 서쪽 사람들은 루키나[6]를 우러러보듯이, 저도 당신을 존경합니다. 저는 유노 여신께 모든 재앙으로부터 저를 보호해달라고 애원합니다. 위험에 처한 저를 두려움에서 해방시켜 주십시오. 저는 너무 많은 고통을 받아 기력을 잃었습니다. 세 가 일고 있는 비로는 당신은 곤궁에 처한 임산부들을 항상 도와주십니다.」

이 애원을 듣자 유노는 격에 맞게 위엄을 갖추고 나타나서 이렇게 말했다.

---

5 결혼의 여신.
6 분만의 여신. 그리스 신화의 에일레이티이아와 동일 시 된다.

「사랑하는 프쉬케여, 나는 진정으로 너를 도와주고 싶지만, 불행히도 내 아들 불카누스와 결혼하여 며느리가 된 베누스의 소망을 저버릴 수는 없단다. 나는 그녀를 항상 내 딸처럼 생각하고 있단다. 게다가 주인의 뜻을 거스르고 도망친 남의 노예를 받아들이는 것[7]은 천상의 법에도 어긋나는 일이란다.」

프쉬케는 자기의 바람이 또다시 좌절되자 날개 달린 남편을 찾지 못할지도 모른다는 두려움을 느꼈다. 그러자 그녀는 모든 희망을 버리고 내심 골똘히 생각하기 시작했다.

'이제 이런 불행을 피하려면 도대체 무슨 방법을 써야 할까? 어떤 일이든 할 수 있는 신들조차도 나를 도울 수 없는데, 도대체 누구에게 도움을 청해야 할까? 내 다리는 운명의 올가미에 너무 깊게 얽혀 있어. 그러니 그런 걸 물어보는 것 자체가 쓸모없는 일이야. 하지만 어느 처마 밑에, 아니면 어느 어둠 속에 숨어야 힘센 베누스의 눈을 피할 수 있을까? 불쌍한 프쉬케여, 용기를 가져라. 도망치려는 헛된 희망을 버려라. 대신에 그대 주인의 뜻에 굴복하라. 비록 그러기에는 너무 늦었지만, 적어도 그런 순종적인 행동으로 베누스의 분노를 삭여야 한다. 게다가 그녀가 오랫동안 찾아 헤맨 남편이 시어머니의 집에 있는지 누가 알겠는가!'

이런 위험천만한 만남을 준비하기 위해서, 아니 좀 더 정확히 말하자면 틀림없이 닥칠 재앙을 준비하기 위해, 그녀는 도대체 어디서부터 애원하기 시작해야 할지 생각했다.

한편 베누스는 지상의 인간들을 통해 프쉬케를 찾기를 포기하고, 화가 치밀어 하늘로 올라가기로 마음먹었다. 하늘로 가기 위해 장인匠人 불카누스가 온갖 솜씨를 다해 아주 멋지게 만들어 준 번쩍거리는 황금 마

---

7 노예가 주인을 도망치더라도 법은 항상 그가 노예의 신분으로 주인에게 종속된다고 간주한다. 다시 말하면 노예가 주인의 직접적인 지배하에 있지 않더라도 그는 주인의 노예인 것이다. 이런 이유로 주인에게 속한 노예를 두둔하는 것은 금지되어 있다.

차를 가져오라고 지시했다. 그것은 불카누스가 결혼 첫날밤 잠자리에 들기 전에 장모에게 선물한 것이었다. 베누스 여신의 거처에 사는 수많은 비둘기 중에서 가장 희고 자태가 우아한 네 마리 비둘기가 날아왔다. 그리고 무지갯빛의 목을 숙여 경의를 표하고, 보석으로 만든 수레 고삐를 잡았다. 여신이 하늘로 올라가자 수많은 참새 떼가 기뻐 뛰면서 수레 뒤를 따랐다. 달콤한 목소리를 지닌 새들은 은은한 멜로디로 그녀가 도착한다는 사실을 알렸다. 그러자 구름이 걷히고 하늘이 열리면서 그녀가 도착할 수 있게 해 주었고, 고귀한 천상은 그녀를 기쁘게 맞이했다. 그래서 위대한 베누스나 노래 부르며 따라온 아름다운 그녀의 수행원들은 독수리나 게걸스러운 매가 달려들지도 모른다고 걱정하지 않아도 되었다.

베누스는 유피테르의 궁전으로 향했다. 그리고 그에게 거만한 모습으로 땅을 쩡쩡 울리는 메르쿠리우스[8]의 목소리를 사용하게 해달라고 요구했다. 유피테르가 사파이어처럼 짙은 눈썹을 끄덕이며 좋다는 표정을 짓자, 베누스는 기뻐하며 의기양양하게 왕궁을 떠나 메르쿠리우스와 함께 다시 지상으로 내려왔다. 베누스는 그에게 조심스럽게 지시했다.

「아르카디아의 형제여, 당신도 알겠지만, 당신의 자매인 베누스는 항상 당신의 도움 없이는 아무 일도 하지 않았어요. 나는 도망친 여자 노예 소식을 한참 듣지 못했어요. 난 그녀가 어디에 숨어 있는지조차 몰라요. 그러니 그녀를 찾는 사람에게는 합당한 보상을 해줄 테니 커다란 소리로 외치며 다녀달라고 부탁할 수밖에 다른 도리가 없네요. 자, 당장 내 부탁을 들어주세요. 그리고 사람들이 그녀의 신원을 확인할 수 있도록 그녀의 특징을 정확하게 설명하세요. 그래야만 그 누구도 그녀를 몰라서 숨겨주었다는 핑계를 댈 수 없을 테니까요. 또한 불법적으로 그녀를 은닉하는

---

8 메르쿠리우스는 그리스의 헤르메스와 동일 인물이다. 그는 상업과 여행자의 수호자이며, 유피테르가 사랑의 모험을 즐길 때 그의 사신이 되었다. 그의 상징은 커다란 챙의 모자와 지팡이와 신발이다.

사람은 벌을 받을 거라고 말하세요. 여기에 프쉬케의 이름이 적힌 문서와 신상명세서가 든 서류가 있어요.」

그녀는 메르쿠리우스에게 서류를 건네주고 즉시 집으로 갔다. 메르쿠리우스는 그녀가 시키는 대로 온 마을을 돌아다니면서 다음과 같이 외치고 다녔다.

「프쉬케라는 도망친 여자를 체포하는 사람이나 혹은 도망친 공주이자 베누스의 노예인 이 여자가 숨어 있는 곳을 아는 자는 천국의 소리꾼인 메르쿠리우스에게 오시오. 그러면 그 보상으로 베누스 여신의 일곱 번의 키스를 받고, 그대의 오므린 입술 사이로 꿀처럼 달콤하고 맛있는 그녀의 혀를 맛볼 수 있을 것이오.」

메르쿠리우스가 공포한 이 유례없는 보상책이 발표되자, 질투심 많은 인간들은 서로 앞 다투어 프쉬케를 찾으려고 했다. 그래서 프쉬케는 우유부단한 마음을 포기하고, 굳은 결심을 해야만 했다. 그녀가 자기 안주인의 대문 앞에 도착할 즈음에 '습관'이라는 베누스의 하녀와 마주쳤다. 그녀는 목소리를 한껏 높여 이렇게 말하기 시작했다.

「이 빌어먹을 계집아, 결국은 네 주인이 있다는 사실을 깨달았니? 아니면 우리가 너를 찾느라 얼마나 애를 먹었는지 모른다면서 뻔뻔스러운 얼굴을 할 거니? 다행히 넌 내 손에 붙잡혔고, 오르쿠스의 손아귀에 붙들렸어. 그리고 네가 건방지게 반항한 것에 합당한 벌을 받게 될 거야.」

프쉬케가 자진해서 왔지만, 그녀는 프쉬케의 머리채를 휘어잡고 그녀가 대들지 못하도록 질질 끌고 갔다. 베누스는 자신 앞에 끌려온 프쉬케를 보자, 화가 치밀어서 어쩔 줄 모르는 여인처럼 광적인 웃음을 터뜨렸다. 그녀는 머리를 흔들고, 동시에 귀를 만지작거리며 이렇게 말했다.

「마침내 시어머니한테 인사하러 올 생각이 들었나 보구나! 아니면 지금 네 잘못으로 사경을 헤매는 남편을 보러 온 거니? 하지만 진정해라. 난 훌륭한 며느리를 받아들이는 것처럼 너를 받아들일 테니.」

그러고는 이렇게 덧붙였다.

「내 하녀 '고독'과 '슬픔'은 도대체 어디에 있는 거야?」

하녀들이 달려오자 베누스는 프쉬케를 건네주면서 벌을 주라고 했다. 그들은 주인의 명령대로 프쉬케에게 무자비한 채찍질과 고문을 하고서 베누스의 앞으로 다시 데려왔다. 그러자 웃음을 억지로 참으며 베누스가 말했다.

「저 꼴 좀 봐! 저년을 보란 말이야! 뿔뚝 튀어나온 배를 보니 눈물이 나오는군. 내가 저기서 나올 싹 때문에 자칫하면 행복한 할머니가 될 뻔 했단 말이야. 할머니라…… 얼마나 행복한 말이야! 인생의 전성기에 있는데 벌써 할머니가 된다니 얼마나 멋져! 그리고 저 못된 노예의 아들이 베누스의 손자가 된다는 걸 생각해 봐. 안 돼, 이건 말도 안 되는 거야. 신과 인간의 결혼, 더군다나 증인도 없고, 신부의 부모의 동의도 없이 깊숙한 시골에서 몰래 치른 결혼은 도저히 법적으로 인정받을 수 없어. 그러니 네 배 속에서 나오더라도, 그 아이는 사생아일 뿐이야.」

이렇게 말하고서 베누스는 프쉬케에게 달려들어 옷을 찢고, 머리카락을 쥐어 잡으며 머리를 마구 때렸다. 그런 다음에 그녀를 바닥에 내던져 버렸다. 계속해서 베누스는 밀과 보리, 수수와 렌즈콩과 강낭콩, 그리고 양귀비 씨앗과 완두콩 씨앗을 마구 뒤섞어 커다란 더미를 만들고, 이렇게 말했다.

「이 혐오스러운 년아! 저 끔찍한 더미를 봐! 네가 나와 화해하고 사랑하는 사람을 만나고 싶다면, 열심히 일하는 수밖에 없어. 네가 얼마나 열심히 일하는지 이제 너를 시험해 보겠어. 저 엉망진창이 된 더미가 보여? 저기서 씨앗을 가려내고, 곡식 종류별로 분리해 놓도록 해. 난 네 손가락이 얼마나 부지런히 일하는지 보고 싶어. 밤이 되기 전까지 모든 곡식과 씨앗을 가려내어 제 자리에 정리해 놓도록 해.」

베누스는 프쉬케를 곡식더미 앞에 내버려 두고, 이미 약속되어 있던 아침 결혼파티에 가버렸다.

프쉬케는 모든 곡식이 뒤섞인 더미에 가까이 갈 엄두도 나지 않았다. 그녀는 베누스의 지시가 도저히 할 수 없는 일임을 알고 너무나 기가 막혀 멍하니 그 자리에 있었다. 그러자 그것을 안 개미 한 마리가 전지전능한 사랑의 신의 아내인 프쉬케를 어여삐 여겼다. 그리고 시어머니의 잔인함에 화가 치밀어, 이리저리 움직이면서 주변에 있던 온갖 종류의 개미를 모두 불러 모았다. 그러면서 이렇게 그들을 부추겼다.

「이 땅의 부지런한 딸들이여! 저 어여쁜 여인에게 동정을 베풉시다. 저 여인은 바로 사랑의 신의 아내입니다. 우리 모두 열심히 빨리 일해서 위험에 빠진 저 여인을 구합시다!」

그러자 개미들이 순식간에 파도처럼 모여서 일하기 시작했다. 개미들은 자신들의 능력을 자랑하듯이 곡식더미에서 낱알을 하나씩 분리했다. 마침내 곡식과 씨앗을 정리하고, 곡식들을 종류별로 가지런히 분류한 후에 그곳에서 사라졌다.

해가 질 무렵 베누스는 약간 술에 취해 진한 향수 냄새를 풍기며 화려한 장미 화관을 두른 채 돌아왔다. 하지만 자기의 지시를 프쉬케가 아주 빠른 시간 내에 완전히 끝내놓은 것을 보자, 그녀에게 말했다.

「야, 이 몹쓸 년아! 이건 너와 네 손이 한 일이 아니야! 이건 틀림없이 네가 요술을 걸어 유혹한 사람이 해준 걸 거야. 불쌍한 사람 같으니!」

그녀는 프쉬케에게 빵 한 소각노 닌서두지 않고, 깁을 기러 가버렸다.

한편 쿠피도는 베누스 저택의 침실에 외롭게 갇혀 있었다. 그것은 그의 충동적인 욕정 때문에 상처가 악화 되는 것을 막고, 그가 사랑하는 프쉬케로부터 떼어놓기 위해서였다. 그래서 두 연인은 비록 같은 처마 아래에 있었지만, 서로 만나지 못한 채 비참하게 밤을 보내야만 했다.

새벽의 여신인 아우로라가 말을 타고 하늘을 건너오자마자, 베누스는 프쉬케를 불러 이렇게 말했다.

「강가에 인접한 저 조그만 숲이 보이니? 강변을 따라 펼쳐지면서 무성한 잎사귀들이 인근 강물에 반영되는 저 숲 말이야. 그곳에는 보살필 목자도 없이 금빛 찬란한 털을 지닌 몇몇 양들이 홀로 풀을 뜯고 있다. 네가 그 양들의 멋진 털을 한 타래 집어서 가져오면 좋겠구나. 빠르면 빠를수록 좋겠구나.」

그러자 프쉬케는 그곳으로 걸어갔다. 하지만 베누스의 명령을 수행하기 위해서가 아니라, 강물에 몸을 던져 자신의 고통에 종지부를 찍기 위해서였다. 그런데 은은한 멜로디의 어머니인 푸른 갈대[9]가 달콤한 산들바람의 부드러운 속삭임 속에서 그녀를 알아보고는 아주 현명한 말을 속삭였다.

「기다려요, 잠깐만 기다려요! 프쉬케여, 수많은 불행으로 고통받았지만, 내 성스러운 물을 당신의 불행한 죽음으로 더럽히지는 말아요. 그리고 당신의 목숨을 앗아갈지도 모르는 저 난폭한 양들에게 가까이 갈 생각은 하지 말아요. 뜨거운 태양이 내리쬐면 저 양들은 미쳐 날뛰기 때문에 날카로운 뿔로 인간들을 죽일 수도 있어요. 심지어 독 묻은 이빨로 당신의 목덜미를 물어뜯어 죽여 버릴 수도 있어요. 그러니 한낮의 더위가 수그러질 때까지 기다려요. 그러면 양떼는 시원한 강물 소리를 들으면서 잠을 잘 거예요. 그동안 당신은 아무것도 두려워 말고, 내 곁에, 내가 마시는 물을 먹고 자라는 나뭇잎 울창한 플라타너스 아래에 숨어 있으세요. 양들이 마음의 평정을 되찾고 잠을 자면, 근처의 낮은 산에 있는 가시덤불 사이에 걸려 있는 황금 양털을 주우세요.」

이렇게 꾸밈없이 솔직하고 친절한 갈대는 프쉬케에게 목숨을 구할 수 있는 구원의 길을 가르쳐주었다. 프쉬케는 갈대가 가르쳐준 대로 했고, 아무 일 없이 베누스가 시킨 일을 해낼 수 있었다. 이런 은밀한 비밀 덕택

---

9 파우누스 신의 피리로 사용된다.

에 그날 밤 프쉬케는 베누스에게 빛나는 황금 털을 상당량 가져갈 수 있었다. 그렇게 위험하기 그지없는 두 번째 명령도 무사히 해냈지만, 베누스의 분노를 누그러뜨릴 수는 없었다. 베누스는 얼굴에 온갖 인상을 짓고, 씁쓸하게 웃으면서 말했다.

「어떤 바람둥이가 도와준 게 분명해. 그러니 네가 정말로 강인한 마음과 똑똑한 머리를 가졌는지 알아보기 위해서 보다 힘든 시험을 해 보겠다. 저 험준한 산에 우뚝 솟아오른 봉오리가 보이지? 그곳에서 검은 샘물이 솟아나 낭떠러지를 따라 흘러 계곡에 가득 모였다가, 다시 스틱스로 흩어져서 코퀴토스[10]의 요란한 급류가 된단다. 넌 차가운 물이 솟아나는 곳에 가서 이 항아리에 그 샘물을 가득 채워 가져오너라.」

베누스는 그녀에게 유리 항아리를 주고서 만일 빈손으로 돌아오면 그 대가를 단단히 치를 것이라고 위협하면서 그 자리를 떠났다.

프쉬케는 굳게 마음먹고서 계곡을 따라 높은 산으로 올라가기 시작했다. 그녀는 높은 곳에 올라가면 자신의 비참한 삶에 종지부를 찍을 방법을 발견할 거라고 확신했다. 산꼭대기 근처에 도착하자, 그녀는 이 일이 극도로 어렵고 위험한 일이라는 사실을 깨달았다. 바위는 형언할 수 없이 높은 곳에 있는 데다가 미끈미끈한 흙으로 뒤덮여서 도저히 올라갈 수 없었다. 그리고 바위의 심장부에서 내뿜는 물은 험준한 절벽에서 커다란 폭포를 이루어 떨어지면서, 깊고 좁은 도랑으로 숨어들어 근처 계곡까지 엄청난 속도로 흘러가고 있었다. 그 바위에 패어진 동굴에는 무시무시한 용들이 긴 꼬리를 좌우로 흔들면서 한시도 눈을 붙이지 않고, 샘을 감시하고 있었다. 게다가 그들의 눈동자에는 영원한 공포가 깃들어 있었다.

---

10 코퀴토스는 아퀘론테 강의 지류이며 슬픔의 강이다. 이 강은 물살이 빠르고 아주 차가우며, 스틱스 강과 함께 흐르는 지옥의 강이다. 스틱스와 코퀴토스, 그리고 페리플레게톤테 강은 죽은 카론의 땅에 도착하려면 반드시 지나야만 하는 지옥의 강이다.

또한 샘물도 끊임없이 말을 하면서 자신을 보호하고 있었다. 샘물은「저리 비켜!」,「지금 어때?」,「지금 뭐하니?」,「조심해!」,「어디로 가니?」,「도망쳐!」,「널 죽이고 말 거야!」와 같은 말을 쉬지 않고, 큰 소리로 떠들어 대고 있었다. 프쉬케는 베누스가 요구한 일을 할 수 없다는 사실을 알고, 돌처럼 멍하니 있었다. 그녀는 용기를 내려고 했지만, 베누스가 놓은 덫에서 살아나올 수 없다는 생각이 그녀를 휩쓸었다. 이런 위험에 직면했음을 깨닫자, 이제 더 이상 눈물도 위안으로 삼을 수 없음을 알았다.

하지만 절대신의 예리한 눈은 위험에 빠진 이 순진한 영혼의 고통을 그냥 지나치지 않았다. 최고신 유피테르의 새인 독수리가 갑자기 하늘에서 내려와 그녀에게 다가왔다. 독수리는 쿠피도가 카타미투스를 하늘로 데려가도록 도와준 것을 떠올리면서, 피로에 지친 쿠피도의 아내를 도와주어 자기가 입었던 은혜에 보답하고 싶었다. 독수리는 날개를 펄럭이며 말했다.

「당신은 너무나 순진하고 경험이 없어요. 그리고 날개도 없는데 어떻게 할 생각인가요? 당신은 무섭기 그지없는 샘에서 항아리에 물을 받아가기는커녕, 신성한 물 한 방울도 만져보지 못할 겁니다. 당신은 유피테르 신조차도 스틱스[11]의 물을 겁내고 있다는 말을 들었겠지요? 인간들이 축복받은 신들을 두고 맹세하는 것처럼, 신들도 항상 절대적인 스틱스에게 맹세할 정도로 그 샘은 무섭습니다. 그러니 그 항아리를 제게 주십시오.」

독수리는 발톱으로 항아리를 굳게 잡고서 마치 노를 젓듯이 좌우로 날개를 휘저으며 지그재그로 날아올랐다. 그리고 성난 얼굴을 한 채 세

---

11 지옥을 흐르는 이 샘물은 매우 위험한 물로 알려져 있다. 인간에게는 목숨을 앗아가는 치명적인 물이고, 쇠와 모든 금속이나 도자기를 산산조각내는 물이다. 하지만 그 샘물이 어찌할 수 없는 단 한 가지가 있는데, 그것은 바로 말의 머리다. 어느 전설에 의하면 알렉산드로스는 바로 이 물을 마시고 중독되자 신들에게 저주를 퍼부었는데, 만일 그가 해를 입으면 숨도 못 쉬고 마시지도 못한 채 1년간 갇혀야 하는 끔찍한 형벌을 받을 것이라고 신들을 위협했다. 이런 이유로 신들조차도 이 샘에 두려움을 느꼈다.

개로 갈라진 혓바닥을 날름거리는 용들을 피해 샘물이 나오는 곳에 무사히 도착했다. 그러자 샘물이 그치며 허튼수작하지 말고, 어서 피하는 게 좋을 거라고 경고했다. 독수리는 자신이 시중들고 있는 베누스 여신이 직접 그 물을 원해서 자신을 보냈다고 말했다. 그 말을 듣자 다시 샘물이 솟구치기 시작했고, 독수리는 별 어려움 없이 항아리에 샘물을 가득 담아 가져왔다.

이렇게 프쉬케는 베누스의 지시를 이행할 수 있었고, 의기양양한 표정으로 그녀에게 돌아왔다. 하지만 아직 시련은 끝나지 않았다. 이렇게 성공적으로 일을 마쳤지만, 베누스의 무자비함은 사라지지 않았다. 베누스는 보다 고약하게 시험하기로 마음먹고, 음흉한 미소를 지으며 프쉬케에게 말했다.

「내가 지시한 모든 명령을 하나도 빠짐없이 이행한 것을 보니, 네가 아주 훌륭하고 영리한 마녀라는 사실을 알겠구나. 하지만 아직 끝나지 않았다. 이제 마지막 시험을 하겠다. 이 상자를 들고 지옥의 세계로 내려가서 오르쿠스의 사나운 가정 수호신[12]이 있는 곳에 가거라. 그리고 그 상자를 프로세르피나에게 주면서 이렇게 말해라. "베누스 여신께서 안부를 전하시며, 이 상자에 당신의 미美를 조금 넣어 달라고 간청하셨습니다. 많은 양이 아니라, 하루만 쓸 양이라도 괜찮습니다. 그녀는 지금 아픈 아들의 수발을 드느라 평소의 아름다움을 많이 잃었습니다." 그리고 너무 늦게 돌아올 생각은 하지 마라. 빈 딩장 그것을 얼굴에 바르고 신들의 모임에 가야 하니까 말이다.」

이 말을 듣자 프쉬케는 죽을 운명이 자신에게 가까이 왔다고 생각했다. 왜냐하면 그녀의 명령은 타르타로스의 지하 세계로 내려가라는 것이

---

12 가정 수호신은 본래 로마에서 가정을 지켜주는 수호신이었지만, 후에 눈에 보이지 않는 힘으로 변한다. 이 작품에서 그의 끔찍한 모습은 오르쿠스라고 이해된다.

고, 그것은 그녀가 죽어야만 가능하기 때문이다. 그녀는 왜 베누스가 직접 타르타로스와 마네스[13]에게 직접 부탁하지 않고, 자신에게 그것을 가져오라고 했는지 생각했다. 하지만 더 이상 지체하지 않고, 아주 높은 탑으로 갔다. 그녀는 그곳에서 몸을 던져 가장 빠르게 지하 세계에 도착하려고 했다. 하지만 가만히 있던 탑이 갑자기 인간의 언어로 말하기 시작했다.

「불쌍한 프쉬케여! 너는 왜 뛰어내려서 목숨을 끊으려 있느냐? 영혼이 네 육체와 분리되면 너는 타르타로스의 심연으로 가겠지만, 더 이상 지상으로 돌아올 방법이 없음을 명심하라. 그러니 내 말을 들어라. 여기서 그리 멀지 않은 곳에 그리스의 유명한 도시인 라케데모니아가 있다. 그곳에 가거든 타이나로스의 숨겨진 동굴[14]을 찾아라. 그것은 길도 없는 곳에 있으니 디스[15]의 숨구멍을 찾아라. 그러니까 반도의 남쪽에 바로 그 동굴이 있다. 살며시 열린 문에서 바라보면 아무도 밟지 않은 길이 있을 것이다.

문을 통과하여 그 길로 계속 가면 너는 오르쿠스의 집이 있는 곳에 이를 수 있을 것이다. 하지만 이런 어둠을 맨손으로 지날 생각은 하지 마라. 너는 양손에 꿀물을 적신 빵을 각각 한 쪽씩 들고, 입에는 동전 두 개를 물고 가거라. 그리고 이 어두운 길을 어느 정도 가면, 땔감을 가득 지고 있는 절름발이 당나귀와 절름발이 마부를 만날 것이다. 마부는 네게 당나귀에서 떨어진 하찮은 땔감들을 주워 달라고 부탁하겠지만, 절대로 그의 말에 귀 기울이지 마라. 못 들은 척하고, 무조건 앞으로 가거라. 그러면 머

---

13 로마인들은 마네스를 사자(死者)들의 영혼이라고 생각했으며, 그들의 영혼을 기리고 기분을 맞추기 위해 술과 우유와 꿀과 꽃들을 바치곤 했다.

14 이곳에는 넵투누스를 모시는 신전이 건설되었기 때문에 흔히 '타이나로스의 문'으로 알려져 있다. 그리고 그곳에 지옥의 입구와 연결되는 동굴이 있다고 생각했다.

15 디스 혹은 디티스는 지하 세계의 신이며, 오르쿠스, 플루토와 동일 인물이다.

지않아 카론이 지키는 사자死者들의 강에 도착할 것이다.

그는 허름하기 짝이 없는 배로 여행자들이 강을 건널 수 있게 해 주지만, 공짜가 아니라 돈을 받아야 태워 줄 것이다. 너도 알겠지만 죽은 자들도 돈에 대한 욕심은 있는 법이다. 카론이건 오르쿠스건 그들은 신이지만, 대가를 받지 않고는 아무 일도 해주지 않는다. 그러니까 가난하게 죽는 사람도 돈을 들고 가야만 한다. 아무도 빈손으로 죽은 사람을 불쌍히 여기지 않는 법이다. 어쨌거나 너는 이 추저분한 늙은이에게 뱃삯을 내야 한다. 그러니 네가 지닌 동전 중 하나를 주어라. 하지만 네 손으로 직접 주지 말고, 그가 네 입에서 동전을 가져가게 해야 한다. 천천히 흐르는 그 강을 건너는 동안, 이미 썩을 대로 썩은 노인이 강물에 떠다니며 팔을 올려 자기를 배에 태워달라고 애원할 것이다. 하지만 그에게 동정심을 느껴서 그를 배에 태워주는 행동은 절대로 하지 말아야 한다. 그것은 금지된 행동이다.

강을 건넌 후, 조금 더 가면 너는 뜨개질에 여념이 없는 세 여인을 만날 것이다. 그녀들은 그런 작업에서 벗어날 수 있도록 네게 도와달라고 할 것이다. 하지만 그 말에도 신경 쓰지 말고, 절대로 그들이 짜는 옷을 만지지 마라. 이것을 비롯해 다른 수많은 함정은 네가 빵을 떨어뜨리게 하려고 베누스가 파 놓은 것이다. 또한 값싼 빵 한 조각 잃어버리는 것을 가벼운 일로 생각하지 마라. 빵 한 조각을 잃어버림으로써 너는 태양이 빛나는 세상으로 영원히 나오시 못힐 수도 있으니 만이다. 그다음에 너는 사자들을 향해 송곳니를 보이며 한 시도 쉬지 않고 짖어대는 아주 커다랗고 사납게 생긴 세 개의 머리를 지닌 케르베로스를 볼 것이다. 하지만 케르베로스는 사자들에게 겁을 줄 수는 있어도 그들에게 아무런 해를 끼칠 수 없다. 단지 그 개는 프로세르피나와 오르쿠스의 어두컴컴한 궁궐 입구에서 영원히 파수를 서고 있는 것뿐이다. 빵 한 조각을 던져 그의 주의를 산만하게 하면, 너는 별 어려움 없이 그곳을 통과하여 프로세르피나가 있는 곳에 도착할 것이다.

그녀는 너를 친구처럼 따뜻하게 맞이할 것이며, 네게 안락한 의자를 정중하게 제공하면서 푸짐하게 차린 점심 식사를 함께하자고 할 것이다. 하지만 너는 바닥에 앉아 제일 보잘것없는 검은 빵만을 달라고 하라. 그런 다음 프로세르피나는 네게 무엇 때문에 왔는지 물을 것이다. 네가 온 이유를 설명하면, 그녀는 네가 원하는 것을 줄 것이다. 그리고 그것을 받아서 밖으로 나올 때, 다시 빵 한 조각을 주어 사나운 개들을 피하거라. 그런 후 다시 수전노 뱃사공에게 네가 간직하고 있던 동전을 주고서 강을 건너라. 그러면 네가 지나갔던 길을 통해 수많은 별이 보이는 우리 세상까지 돌아올 수 있을 것이다.

하지만 이 모든 것 중에서도 특히 주의해야 할 게 한 가지 있다. 아주 걱정이 되어 네게 충고하는데, 너는 절대로 네가 갖고 돌아오는 상자를 열지도 말고, 무엇이 담겨 있는지 알려고도 하지 말아라. 신들의 미가 담긴 신비한 그릇은 네가 알려고 해서는 안 되는 것이다.」

탑은 일어날 모든 일을 이렇게 자세하고 친절하며 헌신적으로 알려 주었다. 프쉬케는 그의 충고를 받아들였다. 그리고 곧장 타이나로스에 도착하여 동전과 빵조각을 들고, 지옥을 향해 길을 나섰다. 아무 말 없이 절름발이 마부를 지나갔고, 후에 뱃사공에게 동전 한 닢을 주면서 강을 건너게 해달라고 했으며, 물 위에 떠다니는 시체의 요구를 거절했다. 또한 실 짓는 여인들의 호소를 무시하고, 무섭게 짖어대는 개에게 빵 한 조각을 주고서 마침내 프로세르피나의 왕궁으로 들어갔다. 그리고 왕비가 제공하는 푹신푹신한 의자와 푸짐한 식사를 거부하고, 그녀의 발밑에 겸허하게 앉았다. 간단한 음식으로 배를 채우는 동안, 그녀는 베누스의 심부름 내용을 전달했다. 그러자 프로세르피나는 아무도 모르게 그 상자에 무언가를 넣고서 굳게 닫은 다음에 프쉬케에게 건네주었다. 그것을 받은 프쉬케는 또 다른 빵조각으로 케르베로스의 무서운 이빨을 진정시켰으며, 뱃사공에게 나머지 동전을 주고서 강을 건넌 다음에 마침내 지하 세계를 빠져나왔다. 그러자 그녀는 지하 세계에 있을 때보다 훨씬 건강하고, 기운이 넘치는 것 같았다. 그녀는 다시 햇빛을 보자, 햇빛이 얼마나 사랑스러운지를 찬양했다. 그녀는 베누스의 심부름을 끝마치려고 서둘렀지만, 바로 그때 무서운 호기심의 유혹을 다시 받게 되었다. 그녀는 내심 이렇게 말했다.

「정말이지 나는 바보야! 여신의 미가 담긴 이 조그만 상자를 그대로 가져가려고 하다니 말이야. 내가 조금 사용해도 별문제 없을 거야. 난 아름다운 내 사랑을 기쁘게 하기 위해서라면 무슨 일이든 할 수 있어.」

이렇게 마음속으로 말하면서, 그녀는 상자 뚜껑을 열었다. 하지만 그 상자에는 미美라는 것도 없었고, 미와 비슷한 것도 없었다. 단지 스튁스의 지옥 같은 수면제만 있을 뿐이었다. 그 뚜껑을 열자 수면제가 새어 나와 그녀의 사지를 진한 안개로 뒤덮으면서 깊은 잠에 빠져들게 했다. 그녀는 상자를 떨어뜨렸고, 기운이 빠져 의식을 잃고 오던 길 위에 쓰러졌다. 꼼짝 않고 있어서 마치 잠든 시체처럼 보였다.

이제 쿠피도는 상처에서 회복되어 기운을 되찾았다. 그리고 더 이상 프쉬케와 헤어져 있을 수가 없어서 그를 가둔 침실의 가장 높은 곳에 있던 채광창을 통해 빠져나왔다. 오래 휴식해서 이제 그의 날개는 기운이 넘쳐올랐나. 그래서 그는 에전보다 훨씬 더 빠른 속도로 날아다닐 수 있었다. 그는 프쉬케가 있는 곳까지 날아가서 조심스럽게 안개처럼 뒤덮은 잠을 그녀의 몸에서 떼어낸 다음, 상자에 다시 집어넣고서 뚜껑을 닫았다. 그는 자기 화살촉으로 그녀가 상처를 입지 않을 정도로 쿡 찔러 잠을 깨우면서 말했다.

「불쌍한 프쉬케여! 네 호기심 때문에 나는 자칫 생명을 잃을 뻔했어! 자, 어서 서둘러서 우리 어머니가 명령한 일을 끝내도록 해. 나는 다른 문제를 해결한 후에 돌아갈게.」

이렇게 말하면서 쿠피도는 힘차게 날아갔고, 프쉬케는 베누스에게 프로세르피나의 선물을 갖다 주었다.

사랑에 빠진 쿠피도는 자제심을 잃은 어머니가 갑작스럽게 두려워져서 겁에 질린 얼굴로 예전의 응석받이로 돌아갔다. 그리고 가벼워진 날개로 하늘 가장 높은 곳에 있는 유피테르를 찾아가 그동안 있었던 경위를 설명하면서 도와달라고 애원했다. 그러자 유피테르는 그의 뺨을 어루만지고 그의 손에 입을 맞추면서 말했다.

「위대한 내 손자야, 너는 신들의 회의에서 추인된 내 명예를 존중하지 않았다. 그리고 모든 만물과 움직이는 행성의 법칙을 만든 내 가슴에 화살을 쏘아 인간들과 사랑에 빠지게 하여 내 명예를 실추시켰으며, 비열하게 간통을 범하게 하여 율리우스 법[16]뿐만 아니라, 공공질서를 어지럽혔다. 심지어 나를 더러운 사랑싸움에 관여시키고, 내 점잖은 얼굴을 뱀이나 불이나 맹수 혹은 새나 가축으로 변형시켜 내 권위에 먹칠했다. 그렇지만 나는 넓은 아량으로 내가 손수 너를 키웠다는 사실을 기억하며 너를 도와주겠노라. 하지만 너는 네 아내를 보고 질투할 적에게서 그녀를 보호하는 법을 배워야 하느니라. 그리고 동시에 내가 지금 베푸는 호의에 대한 보답으로, 지금까지 지구상에 있었던 여자들 중에서 가장 뛰어난 미모의 여자를 내게 제공하겠다고 약속하거라.」

유피테르는 이렇게 말하고서 메르쿠리우스에게 신들의 회의를 소집하고, 만일 출석하지 않는 신은 일만 세스테르티우스[17]에 해당하는 벌금을 물게 할 것이라고 전하라 명했다. 모든 신은 이 엄청난 벌금이 무서워 천상의 원형극장 좌석을 가득 메웠다. 좌석이 모두 차자 전지전능한 유피

---

16 간통죄에 관한 율리우스의 칙령.
17 고대 로마에서 쓰인 화폐 단위 가운데 하나. 2500데나리우스에 해당한다.

테르는 가장 높은 의자에 앉아 회의를 시작했다.

「무사이의 백서에 등록된 존경하는 신들과 여신들이여, 이미 여러분은 내가 어릴 적부터 애정을 갖고 기른 이 아이를 아실 겁니다. 내가 보기에 이 아이의 뜨거운 정열은 이제 어떤 방식으로든 억제되어야 한다고 생각합니다. 이 아이가 사람들에게 간통이나 유혹과 같은 범죄를 유발했다는 말이 거리에서 수없이 오가고 있다는 사실만 상기해도 충분하리라 봅니다. 이제 그의 젊은 시절의 방탕은 종지부를 찍어야 합니다. 그리고 다시는 그런 일을 저지르지 못하게 나는 그에게 결혼의 족쇄를 채우고 싶습니다. 그는 자신의 아내로 그가 유혹하여 처녀성을 빼앗은 프쉬케라는 처녀를 선택했습니다. 그러니 나는 그가 프쉬케를 아내로 맞이해야 하고 그녀를 부양해야 하며, 그녀를 데리고 살면서 영원히 그녀와 사랑을 즐겨야 한다고 선언합니다.」

그리고 그는 고개를 돌려 베누스를 쳐다보며 덧붙였다.

「사랑하는 내 딸아, 이제 더 이상 슬퍼하지 않아도 될 것이다. 그리고 네 혈통이 인간과의 결혼으로 손상을 입을지도 모른다고 걱정하지 말아라. 나는 이 결혼이 인간과 신의 불평등한 결혼이 되지 않고, 시민법에 의거한 합법적이고 완전한 결혼이 되도록 애쓰겠다.」

이 말이 끝나자 그는 메르쿠리우스에게 프쉬케를 불러 자기 앞까지 호위하여 데려오라고 지시했다. 그녀가 도착하자 유피테르는 신주神酒인 임브로시아[18]를 담은 잔을 주었다.

「마셔라, 프쉬케야. 그리고 불멸의 신이 되어라. 이제 너와 쿠피도를 맺어주니 절대로 헤어지지 말아라. 너희들의 결혼은 이제 영원히 지속될 것이다.」

이 말이 끝나자 즉시 푸짐한 결혼식 만찬이 준비되었다. 남편이 된 쿠

---

18 암브로시아는 넥타르와 함께 올림포스 신들의 대표적인 음식이다.

피도는 가장 높은 침대에 기대어 프쉬케를 품 안에 껴안고 있었고, 유피테르도 쿠피도와 마찬가지로 유노를 껴안고 있었다. 또한 그의 명령에 따라 모든 남신은 여신을 껴안았다. 사과처럼 불그스레한 뺨의 술시종장 카타미투스는 암브로시아를 유피테르에게 접대했으며, 나머지 신들에게는 리베르[19]가 술을 따라 주었다. 불카누스는 직접 요리를 했다. 또한 호루스는 왕궁을 장미와 다른 꽃들로 치장하여 분위기를 한층 돋웠으며, 그라티아에는 향수를 뿌렸고, 무사이는 피리와 관악기로 달콤한 결혼 축하곡을 불렀다. 마지막으로 아폴로는 하프를 연주하면서 노래했다. 극도로 아름다운 베누스는 무사이의 노래와 음악에 맞추어 멋지게 춤을 추었으며, 사티로스[20]와 판은 플루트를 연주했다. 이 모든 의식으로 프쉬케는 쿠피도와 정식으로 결혼했으며, 시간이 지나자 쿠피도와 프쉬케 사이에는 우리가 '쾌락'이라고 부르는 딸이 태어났다.

이것이 술에 취해 정신 나간 노파가 납치당한 여자에게 해 준 이야기였다. 나는 네 발로 서 있었다. 나무판자와 송곳을 가지고 있지 않아 이 아름다운 이야기를 쓰지 못한 것을 유감스럽게 생각했다. 그런데 갑자기 도둑들이 엄청난 양의 전리품을 갖고 도착했다. 가장 용감한 도둑 몇 명이 부상당한 것으로 보아 분명히 치열한 싸움 끝에 얻은 노획물이었다. 그들은 부상자들이 집에서 상처를 치료하게 했다. 다른 사람들은 작전이 수행된 장소 부근에 숨겨놓은 나머지 물건들을 챙겨오기 위해 다시 떠날 준비를 했다. 문자 그대로 간소하게 배를 채운 다음, 채찍으로

---

19 리베르는 술의 신인 바쿠스(디오니소스)의 별명이다.
20 반인반수의 모습을 한 숲의 정령. 로마인들은 파우누스와 동일 시 하였다.

우리를 때리며 나와 내 말을 마구간에서 끄집어내 길을 나서게 했다. 우리가 바로 그 물건들을 수송할 예정이었다. 그들은 오르막길과 내리막 길로 우리를 몰았다. 해가 질 무렵이 되자, 우리는 거의 초주검이 되어 물건들을 숨겨놓은 장소에 도착했다. 하지만 그들은 우리에게 한시도 쉴 틈을 주지 않았다. 그들은 순식간에 물건들을 싣고서 우리를 재촉했다. 몽둥이로 때리고 밀면서 너무나 재촉했기 때문에 나는 길가의 돌멩이 위로 넘어지고 말았다. 그들은 마구 때리며 나를 일으켜 세우려고 했지만, 나는 제대로 일어날 수 없었다. 뒷발은 삐고 앞발굽은 갈라졌기 때문에, 나는 비틀거리고 있었다. 그러자 어느 도둑이 소리쳤다.

"언제까지 이놈의 당나귀에게 사료를 낭비하면서 참고 견뎌야 하는 거야? 절뚝발이도 모자라 이제는 부상까지 당하고, 기운도 없어서 비틀 거려?"

이 말을 듣자 다른 도둑이 덧붙였다.

"이 새끼가 온 후로 항상 재수가 없었어. 가장 용감한 사람들이 부상 당하거나 죽었단 말이야. 정말 재수 없는 놈이야."

그러자 도둑의 지휘자가 말했다.

"좋아, 이놈이 별로 짐을 싣고 싶지 않은 것 같은데, 이 짐을 갖고 도 착하자마자 벼랑으로 굴러 떨어뜨려야겠어. 까마귀들이 배부르게 먹을 수 있게 말이야."

섬에 도착할 그 순에도 그들은 나를 어떻게 죽여야 할지 계속 말하고 있었다. 나는 죽는 게 두려워 마치 날개가 달린 듯이 달려갔다. 하지만 짐을 내린 후, 그들은 우리에 대해 관심도 없었고, 나를 어떻게 죽일지 에 대해서도 잊어버렸다. 단지 집에 남아있던 부상자들을 불러서 내가 게을러 시간을 허비했다고 투덜대며, 남아있는 것을 가져오기 위해 물 건들이 있는 곳으로 되돌아갔다. 그들은 나를 남겨둔 채 내 말을 데리고 갔다. 하지만 나는 나를 죽이겠다는 위협 때문에 계속 걱정에 휩싸여 있었다. 나는 속으로 말했다.

'루키우스! 뭘 기다려! 도둑놈들은 네가 최악의 고통을 받으며 죽게 하겠다고 이미 마음을 굳혔단 말이야. 그들은 너를 그렇게 죽이고도 남을 잔인한 놈들이야. 바로 옆에 거친 바위로 가득한 절벽이 보이잖아? 그들이 너를 그곳으로 밀어 떨어뜨리면, 네 몸은 바위와 수없이 부딪쳐 산산조각 날 거야. 너를 사로잡았던 그 멋진 마법이 너를 당나귀라는 비참한 존재로 만들었어. 하지만 넌 두꺼운 당나귀 껍질이 아니라, 거머리처럼 섬세한 피부를 지닌 사람이야. 넌 사나이야. 그러니 기회가 있을 때 네 목숨을 구할 방법이 있나 생각해야 해. 도둑들이 집에 없으니 지금이 도망칠 최고의 기회야. 한쪽 다리를 무덤에 묻은 것 같은 반쯤 죽은 저 노파의 감시가 무서운 거야? 네 절룩이는 발로 한 번만 걷어차도 저 노파는 죽고 말 거야. 하지만……. 그다음에 넌 어디로 갈 거지? 누가 너를 기꺼이 맞아 주겠어? 아니야, 이건 바보 같은 질문이야. 단지 당나귀 같은 바보만이 던질 수 있는 질문에 불과해. 길 잃은 짐승을 만나 공짜로 타고 가는 걸 싫어할 여행자가 어디 있겠어?'

그래서 나는 온 힘을 다해 나를 붙들어 맨 고삐를 단숨에 풀어버리고, 네 발로 미친 듯이 달렸다. 하지만 나는 살쾡이처럼 날카로운 노파의 눈에 띄지 않고 지나칠 수는 없었다. 그녀는 내 고삐가 풀렸다는 사실을 알자, 용감하게 내 고삐를 붙잡았다. 나는 그 나이의 노파가 그런 힘이 있으리라고는 상상도 하지 못했다. 그녀는 나를 달랜 다음에 다시 데려갔다. 하지만 도둑들이 나를 죽여 버리겠다고 위협했다는 사실을 떠올리자, 나는 그녀에게 동정을 베풀 여지도 없이 무자비하게 두 번이나 뒷발질을 하고서 그녀를 땅바닥에 뒹굴게 했다. 하지만 그녀는 땅바닥에 뒹굴면서도 집요하게 내 고삐를 움켜잡고 있었다. 그래서 나는 질질 끌며 달려야만 했다. 그동안 노파는 큰 소리로 도와달라고 소리쳤다. 하지만 그녀의 비명을 듣고 달려올 사람은 집 안에 아무도 없었다. 그것은 공

허한 메아리와 같았다.

　그런데 그때 납치당한 처녀가 모습을 드러냈다. 그녀는 동굴 안에서 노파의 비명을 듣고 달려 나왔다. 이건 정말로 역사에 길이 남을 장면으로, 늙은 디르케[21]가 황소가 아닌 당나귀에 매달린 모습이었다. 그러자 젊은 여인은 남자처럼 대담하게 고삐를 잡고 부드럽게 나를 쓰다듬으며 내 발걸음을 늦추었다. 그리고 내 등에 올라타고서 박차를 가해 다시 나를 달리게 했다. 도망치겠다는 나의 갈망과 그녀를 구하고 싶다는 열망, 그리고 게다가 그녀의 채찍질과 격려로, 나는 경주마처럼 빠른 속도로 달리기 시작했다. 우리가 달릴 때, 나는 그녀에게 애정을 표시하기 위해 애썼다. 가끔씩 나는 옆구리가 가려워 긁는 시늉을 하면서 고개를 뒤로 돌리며 순간적으로 그녀의 발에 키스하곤 했다. 그녀는 깊은숨을 내쉬고는

21　안티오페의 아름다움을 질투한 여인. 디르케는 안티오페를 노예로 삼았는데 안티오페가 그녀의 마수에서 벗어나자, 디르케의 아들이 있는 곳까지 찾아와 그녀의 남편을 죽임으로써 복수를 했다. 그리고 디르케는 황소의 습격을 받았고, 황소는 그녀를 질질 끌고 가서 바위에 부딪혀 죽여 버렸다.

불안한 듯이 하늘을 바라보며 기도했다.

"신들이여, 이 커다란 위험에서 저를 도와주소서! 그리고 잔인한 포르투나여, 그대는 분노를 거두시고 저에게 친절을 베푸소서! 제발 그렇게 해주소서! 당신은 제가 겪은 고통으로 충분히 만족하셨을 것입니다. 당신에게 맹세컨대, 저는 엄청난 고통을 겪었습니다."

그리고 그녀는 머리를 숙여 내 귓가에 이렇게 속삭였다.

"사랑스러운 당나귀여, 그대는 내 생명의 은인이자 나를 자유의 몸으로 만들어 준 은인이에요. 나를 우리 부모와 멋진 내 남편이 있는 곳까지 무사히 데려다주면, 나는 그대에게 영원히 고마워할 거예요. 그대가 원한다면 세상에서 가장 맛있는 음식을 줄 것입니다. 우선 나는 그대의 헝클어진 갈기를 내 손으로 손수 다듬어줄 것이고, 그다음에는 혼수용으로 마련한 장식품으로 그대를 치장해 주겠어요. 그리고 오랫동안 목욕을 하지 않아 더러워지고 헝클어진 그대의 얼굴과 꼬리를 단정히 다듬어 주겠어요. 순식간에 그대를 깨끗한 몸으로 만들어 줄 수 있답니다. 또한 별처럼 반짝이는 황금빛 마구를 달아 줄 것이며, 뒤에서 내 노예들이 그대를 소리 지르며 찬양하게 하면서 승리의 개선식을 마련해 주겠어요. 그러면 그대는 모든 사람의 추앙을 받게 될 겁니다. 또한 나는 그대가 살아 있는 동안 내 실크 앞치마로 매일 아몬드를 한 줌씩 주겠어요. 나를 구해 준 대가로 그렇게 나는 그대에게 맛있는 먹이를 제공할 겁니다. 하지만 이것이 전부는 아니랍니다. 나는 그대에 대한 보답으로 행복하고 안락한 삶을 살 수 있게 할 것이며, 그대의 영광을 기리고 우리의 현재 모습과 신들의 섭리를 미래에 전하기 위해 명판^{銘版}을 새겨 우리 집 입구에 걸어놓을 것입니다. 그 명판에는 우리가 도둑들에게 도망치는 모습이 그려질 거예요. 그리고 나는 똑똑한 작가에게 이 이야기를 써서 미래의 세대들이 읽을 수 있도록 하겠어요. 책의 제목은 아마도 『당나귀를 타고 도둑들의 속박에서 벗어난 고귀한 가문의 여인』이 될 겁니다.

물론 학식이 가득 담긴 책은 아닐지라도, 그대도 신화의 일부가 될 거예요. 모든 사람이 프리수스[22]가 양의 등을 타고 다르다넬라스 해협을 건넜으며, 아리온[23]이 돌고래를 타고 목숨을 구했으며, 에우로파[24]가 황소의 등을 타고 크레타 섬으로 왔다는 사실을 믿는 것처럼, 이 사건도 진실임을 믿을 거예요. 왜냐하면 유피테르가 황소로 변했다면, 내 당나귀에도 어떤 사람이나 신의 모습이 숨겨져 있을지도 모르잖아요."

그녀가 고민 섞인 깊은 한숨을 여러 차례 내쉬고 종종 희망에 가득 찬 기도를 올리는 동안, 우리는 갈림길에 도착했다. 그녀는 내 고삐를 잡아당기며 오른쪽으로 돌리려고 했다. 아마도 그 길로 가면 자기 집에 도착할 수 있으리라고 생각했던 것 같았다. 하지만 나는 도둑들이 나머지 노획품들을 가져오기 위해 그 길로 갔다는 사실을 알고 있었기 때문에, 그녀가 원하는 방향을 거부했다. 그리고 마음속으로 이렇게 그녀를 설득했다.

'오 가련한 여인이여! 도대체 뭘 원하는 건가요? 무엇 때문에 지옥에 가려고 그리 급히 서두는 것입니까? 왜 나를 그쪽으로 가게 하려고 하는 겁니까? 만일 그 길을 택하면 우리 모두 죽게 됩니다.'

그녀는 계속해서 고집을 굽히지 않았고, 나도 마찬가지였다. 이렇게

---

22 프리수스는 아타만테와 네펠레의 아들이다. 두 번째 아내인 이노의 충고를 따라 네펠레는 프리수스가 헤레라는 두 아들을 희생시키려고 했다. 하지만 유피테르는 아이들에게 날개 달린 양을 통해 황금빛 털을 보내, 그들을 죽이려는 아버지로부터 구해냈다.

23 아리온은 여러 도시에서 노래를 부르며 다니는 레스보스의 악사였다. 그런데 그가 바다를 건너가던 중 그가 탄 배의 선원들이 그를 공격했고, 그는 마지막으로 노래를 부르게 해달라고 애원했다. 그의 목소리를 듣자 아폴로의 명령을 받은 수많은 돌고래가 나타났으며, 그는 돌고래들이 자신을 구해줄 것을 확신하고 바다에 몸을 던졌다. 돌고래 한 마리가 그를 등에 태워 타이나로스까지 그를 데려다줬다.

24 에우로파의 아름다움에 반한 유피테르는 흰 황소로 변신하여 접근했다. 에우로파는 그 동물에게 친근감을 느껴 등 위에 올라탔다. 그러자 유피테르는 그녀가 뿔을 굳게 잡으며 살려달라고 외치는 데도 아랑곳하지 않고 바다에 뛰어들었다. 그들은 크레타섬에 도착했고, 유피테르는 어느 샘가에 핀 플라타너스의 그늘에서 그녀를 자기 여자로 만들었다. 그 나무는 그들의 사랑을 비호해준 대가로 절대로 나뭇잎이 떨어지지 않았다. 에우로파는 유피테르에게 세 명의 자식을 낳아 주었다.

우리는 각자가 원하는 방향으로 가려고 하면서 시간을 허비하고 있었다. 그것은 마치 토지 소유권 소송으로 서로 싸우고 있는 모습 같았다. 이렇게 싸우고 있는데, 오른쪽에서 도둑들이 전리품을 가득 싣고 모습을 드러냈다. 그들은 달빛에 비친 우리의 모습을 멀리서 이미 보고 있었다. 그래서 냉소적인 미소를 지으며 우리에게 인사했다. 도둑들 중 한 명이 큰 소리로 말했다.

"이렇게 밤늦은 시간에 어디를 그토록 급하게 가십니까? 귀신이나 길가를 방황하는 영혼들이 무섭지도 않으십니까? 오, 불쌍한 여자여, 혹시 당신 부모를 만나기 위해 그토록 서두르는 겁니까? 너무 걱정하지 말아요. 우리가 당신을 고독에서 보호하고, 당신 집으로 가는 지름길을 알려줄 테니까요."

그는 내 고삐를 쥐고 방향을 틀었다. 그리고 평상시와는 달리, 가지고 있던 몽둥이로 나를 무자비하게 때렸다. 다시 죽음에 직면하고 있다는 사실을 깨닫자, 나는 곧 발굽의 통증을 떠올리면서 고개를 비틀거리며 절룩거리기 시작했다. 그러자 그 도둑은 비아냥거리며 나를 다시 몽둥이로 때렸다.

"그런데 왜 또 발을 절룩이면서 비틀거리는 거야? 왜 발굽이 갈라진 척하는 거야? 네 발은 도망치며 뛰어갈 때는 좋지만, 걸을 때는 소용이 없는 모양이군. 얼마 전까지만 해도 날개 달린 페가수스[25]보다 더 빨리 가지 않았어?"

이 도둑이 몽둥이질을 멈추지 않고 나를 비웃는 동안, 우리는 동굴 밖에 쳐져 있던 울타리에 도착했다. 그곳에서 도둑들은 커다란 삼나무 가지에 목매 달린 노파를 보았다. 도둑들은 노파를 밧줄에서 풀어주고

---

25 페가수스는 여러 전설, 특히 페르세우스와 벨레로폰과 관련된 이야기 중에서 중요한 역할을 담당하던 날개 달린 말이다.

서 밧줄과 함께 그녀를 벼랑으로 던져버렸다. 그런 다음에 처녀를 꽁꽁 묶었다. 그리고 마치 야만족들처럼 그 불쌍한 노파가 준비해 놓은 저녁을 게걸스럽게 먹어치우며, 죽어서도 성실하다고 농담을 했다.

굶주린 사람들처럼 손으로 마구 음식을 집어 먹은 다음에, 그들은 우리에게 받은 치욕을 설욕하기 위해 어떤 벌을 주고, 어떻게 복수할 것인지 논의하기 시작했다. 하지만 떠들썩한 폭도들의 모임에서 항상 일어나듯이, 그들은 온갖 종류의 처벌을 제안했다. 어떤 사람은 그 처녀를 화형에 처하는 것이 좋다고 생각했으며, 다른 사람은 맹수의 밥이 되게 하자고 주장했고, 또 다른 사람은 그녀를 십자가에 못 박자고 제안했다. 어떤 사람은 고문하면서 살점을 떼어내 죽이자고 했다. 각자 다른 의견을 냈지만, 분명한 것은 그들 모두가 그녀를 죽여야 한다는 점에는 의견이 일치하고 있었다. 그러자 그들 중에서 한 사람이 일어나 모두 조용히 하라면서 자기 말을 들어보라고 했다. 그는 부드럽고 온화한 목소리로 말했다.

"동지들이여, 우리 집단의 법칙과 인간적이며 절제할 줄 아는 우리의 명성에 따라, 우리는 그녀의 죗값을 초과하는 황당하고 잔인한 처벌을 내릴 수는 없습니다. 개인적으로 볼 때, 나는 맹수의 밥이 되게 하거나, 십자가에 못 박거나 혹은 불에 태우거나 아니면 고문하는 상황이 벌어진다면, 그것은 우리의 수치라고 생각합니다. 우리가 받은 모욕에 복수하려면, 그녀를 순식간에 죽이면 안 됩니다. 이제 내 제안에 귀 기울여주시기 바랍니다. 만일 여러분이 내 충고를 따르고 싶다면, 일단 그녀의 목숨은 살려줍시다. 하지만 그녀는 응당 받아야 할 벌을 받으며 목숨을 부지해야 합니다. 나는 여러분이 오늘 아침에 게으르기 짝이 없으면서도 다른 동물보다 엄청나게 먹어치우는 이 당나귀를 죽이기로 했다는 사실을 잊지 않았기를 바랍니다. 게다가 이 당나귀는 그것도 모자라 절지도 않는 발을 저는 것처럼 위장하고, 마침내 도망치려 한 저 여자의 공범이 되었습니다. 그러니 날이 밝으면 낭떠러지에 던져버리지 말고, 저놈의 목을 자릅시다. 저놈은 우리보다 저 여자를 좋아했으니, 저 여자를 발가벗겨 저놈의 배 속에 처넣읍시다. 물론 그 전에 저놈의 내장을 모두 꺼내야겠지요. 그리고 머리를 제외하고, 온몸을 감옥과 같은 저놈의 배 속에 집어넣읍시다. 머리는 저놈의 엉덩이 쪽으로 나오게 만들면 됩니다. 그런 다음에 저 당나귀를 뜨거운 햇볕이 내리쬐는 험준한 바위로 데려가 그곳에 놓는 겁니다. 이렇게 하면 이 빌어먹을 나귀와 여자는 여러분이 제안한 모든 형벌을 받으며 죽을 겁니다. 당나귀는 오래전부터 이미 죽어도 싼 놈이었고, 저 여자의 머리는 맹수의 밥이 될 것이고, 몸은 구더기들이 파먹을 겁니다. 뜨거운 태양이 내리쬐면서 당나귀의 사체를 달굴 테니, 화형에 처하자는 의견이 해결됩니다. 또한 개와 까마귀들이 그녀의 창자를 꺼내 먹으면, 저 여자는 십자가에 못 박힌 것 같은 환상을 느끼게 될 테니, 십자가에 못 박자는 의견도 받아들여지는 것입니다. 이 것 말고도 이 계획은 그녀에게 또 다른 고통과 형벌을 주게 됩니다. 우선 그녀는 죽은 짐승의 배 속에서 목숨을 부지해야만 합니다. 둘째로 태양이 내리쬐면 썩은 당나귀의 끔찍한 악취를 참아야만 합니다. 셋째로 아무것도 먹지도 마시지도 못할 테니 배고픔과 갈증의 고통을 받을 것입니다. 마지막으로 그녀의 손은 묶여있을 것이므로 이런 고통에서 벗어나기 위해 스스로 생명을 끊을 수도 없습니다."

이 말이 끝나자 도둑들은 투표도 하지 않고, 만장일치로 이런 해결책에 동의했다. 나는 긴 귀로 이 말을 듣자, 내일 아침이면 시체가 될 내 몸을 보며 울지 않을 수가 없었다.

7장

포르투나 여신에게 미움받는 당나귀

어둠이 걷히고 새벽이 밝아오자, 빛나는 태양이 천지를 환히 밝혀주고 있었다. 그때 어떤 도둑이 동굴에 도착하여 숨을 헐떡이면서 입구에 주저앉았다. 도둑들이 그에게 인사를 건네는 것을 보자, 나는 그 사람도 이 도당 중 한 명임을 알았다. 그는 숨이 어느 정도 가라앉자 말을 시작했다.

"이젠 걱정하지 않아도 돼. 얼마 전에 우리가 도둑질한 히파타의 밀로의 집에 대해 걱정하지 않아도 돼. 우리가 힘들게 그 집을 털고서 이곳으로 노획물을 가져오려고 했을 때 내가 했던 말 기억나? 나는 분노에 못 이겨 화를 내는 척하면서, 사람들 속에 묻혀 그곳에 남아 있었어. 그리고 첩자처럼 이 사건에 대한 수사가 어느 방향으로 진행되고, 누구를 도둑이라고 단정하는지 알아보았어. 그리고 너희들에게 이 소식을 전하기 위해 자세한 정보를 모두 갖고, 이곳으로 달려온 거야. 자, 이게 바로 그 소식이야. 진짜 이름이 무엇인지는 알 수 없지만, 좌우간 그곳 사람들은 루키우스란 사람이 히파타에서 일어난 모든 일을 꾸몄다는 데 의견이 일치했어. 그들은 내게 '이건 단순한 추측이 아니라, 아주 분명한 겁니다'라고 말했어. 그는 얼마 전에 가짜 소개장을 가지고 품위 있고, 가문 좋은 사람인 척하면서 밀로의 환심을 샀어. 그래서 밀로는 그를 자기 집에 머물게 하면서 가족처럼 대해 주었지. 그는 그곳에 며칠간 머물면서 밀로의 하녀에게 접근하여 사랑을 나누었고, 집안 문의 자물쇠와 열쇠가 어디 있는지 철저하게 조사를 하고서 밀로가 값비싼 재물들을 숨겨 놓은 장소가 어디인지 알아냈어. 그 비열한 놈을 범인이라고 단정할 수 있는 명확한 증거가 있는데, 그것은 도둑맞은 바로 그날 밤부터 지금까지 행방불명되었다는 거야. 또한 백마 한 마리를 갖고 도망쳤는데, 그것은 그를 추적하는 사람들을 따돌리기 위해 말을 타고 재빨리 도망칠 수 있는 만반의 준비를 한 증거가 되는 셈이지. 경찰이 밀로의 집에 도착했을 때, 루키우스의 하인이 있었어. 그는 루키우스의 살인과 도주를 도운 방조범으로 현장에서 체포되었지. 그곳 치안 판사는 그를 감옥에 데려가서 다음 날 무자비한 고문을 했어. 고문이 끝났을 때 그는 사경을 헤매고 있었지만, 아무것도 자백하지 않았어. 하지만 경찰은 루키우스를 찾아 그의 죄에 상응한 처벌을 내릴 수 있게 압송하라는 명령을 지시하면서, 몇몇 사람들을 그의 고향에 급파했지."

그가 말하는 동안 나는 행복했던 루키우스와 가련하고 비참한 당나귀로 변해버린 지금의 나를 비교하고 있었다. 나는 마음속으로 흐느끼면서 옛 성인들이 포르투나는 눈이 멀었으며, 심지어 눈이 없다고 한 말이 일리 있음을 깨달았다. 사실 행운의 여신은 항상 심술궂고 천박한 사람만 도와줄 뿐 절대로 선한 사람을 돕지 않으며, 선한 사람 앞에 멈추어 그들을 보면 즉시 도망치는 여신이었다. 하지만 포르투나가 저지른 최대의 잘못은 우리의 평판을 아주 변덕스럽게, 정말로 노골적으로 심술궂게 바꿨다는 것이다. 악인은 착한 성인 취급을 받고, 가장 무고한 사람은 죄인이라는 이름으로 모욕을 받게 했다. 내 경우를 보더라도 그녀는 말馬 중에서도 가장 천박한 동물인 당나귀로 만드는 잔인한 결정을 내렸다. 가장 악랄하고 무정한 내 적敵마저도 이런 나를 보면 유감이라고 말하면서 동정할 수밖에 없는 상황을 만들었다. 그런데 그것도 모자라 지금 내게 가택침입죄뿐만 아니라, 친지 살해범의 죄목으로 가장 좋아했던 집주인의 재산을 약탈하고 살해했다는 죄를 뒤집어씌웠다. 하지만 이외에도 나를 더욱 화나게 만든 것이 있다. 내게 단 한 마디도 변호할 기회를 주지 않았다는 것이다. 내 앞에서 나누는 그런 말을 듣자, 내가 침묵을 지키는 것은 곧 내가 범인임을 묵인하는 것을 뜻한다는 생각이 들어 도저히 참을 수가 없었다. 그래서 나는 공개적으로 "난 범인이 아니야! 난 그런 일을 하지 않았어!"라고 말하고 싶은 욕망으로 괴로워했다. 나는 첫 번째 단어인 부정어 'Non(아니)'이라는 말은 분명하게 말할 수 있었다. 하지만 두 번째 말인 'feci(하다)'는 결코 발음할 수 없었다. 나는 축 처진 내 입술로 무언가 말해보려 했지만 단지 첫 번째 단어만을 외칠 수 있었다. 그래서 내 말은 'Non, Non!' 이상 될 수가 없었다. 하지만 포르투나의 잔인성을 거듭해서 불평한다고 뭐가 바뀌겠는가! 이런 생각이 들자 나는 나 자신에게 물었다.

'감옥에 갇히면, 내가 타던 말의 마구간 동료가 되는 것과 하등의 차이도 없지 않겠는가?'

이런 생각에 잠겨있을 때, 갑자기 이것보다 더 위급한 걱정거리가 있음을 알았다. 도둑들이 나를 죽이고, 그녀의 영혼이 자기들을 괴롭히지 않게 내 배 속을 저 처녀의 감옥으로 사용하기로 했다는 사실을 떠올렸다. 나는 자꾸만 내 배를 쳐다보았다. 그러자 나는 가련한 그녀가 이미 배 속에 있는 것처럼 느껴졌다.

나에 관한 날조된 소식을 가져온 사람은 옷 안주머니에서 금화 1000 아우레우스를 꺼냈다. 그리고 그곳으로 돌아오는 길에 만난 몇몇 여행자들에게 훔친 것이고 설명했다. 그리고 자기의 정직성의 증거라며 허름한 보물함에 넣었다. 그리고 자기 동료들의 건강 상태가 어떤지 매우 궁금한 표정을 지으며 물어보았다. 가장 용감했던 몇 명의 동료가 숨을 기두었다는 사실을 안 가, 그는 도둑들에게 잠시 도둑직을 그만두고 가능한 한 싸움을 피하라고 설득하면서, 그 기간에 새로운 동지들을 찾는 작업에 전념하자고 말했다. 그는 이렇게 계속 말했다.

"젊은이들을 몇 명만 모아도 우리는 전투 진영을 개편할 수 있고, 심지어 전보다 훨씬 강한 힘을 발휘할 수 있을 거야. 모병을 거부하는 사람에게는 공포감을 심어서 강요하고, 전리품에만 눈이 어두워 전투원을 자원하는 사람에게는 그에 상응한 전리품을 주면 돼. 그리고 속박된 생활에서 벗어나고자 하는 적지 않은 사람들은 이토록 강력한 힘을 지닌 우리 부대에 기꺼이 합류할 거야."

그는 자기가 며칠 전에 키 크고 젊고 맷집 좋은 거지를 발견했으며, 그 거지에게 별거 아닌 동냥을 달라고 손을 내밀기보다 그 손을 더욱 훌륭히 사용해야 한다고 지적했다고 말했다. 또한 운동 결핍이 그를 무기력하게 만들었으며, 그렇게 있으면 그가 지닌 강인한 힘과 건강의 이점을 하나도 살리지 못한다고 말하자, 거지는 설득되어 도적단에 자원하겠다고 했으며, 그는 지금 그곳에서 그리 멀지 않은 곳에서 기다리고 있다고 말했다.

모든 도둑이 어느 정도 휴식 기간을 갖자는 데에 동의했고, 훌륭한 자질을 가진 신병을 받아들이기로 했으며, 도적단을 강화하기 위해 다른 청년들을 찾기로 했다. 그러자 그는 잠시 자리를 떴다가 얼마 안 되어 거지와 함께 그곳으로 되돌아왔다. 거지는 정말로 키가 컸다. 그는 다른 도적들보다 머리 하나는 더 컸고, 비교할 수 없을 정도로 점잖은 얼굴이

었다. 또한 군데군데 기운 넝마의 봉합선 사이로 기운 넘쳐 보이는 가슴과 단단한 배가 삐져나오고 있었다. 그는 동굴로 들어오면서 이렇게 말했다.

"안녕하시오, 마르스의 보호를 받는 신사들이여! 만일 여러분이 나를 당신들의 전투원으로 받아들여 주신다면, 나는 당신들의 동료가 되는 것에 자부심을 느끼고 위대한 마르스 신의 수호 아래 여러분에게 모든 힘을 다 바쳐 봉사하겠소. 나는 용감한 전사가 될 것이며, 손에 금을 쥐고 죽는 것보다 전쟁에서 싸우다 죽는 것을 더욱 행복하다고 생각할 것이오. 사람들은 죽음을 두려워하지만, 나는 그것을 우습게 여기는 사람이오. 지금 내 행색으로 나를 평가하지 마시오. 내가 무식하고 불쌍한 사람이고는 생각하지 마시오. 나는 마케도니아 전역을 공포로 몰아넣고 황폐화시킨 강력한 도적단을 이끌었던 사람이오. 내 이름은 모든 사람을 공포로 떨게 했던 하에무스이며, 우리 아버지는 유명한 해적선장인 트라키아의 테로요. 나는 인간의 피를 보며 자랐고, 도둑들 가운데서 성장했으며, 우리 아버지의 용기를 이어받았고, 우리 아버지의 발자취를 따랐소. 하지만 얼마 안 되어 우리 일당들과 우리가 모은 보물들을 잃고 말았소. 어느 날 황제의 친위대장이자 왕자의 스승이었지만 행운이 따라주지 않아 그 직책에서 해임되었던 군장교가 그곳을 지나갔소. 그런데 우리가 그만 그를 공격하고 말았소. 그래서 마르스 신의 분노를 일으켰고, 이렇게 되어버린 것이오. 자, 이 이야기를 듣고 싶으시오?"

"좋소, 처음부터 시작하시오!"

"좋소. 그럼 여러분이 제대로 이해할 수 있게 처음부터 시작하겠소. 카이사르의 궁정에 아주 똑똑하고 뛰어난 사람이 있었소. 그는 황제에게 많은 봉사를 했기 때문에 황제도 그를 높이 평가하고 있었소. 그런데 간교하고 질투심 많은 경쟁자의 중상모략을 받게 되었고, 마침내 추방당했소. 그의 아내 플로티나는 보기 드물게 충성스럽고 정직한 여자였으며, 열 번째 출산으로 드디어 남편의 대가 끊기지 않게 해주었소. 그런데 남편이 추방령을 받자, 그녀는 안락한 도시 생활을 경멸하면서 망명길에 오른 남편의 동반자가 되어 그의 불행을 기꺼이 함께하겠다고 결심했소. 그래서 머리를 짧게 자르고, 금화로 가득 찬 주머니와 값진 보석들을 허리춤에 두르고서 남자 옷을 입었소. 그러고는 그를 호위하는 병사들 틈에 섞여 칼을 빼 들고, 그들 앞에 놓인 모든 위험에 맞서 용감히 싸웠소. 그렇게 그녀는 남자들처럼 행동하면서 자기 남편을 열심히 돌보았소. 육지와 바다로 여행하면서 도중에 수많은 고통을 겪은 후, 그들은 잔인한 포르투나가 당분간 그들의 망명지로 선정한 자킨투스라는 곳에 도착할 예정이었소. 그래서 그들은 악티움만灣으로 항해했고, 일단 그곳에 배를 댔소. 파도가 너무 거세어 더 이상 항해할 수 없었기 때문이오. 따라서 바닷가에 있는 여관에서 밤을 보내야만 했소.

그들이 악티움 해변에 도착했을 때, 마케도니아에서 온 우리는 그곳을 황폐화시키고 있었소. 그들은 거세게 몰아치는 파도를 피하려고 해변 근처의 여관에서 잠을 자고 있었소. 우리는 그 여관을 습격하여 깨끗하게 털었소. 그리고 큰 위험에 처하지 않고 무사히 빠져나왔소. 하지만 그것은 단지 간신히 위기를 모면한 것에 불과했소. 플로티나 부인은 문소리를 듣자마자, 남편이 잠들고 있던 방을 비롯하여 모든 방을 돌아다니면서 병사들과 하인들의 이름을 일일이 부르며 잠을 깨웠소. 심지어 인근 여관에서 잠자고 있던 사람들에게까지 달려가 도움을 요청했소. 하지만 그들은 서로 겁을 집어먹은 나머지 몸을 숨기기에 바빴고, 그 덕택에 우리는 아무런 상처도 입지 않고 그곳에서 빠져나올 수 있었소. 그러나 그 누구보다도 남편을 사랑한 이 뛰어난 여인은 즉시 로마로 돌아가 황제에게 애원했소. 너무나 간절히 애원했기 때문에 카이사르 황제는 감동하여 그녀의 남편을 복직시켰을 뿐만 아니라, 아주 빠른 시간 내에 그가 받은 공격을 복수하겠다고 다짐하면서, 하에무스의 도당들이 이 세상에 존재하지 못하게 하겠다고 약속했소. 여러분은 카이사르가 결정하면 어떤 힘을 발휘하는지 모두 알고 있을 것이오. 그의 소망은 즉시 이루어졌소. 로마 정규군이 우리를 토벌하기 위해 파견되었소. 단 하루 만에 우리를 무참히 짓밟아 버렸고, 산산이 부서진 우리 도적부대를 추적하기 시작했소. 우리 도당 중에서 단 한 명만 목숨을 건질 수 있었는데, 그 사람이 바로 나요. 나는 다음과 같은 방법으로 죽음의 구멍에서 간신히 빠져나올 수 있었소.

나는 화려한 여자 옷을 입고 머리에는 숄을 두르고, 시골 여인들의 신발처럼 밑창이 얇은 흰 구두를 신었소. 이렇게 여자로 변장한 나는 밀을 가득 실은 당나귀에 올라탔소. 그 모습에 로마 정벌군은 나를 여자로 생각하면서 당나귀를 무사히 지나가게 해 주었소. 게다가 나는 수염이 나지 않았기 때문에 내 뺨은 어린아이의 뺨처럼 불그스레하고 부드러웠소. 하지만 이 사건 때문에 내가 우리 아버지의 명성과 나의 명성을 포기한 것은 아니라는 사실을 알아 두시오. 어느 정도 안정을 되찾자, 나는 여인으로 변장한 채 혼자서 농가들을 습격했고, 심지어 군사들이 주둔한 마을도 습격하여 여행에 필요한 돈을 모았소."

그러자 그는 옷을 벗어 2000아우레우스를 사람들 앞에 떨어뜨리고서 계속 말을 했다.

"이것은 당신들의 기금에 보탬이 되라고 주는 돈이오. 내가 자발적으로 당신들에게 주는 기부금이란 말이오. 당신들이 원한다면, 나는 기꺼이 당신들의 두목 자리를 맡겠소. 그리고 조만간 이 허름한 동굴을 황금빛 가옥으로 만들어주겠다고 약속하겠소."

도둑들은 주저하지 않고 그를 만장일치로 두목으로 선출하고서 비교적 깨끗한 옷을 가져왔다. 그는 넝마를 벗고 그 옷을 입었다. 그리고 자기 동료들과 일일이 포옹하고서 식탁의 상석上席에 앉았다. 그러자 그의 선출을 축하하는 성대한 잔치가 벌어지기 시작했다. 그곳에서 대화가 오가는 도중에, 그는 처녀가 내 등에 타서 도망치려 했다는 사실과 그들이 우리를 끔찍하게 죽이기로 했다는 것을 알았다.

그가 처녀는 어디에 있냐고 묻자, 그들은 처녀를 그의 앞으로 데려왔다. 온몸이 쇠사슬로 결박된 처녀를 보자, 그는 얼굴을 돌리며 그런 결정을 받아들일 수 없다는 표정을 지었다. 그리고 이맛살을 찌푸리면서 말했다.

"난 당신들의 결정에 반대하여 싸울 수도 있지만, 그렇게 할 정도로 무모한 용기를 지닌 사람은 아니오. 하지만 이 처녀와 당나귀에 대해 내가 생각하는 바를 숨기지는 않겠소. 하지만 그 전에 내가 당신들의 두목으로서 진정으로 당신들을 생각하고 있다는 것을 밝히고 싶소. 그럼 내가 생각하는 바를 솔직히 말하겠소. 하지만 여러분이 내 의견에 동의하지 않는다면, 나는 여러분의 결정에 따를 것이라는 사실을 밝혀 두오. 나는 도둑들이란 적어도 자기들이 원하는 것이 무엇인지는 아는 사람들이며, 따라서 그 무엇보다도 자신들의 이익을 생각해야 한다고 믿고 있소. 심지어 복수할 때도 손익을 따져야 한다고 생각하는 사람이오. 만일 당신들이 당나귀 배 속에 저 여자를 집어넣어 처녀의 몸으로 죽게 만든다면, 당신들의 분노는 누그러질지 몰라도 우리가 얻는 것은 아무것도 없소. 그래서 나는 그녀를 도시로 데려가 팔면, 아무도 건드리지 않은 젊은 처녀의 몸이기 때문에 아주 높은 가격을 받을 수 있다고 생각하오. 나는 인신매매에 종사하는 거물들을 알고 있소. 그들은 여러분에게 많은 돈을 주고, 저 여자를 사서 상류층이 드나드는 고급 창녀 집에 팔아넘길 것이오. 그녀는 아마 그곳에서 절대로 도망칠 수 없을 것이오. 그러면 여러분은 죽이는 것과 같이 그녀에게 복수하는 셈이 되오. 이 여자는 창녀 집에서 일하면서 아무것도 제대로 즐길 수 없을 것이오. 나는 지금 사심 없이 내 의견을 말했소. 여러분의 문제를 어떻게 처리하고 싶은지 이제 여러분이 자유롭게 결정하시오."

이렇게 그는 도둑들의 기금을 모으기 위해서라고 변론했다. 하지만 그는 여자와 당나귀의 구원자로서 우리를 위해서 말한 것이다. 그러자 다른 도둑들은 끝없이 의견을 주고받았다. 그동안 나는 어떤 결정이 날지 궁금해서 창자 속까지 고통을 받았으며, 이 정도로 비참해진 내 영혼이 가련하게 느껴졌다. 마침내 그들은 새로 임명된 두목의 충고를 따르기로 했고, 즉시 여자의 손발에 달린 족쇄를 풀어 주었다. 그런데 이 젊은 도둑을 보고, 또 그녀를 징벌의 뚜쟁이들이 들끓는 상류층이 순진에 팔아버리자는 말을 들었을 때부터, 그녀는 너무도 기뻐했고, 그녀의 얼굴은 미소로 가득 차기 시작했다. 그러자 여성 혐오증이 내 마음을 뒤흔들었고, 이것이 일리가 있음을 깨달았다. 순결한 결혼의 환상을 지니고 자기 애인과 깊은 사랑에 빠진 것처럼 보이던 이 처녀가 갑자기 더럽고 추잡한 뚜쟁이를 좋아할 생각을 품다니! 그 순간 모든 여자의 본성과 버릇은 나의 준엄한 심판을 받고 있었다. 물론 당나귀의 심판이었지만 말이다.

그러자 그 젊은이는 다시 대화를 시작했다.

"이제 우리의 동지인 마르스 신에게 제사를 지내면서 이 여자아이를 잘 팔 수 있게 도와주고, 새로운 동지들을 찾는데 협력해 달라고 기원하는 것이 어떻소? 하지만 내가 보기에는 마르스 신에게 바칠 적당한 희생물도 없고, 푸짐한 축제를 벌일 정도로 술도 충분하지 않은 것 같소. 그러니 인근 농장을 습격할 수 있게 열 명의 동지들만 잘 무장하고서 나를 따라오시오. 나머지 사람들은 멋진 축제를 준비하시오."

그와 열 명의 도적들은 그곳을 떠났고, 나머지 사람들은 나무를 잘라 장작을 팬 다음, 커다란 아궁이에 불을 지피고, 마르스에게 바치는 제단을 푸른 잎사귀로 장식했다.

잠시 후 그곳을 떠났던 도둑들은 포도주로 가득 찬 술자루를 들고 양과 염소 떼를 몰고 왔다. 그들은 가장 크고 털이 뻣뻣하고 늙은 숫양 한 마리를 택해 그들의 수호신이자 안내자인 마르스 신에게 희생제물로 바

쳤다. 나머지 동물들은 모두 축제용으로 쓰기로 했다. 잠시 후 푸짐한 점심 식사가 준비되었다. 그러자 새 두목이 말했다.

"여러분 나를 보시오. 여러분은 나에게 원정과 약탈뿐만 아니라, 축제에서도 강력한 주도권을 주어야 하오."

그는 이미 준비해 놓은 것을 기운찬 모습으로 빠르게 식탁에 차리기 시작했다. 그는 우선 식탁을 닦고 테이블보를 깔았으며, 고기를 익히고 소스를 준비했다. 이것이 끝나자 마침내 그는 아주 멋진 그릇에 음식을 담아 동지들에게 나누어주었다. 하지만 무엇보다도 그는 아주 커다란 술잔에 쉴 새 없이 포도주를 따라 주었다. 그리고 훌륭한 식사 예절이 요구하는 대로, 계속해서 접대한다는 핑계를 대면서 여자가 있는 곳을 들락날락하며 테이블에서 몰래 훔친 가장 맛있는 요리와 술을 갖다 주었다. 그녀는 기쁜 마음으로 그것을 받아먹었으며, 심지어 한두 번은 아주 진한 키스를 하면서 껴안기도 했다. 이것을 보자 나는 충격을 받았다. 나는 내심 이렇게 말했다.

'여인이여, 넌 창피한 줄 알아야 해. 얼마나 됐다고 벌써 옛 애인을 짓밟아 뭉개버리고, 이 도둑 소굴에서 저런 놈과 사랑을 나누는 거야? 옛 애인의 사랑을 저버리고 우리를 위협하는 창과 칼 사이에서 이토록 방탕하게 처신하면서 저놈한테 너를 맡길 거야? 피비린내 나는 더러운 외지인이 네 부모님이 이어준 남편보다 더 좋단 말이야? 양심에 찔리지도 않아? 그리고 다른 도둑들이 네가 이놈과 키스하고 포옹했다는 사실을 알면 어떻게 하겠어? 또다시 내 등에 올라타고 도망치면서 나를 다시 죽음의 구렁텅이로 몰고 갈 거야? 정말이지 너는 지금 사소한 잘못으로 너와 나의 목숨을 위태롭게 하는 거야.'

내가 이렇게 마음속으로 대단히 화를 내면서 그녀의 행동을 나무라고 있는데, 갑자기 나는 그가 실수로 흘린 말들을 듣게 되었다. 그것은 간접적인 말이었지만, 나처럼 영리한 당나귀는 그 의미를 분명히 알아

들을 수 있었다. 두목의 이름은 하에무스가 아니라, 틀레폴레무스였다. 그것은 바로 그녀의 남편 이름이었다. 그들은 대화하는 동안 마치 내가 죽은 존재인 양 내가 있다는 사실은 아랑곳하지 않은 채, 더욱 분명히 말했다. 그는 이렇게 말했다.

"사랑스러운 카리테여, 내 말을 믿어. 잠시 후면 널 포로로 잡은 적들은 곧 네 포로가 되고 말 거야."

나는 그가 술을 많이 마시지 않도록 자제하면서, 물 타지 않은 독하고 따뜻한 포도주를 도둑들에게 갈수록 많이 따라주고 있다는 사실을 알게 되었다. 마침내 도둑들은 점차 술에 취해 혼수상태에 빠져들고 있었다. 하지만 그는 계속해서 적은 양만 마시고 있었다. 나는 잘 알 수 없었지만, 그가 틀림없이 도둑들의 술에 수면제를 탔을 거라고 생각했다. 드디어 도둑들은 모두 술에 취해 마치 죽은 사람처럼 바닥에 쓰러져 버렸다. 그러자 틀레폴레무스는 서두르지 않고 침착하게 그들을 밧줄로 한 명씩 힘껏 포박했다. 그러고는 여자를 내 등에 태워 그녀의 고향이 있는 곳으로 향했다.

고향이 보이는 곳에 도착하자, 그토록 기다리던 광경을 보기 위해 모든 마을 사람이 거리로 쏟아져 나왔다. 카리테의 아버지와 친척들, 하인들과 노예들을 비롯해 모든 사람이 만면에 희색의 표정을 지으며 우리를 향해 달려 나왔다. 어린이, 어른, 노인, 남녀 할 것 없이 엄청난 관객들이 우리의 귀환을 지켜보았고, 이제 우리 뒤를 따라 행진하기 시작했다. 당나귀 위에 개선장군처럼 앉은 처녀의 모습은 만인의 기억 속에 남을 만한 광경이었다. 나 역시도 진심으로 기뻤다. 그들의 기쁜 모습과 보조를 맞추기 위해 귀를 쫑긋 세우고 콧구멍을 벌렁거렸으며, 큰 소리로 울어댔다. 좀 더 정확히 말한다면, 나는 천둥소리처럼 크게 울어대면서 이 기쁨의 행렬에 동참했다. 우리가 카리테의 집에 도착하자, 그녀는 2층에 있던 자기 침실로 뛰어들었고, 부모는 그녀를 껴안으며 키스했다.

그동안 나는 틀레폴레무스와 함께 자진해서 도둑 소굴로 되돌아갔다. 도시의 수많은 사람과 노새들이 우리 뒤를 따랐다. 나는 매우 호기심 많은 사람이었기 때문에 기꺼이 그곳으로 돌아가서 도둑들이 체포되는 장면을 지켜보고 싶었다. 그들은 진짜 밧줄보다는 포도주로 훨씬 꽁꽁 묶여 있었다. 그래서 틀레폴레무스와 그의 친구들은 동굴을 샅샅이 뒤져 그들이 빼앗은 물건들을 꺼내어 중요한 것만 골랐다. 그리고 금과 은과 다른 비싼 물건들을 우리 등에 싣고 나서는, 몇몇 도둑들을 절벽까지 끌고 가 벼랑으로 떨어뜨렸다. 동굴 속에 누워있던 다른 도둑들은 칼로 목을 베어버렸다.

이렇게 복수한 다음, 우리는 기뻐하면서 다시 늠름하게 개선했다. 우리가 가져온 귀중품들은 국고로 귀속되었고, 중단되었던 카리테의 결혼식은 절차대로 그녀를 틀레폴레무스의 집까지 에워싸서 데려가는 것으로 끝났다. 그녀는 훌륭하고 정결한 여인이었으며, 그때부터 손수 나를 정성 들여 보살피면서 나를 자기의 구원자라고 불렀다. 결혼식 날 밤에는 내 구유를 가득 채워주었고, 쌍봉낙타가 먹어도 충분한 양의 건초를 놓아주라고 지시했다. 하지만 결혼식 아침에 남은 찌꺼기와 몰래 훔친 고깃덩어리를 실컷 먹는 개들을 보자, 나는 개 대신에 당나귀로 만든 포티스의 서투른 솜씨를 한껏 원망했다.

환상적인 사랑의 의식을 치른 그 날 이후에도, 갓 결혼한 신부는 자기 부모와 남편에게 내게 얼마나 큰 빚을 지고 있는지를 상기시켰다. 그러자 그들은 내게 최고의 예우를 해 줄 것을 약속했다. 그들은 가장 똑똑하고 가장 믿음직스러운 친구와 친척들을 불러서 어떤 형태로 대우해 주어야 할지 물었다. 어떤 친척은 나를 집안의 마구간에 놔두고 일을 시키지 말고, 보리 침대 위에서 잠을 자게 하면서 강낭콩과 쥐엄나무 열매를 먹이로 주는 것이 좋겠다고 말했다. 그러나 내 자유를 보장하는 것이 좋겠다는 의견이 우세했다. 그런 의견을 낸 사람은 나를 목장에 풀어놓아 말 떼들과 함께 뛰놀게 하면서, 그곳에서 뛰노는 말들과 사랑을 나누어 말 주인에게 수많은 노새를 선사하게 하는 것이 좋겠다고 나머지 사람들을 설득했다. 그래서 결국은 말치는 목동을 불러, 나를 잘 대해주라고 신신당부하면서 그의 보호 아래 두었다. 나는 마침내 짐 꾸러미에서 해방될 것이며, 곧 봄이 시작되면 목초지에서 새롭게 피어나는 장미를 발견할 수 있을지도 모른다는 사실에 기뻐하면서 그와 함께 목장으로 달려갔다. 이것 말고도 내가 당나귀 모습을 하고 있는 데도 주인 내외가 이토록 고맙게 여긴다면, 만일 내가 사람의 모습을 회복하면 내게 더 많은 보답을 해줄 것이라는 생각을 했다.

그렇지만 그 목동이 나를 마구간에서 꺼내 도시 밖으로 데려갔을 때, 나를 기다리고 있던 것은 내가 생각하던 대로 마음껏 뛰어놀고, 말들과 사랑을 나누는 것이 아니었다. 왜냐하면 목자의 아내는 이 세상에 둘도 없는 구두쇠에다가 못된 여자였다. 그래서 즉시 나에게 고삐를 채워 방아 찧는 일을 시켰다. 내게 상당한 몽둥이질을 해대며 진저리치게 만들면서, 내 불쌍한 가죽의 땀으로 온 가족이 먹는 밀을 빻게 했다. 그러나 그녀는 나를 가정용 일꾼으로 부리는 것만으로는 만족하지 못하고, 이제 나를 이용해 이웃들의 밀을 빻게 하면서 돈을 벌었다. 심지어 그녀는 내가 일을 하지 않아도 주기로 약속했던 먹이조차 주지 않았다. 그녀는 온종일 이웃들의 밀을 빻게 한 다음, 이웃 농장 사람들에게 그 밀을 팔았다. 그래서 저녁이 되면 나는 힘든 일 때문에 피로에 지쳤고, 그녀는 내게 더럽고 겨가 섞이고 모래가 가득한 음식만을 던져 줄 따름이었다.

이런 불행만으로도 충분치 않았는지, 포르투나는 잔인하게도 내게 또 다른 시련을 안겨 주었다. 이것은 나중에 나를 말 그대로 '집안과 밖에서 모범적인 행동'을 하게 만든 동기였다. 어쨌거나 어느 날, 목동은 늦게나마 자기에게 지시한 것을 이행하면서, 처음으로 내게 말 떼들과 함께 뛰어놀게 했다. 나는 마침내 자유의 몸이 된 것이 너무나 기뻐 깡충깡충 뛰면서, 첩 노릇을 할 암말들이 어디 있는지 천천히 주의 깊게 살폈다. 하지만 이런 기쁜 희망은 결국 비참한 비극으로 끝나고 말았다. 오랜 시간 동안 잠자코 풀을 뜯고 있던 종마種馬들이 뜨거운 본능에 자극을 받았다. 말할 필요도 없이 당나귀보다 훨씬 힘센 그들은 내가 그들의 순수 혈통을 더럽혀 사생아를 낳게 할 부정을 저지를지도 모른다는 사실을 알아채고 경계 태세를 늦추지 않았다. 그들은 손님을 후히 접대해야 한다는 유피테르의 말도 무시하고, 화를 내며 내게 달려들어 마치 나를 가증스러운 적처럼 다루었다. 어느 종마는 커다란 엉덩이를 들고 일어나 머리를 꼿꼿이 세우고 목을 길게 뽑은 다음, 앞 말발굽으로 나를 마구 때리기 시작했다. 그러자 다른 말이 가세하여 둥글고 단단한 엉덩이를 돌려 뒷다리로 나를 찼다. 세 번째 말은 울음소리로 나에게 겁주더니 귀를 쫑긋 세우고는 날카로운 하얀 이빨을 보여주면서 나를 마구 물어뜯기 시작했다. 그때 나는 힘센 독재자였던 트라키아의 왕 디오메데의 전설을 떠올렸다. 그는 먹이를 절약하기 위해 성난 야생마들을 부추겨 불쌍한 이방인들을 물어뜯게 했다. 이런 식으로 그는 푸짐한 인육人肉으로 난폭한 말들의 허기를 달래주면서 보리를 절약했다. 나는 종마들의 공격으로 너무나 고통스러웠기 때문에, 현기증 나게 마구 돌아가는 방앗간을 그리워하면서 거기로 돌아가는 게 훨씬 축복받은 것이라는 사실을 깨달았다.

나의 불행에 아직도 만족하지 않은 포르투나는 새로운 음모를 준비하고 있었다. 나는 높은 산꼭대기에서 땔감을 실어 날라야만 했다. 젊은 목동 하나가 그 일을 맡았는데, 그는 세상에서 가장 잔인하고 못된 사람이었다. 그는 내게 가파른 언덕을 오르내리고, 날카로운 바위 위를 걸어가게 하여 발굽이 갈라지고 기진맥진하게 만들었다. 특히 그는 뼛속까지 스며들 정도로 아프게 나를 몽둥이로 마구 때렸다. 게다가 항상 오른쪽 엉덩이의 한 부위만 집중적으로 때렸기 때문에, 처음에는 그곳 가죽이 찢어졌고, 그다음에는 참호 같은 커다란 구멍이 패었다. 그곳에서 피가 줄줄 흘러나오는 데도 아랑곳하지 않고, 그는 쉬지 않고 때렸다. 게다가 엄청나게 무거운 땔감을 지게 했는데, 그것은 당나귀가 실을 짐이 아니라 코끼리에게 적당한 짐이라고 생각될 정도였다. 그것도 모자라 무거운 부분이 한쪽으로 기울면, 그쪽에서 무거운 나무를 빼서 짐을 가볍게 하거나, 혹은 적어도 그쪽 짐을 다른 쪽으로 옮겨 실어서 균형을 잡아야 하는데, 그는 양쪽에 같은 무게를 유지하기 위해 가벼운 쪽에 돌을 올려놓곤 했다.

또한 터무니없이 무거운 짐에도 만족하지 않고, 도중에 강을 건너야 할 때면, 자기 몸무게는 엄청난 짐에 비해 별 것 아닌 것처럼 생각하면서 자기 발이 물에 젖지 않게 내 엉덩이 위로 올라타곤 했다. 하지만 내가 강가의 진흙탕에 미끄러져 짐의 무게를 못 이겨 쓰러지면, 당나귀를 모는 마부의 의무가 무엇인지는 아랑곳하지 않고, 쓰러진 나를 전혀 도와

주지 않았다. 가령 고삐나 꼬리를 잡아당기거나 혹은 적어도 내가 일어
설 수 있게 짐의 일부를 내려주어야 하는데, 그는 이런 도움을 주기는커
녕 귀부터 시작해서 온몸을 커다란 몽둥이로 마구 내리쳤다. 그는 내가
몽둥이찜질 효과를 얻어 피로에 지친 몸을 일으킬 때까지 마구 때렸다.
하지만 여기에서 끝나지 않았다.

어느 날, 그는 더 고약한 방법을 생각해 냈다. 날카로운 가시나무로
다발을 만들어 마치 목걸이처럼 내 꼬리에 매달았다. 그래서 걷는 도중
에 그 가시에 찔려 지끈지끈 아프게 만들었다. 이것은 어떻게 해도 빠져
나올 수 없는 정말 끔찍한 방법이었다. 만일 그의 몽둥이를 피하려고 걸
음을 재촉하면, 그 가시나무는 혹독하게 나를 찔러댔다. 내가 그 고통을
덜기 위해 멈추면, 걷지 않는다고 몽둥이로 마구 내리쳤다. 그 역겨운 청
년은 어떻게 나를 죽일 것인지만 생각했고, 정말로 그렇게 하겠다고 맹
세하곤 했다. 그런데 마침내 그의 짐승처럼 잔인한 본능을 더욱 짐승처
럼 만드는 사건이 발생했다.

그의 사악함이 극에 달해 있던 어느 날, 나는 인내심을 잃고, 뒷발을 들어 발굽으로 그를 차버렸다. 그러자 그는 내게 복수하기 위해 정말로 끔찍한 음모를 꾸몄다. 그는 내게 마른 삼나무를 싣고 밧줄로 단단하게 매고서 길을 걷게 했다. 그리고 그는 근처 어느 마을 부엌에서 불붙은 숯불을 훔쳐 그것을 삼나무 한가운데에 올려놓았다. 그러자 순식간에 가볍고 마른 삼나무에 불이 붙었다. 나는 불길에 휩싸였고, 내 가죽은 불에 익어가고 있었다. 나는 불이란 기다리지 않으며, 좋은 충고보다도 발이 더 빠르다는 사실을 익히 알고 있었다. 그래서 이 재앙을 피할 아무런 방법도 없었고, 따라서 생명을 구할 희망은 없다고 생각했다. 바로 그 절망의 순간에 포르투나는 내게 자비를 베풀었다. 아니 그것은 내게 더 많은 고통의 기회를 주려는 것인지도 몰랐다. 하지만 틀림없는 사실은 나를 확실한 죽음의 길에서 구해주었다는 것이다. 나는 전날 내린 비로 더러운 물이 고인 웅덩이를 보았다. 나는 그곳을 향해 돌진하여 웅덩이에서 뒹굴었다. 불길은 꺼졌고, 나는 짐과 죽음에서 해방될 수 있었다. 하지만 이 잔인한 청년은 자기의 못된 짓을 전부 내 탓으로 돌렸다. 그는 양치기들에게 어느 집 부엌 아궁이 옆을 지나갈 때 내가 고의로 비틀거리며 그 위로 몸을 던져서 불이 붙었다고 거짓말을 늘어놓았다. 그러면서 이렇게 웃으며 말했다.

"언제까지 이렇게 몸에 불이나 붙이는 놈한테 먹이를 낭비해야 하나?"

며칠 후, 그는 더 못된 계획을 생각했다. 그는 가장 먼저 눈에 띈 오두막집에 멈추어서 내가 지고 있던 땔감들을 팔았다. 그리고 빈손으로 돌아오면서 내 방정맞은 품행은 전례를 찾아보기 힘들다며, 내가 땔감을 지고 오는 일을 거부했다고 소리치기 시작했다. 그러고는 이렇게 탄식하며 말했다.

"저 쓸모없고 게을러빠진 당나귀가 어떤 놈인지 알아? 저놈은 정말로 멍청한 당나귀야! 저놈은 더러운 속임수를 쓰는 것 이외에도, 이젠 새로운 방법으로 계속해서 나를 괴롭히고 있어. 최근에는 이런 일이 있었어. 저놈은 근사한 여자나 멋진 청년이 길을 따라 오는 것만 보면 그 자리에서 짐과 심지어 안장까지 던져 버리고, 흥분 상태로 그녀를 향해 돌진해서 땅에 쓰러뜨리고는 사랑하려고 해. 점잖지 못하게 그녀를 덮쳐서 우리가 알지도 못하는 변태적인 행동을 하려고 해. 그러면서 베누스 여신의 뜻에 거슬리는 결혼 의식을 치르려고 미친 듯이 행동하지. 가령 키스하는 것처럼 다리로 그녀를 껴안고 더러운 입으로 마구 핥아. 당신들은 아주 재미있다고 생각할지도 몰라. 하지만 나는 이것 때문에 여러 소란에 휘말렸고 싸움도 했어. 심지어 형사상의 책임까지도 질 뻔했어. 조금 전에는 젊은 처녀를 보자마자 가지고 가던 땔감을 집어던지고 미친 듯이 그녀를 향해 뛰어갔어. 마치 사랑에 굶주린 남자가 오랜만에 자기 애인을 보듯이 말이야. 그리고 그녀를 더러운 땅바닥에 쓰러뜨리고는 사람들이 보는 앞에서 그녀 위로 올라가서 강간하려고 했어. 그녀가 지나가던 행인들에게 큰소리로 외쳐 도움을 청했기 때문에 간신히 그 위험에서 빠져나올 수 있었지. 그렇지 않았더라면 아마 그 불쌍한 여자는 이놈에게 얻어맞고 갈가리 찢겨서 말하기도 끔찍한 재앙에 빠졌을 수도 있었어. 그리고 나는 사형당했겠지."

그는 다른 거짓말과 섞으면서 이런 황당한 거짓말을 했다. 나는 아무 말도 못 한 채 침묵을 지키고 있어야만 했기 때문에 더욱 화가 치밀었다. 마침내 그는 목동들을 선동하여 나를 죽여 버려야 한다는 의견이 나오게 했다. 목동 중 한 사람이 말했다.

"이 더럽고 추잡한 놈을 죽여 버리는 게 어때? 이놈은 살 가치가 없어. 그러니까 나쁜 짓을 저지른 대가로 제물로 바치는 거야. 우선 이 강간범의 목을 자르고, 내장은 개들에게 던져주는 거야. 또 고기는 보관했다가 저녁 식사 때 푸짐하게 요리해 먹자고. 그리고 주인에게는 가죽에

다 흙먼지를 뿌린 다음 가져가서 늑대가 죽였다고 말하면 돼."

그러자 거짓말쟁이 목동은 결심을 굳힌 듯 사형집행인처럼 내가 처한 상황을 비웃으며 돌에 칼날을 갈기 시작했다. 아마도 그는 내가 뒷발질한 것을 기억하고 있는 듯했다. 나는 좀 더 세게 뒷발질하지 않은 것을 후회했다. 하지만 그가 선고를 집행하기 전에 다른 목자가 말했다.

"안 돼. 함부로 까불고, 여자를 밝힌다는 이유만으로 이렇게 멋진 당나귀를 죽여서 부려먹지 못하는 것은 유감이야. 오히려 이 당나귀를 거세하는 게 어때? 그러면 뜨거운 열정이 약화될 것이고, 순해져서 다루기도 쉬울 거야. 그리고 더 튼튼하고, 우람한 나귀가 될 거야. 나는 게으른 당나귀뿐만 아니라, 너무나 기운이 넘쳐 성난 말들도 거세한 후에는 순해져서 마음대로 다룰 수 있게 된 것을 여러 번 보았어. 짐도 잘 싣고, 어떤 종류의 일이든 모두 잘 해내지. 지금 난 시장에 가야 하니까, 네가 반대하지만 않는다면 며칠 후에 거세할 도구를 가져와서 양다리를 벌린 후, 이 버릇없고 배은망덕한 당나귀를 거세할게. 그러면 아마 양보다도 더 순해질 거야."

그는 이런 제안을 하면서 강한 플루토의 발톱에 사형당하기 직전 나를 꺼내주었다. 그러나 나는 내 신체의 가장 중요한 부분을 잃는 것은 내 몸 전체가 죽는 것과 마찬가지라는 생각으로 하염없이 울었다. 다시 한번 나는 배고파 죽거나, 아니면 절벽에 떨어져 자살하는 방법을 찾았다. 죽기 위해 죽는 것이라면, 나는 몸이 잘리지 않은 채 온전한 몸으로 죽고 싶었다. 이렇게 나는 어떤 식으로 자살하는 게 좋을지 심각하게 고민하고 있었다.

그런데 다음 날 아침, 내 사형집행인이 와서 매일 하던 식으로 나를 산으로 데려갔다. 그곳에 도착하자, 나를 커다란 오크나무에 매어 놓고서 내가 싣고 갈 장작을 마련하기 위해 도끼를 들고 그곳에서 조금 떨어진 곳으로 갔다. 그런데 갑자기 근처 동굴에서 곰 한 마리가 고개를 쳐들

고 나타났다. 이 뜻하지 않은 광경을 보자, 나는 겁에 질렸다. 그래서 뒷발에 온몸의 무게를 싣고, 가능한 한 고개를 앞으로 빼고서 그 자리를 박찼다. 그러자 내 몸을 묶고 있던 밧줄이 끊어졌고, 나는 즉시 산 아래로 급히 도망치기 시작했다. 나는 무서운 곰과 곰보다도 더 무서운 내 목동에게서 도망쳐야 한다는 일념으로, 산 아래 벌판에 도착할 때까지 마구 뛰기 시작했다. 그것은 다리로 뛰는 것이 아니라, 마치 온몸으로 하늘을 나는 것 같았다.

잠시 후, 나는 한 여행자를 만났다. 그는 길 잃은 당나귀를 보자, 내게 가까이 와서 등 위에 올라타고는 가지고 있던 작대기로 내 갈기를 때렸다. 그러고는 내가 모르는 복잡한 오솔길로 안내했다. 나는 내 남성을 거세당할 위험을 피했다는 생각으로 기분 좋게 그를 등에 태우고 걸어갔다. 진짜 몽둥이질에 이미 익숙해져 있었기 때문에 그의 매는 전혀 문제가 되질 않았다.

하지만 포르투나는 내게 불행을 안겨주어야 한다는 강박관념을 버리지 않았다. 그래서 내가 쉽게 도망치는 것을 방해하고, 내게 새로운 함정을 팠다. 나를 알고 있던 목동들이 송아지 한 마리를 잃어버려 사방을 찾아다니다가 우연히 우리와 마주쳤다. 그들은 나를 알아보고 내 고삐를 잡고서 데려가려 했다. 그러자 내 등에 탄 여행자는 신과 하늘을 두고 맹세한다면서 아주 거칠게 항의했다.

"왜 이 당나귀를 훔치려는 것이오? 왜 나를 이런 식으로 대하는 것이오? 자, 어서 고삐를 놓으시오. 당신들은 예절도 없고, 법도 모르는 모양이군요!"

"법이라고? 당신을 함부로 다룬다고? 어서 당나귀에서 내리지 못해! 당나귀를 훔친 주제에 무슨 말이 많아! 어서 이 당나귀를 몰던 청년이 어디에 있는지 말해! 당신이 그를 죽였지?"

그들은 그에게 주먹질하고, 발길로 차면서 당나귀 위에서 끌어 내렸다. 그는 맞으면서 자기는 아무도 못 보았으며, 단지 당나귀가 혼자 고삐 풀린 채 돌아다니고 있었다고 말했다. 그리고 내 등에 탔던 것은 주인에

게 돌려주어 그에 합당한 보상금을 받으려 했기 때문이라고 거짓 맹세를 하면서 이렇게 덧붙였다.

"나는 정말이지 이 빌어먹을 당나귀에게는 관심이 없소. 이 당나귀가 인간처럼 말할 수만 있다면, 정말로 내가 아무 죄도 없다는 사실을 말해 줄 것이오. 그러면 당신들은 나를 이런 식으로 대해서 창피해 할 것이오."

하지만 그의 항의는 목동들에게 아무 소용도 없었다. 성난 목동들은 그의 목에다 밧줄을 걸고, 당나귀를 몰던 청년이 나무를 하던 우거진 숲에 강제로 데려갔다. 하지만 그곳에서 목동들은 청년을 발견할 수 없었다. 단지 갈가리 찢겨 이리저리 널려있는 그의 시체 조각만 볼 수 있었다. 나는 그것이 곰이 이빨로 물어뜯어 만든 작품임을 알았고, 말만 할 수 있었다면 분명히 그렇다고 말했을 것이다. 하지만 나는 뒤늦게나마 잔인한 목동이 합당한 대가를 받았다는 사실에 기뻐했다. 하지만 침묵 속에서 즐거워할 수밖에 없었다.

그들은 널린 시체 조각을 찾아 대충 맞춘 다음에 그곳에 묻어주었다. 그리고 내 벨레로폰[1]이 청년을 죽였으며, 나를 훔치려는 순간 현장에서 체포된 것이라고 주장하면서 그를 잔인한 살인자로 규정했다. 그들은 다음 날 살인죄에 합당한 벌을 받도록 치안 판사들에게 넘길 예정이라면서 그를 인근 오두막집으로 데려가서 묶어 놓았다.

그때 죽은 청년의 부모가 찾아와 흐느끼면서 죽은 아들을 생각하며 가슴을 치기 시작했다. 나를 거세하겠다고 약속한 목동이 왔을 때, 그 흐느낌은 최고조에 달해 있었다. 그는 자기가 약속했던 거세를 하려고 했다.

그러나 그 일을 하기 적당한 순간이 아니었다. 목동 중 한 사람이 그

---

1 페가수스의 도움으로 키마이라를 죽인 용사.

에게 말했다.

"이 빌어먹을 당나귀가 오늘의 비극을 만들지는 않았어. 하지만 내일 모든 도구를 다 챙겨 가지고 와. 그러면 당나귀의 불알뿐만 아니라, 머리도 통째로 자르게 해 줄 테니까 말이야. 우리가 도와줄게."

이렇게 해서 내 비극의 날은 하루 연기되었다. 나는 청년의 가련한 죽음으로 내 고통의 날이 하루 연기된 것을 고맙게 생각하고 있었다. 그러나 한순간도 마음 편히 있을 수 없었다. 왜냐하면 그 청년의 어머니는 자기 아들이 비참하게 죽자 한 시도 쉬지 않고 비통하게 울고 있었다. 그리고 검은 상복을 입은 채 눈물로 범벅이 되어 흐느끼면서 두 손으로 자신의 흰머리를 마구 쥐어뜯고 있었기 때문이다. 그러다가 그녀는 갑자기 내가 있던 마구간으로 쳐들어와서 계속해서 가슴을 쥐어뜯으며 큰 소리로 말했다.

"저 빌어먹을 놈 봐라! 저 무정한 놈은 우리의 비극에는 아랑곳없이 태연하게 구유에 머리를 처박고 배가 터질 때까지 마구 처먹고 있구나! 자기 주인이 죽었다는 사실도 기억하지 못한 채 목구멍이 터질 듯이 밥 먹는 게 어찌 있을 법한 일이야? 이건 늙은 나를 무시하는 행동이고, 나를 업신여기면서 자기는 아무 죄도 없다고 생각하는 뻔뻔스러운 짓이야. 이놈은 자기가 이런 끔찍한 사건과는 아무 관계없다고 생각하는 거야. 모든 살인범이 그렇듯이 말이야! 그들은 양심의 가책을 받아도 자기들은 절대로 체포되지 않을 거라고 믿는 놈들이야. 이제 축복받은 신들의 이름으로 묻겠다. 이 빌어먹을 당나귀야, 네가 말할 수만 있다면 어떤 변명이라도 늘어놓겠지. 하지만 네가 말을 못 하더라도 이런 끔찍한 일이 벌어진 데 대해 네가 아무런 잘못이 없다고 믿을만한 바보는 아무도 없다는 것도 몰라? 너는 이빨과 발굽으로 우리 아들을 위해 싸울 수도 있었어. 너는 우리 아들에게 여러 차례 걸쳐 뒷발질을 했는데, 왜 그가 죽을 위험에 직면했을 때 그렇게 하면서 보호하지 않았던 거야? 네가 우리 아들을 등에 태워 도망쳤더라면, 이 끔찍한 살인범의 피 묻은 손에서 구해낼 수도 있었어. 그런데 넌 네 주인이자 동료인 목동을 버리고, 너 혼자 도망쳤어. 넌 이 모든 행동이 비도덕적이고, 죽음의 위험에 처한 사람을 도와주지 않는 행위도 처벌받는다는 것도 몰라? 하지만 우리의 비극을 오랫동안 즐길 수 있다고 생각하지 마. 이제 커다란 고통을 받는 사람이 어떤 힘을 가졌는지 보여 주겠어.”

이렇게 말하고 그녀는 앞치마를 풀어서 다리를 꽁꽁 묶기 시작했다. 그것은 나의 즉각적인 보복이 두려워 사전에 방지하려는 생각이었다. 그다음에 그녀는 마구간 문을 잠그는 데 쓰이는 빗장을 잡아서 나를 마구 때렸다. 하지만 그녀는 빗장과 자기 몸무게를 못 이겨 마침내 쓰러지고 말았다. 그러자 아들의 복수를 하기도 전에 자기 팔에 힘이 빠졌다고 투덜거리면서, 아궁이로 달려가 뜨거운 작대기를 집어서 넓적다리 사이에 놓으려고 했다. 나는 어찌해 볼 도리가 없었다. 하지만 나는 그 위기를 모면하기 위해 처음으로 새로운 방법을 시도했다. 묽은 설사 똥을 그녀의 얼굴에 뿜어냈다. 그러자 앞이 보이지 않고, 악취를 뒤집어쓴 그녀는 성급히 우리를 빠져나갔고, 나는 죽음에서 해방될 수 있었다. 이렇게 하지 않았다면, 당나귀였던 나는 멜레아그로스의 성난 어머니인 알타이아가 장작개비에 불을 붙여 멜레아그로스[2]를 죽였던 것처럼 죽었을 것이었다.

---

2 멜레아그로스가 태어난 지 일주일이 되었을 때, 운명을 주관하는 세 여신인 모이라이(로마 신화의 파툼 또는 파르카이와 동일시 된다)가 어머니 알타이아에게 나타나 아들의 수명은 아궁이에서 불타는 장작개비의 수명과 같다고 예언했다. 그러자 어머니는 장작개비의 불을 꺼서 그것을 놋그릇에 보관했다. 오랜 세월이 흐른 후 어머니는 아들에게 화를 냈다. 아들이 그의 삼촌들, 즉 어머니의 형제들을 죽였기 때문이었다. 그러자 정신을 잃은 그녀는 장작개비를 불 속에 집어 던졌고, 장작개비가 다 타버리자 아들인 멜레아그로스도 죽었다. 그녀는 정신을 차리자 자기가 한 일을 깨닫고 목숨을 끊었다.

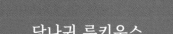

8장

당나귀 루키우스,
끊임없이 죽음과 만나다

닭 울음소리가 울릴 무렵에 도시에서 한 청년이 도착했다. 내가 보기에 그는 나와 함께 도둑들과의 수많은 재앙을 겪었던 카리테의 하인 중 한 명인 것 같았다. 그는 그녀와 그녀의 남편 틀레폴레무스가 죽었다는 소식을 가져왔다. 장작불 옆에 앉아서 그는 두 사람의 죽음과 관련된 이상하고, 정말로 끔찍한 사건에 관해 이야기하기 시작했다.

"카리테의 당나귀를 모는 목동들, 양치기들, 마부들이여, 당신들은 우리의 가련한 주인 카리테가 끔찍한 사건으로 말미암아 목숨을 잃었다는 사실을 알아야만 합니다. 그녀는 지하 세계로 갔지만 홀로 간 것이 아니라, 남편과 함께 갔습니다. 이제 처음부터 어떻게 이런 사건이 발생했는지 이야기하겠습니다. 이것은 정말로 나보다 학식 있고 글재주가 있는 사람이 종이에 글을 써서 세상 사람들의 기억에 영원히 새겨 둘 만한 이야기입니다."

이웃 도시에 유명한 귀족 출신이며 부자이고, 방탕하며 대식가이고, 온종일 세침질이며 술 마시는 청년이 있었습니다. 이런 경우에 흔히 일어나는 것처럼 그는 도둑들과 사귀었고, 마침내 살인으로 그의 손을 더럽히게 되었습니다. 그 청년의 이름은 트라실루스였는데, 그가 하는 짓들은 만인이 아는 사실이었습니다. 그런데 카리테가 결혼할 나이가 되었고, 트라실루스는 가장 끈질기게 그녀의 마음을 사려고 쫓아다닌 구혼자 중 한 명이었습니다. 그는 상류계층이라는 점에서 다른 구혼자들과의 경쟁에서 많은 이점이 있었고, 그녀의 부모에게 비싼 선물을 하면서 그들의 사랑을 독차

지하려고 무진 애를 썼습니다. 그러나 그는 나쁜 행실 때문에 결국 퇴짜 맞았고, 만인의 웃음거리가 되었습니다.

그런데 카리테의 부모가 그녀를 착하고 점잖은 틀레폴레무스에게 주기로 하자, 트라실루스는 남편감으로 거부당했다는 사실에 정신을 잃고, 전보다 더욱 뜨거운 사랑의 불길로 카리테를 사랑하게 되었습니다. 그래서 그는 카리테의 남편과 목숨을 건 싸움을 벌일 기회가 오기만을 기다렸습니다. 마침내 그가 계획을 실행에 옮길 절호의 기회가 왔습니다.

카리테가 남편의 기지와 용기로 도둑들의 손에서 벗어난 날, 그는 귀환을 축하하는 군중들 틈에 끼었습니다. 젊은 부부가 다시 합치게 되자, 그는 진정으로 축하하기 위해 이웃 마을을 대표해서 왔다면서, 그들이 아이들을 낳아 더욱 축복받기 원한다고 말했습니다. 그들은 그의 귀족 신분에 걸맞게 집안으로 들어오라고 한 다음 주요 손님으로 맞아 주었지만, 그는 자신의 사악한 의도를 숨긴 채 그들의 충실한 친구인 척했습니다. 그는 점차 신임을 얻으면서 종종 저녁 식사에 초대받았습니다. 하지만 그럴수록 그는 자신도 모르게 열정의 포로가 되어서 가련한 카리테를 점점 사랑하게 되었습니다. 이것은 필연이었습니다. 사랑의 불꽃은 처음에는 작게 시작하여 따스하고 안락한 불꽃으로 변해가는 법이지만, 사랑하는 사람의 모습이 바람이 되어 불길을 부채질하면 그 불꽃은 갑자기 솟아올라 그 어떤 사람이라도 잔인하게 휘감아 버리는 법입니다.

트라실루스는 어떻게 카리테와 비밀리에 사랑을 나눌 수 있을지 오랫동안 고민했습니다. 그는 그녀 주위에 항상 많은 하녀가 있었고, 그들의 눈을 피하기 어렵다는 사실을 알고 있었습니다. 게다가 그가 원하는 것을 달라고 그녀를 설득하는 데 성공하더라도, 그녀는 불륜을 저질러본 적이 없었기 때문에 남편을 속이는 기술을 알지 못했습니다. 더군다나 갈수록 남편과 아내는 온몸과 마음을 바쳐 서로 사랑했기 때문에, 그들의 굳은 사랑의 끈을 끊기가 불가능해 보였습니다. 결국 그는 아무것도 할 수 없었습니다. 하지만 그는 모든 힘을 다해 그녀를 소유하려고 했습니다. 비록 수많은 장애가 가로막고 있었지만, 그는 희망이 없다는 사실을 받아들이지 않았습니다. 그런데 여러분도 알겠지만, 어떤 사람이 사랑에 빠지면 처음에는 어렵게 보이던 것도 시간이 흐르면서 쉽게 보이는 법입니다. 자, 이제 내 말에 귀 기울여 주십시오. 그리고 한 남자의 격렬한 열정이 그를 어떻게 이끄는 지를 주의 깊게 살펴보십시오. 이런 점에서 이 이야기는 우리에게 많은 교훈을 남겨줍니다.

어느 날, 틀레폴레무스는 트라실루스와 함께 맹수를 사냥하러 떠났습니다. 물론 암사슴을 맹수라고 부를 수 있을지는 모르겠습니다. 카리테는 남편에게 송곳니나 뿔이 있는 짐승을 사냥하는 것을 허락하지 않았기 때문에, 남편은 암사슴을 사냥할 수밖에 없었습니다. 숲이 울창한 언덕에 도착하자, 그들은 사냥 그물을 숲 주위에 펼쳐놓은 후 사냥개들을 풀어서 사냥꾼들의 눈을 피해 숨어 있는 사냥감들을 쫓으라는 명령을 내렸습니다. 그 개들은 아주 잘 훈련되어서 그 어떤 사냥감도 빠져나갈 수 없었습니다. 개들은 주인이 시키는 대로 흔적을 쫓기 시작했고, 얼마 후 사냥감의 냄새를 맡았습니다. 그리고 주인의 지시에 따라 숲 전체가 울릴 정도로 격렬하게 짖기 시작했습니다. 하지만 산양이나 벌벌 떠는 붉은 사슴이나 순한 누런 사슴이 나오지 않고, 빳빳한 털의 아주 커다랗고 억센 멧돼지가 나타났습니다. 멧돼지는 엄니를 드러내며 침을 흘리고 있었습니다. 눈은 벌겋게 상기되었으며, 위협적인 주둥아리로 성난 힘을 발산하면서, 사냥에 나선 모든 사람에게 도전하고 있었습니다. 그 짐승은 자기를 향해 달려들던 개들을 순식간에 엄니로 찔러 죽였습니다. 또한 언덕 주위에 쳐놓은 사냥 그물을 일격에 끊어 버리고는 의기양양한 모습으로 도망쳐 버렸습니다. 별로 위험하지 않은 사냥에만 길들어 있던 우리는 아무런 무기도 들지 않았고 아무런 보호 수단도 없었기 때문에, 혼비백산하여 울창한 덤불 속이나 나무 뒤로 몸을 숨겼습니다. 이런 일이 벌어지고 있었지만, 트라실루스는 함정을 파기 위해 그토록 기다렸던 절호의 기회가 왔음을 알았습니다. 그는 틀레폴레무스에게 말했습니다.

「우리가 왜 여기에 멍청히 서서 저 멋진 사냥감을 도망치게 놔두는 거지? 아니면 우리도 벌벌 떠는 노파나 숨어버린 노예들처럼 겁을 집어먹고 있는 건가? 자, 말을 타고 저놈을 쫓아가는 게 어때? 네가 이 투창投槍을 집어, 난 이 창槍을 들 테니까.」

그들은 말을 타고 멧돼지를 쫓기 시작했습니다. 하지만 멧돼지는 두 사람 정도는 충분히 상대할 힘이 있다고 생각했는지, 뒤를 돌더니 이를 갈면서 사납게 그들을 쳐다보았습니다. 그리고 누구를 먼저 공격할 것인지 생각했습니다. 그러자 틀레폴레무스가 먼저 그 짐승의 등을 향해 자기의 투창을 날렸습니다. 하지만 트라실루스는 멧돼지를 공격하지 않고, 대신 틀레폴레무스가 타고 있던 말의 뒷발의 힘줄을 창으로 찔렀습니다. 피를 흘리며 말이 고꾸라졌고, 틀레폴레무스도 말에서 떨어져 땅바닥에 뒹굴었습니다. 그러자 멧돼지는 성난 듯이 땅에 떨어진 사람을 덮쳐서, 옷을 갈기갈기 찢었고, 그가 일어나려고 하자 그의 살을 떼어내 상처 입혔습니다. 이런 사람이 친구라니 기가 막히죠? 트라실루스는 이런 끔찍한 광경을 보고도 꼼짝하지 않고 있었습니다. 그는 자기의 잔인함에 희생양이 된 사람이 생명의 위협을 받고 있었지만, 그것에 만족하지 않았습니다. 그는 도와달라고 간절히 외치면서 상처 입은 오른쪽 다리를 끌며 도망치려고 하던 틀레폴레무스에게 달려가서, 그의 오른쪽 허벅지를 창으로 찔렀습니다. 그는 창에 찔린 상처가 멧돼지의 날카로운 발톱과 이빨에 찔린 상처와 구별되지 않았습니다. 그 후 그는 멧돼지를 공격하여 별 어려움 없이 죽였습니다.

상황이 종료되자, 트라실루스는 숨어 있던 곳에서 나오라고 우리를 불렀고, 우리는 그곳으로 달려갔습니다. 자기가 원한 것을 이룬 그는 친

구가 죽자 의기양양해 있었습니다. 하지만 그는 슬픔과 고통을 못 이기는 척하면서 자기의 기쁨을 숨겼습니다. 그는 자기가 죽인 시체를 끌어안고 커다란 소리로 흐느껴 우는 척했지만, 눈물은 한 방울도 나오지 않았습니다. 우리는 모두 진정으로 슬퍼하면서 틀레폴레무스가 멧돼지 때문에 죽은 것이라고 생각했습니다.

틀레폴레무스가 죽었다는 소식은 아주 빠르게 그의 집에 전해져서 불쌍한 아내의 귀에 도착했습니다. 인생에서 최악의 소식을 접한 카리테는 미쳐버렸습니다. 그녀는 죽은 남편의 이름을 미친 듯이 외치면서 사람들이 모여 있는 광장과 농장을 가로질러 뛰어가기 시작했습니다. 그런 그녀의 모습을 본 모든 사람이 슬픔과 고통을 함께 하기 위해서 모두 그녀의 뒤를 좇아 달려갔고, 이내 도시 전체는 텅 비게 되었답니다. 남편의 시체가 있는 곳에 도착하자, 그녀는 숨이 찬 나머지 시체 위에 기진맥진하여 쓰러졌습니다. 남편과 함께 인생을 마감할 뻔했습니다. 하지만 친구들은 그녀를 정신차리게 했고, 그녀는 자기의 의지와는 반대로 산 사람들 가운데 남아 있게 되었답니다. 그곳에서 시체는 무덤으로 옮겨졌고, 도시 전체가 장례 행렬을 이루었습니다.

트라실루스도 그 행렬에 있었습니다. 그는 너무도 큰 소리로 울면서 다정하게 위로했고, 전에는 나오지 않았던 눈물을 마구 흘렸습니다. 진리의 신조차도 속을 정도였습니다. 그는 흐느끼면서 죽은 자기 친구를 친구, 동료, 심지어 형제라고 부르면서 그의 이름을 말했지요. 그는 카리테가 가슴을 치며 통곡하지 못하게 그녀의 손을 잡았습니다. 또한 그녀를 위로하면서 다정한 말로 그녀의 고통을 달래주고, 그녀의 슬픔을 덜어주려고 애썼습니다. 불확실한 운명의 희생물이 된 다른 사람들에 관해 말하면서 위로해 주려고 했습니다. 하지만 이 모든 것은 더러운 손으로 불쌍한 여인의 손을 쓰다듬으려는 핑계였으며, 자신의 가증스러운 색욕을 불타오르게 하려는 구실에 불과했습니다.

장례식이 끝나자, 그녀는 남편을 따라 죽기로 했습니다. 가장 쉽고 가장 비폭력적인 죽음을 택했습니다. 그녀는 먹지도 않고 일도 하지 않고 자신을 치장하지도 않았으며, 낮의 햇살을 거부하고 어두운 방 안에만 처박혔습니다. 하지만 트라실루스는 그녀에게 사랑을 고백하면서 그녀의 친구와 하인들을 설득했고, 마침내 그녀의 부모까지 동원하여 더럽고 창백하여 거의 죽은 사람 같았던 그녀의 신체가 활력을 되찾게 하는 데 성공했습니다. 부모는 그녀의 학대로 엉망이 된 몸을 씻고, 조금이라도 먹으라고 애원했습니다. 그녀는 그것을 원치 않았지만, 부모를 생각하여 그 애원을 거부하지 못했습니다. 그러나 그녀는 밝은 얼굴이 아니라 예전보다 더 차분한 모습을 하면서, 마음속으로 고통과 슬픔을 되새겼습니다. 그녀는 가엾이 죽은 틀레폴레무스를 밤낮으로 가슴속에 그리면서, 디오니소스의 부름을 받는 남편의 얼굴을 새기도록 지시했습니다. 그리고 그것을 고이 간직하면서 남편의 영광을 기렸습니다.

'경거망동'이라는 의미를 지닌 이름의 소유자 트라실루스는 카리테의 헤아릴 수 없는 슬픔이 체념으로 서서히 접어들어 그녀의 눈물이 그치기를 참고 기다릴 수가 없었습니다. 그녀는 아직도 눈물로 옷을 적시며 머리를 쥐어뜯고 있었지만, 그는 결혼하자고 졸랐습니다. 이런 신중치 못한 저속한 행동은 그가 말할 수 없는 배신을 저질렀다는 사실을 고백하는 것과 같았습니다. 카리테는 갑작스러운 그의 프러포즈를 듣고 너무도 놀랐습니다. 그녀는 말도 안 되는 소리라며 거절하고, 천둥이나 어느 사악한 신의 벼락을 맞은 것처럼 실신했습니다. 그녀는 점차 의식을 회복하면서, 잔인하기 이를 데 없는 트라실루스의 계략을 눈치채고는 성난 맹수처럼 마구 울부짖었습니다. 하지만 적절한 때를 기다리는 것이 좋다고 생각하며, 일단 그의 청혼을 두고 보자며 수락 여부를 유보했습니다. 바로 그때 아내의 꿈속에 죽은 남편의 영혼이 그녀의 외로운 침대 곁으로 다가와서 피로 물든 창백하고 슬픈 얼굴을 보여주며 말했습니다.

「나의 아내여! 비록 우리의 사랑이 내가 죽음으로써 끝났고, 당신의 영혼 속에서 나에 대한 기억이 시든다 할지라도, 당신을 아내라고 부를 수 있는 사람은 나밖에 없소. 어쨌거나 당신이 원하는 남편을 골라 결혼하여 행복하게 지내시오. 하지만 신들의 이름을 모독한 트라실루스와는 절대로 결혼하면 안 되오. 그와는 말도 하지 말고, 같은 식탁에 앉아 식사도 하지 말고, 그의 침대에 동석하지도 마시오. 그의 손은 바로 최고의 친구라고 일컫던 나를 죽인 피로 물들었소. 그러니 배신자와는 절대로 결혼 계약을 맺으면 안 되오. 당신의 눈물로 범벅이 되었던 피로 물든 상처는 멧돼지가 물어뜯어 생긴 게 아니라오. 나를 당신과 헤어지게 만든 치명적인 상처는 바로 트라실루스의 창이 만들었단 말이오!」

이렇게 말하고서 틀레폴레무스의 영혼은 어떤 일이 벌어졌었는지 자세하게 설명하기 시작했습니다. 이런 악몽 이후 그녀는 잠을 자는 도중에도 끝없이 솟아 나오는 눈물로 아름다운 뺨과 베개를 적셨습니다. 마치 뜻하지 않은 죽음을 접한 사람처럼 그녀는 다시 고통과 슬픔의 나날을 보냈습니다. 그리고 밤마다 옷을 찢고, 자기 손으로 피가 나오도록 팔을 할퀴었습니다. 그렇지만 그녀는 밤에 꾼 꿈을 아무에게도 말하지 않았고, 그 살인에 관해 아무것도 모른 척했습니다. 하지만 그녀는 마음속으로 살인자를 처형하고, 그런 다음에 자신의 비참한 생을 마감하겠다고 결심했습니다.

한편 혐오스러운 구혼자인 트라실루스는 자신의 열정을 억제하지 못한 채, 다시 그녀의 귀에 대고 속삭이며 결혼하자고 청혼했습니다. 그녀는 다정스럽게 트라실루스의 청혼을 거절했지만, 아주 교묘하고 영리하게 더 이상 그 문제에 관해 말하지 말라고 속삭였습니다.

「트라실루스! 아직 나는 당신의 친척과 같은 남편의 얼굴을 내 눈 속에 간직하고 있어요. 아직도 나는 그의 달콤한 체취를 느끼고 있어요. 멋지고 아름다운 틀레폴레무스는 아직도 내 가슴속에 살아있어요. 이 여인에게 그의 죽음의 충격에서 회복될 수 있도록 시간을 주세요. 올해에 남은 몇 달만 지나면 나는 아마도 그를 잊을 겁니다. 그러면 그때 다시 청혼을 해 주세요. 우리가 너무 서둘러 결혼하면, 내 명예도 치명상을 입지만, 당신의 목숨도 위태로울지 모릅니다. 남편의 영혼이 분노하여 당신을 죽일지도 모르거든요.」

이렇게 그녀는 상喪 기간이 끝나면 결혼할 것이라고 암시했지만, 이런 말도 트라실루스의 마음을 진정시키지는 못했습니다. 그는 결혼이 지연되자 만족스럽지 않다는 표정을 지으며, 계속해서 뻔뻔스럽게 음탕한 말로 그녀를 귀찮게 했습니다. 마침내 그녀는 집요한 트라실루스에게 백기를 들면서 이렇게 대답했습니다.

「트라실루스, 어떤 일이 있더라도 이것 하나만 약속해 줘요. 만일 우리가 혼전에 함께 잠을 잔다면, 이 집안의 그 누구도 이런 사실을 알아서는 안 됩니다. 우리의 비밀스러운 만남은 절대적인 침묵 속에서 이루어져야 합니다. 상 기간이 끝날 때까지는 그 어떤 하녀도 우리의 관계를 의심하게 만들면 안 됩니다.」

트라실루스는 이 여인의 거짓 약속에 완전히 속았습니다. 그는 그녀와 몰래 사랑을 나누는 데 동의했지만, 밤이 어두워질 때까지 기다릴 수 없다고 말했지요. 그는 그녀를 소유하는 것 말고는 그 무엇도 관심 없었습니다. 그러자 카리테는 이렇게 말했습니다.

「내 말을 잘 들으세요. 한밤중이 되면 우리 집으로 오세요. 이 누구도 눈치채지 못하게 변장한 채 혼자 와야 해요. 대문 앞에 도착할 때까지 아무런 소리도 내면 안 돼요. 그리고 대문 앞에서 단 한 번만 작은 소리로 휘파람을 불고 기다리세요. 내 유모는 바로 대문 안에서 당신을 기다리고 있을 거예요. 유모는 대문을 열어 준 다음, 불을 켜지 않고 어둠 속으로 당신을 안내해서 내 침실로 데려올 거예요.」

그는 설레는 마음으로 한밤중이 되기를 기다렸습니다. 상 중인 여인과 비밀리에 뜨거운 열정을 나눈다는 사실에 흥분한 트라실루스에게 하루라는 시간은 너무도 길었습니다. 그는 카리테의 계략을 전혀 의심하지 않고, 몸을 비틀며 낮을 보냈습니다. 마침내 해가 지자 그는 유모와 카리테의 함정이 있는 줄도 모르고 꿈에 부푼 채, 카리테가 지시한 대로 준비하고서 그녀의 침실로 들어섰습니다. 그러자 카리테의 지시대로 유모는 포도주 잔과 수면제가 섞인 포도주병을 몰래 꺼냈습니다. 유모는 이렇게 말했습니다.

「마님이 병환 중인 아버지를 돌보고 계셔서 약간 늦습니다. 그동안 이 술을 마시며 기다리십시오. 금방 오실 겁니다. 이 술이 두 분의 정취를 한 층 돋울 것입니다.」

그는 아무것도 의심하지 않고 계속 술잔에 술을 따라 마셨고, 이내 깊은 잠으로 빠져들었습니다.

그가 힘을 잃고 의자에 등을 기대며 쓰러지자 유모는 카리테를 불렀습니다. 그녀는 굳은 결심을 한 채 분노로 몸을 떨면서 방으로 들어갔습니다. 그녀는 머릿속으로 끔찍한 계획을 구상하고 있었습니다. 그녀는 자리에 앉아 말했습니다.

「지금 못돼 먹은 사냥꾼이자 사랑스러운 내 남편의 가장 친한 친구가 여기에 있다. 이놈이 바로 나와 결혼하고 싶어 하는 사람이다. 저 손을 보아라! 저 손이 내 피를 흘리게 만든 손이다. 저 가슴을 보아라! 저것이 나를 파멸로 몰아넣은 계략을 꾸몄다. 저 눈을 보아라! 악이 스며든 저것은 곧 다가올 어둠을 예감하고 앞으로 닥칠 고통을 예언하고 있다. 자, 살인자여, 편안히 잠자거라. 그리고 행복한 꿈을 꾸어라. 나는 칼이나 창으로 너를 죽이지는 않겠다. 내 남편과 유사한 운명을 너에게 선사하지는 않을 것이다. 너는 살아있겠지만, 네 눈은 죽을 것이다. 너는 꿈속에서만 나를 볼 수 있을 것이다. 나는 죽은 틀레폴레무스의 죽음이 살아있는 너보다 더 복됨을 알게 하리라. 너는 다시는 태양을 볼 수 없을 것이다. 또한 너를 안내할 사람이 없으면, 너는 그 어느 곳도 가지 못할 것이다. 그리고 이 카리테도 절대로 가질 수 없을 것이다. 마찬가지로 너 자신이 그토록 소망했던 나와의 결혼도 이루어지지 않을 것이다. 너는 편안히 죽지도 못할 것이며, 인생의 즐거움도 누리지 못할 것이다. 너는 네 눈을 멀게 한 사람을 찾아다니는 영혼처럼, 지옥과 지상을 끝없이 방황하며 떠돌 것이다. 하지만 너는 절대로 원망하지 못할 것이며, 그로 인해 더욱 고통받을 것이다. 이제 나는 내 사랑하는 틀레폴레무스의 무덤 앞에서 네 눈의 피로 살주식[1]을 거행할 것이다. 또한 네 눈의 피로 내 남편의 혼을 기리는 의식을 치를 것이다.」

이렇게 말한 후 그녀는 잠시 쉬었습니다. 그러고서 다시 말하기 시작했습니다.

「내가 왜 이렇게 시간을 끄는지 아느냐? 네가 받아야 할 고통의 순간이 오기 전에 너는 이 시간을 이용하고 싶지 않느냐? 이 고통이 시작되기 전에 내가 왜 너에게 이런 짧은 은총을 베푸는지 아느냐? 아마도 너는 나와 함께 침대에 있다고 생각할 것이다. 그러나 이것은 위험천만한 포옹이다. 내 이름은 '독약'이니라. 이제 어둠의 잠에서 깨어나 아무것도 볼 수 없는 더 깊은 어둠으로 들어가라. 이제 너의 눈먼 얼굴을 들고, 내가 복수했다는 사실을 깨달아라. 이제 너는 불행과 슬픔이 무엇인지 알게 될 것이다. 내가 수줍어하는 신부라고? 네 눈에 내가 끌렸다고? 이제 너는 정말한 너민을 동이런 테기를 빌 것이다. 이게 너는 결혼이 햇발은 한히 비출 것이다. 푸리아에가 바로 이 결혼식의 들러리를 설 것이다. 더불어 너는 눈을 잃을 것이고, 영원한 번민으로 고통받을 것이다.」

이런 장황한 예언을 늘어놓은 후, 그녀는 자기 머리카락에서 청동 비녀를 꺼내 트라실루스의 두 눈을 여러 차례 찔러 눈동자를 파냈습니다.

---

1 술을 마신 다음 땅에 뿌리는 제식.

그동안 그는 알 수 없는 고통을 느끼며, 수면제의 취기醉氣에서 깨어났습니다. 그러자 그녀는 남편 틀레폴레무스가 차고 다니던 칼을 들고 미친 듯이 온 시내를 뛰어다니기 시작하더니 마침내 남편의 무덤을 향해 갔습니다. 우리 노예들은 소리를 지르며 그녀를 멈추려고 했습니다. 우리는 그녀가 절망적인 행동을 할 것이라고 확신하고 있었기 때문입니다. 우리는 서로「저 여자는 미쳤습니다! 저 여자는 미쳤어요! 저 분별없는 손에서 칼을 빼앗아야 합니다!」라고 외쳤습니다. 그러자 온 도시 사람들이 모두 집에서 뛰쳐나와 우리와 함께 힘을 합쳤습니다. 하지만 그녀는 틀레폴레무스의 묘 앞에 도착하더니 시퍼렇게 날이 선 칼을 빼 들고 우리의 접근을 막았습니다. 우리 모두 눈물을 흘리며 탄식하는 것을 보자 그녀는 이렇게 말했습니다.

「지금은 눈물을 흘릴 때가 아닙니다. 나는 지금 위대한 일을 했는데, 여러분은 왜 눈물을 흘립니까? 나는 내 남편의 원수를 갚았습니다. 나는 우리의 결혼을 파경으로 이끈 사람에게 벌을 주었습니다. 이제 나는 내 남편 틀레폴레무스와 함께 있게 이 칼로 지옥으로 향하는 길을 찾고자 합니다.」

그 후 카리테는 자기 남편이 꿈속에서 말한 것과 자기가 어떤 방법으로 트라실라스를 유혹할 수 있었는지 우리에게 간단하게 말해주었습니다. 그 말을 끝내자 그녀는 오른쪽 가슴을 칼로 찔렀습니다. 그녀는 잠시 자기의 핏속에서 뒹굴며 알아듣지 못할 말을 중얼거렸습니다. 그리고는 마침내 고귀하게 목숨을 잃었습니다. 그러자 가족들은 가련한 카리테의 시체를 정성스럽게 깨끗이 닦은 다음에 그녀가 사랑하는 틀레폴레무스의 무덤 옆에 안장했습니다. 이렇게 두 사람은 영원히 함께 있게 되었습니다.

트라실라스는 이 사실을 알게 되었습니다. 그러자 자기가 일으킨 재앙을 뉘우치며 속죄하고자 했습니다. 하지만 자살을 생각할 수는 없었습니다. 자기의 엄청난 죄를 볼 때 칼로 죽는 것은 너무나 깨끗한 방법이었기 때문입니다. 그래서 그는 자신을 그들의 무덤으로 데려가 달라고 부탁했습니다. 그리고 그곳에서 이렇게 외쳤습니다.

「분노로 가득한 영혼들이여, 나는 자발적으로 당신들에게 목숨을 바치고 싶습니다. 나는 당신들의 복수를 기다리겠습니다.」

그는 그들의 비명碑銘에 기대었습니다. 그곳에서 그는 아무것도 먹지 않고, 그 자세로 자신의 삶을 마감했습니다.

이것이 바로 그 젊은이가 흐느껴 울면서 시골 목동들에게 말한 내용이었다. 목동들은 자기들의 주인과 마님의 이런 불행을 슬퍼하고 있었다. 그리고 그들의 소유지가 다른 사람의 손에 넘어갈지도 모르고, 자기들에게 나쁜 일이 발생할지도 모른다는 사실을 두려워하고 있었다. 그래서 그들은 모두 급히 채비를 차려 그곳을 떠나기로 했다.

말들을 보살피는 책임을 지고 있었으며 또한 나를 잘 다루라고 부탁받았던 마부는 오두막집에 있던 가장 값어치 나가는 것들을 모두 모아서, 나와 다른 말에 싣고서 자기가 살던 집을 떠났다. 우리는 아이들과 아낙네들, 닭과 오리, 새끼 염소와 강아지들을 비롯해 우리의 발걸음보다 늦게 걷는 모든 것을 등에 싣고 있었다. 하지만 나는 아무리 커다랗고 무거운 꾸러미라도 능히 견뎌 낼 수 있었다. 나는 내 성기를 거세할 보기 싫은 목동을 뒤에 남겨두고 떠난다는 사실만으로도 기뻤기 때문이다.

우리는 숲이 우거지고 바위로 가득한 산을 지나 평원을 가로질렀다. 마침내 해가 질 무렵, 우리는 사람이 북적대는 잘 사는 마을에 도착했다. 그 마을 주민들은 밤이나 이른 아침에 절대로 길을 떠나지 말라고 우리를 설득했다. 그 지역은 커다란 늑대 떼들이 우글거리고 있었으며, 그 늑대들은 몸집이 크고 사나워 배가 고프면 마치 도적 떼처럼 길을 가는 여행자들과 인근 농가를 습격하기 일쑤였기 때문이다. 그 늑대 떼들은 힘없는 많은 가축을 죽였고, 심지어 무장한 사람들에게도 굉장히 위험한 존재들이었다. 또한 마을 사람들은 우리가 지나가야만 하는 길에는 늑대들이 먹다 버린 사람들 시체와 뼈들이 하얗게 빛나고 있으니, 만일 우리가 목숨을 부지하고 싶으면 가능한 모든 사전 준비를 해야 한다고 충고했다. 그러면서 해가 중천에 뜬 대낮에 출발해야 하며, 햇빛은 늑대들의 잔인하고 포악한 성질을 잠재우니 으슥한 지역은 절대로 피해야 한다고 덧붙였다. 이외에도 우리는 어떤 일이 있어도 뿔뿔이 흩어지거나 대열에서 낙오되지 말고 함께 무리를 이루어 가야 한다고 말해 주었다.

하지만 우리를 데려가던 어리석은 목동들은 도망쳐야 한다는 사실과 그들을 뒤쫓아 올지도 모른다는 불확실한 사실에 눈이 어두워 경고를 무시했다. 그리고 날이 밝아오기를 기다리지 않고, 새벽녘에 우리에게 길을 떠나라는 명령을 내렸다. 나는 마을 사람들이 예고했던 위험에 겁을 집어먹은 채 말들 한가운데 숨어 길을 가면서, 맹수들의 습격에서 내 엉덩이를 최대한 보호하려고 종종 뒤를 돌아보곤 했다. 모든 사람은 내가 몇몇 말들을 앞질러 가는 것을 보자 도대체 이 게으르고 느려터진 당나귀가 웬일인지 궁금해하면서 깜짝 놀랐다. 하지만 이런 민첩성은 열심히 가겠다는 의지를 표현한 게 아니라, 단지 늑대들의 습격이 두려웠기 때문이다. 그때 나는 그 유명한 페가수스가 날아오른 것은 단지 두려움 때문이었으며, 그래서 '날개 달린 말'로 그려지고 있다는 생각이 떠올랐다. 그러면서 페가수스가 하늘 높이 날아오른 것은 바로 불을 내뿜는 키마이라[2]를 두려워했기 때문일지도 모른다는 생각이 뇌리를 스쳤다.

우리를 이끌던 목동들은 마치 결전에 임하는 것처럼 무장하고 있었다. 그들은 창과 작살과 투창과 곤봉을 들고 있었다. 몇몇 사람은 거친 땅에 널려 있던 날카로운 돌을 집어 들고 있었으며, 다른 사람들은 맹수를 쫓아버리기 위해 환히 밝힌 횃불을 들고 있었다. 트럼펫만 있으면 우리는 전투에 참여하는 군대 같다는 인상을 주기에 안성맞춤이었다. 하지만 우리의 숫자와 우리의 커다란 함성 때문인지, 아니면 횃불 때문인지 혹은 늑대들이 다른 방향으로 모두 가버려서인지는 몰라도, 한참을 걸었음에도 단 한 마리의 늑대도 우리 주위를 얼씬거리지 않았다. 심지어 멀리서도 늑대의 모습은 보이지 않았다. 우리는 이렇게 늑대의 출현에 대비하여 완벽한 준비를 하였지만, 이런 전투 부대의 모습은 우리를 뜻하지 않은 위험에 빠뜨렸다. 우리가 가서 마을을 지날 때, 마을 주민들이 우리를 도둑 무리로 오인했다. 그들은 재산에 대한 걱정으로 불안에 빠졌다. 그래서 그들은 소리를 지르면서 늑대나 곰보다도 더 사납고, 방어를 목적으로

---

2 사자의 머리와 양의 몸과 뱀의 꼬리를 지녔다는 전설적인 동물로 입으로 불을 내뿜는다. 리키아의 왕은 벨레로폰에게 약탈에만 전념하는 키마이라를 죽이라고 지시했다. 페가수스를 탄 벨레로폰은 납으로 만든 창으로 그를 죽이는 데 성공했다. 그 납은 키마이라의 목에서 뿜어져 나오는 불에 녹으면서 키마이라를 질식시켰다.

훈련시킨 커다란 개들을 풀었다. 개들은 주인들의 고함을 듣자 흥분하여 우리를 덮쳤다.

개들은 사방에서 우리를 공격했고, 말이든 사람이든 가리지 않고 무차별적으로 물어뜯기 시작했다. 그들의 입에 걸리는 모든 사람과 가축들이 땅에 쓰러졌다. 누가 보더라도 이것은 기억할 만한 멋진 사건이라기보다는 오히려 얼른 잊고 싶은 힘들고 고통스러운 광경이었다. 우리를 공격한 몇몇 개들은 도망치던 사람들을 덮쳤고, 또 다른 개들은 가만히 있던 사람들을 물어뜯었다. 다른 개들은 바닥에 떨어진 것으로 배를 채우면서 자기들 마음대로 쉬지 않고 아무거나 물었다.

그러나 이것도 부족했다. 계속해서 더 큰 위험이 우리를 위협하고 있었다. 농민들이 지붕과 인근 야산에서 우리에게 돌을 던지기 시작했다. 그래서 우리는 우리의 힘을 가까이에서 공격하던 개들을 방어하는 데 사용해야 할지, 아니면 비처럼 쏟아지는 돌덩이를 피하는 데 사용해야 할지 알지 못해 우왕좌왕하고 있었다. 바로 그때 커다란 돌멩이 하나가 바로 내 엉덩이에 타고 있던 한 여인의 머리에 정통으로 떨어졌다. 그러자 그 충격으로 그녀는 소리를 지르고 울어대면서 자기 남편을 부르기 시작했다. 그러자 남편이 그녀에게 달려와 상처에서 흘러나오던 피를 씻어주면서 마을 주민들에게 아주 커다란 소리로 외쳤다.

"하늘의 이름으로 맹세합니다. 왜 여러분은 우리에게 분노하면서 공격하는 겁니까? 우리는 단지 걷는 데 지친 불쌍한 여행자에 불과합니다. 우리가 싣고 가는 물건을 원하십니까? 여러분은 맹수들처럼 동굴에서 사는 사람들도 아니며, 야만족들처럼 바위틈에서 사는 사람들도 아니지 않습니까? 그런데 왜 우리들의 죄 없는 피를 보며 즐기는 겁니까?"

이 말이 끝나자마자 비처럼 쏟아지던 돌멩이질이 멈추었다. 그러더니 주민들은 풀어 놓았던 개들을 불러 모았고, 이것으로 우리의 시련은 끝이 났다. 그때 주민들 가운데 한 사람이 사이프러스 나무 꼭대기에서 우리에게 말했다.

"우리는 당신들의 물건을 빼앗기 위해 공격한 게 아닙니다. 단지 당신들이 우리를 공격할까 봐 두려워 먼저 공격을 했습니다. 이제 여러분은 마음 놓고 여러분의 길을 가십시오. 행운을 빕니다! 전쟁은 끝났습니다."

이 말을 듣자 우리는 각자 다른 모습과 다른 조건으로 다시 행진했다. 어떤 사람은 돌에 맞아 상처를 입었고, 또 다른 사람들은 개에 물려 피를 흘리고 있었다. 어쨌거나 정도의 차이는 있지만, 모두 다쳤다.

한참을 걸은 후에 우리는 달콤한 풀냄새를 풍기고 거목들이 이리저리 널려있는 평원에 도착했다. 우리의 안내자는 그곳이 잠시 휴식을 취하면서 기운을 찾는 데 적당한 장소라고 생각했다. 우리 모두 자기가 서 있던 곳에 각자 누워서 기운을 되찾을 때까지 꼼짝도 하지 않았다. 그런 다음에 상처를 치료하기 시작했다. 어떤 사람은 개울물에 피를 씻었고, 또 어떤 사람은 붕대를 식초에 적셔 멍들고 부풀어 오른 부위를 감쌌다. 그리고 또 다른 사람들이 아직도 피를 흘리고 있던 상처에 붕대를 감고 있었다. 각자 자기의 상처를 치료하는 데 전념하고 있었다.

그런데 언덕 꼭대기에서 어느 노인이 우리를 바라보고 있었다. 그의 주위를 돌아다니며 풀을 뜯는 염소들이 있는 것으로 보아 틀림없이 그 노인은 염소를 모는 목동이었다. 우리는 그에게 연한 치즈와 우유를 사고 싶으니 그것들을 갖고 있느냐고 물었다. 그러자 그는 고개를 이리저리 흔들면서 이렇게 대답했다.

"지금 당신들이 음식과 음료를 생각할 수 있는 처지요? 당신들이 있는 곳이 어떤 곳인지도 모르오?"

이렇게 말하면서 그는 양들을 모은 후 뒤도 돌아보지 않은 채 그곳을 떠났다. 그가 성급히 그곳을 떠나자 목동들은 겁을 집어먹기 시작했다. 그들은 너무나 당황하여 놀란 나머지 이 땅이 도대체 어떤 곳인지 알려고 애썼지만, 그곳이 어떤 곳인지 명확하게 설명해 줄 사람은 아무도 없었다. 그때 또 다른 노인이 나타났다. 그는 키가 크고 나이가 많았으며, 자기 몸을 지팡이에 의존하면서 지친 듯이 다리를 질질 끌고 우리에게 다가오고 있었다. 우리가 휴식을 취하는 곳에 도착하자, 그는 무릎 꿇고 눈물을 펑펑 흘리면서 신음하듯이 말했다.

"여러분은 아무 일 없이 건강하게 내 나이까지 살 수 있기를 바라오. 그렇게 되길 원한다면, 당신들의 포르투나와 게니우스[3]를 위해 제발 이 늙고 힘없는 노인을 도와주시오. 나는 내 인생의 유일한 위안처를 잃어버렸소. 제발 죽음의 언저리에서 신음하고 있는 내 손자를 구해 주시오. 그는 나의 유일한 동반자요. 우리는 함께 여행하고 있었소. 그런데 그때 울타리 위에서 지저귀던 참새 소리를 듣자 그 새를 잡으려고 했소. 그런데 잘못하여 가시나무로 뒤덮인 묘 구덩이에 빠졌다오. 그의 비명으로 판단해 보건대 그는 지금 살아있긴 하지만 사경을 헤매고 있소. 나는 살아있는 몸이고, 그가 울며 할아버지를 목 놓아 부르는 소리를 듣긴 하지만, 여러분도 알다시피 나는 그를 꺼낼 만한 힘이 없소. 반면에 여러분은 이 노인을 도와줄 수 있소. 부탁하건대 제발 여러분의 젊은 힘으로 내 유일한 후손의 목숨을 살려 주시오. 그는 내 유일한 상속자란 말이오."

노인은 겸손하게 애원하면서 괴로운 듯이 자기의 백발을 쥐어뜯고 있었다. 우리 모두 그를 동정했다. 그래서 일방적으로 당한 지난번 전쟁에서 상처하나 입지 않고 빠져나왔던 가장 힘이 세고 가장 젊고 가장 용감한 청년이 일어나더니 아이가 빠진 곳이 어디냐고 물었다. 그러자 노인은 그곳에서 조금 떨어진 가시덤불을 손가락으로 가리키면서 청년을 안내했다. 그동안 우리는 풀을 뜯어 먹고 있었고, 목동들은 밥을 먹고 상

---

3 게니우스란 개인이나 장소 혹은 단체에 내재하는 정신적 존재로서 그들의 특성을 상징한다. 그들과 연관이 있는 사람들과 함께 태어나서, 그들을 지닌 사람을 보호하고 그의 존재를 보존하는 임무를 띠고 있다.

처를 치료했다. 그 일이 끝나자 짐을 꾸리고, 우리의 여행을 계속할 시간이 되었다. 목동들은 우리가 지고 있던 짐을 우리에게 다시 올려놓고서 계속해서 길을 가기로 했다. 하지만 그 전에 노인을 따라간 젊은이의 이름을 커다란 소리로 불렀다. 그러나 그가 모습을 드러내지 않자, 목동들은 걱정되었다. 그래서 이제 길을 떠나야 할 시간임을 그에게 가르쳐주기 위해 한 사람을 보내기로 했다. 한참 후에 그 친구는 돌아왔지만, 숨을 헐떡거리며 창백한 얼굴로 사지를 떨고 있었다. 그는 믿을 수 없는 소식을 갖고 돌아왔다. 그는 바닥에 쓰러져 있는 젊은 목동을 보았고, 그의 몸 대부분은 커다란 뱀의 먹이가 되었지만, 그 노인은 어느 곳에서도 찾을 수 없었다는 내용이었다.

그 사실을 듣자, 목동들은 산 위에서 말한 늙은 염소 치기의 경고가 숲에 출몰하는 끔찍한 괴물에 대한 것이었다는 사실을 깨달았다. 그러자 그들은 우리를 몽둥이로 때려 발걸음을 재촉하면서, 그 끔찍하고 무서운 장소에서 가능한 한 빨리 도망치기 시작했다. 그래서 우리는 평소보다 두 배는 빨리 길을 갔고, 마침내 땅거미가 질 무렵 어느 마을에 도착할 수 있었다.

우리는 그 마을에서 밤을 보냈다. 그런데 그곳 사람들은 우리에게 끔찍한 이야기를 들려주었다. 그 농장에서는 기억할 만한 사건이 일어났는데, 이제 그 이야기를 하고자 한다.

우리가 묵고 있던 이 농장의 주인은 어느 노예에게 농장과 농장 업무를 맡겼었다. 그런데 그 노예는 동료 노예와 결혼한 몸이었지만, 다른 집의 여자 하인과 사랑에 빠지게 되어 그녀를 자신의 정부情婦로 삼았다. 남편의 부정不貞을 들은 그의 아내는 부아가 치밀어 모든 회계 장부와 서류를 한데 모아 불을 질렀다. 하지만 이런 앙갚음으로도 만족하지 못한 그녀는 밧줄 한쪽 끝에 자기 목을 매고, 다른 쪽 끝에는 남편과 낳은 아들의 목을 맸다. 하지만 목을 매어 자살하는 대신에, 그녀는 불쌍한 아이를 질질 끌어 깊은 벼랑으로 가서 몸을 던졌다. 이 사실을 알게 된 농장 주인은 너무도 심한 충격을 받았다.

그래서 그는 아내의 불행의 원인이 되었던 노예를 붙잡아 그를 벌거벗기고, 그의 몸에 꿀을 발라서 무화과나무에 매어 놓았다. 이 나무에는 수많은 개미가 드나드는 속이 빈 개미집이 있었다. 개미들은 그의 몸에서 풍기는 달콤한 꿀 냄새를 맡자 그의 몸으로 달려들기 시작했고, 아주 작지만 쉴 새 없이 그의 몸을 물어뜯어 점차 그의 몸을 먹었다. 이렇게 기나긴 시간 동안 그에게 고통을 주면서 개미들은 마침내 그의 살을 모두 먹어치웠다. 다시 말하면 개미들은 창자까지 먹어치워 그의 몸은 살한 점 없이 뼈만 앙상했고, 하얗게 말라버린 그 뼈들은 아직도 무화과나무에 매어져 있었다. 우리는 바로 그 장면을 목격할 수 있었다.

이 이야기를 우리에게 들려준 마을 사람들은 아직도 그 노예의 죽음을 비참하게 생각하면서 슬퍼하고 있었다. 우리는 이 불행한 마을을 떠

나 온종일 평지로 여행을 계속했다. 그리고 마침내 아주 사람이 많고 점 잖은 도시에 도착했는데, 이 여행에 지칠 대로 지친 목동들은 그곳에 새로 정착하기로 마음먹었다. 그곳은 추적자들의 손에서 멀리 떨어져 있어 은신처로 적당했고, 또한 많은 음식이 비축되어 장터로도 명성이 자자한 곳이었다. 그곳에서 목동들은 우리 가축들에게 단지 사흘 동안만 기운을 차릴 시간을 주고는 우리를 팔기 위해 장터로 데려갔다.

경매인은 목청을 높여 우리들의 가격을 부르기 시작했다. 다른 당나귀들과 말들은 이내 돈 많은 구매자에게 낙찰되었다. 하지만 그들은 내게 경멸스러운 눈길을 보내면서 그냥 지나쳤다. 나는 사람들이 나를 거칠게 만져보고 내 이빨을 쳐다보면서 나이를 확인하는 데 짜증이 났다. 그런데 어떤 사람이 더럽고 메스꺼운 손가락을 내 입안으로 넣어 자꾸만 잇몸을 만지자, 나는 그의 손을 물어 거의 두 동강 내버렸다. 그러자 주위에 있던 사람들은 성미가 괴팍한 동물이라는 사실을 알고, 모두 나를 사겠다는 마음을 버렸다. 그러자 목청이 찢어질 듯이 외치는 데 지쳐버린 경매인은 쉰 목소리로 나에 관해 여러 농담을 했다.

"여러분, 이 몹쓸 당나귀 좀 보십시오! 이 늙고 병들고 발굽도 낡아버리고 힘도 없습니다. 성미 고약한 당나귀를 언제까지나 이곳에 놔둘 예정입니까? 이놈은 성미가 고약해서 힘들지 않은 일만 할 수 있습니다. 자, 건초를 쓸데없이 사용해도 괜찮다는 사람만 있으면 이 당나귀를 드니겠습니다."

이렇게 외치는 소리를 듣자 구경꾼들은 배꼽을 잡고 웃었다. 하지만 무자비한 포르투나는 내가 고통받는 모습을 보면서도 나를 떠나지 않았고, 화를 누그러뜨리지도 않았다. 아니 이제 그녀는 지난 나의 모든 불행에도 만족하지 않고, 다시 그녀의 보이지 않는 눈을 내게 돌렸다. 그래서 내게 끔찍한 고통을 선사하는 데 가장 적합한 구매자를 요술을 부리듯이 눈 깜짝할 새에 데려왔다. 그는 내시처럼 생겼고 늙고 대머리였는데,

곱실거리는 회색 머리가 머리둘레에 매달려 있었다. 그는 사회가 버린 인간 찌꺼기였으며, 심벌즈와 캐스터네츠를 치면서 거리와 장터를 돌아다니며 시리아 여신⁴을 기리는 거지 중 하나였다. 이런 흉측한 모습의 거지가 나를 사고 싶어서 경매인에게 내가 어디 태생이냐고 물었다. 그러자 경매인은 "카파도키아의 노예 시장에서 샀소. 이놈은 아주 튼튼한 놈이요"라고 농담했다. 그다음에 거지가 내 나이를 묻자, 경매인은 앙큼하고 교활하게 대답했다.

"이놈의 운수를 보았던 점쟁이에 의하면 5살이오. 물론 이놈만이 정말로 자기가 몇 살인지 알 수 있지만 말이오. 이곳은 코르넬리우스 법을 위반하면서 로마 시민도 마치 노예처럼 팔 수 있는 곳이오. 그러니 당신에게 좀 더 쓸모 있는 것을 찾아보는 게 어떻소? 가령 집안이나 집 밖에서도 쓸모가 있는 것 말이오."

이렇게 말했지만, 내시같이 생긴 노인은 계속해서 나에 관해 물었고, 마침내 내가 순한 성격인지 거친 성격인지 알고 싶어 했다. 그러자 경매인은 그에게 대답했다.

"여기 지금 당신이 보고 있는 것은 당나귀가 아니라, 방울 달린 어린 양이오. 너무 순해서 아마 당신이 원하는 일은 모두 할 수 있을 거요. 물지도 않고 발길질도 하지 않소. 이 당나귀 껍질 속에는 아주 점잖고 정직한 사람이 숨어 있소. 이것을 확인해보기는 그리 어렵지 않소. 자, 당신의 성기를 저놈의 엉덩이 사이에 넣어보시오. 그러면 얼마나 참을성 있고, 착한 놈인지 알게 될 거요."

이 말을 듣자 늙은 거지는 경매인이 자기를 비웃고 있다는 사실을 알고, 벌컥 화를 내면서 말했다.

---

4 동양의 여신. 그러나 이 대목에서는 그를 비웃고 있음을 볼 때, 아마도 Syria라는 말을 sirus의 의미로 사용하는 듯하다. 이 sirus는 시리아의 위대한 여신을 뜻하면서도 동시에 '빗자루'를 의미한다.

"이런 빌어먹을 놈. 정신 나간 놈 아니야! 냄새나는 고기나 파는 얼간이가 함부로 입을 놀려! 전지전능하시고 모든 것의 기원이신 시리아 여신과 성인 사바지우스[5], 벨로나[6], 이다 어머니[7], 아도니스[8]와 함께 있는 베누스 여신이여, 나를 비웃은 이놈을 비웃으시고, 장님으로 만들어 주소서. 그렇게 하여 이놈에게 바보스러운 농담의 대가가 무엇인지 가르쳐 주십시오. 너는 내가 성질 못된 당나귀 등에 내 여신을 싣고 다닐 수 있다고 생각하느냐? 이놈이 발광해서 이 여신을 땅에 떨어뜨린다고 생각해 보았느냐? 그럼 내가 무슨 일을 당하겠느냐? 땅에 떨어져 다치게 되면 이 머리카락을 이리저리 흩날리며, 내 여신을 치료할 의사를 찾아다녀야 한단 말이다."

이 말을 듣자, 나는 미친 당나귀처럼 뒷발질을 해대고 싶은 충동을 느꼈다. 그러면 내 성미가 고약하다는 것을 알고, 그가 사려고 하지 않을 것이기 때문이다. 하지만 내가 이런 생각을 행동으로 옮기기 전에 그가 먼저 17데나리우스를 내 몸값으로 주겠다면서 그 자리에서 돈을 지불했다. 그러자 나의 괴팍한 성미와 변덕에 지쳐 있던 주인은 아주 흡족하게 그 돈을 받았다. 그다음에 내 입 주위에 아마로 된 굴레를 씌우고 필레부스에게 건네주었다. 이것이 내 새 주인이 된 노인의 이름이다.

필레부스는 구입한 노예를 자기 집으로 끌고 갔다. 그리고 대문에 도

---

5 프리키아의 신이며, 숙세의 신으로 섬겨진다. 흔히 바쿠스 신과 동일하게 취급된다.

6 마르스의 아내이며, 전쟁의 여신, 그리스 신화의 에니오와 동일 시 된다. 흔히 소름 끼치는 모습으로 횃불을 들고, 마차를 모는 모습으로 그려진다. 이런 점에서 푸리아에와 매우 흡사하다.

7 신들의 어머니인 시뷜레를 지칭하는 듯하다.

8 자기 아버지의 자식을 잉태했다는 이유로 나무로 변한 뮈라의 아들이다. 그래서 뮈라라는 나무에서 태어났다. 그런 아도니스를 불쌍히 여긴 베누스 여신은 프로세르피나에게 건네주어 그를 기르라고 부탁했다. 하지만 프로세르피나는 아도니스에게 반해 베누스에게 되돌려주길 거부했다. 그로 인한 두 여신 간의 불화는 결국 유피테르 신의 중재로 해결되었다. 그는 1년의 3분의 1은 베누스와, 그리고 다른 3분의 1은 프로세르피나와 함께 살고, 나머지 3분의 1은 아도니스의 마음대로 베누스와 살든 프로세르피나와 살든 상관없다고 판결을 내렸다. 그래서 아도니스는 3분의 2를 베누스와 함께 살고, 나머지는 프로세르피나와 함께 살기로 했다.

착하자마자 큰소리로 외쳤다.

"딸들아! 이것 좀 봐라. 시장에서 아주 예쁜 노예를 데리고 왔단다."

하지만 이 '딸들'이란 실제로는 여자 같은 남자들이었다. 그들은 기뻐 펄쩍펄쩍 뛰면서 환호성을 지르며 필레부스가 정말로 남자 노예를 가져왔으며, 나와 멋진 시간을 즐길 수 있으리라고 생각하고 있었다. 하지만 내가 남자가 아니라 당나귀라는 사실을 알자, 그들은 아가멤논의 딸 이피게네이아 대신에 암사슴을 보고 놀란 아케아 인들처럼 화들짝 놀랐다. 그들은 실망감을 감추지 못하면서 화난 표정을 지으며 자기들의 두목을 놀리기 시작했다.

"이게 우리를 위해 가져온 남자 노예라고요? 아니에요, 필레부스. 이건 당신의 남편이에요. 하지만 조심하세요. 젊은 청년의 미를 너무 급히 탐내면 체할 수도 있어요. 하지만 우리도 함께 이 청년을 공유하도록 해 줘야 해요. 우리는 당신의 사랑스러운 비둘기들이잖아요."

그들은 이렇게 농담하고, 야유하면서 나를 구유로 데려갔다.

그런데 그들 중에는 건장하고 뚱뚱한 젊은 청년이 한 명 있었다. 그는 피리 연주자였는데, 이 여자 같은 남자들이 동냥한 돈으로 시장에서 구입한 사람이었다. 집 밖에서 그들이 여신들을 모시고 다닐 때, 그는 음악으로 흥을 돋우는 역할을 했지만, 집안에서는 공평하게 이 여성적 남성들의 더러운 욕망을 채워주는 정부情夫 노릇을 하고 있었다. 그는 내가 구유에 도착하는 것을 보자, 너무도 기뻐하면서 내 구유를 건초로 가득 채워 주었다. 그러고는 기쁨에 들떠 말했다.

"하늘이여, 고맙습니다. 드디어 정말로 필요한 시기에 나의 힘든 일을 도와주려고 네가 왔구나. 일찍 죽지 말고, 오래오래 살려무나. 네가 할 일은 네 주인을 기쁘게 해주고, 결린 내 허리가 쉴 수 있도록 해 주는 것이란다. 난 극도로 지쳐 있거든."

이 말을 듣자, 나는 참고 견뎌야 할 새로운 고통이 시작됐다고 생각하며 걱정하기 시작했다.

다음 날 아침, 이 여성적 남자들은 마을 순회를 나가기 위해 준비했다. 서로 다른 색깔의 옷을 입은 그들의 모습은 정말로 혐오스러웠다. 그들은 연고 같은 더러운 기름을 얼굴에 발랐고, 눈은 밝게 보이도록 화장했다. 또한 주교 모자처럼 생긴 사각모를 썼고, 샛노란 미사복과 실크 법의와 허리띠와 노란 신발을 신었다. 그들 중 몇 사람은 가느다란 자줏빛 줄무늬가 이리저리 새겨진 흰 튜닉을 입었다. 그리고 여신을 실크 보자기로 씌운 다음 내 등에 올려놓았다. 그러자 피리 연주자는 피리를 불었고, 그들은 달콤한 피리 소리에 맞추어 팔과 어깨를 드러낸 채 커다란 칼과 도끼를 휘두르면서 미친 듯이 춤을 추기 시작했다.

몇몇 작은 집들을 지난 후, 그들은 부유한 대지주의 집 앞에 도착했다. 그 집에 들어가기 전에 괴성을 지르며 마치 미친놈들처럼 춤추기 시작했다. 사제복만 걸친 가짜 사제들인 그들은 추잡한 행동을 하면서 자기들의 여신에게 경의를 표했다.

머리를 앞으로 내밀어 머리칼이 얼굴 앞으로 떨어지게 하여 빙빙 원을 그리며 돌렸다. 그런데 갑자기 그들은 자기 살을 물어뜯더니 절정에 이른 듯이 가지고 있던 칼로 팔에 조그만 상처를 내기 시작했다. 그들 중 한 사제는 계속해서 배 속에서 우러나오는 신음을 내면서 신의 영혼에 사로잡힌 것 같은 흉내를 냈다. 그것은 신들 앞에서 인간들이 착한 일을 미끄러뜨리는 소리며 병들고 미친다는 기설을 증명해주는 것 같았다. 그는 이런 행동이 효과를 보여주고 있음을 확인하자, 자기 잘못을 고백한다면서 예언적인 말투로 자기는 시리아 여신의 성스러운 법칙을 어겨서 여신을 욕되게 했다고 소리쳤다. 그리고 자기 손으로 자기 죄에 합당한 벌을 내리겠다고 말했다.

그런 후 이 반+ 남자들이 항상 갖고 다니던 채찍을 빼앗아 자기 자신을 마구 때리기 시작했다. 이 채찍은 보통 양털로 큰 뼈마디를 엮은 것이었는데, 그래서 칼로 벤 상처와 뼈가 내리치는 상처에서 흘러나온 피가 땅바닥에 흥건히 괴고 있었다. 하지만 그는 놀랄 정도로 고통을 꿋꿋이 참고 있었다. 이렇게 그의 피가 떨어지는 모습을 보자, 나는 심히 불안했다. 어떤 사람들이 우유보다 당나귀의 젖을 더 소망하는 것처럼, 시리아 여신이 당나귀의 피를 원할지도 모른다고 생각하니 끔찍했다.

그들은 피로했는지 혹은 이미 그날 충분할 정도로 상처를 냈다고 생각했는지는 모르지만, 어쨌거나 이런 피비린내 나는 축제가 끝났다. 그들은 옷자락을 벌렸고, 그러자 모여든 군중들은 즐거움의 대가로 은전과 동전을 그 옷자락에 던졌다. 아니 돈뿐만 아니라, 포도주, 우유, 치즈, 밀가루, 심지어 여신의 형상을 등에 이고 있던 내게도 먹을 것을 주었다. 그러자 그들은 잽싸게 이 모든 것을 거두어서 이미 준비해 놓은 자루에 넣고는 자루를 묶고서 내 등위에 올려놓았다. 그래서 나는 그곳에 도착할 때보다 두 배의 짐을 지고 있었다. 그런 내 모습은 걸어 다니는 신전이자 걸어 다니는 식료품 창고와 같았다. 이런 식으로 우리는 전 지역을 돌아다니며 구걸했다.

그런데 어느 날, 한 마을에서 보기 드물 정도의 돈을 모았고, 그래서 그들은 파티를 준비하기로 했다. 그 파티를 위해 그들은 농장 주인에게 점을 보아준 대가로 시리아 여신의 배를 채워주어야 하니 가장 멋진 어린 양을 달라고 했다. 저녁 준비를 하는 동안 그들은 화장실로 가서 깨끗이 씻고 돌아왔다. 그리고 건장하고 늠름한 체격의 마을 청년을 데려왔다.

그들은 모두 테이블에 둘러앉았다. 하지만 처음으로 내온 진수성찬이 채 끝나지도 않았는데, 그들은 더럽고 뻔뻔스러운 열정에 휩싸였다. 그 내시 같은 사제들은 테이블에 상체를 드러내 놓고 앉아 있던 청년 주위를 맴돌며, 더러운 말로 그를 유혹하려고 했다. 나는 내 눈앞에서 그런 광경이 벌어지는 것을 참을 수가 없었다. 그래서 "시민들이여, 도와주세요!"라고 외치고 싶었지만, 내 입에서 다른 말은 나오지 않고 단지 "히힝"만 나왔을 뿐이다. 하지만 그 말은 당나귀에 걸맞게 강하고 분명하게 나왔으며, 가장 적절한 순간에 내뱉었다. 그때 우연히 인근 마을의 몇몇 청년들이 지난밤에 도둑맞은 당나귀를 찾으면서, 그 마을 마구간들을 하나도 빼놓지 않고 샅샅이 살펴보고 있었다. 그런데 우리가 있던 집에서 나온 당나귀 울음소리를 듣자, 그 당나귀가 그 집에 있다고 생각했다. 그래서 그들은 당나귀를 훔친 사람들을 붙잡기 위해 갑자기 들이닥쳤고, 그 집 안에 있던 여자 같은 남자들이 저질스러운 행동의 절정에 있는 모습을 목격했다. 그들은 이런 파렴치한 장면을 보라고 주민들을 불렀고, 동시에 사제의 순결과 정결을 이런 식으로 우아하고 훌륭하게 지킨다면서 비꼬듯이 말했다. 이 소식은 입에서 입을 타고 온 마을에 번졌으며, 마을 주민 모두 이들을 이 세상에서 가장 가증스러운 자들로 생각하게 되었다. 이 소동에 당황한 그 내시 사제들은 그동안 모은 동냥을 하나도 남기지 않고 모두 꾸린 후, 밤을 틈타 도주했다.

해가 밝기 전까지 우리는 한참 걸었다. 아무도 없는 황야에 도착했을 때는 이미 날이 밝아오고 있었다. 이 가짜 사제들은 그곳에서 한참 동안 자기들끼리 쑥덕거리더니 마침내 나를 죽이기로 했다. 그들은 내 등에서 여신상을 들어 바닥에 내려놓고는 내 마구를 벗기고 떡갈나무에 나를 매어 놓았다. 그리고 내가 초주검이 될 때까지 뼈로 엮은 채찍으로 마구 때렸다. 어떤 사람은 내가 그들의 짓밟힘에 대한 소식을 유포했다는 이유로 도끼로 내 목을 끊어버리겠다고 위협했지만, 다른 사람들은 나를 살려주는 것이 좋다는 의견을 폈다. 하지만 그것은 나를 불쌍히 여겨서가 아니라, 그들이 나를 죽이면 땅바닥에 있는 여신을 짊어지고 갈 동물이 없기 때문이었다. 그래서 그들은 다시 짐 꾸러미를 내게 올려놓고서 길을 가게 했다. 그러면서 칼 손잡이로 나를 마구 때렸고, 그 상태로 우리는 인근의 커다란 마을에 도착했다. 그곳에는 특히 시리아 여신을 극진히 섬기는 한 사람이 살고 있었는데, 그는 우리의 심벌즈와 탬버린과 사제들의 노랫소리와 프리기아의 달콤한 피리 선율을 듣자 집에서 뛰쳐나와 우리를 맞아주었다. 그러고는 여신이 편히 쉬고 갈 수 있게 자발적으로 자기의 저택을 제공했다. 그래서 우리는 여신과 함께 그의 멋진 저택으로 들어갔다. 그는 여신에게 가능한 모든 경의를 표하려고 하면서, 그가 제공할 수 있는 가장 훌륭한 동물을 제물로 바치겠다고 말했다.

내가 기억하기로는, 나는 바로 이곳에서 죽음에 가장 가까이 있었다. 이런 사건이 일어났기 때문이다.

우리가 머물던 마을의 농장주 한 사람이 그에게 자신이 손수 잡은 멋지고 아름다운 사슴 다리를 봉헌제물로 보냈다. 그런데 요리사 헤파스티온은 경솔하게 그것을 부엌문에 너무 낮게 걸어놓았고, 사냥개들이 들어와 그 사슴 다리를 물고 가버렸다. 요리사 헤파스티온이 자기 실수로 이 다리가 없어진 것을 알자, 그는 하염없이 눈물을 흘리며 통곡했다. 그런데 주인이 저녁 식사에 그 사슴 다리를 준비하라고 시키자, 슬픔에 젖은 소심한 성격의 요리사는 어찌할 줄 몰랐다. 그는 주인의 책망이 너무도 두려운 나머지 자기의 어린 아들을 불러 그에게 작별의 키스를 해주었다. 그다음에 목을 매어 죽으려는 심사로 밧줄을 들었다. 그러나 그를 극진히 사랑하고 있던 아내가 바로 그때 남편이 어려운 순간에 처해 있다는 소식을 듣고 달려와 두 손으로 밧줄을 붙잡고 애원했다.

"사랑하는 헤파스티온, 당신은 눈이 멀었나요? 아니면 이 사고로 정신이 나갔나요? 신이 당신에게 내려주신 저 해결책이 보이지 않아요? 자, 아직 당신이 행운의 소용돌이를 느낄 힘이 있다면, 눈을 뜨고 내 말을 들어 보세요. 당신은 사제들의 당나귀가 오늘 이 집에 도착했다는 것을 알고 있을 거예요. 그 당나귀를 붙잡아 눈에 띄지 않는 장소로 데려가서 목을 치세요. 사슴 다리와 아주 흡사하게 생긴 당나귀 넓적다리를 떼어 내고서 부드럽게 될 때까지 푹 찌세요. 그리고 당신이 생각할 수 있는 모든 양념을 넣어 맛을 내고서 마치 사슴 다리인 것처럼 주인의 식탁으로 가져가세요."

내 생명을 담보로 자기 생명을 구할 수 있다는 데 너무도 기뻐한 요리사는 자기 아내를 이 세상에서 가장 똑똑한 여인이라고 부른 다음에, 부엌칼을 갈기 시작했다.

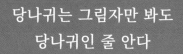

9장

당나귀는 그림자만 봐도
당나귀인 줄 안다

잔인하고 포악한 백정이 무자비한 손으로 나를 죽이려고 준비하는 동안, 위험에 직면한 나는 목숨을 구할 계획을 세웠다. 나는 칼이 내 목 가까이 와 있다고 느끼고 있었다. 그래서 두 번 생각할 여유도 없이 칼을 피해 도망치기로 결심했다.

나는 고삐를 끊어버리고 목숨을 구하기 위해 다리야 날 살려라 하며 마구 달렸다. 나는 현관을 밀치고 주저 없이 집주인이 희생제물로 바친 고기로 여신의 사제들과 함께 연회를 벌이고 있던 식당으로 쳐들어갔다. 나는 달려오던 힘을 못 이겨 음식이 차려진 저녁 식탁을 비롯한 다른 테이블들을 뒤엎었다. 그곳에서는 일대 소동이 벌어졌다. 그러자 나의 무례한 행동에 화가 치민 주인이 하인을 불러 명령했다.

"버릇없이 까부는 이놈을 다른 곳으로 데려가! 그리고 다시는 이렇게 뛰쳐나와 안락하고 조용한 연회를 엉망으로 만들지 못하게 해!"

나는 이런 지혜로 칼의 위험에서 해방되고 목숨을 구했다는 희열을 느끼며 감옥에 처박혀 있었다.

하지만 포르투나가 등을 돌리면, 그 누구도 자기의 소망을 이루지 못하는 법이다. 당신이 아무리 현명하고 신중하게 행동하더라도, 행운의 여신이 설정해 놓은 운명을 절대로 한 치도 바꿀 수 없는 법이다. 내 운명도 이렇게 되었다. 내 목숨을 구해주었던 내 계략은 결국 나를 커다란 위험에 처하게 만들면서 나를 죽음으로 거의 몰고 갔다. 내가 나중에 알게 된 바에 의하면, 초대 손님들이 자기들끼리 말하고 있는데, 그 집의 젊은 노예가 해쓱한 얼굴로 벌벌 떨면서 식당으로 왔다. 그리고 주인에게 조금 전에 뒷문으로 미친개가 씩씩거리며 들어와서 성난 듯이 사냥개들을 공격했으며, 그다음에는 마구간에 들어와 개들을 물었을 때와 마찬가지로 미친 듯이 당나귀와 말들을 공격했다고 말했다. 그리고 마지막으로 노예들을 덮쳤으며, 노새 지기인 마르틸루스, 요리사 헤파스티온, 관리인 히파타리우스와 가정의家庭醫 아폴로니우스를 비롯해 미친개를 쫓아버리려고 하던 다른 많은 하인을 물었다고 보고했다. 그러면서 미친개에게 물린 몇몇 말과 당나귀들은 이미 공수병 증상을 보인다고 설명했다.

이 소식은 그곳에 있던 모든 사람에게 충격을 주었고, 그들은 당황하기 시작했다. 그러면서 나의 거친 행동은 틀림없이 공수병 때문이라고 확신하고서, 눈에 띄는 무기란 무기는 모두 손에 집어 들고 나를 찾아 나섰다. 그들은 사람들과 동물의 떼죽음을 막기 위해 나를 죽여야 한다고 확신하고 있었다. 여기에서 보다시피 실제로 미친 사람은 그들이었지 내가 아니었다. 나는 노예들이 휘두르는 창과 칼과 도끼에 죽을 것이라고는 한 번도 생각도 해보지 않았다. 하지만 내게 다가오는 위험스러운 소리를 듣자, 나는 폭풍 전에 불어오는 위험한 바람에 휩쓸리지 않기 위해 도망쳤다. 나는 갇혀있던 감옥에서 뛰쳐나와 내 주인이자 가짜 사제들에게 할당된 방으로 쳐들어갔다. 그들은 너무 겁에 질려 나를 쫓아 그곳으로 들어오지 못한 채, 바깥에서 방문을 닫고 걸쇠를 건 다음 보초를 세워서 나를 감시했다. 그렇게 그들은 나와 싸우는 대신에 내가 다음 날 아침 공수병에 희생되어 죽기를 원했다. 덕택에 나는 방 안에 갇혀 있었지만, 그토록 갈망하던 자유를 되찾았다. 나는 포르투나의 은총을 이용해 이미 가지런히 준비된 침대에 누웠다. 아, 얼마 만에 누워보는 침대인가! 나는 그곳에서 정말이지 인간적으로 잠을 잘 수 있었다.

내가 그곳에 갇혀 그동안의 피로를 풀고, 새로운 기분으로 눈을 떴을 때는 이미 대낮이었다. 나는 밖에서 나를 감시하며 밤을 새운 사람들이 떠드는 소리를 들었다. 그들은 내 운명에 대해 옥신각신 다투고 있었다. 그중 한 사람이 말했다.

"저 불쌍한 당나귀가 아직도 공수병 때문에 미쳤다고 생각하는 거야? 이제는 저 공수병균이 다 소진되어 다시 회생했음이 분명해."

그러자 다른 사람이 말했다.

"하지만 난 네 말에 동의할 수가 없어."

이 의문점을 해결하기 위해 그들은 내가 어떤 상태에 있는지 살펴보기로 했다. 그들은 문틈으로 내가 편히 쉬고 있으며, 예전과 마찬가지로 수레에 묶인 새끼를 볼 수 있었다. 그래서 그들은 좀 더 가까이 접근하기 위해 문을 열었다. 그들 중 한 사람은 하늘이 내게 보낸 진정한 구원자였다. 그는 다른 사람들에게 내가 미쳤는지 아닌지를 확인할 수 있는 간단한 방법을 제시했다. 그것은 내 앞에 신선한 물로 가득 찬 물통을 갖다 놓는 것이다. 그리고 만일 내가 평소처럼 겁먹지 않고 물을 마시면 내가 미치지 않은 것이니 걱정할 필요가 없지만, 만일 내가 물을 보고 뒷걸음질 치거나 혹은 물을 마시려 하지 않으면 아직도 내가 공수병에 시달리고 있는 것이라고 덧붙였다. 그는 모든 의학 서적이 이런 시험을 하라고 가르치고 있으며, 자기도 이것이 실제로 맞다는 사실을 눈으로 여러 차례 확인했다고 말했다.

이 말을 듣자 모든 사람이 기꺼이 이 방법에 찬성했다. 사실 그들은 겁을 약간 먹고 있었지만, 나를 근처 샘에서 퍼온 맑은 물이 가득한 커다란 물통 앞으로 즉시 데려갔다. 나는 목이 몹시 말랐기 때문에, 전혀 주저하지 않고 급히 물통으로 달려갔다. 나는 머리를 물통에 집어넣고, 한 방울도 남기지 않고 모두 먹어치웠다. 편히 쉬었을 뿐만 아니라, 맛있는 물까지 먹자, 나는 날아갈 듯이 기분이 좋았다. 이후 나는 몇 가지 시험을 더 거쳐야 했다. 그들은 나를 손바닥으로 때리고 귀를 비틀었으며, 고삐를 잡아당기기도 하는 등 자기들이 하고 싶은 모든 시험을 한 후, 내가 공수병에 걸렸다고 생각한 것은 잘못이었음을 깨달았다. 나는 아무 병도 없는 짐승이었고, 하나도 미치지 않았다. 이렇게 해서 나는 연속해서 찾아온 생명의 위험을 벗어날 수 있었다.

다음 날, 우리는 여신의 장식품들을 싣고 심벌즈와 캐스터네츠를 치면서 길을 떠났다. 그것은 동냥을 달라고 구걸하는 우리의 일상적인 순회공연이었다. 우리는 많은 오두막집과 작은 마을을 지나 어느 마을에 도착했다. 그곳 주민들은 그곳이 예전에는 화려하고 부유한 도시였다고 말했다. 우리가 보기에도 틀림없이 영화로운 옛 도시의 유적 위에 세워진 마을 같았다. 우리는 가장 가까운 여인숙에 짐을 풀고, 그곳에서 아내에게 배신당한 불쌍한 어느 남자의 이야기를 들었다. 내가 보기에는 여러분도 이 이야기를 좋아할 것이라고 생각한다. 그래서 잠시 그 이야기를 하고자 한다.

이 청년은 다른 사람들 허드렛일을 해주면서 얼마 안 되는 수입으로 근근이 가계를 꾸려나가는 사람이었다. 한편 그의 아내는 돈은 없지만, 왕성하고 음탕한 성욕으로 평판이 자자한 여자였다.

어느 날 남편이 일하러 떠나자마자, 집 없고 무대한 아내의 **정부**情夫가 몰래 집안으로 들어와 그녀와 함께 잠자리를 했다. 그들이 아무 걱정 없이 몸과 몸을 부딪치며 열심히 사랑하고 있는데 뜻하지 않은 일이 발생했다. 너무도 순진해 아무것도 의심하지 않았던 남편이 아무 예고도 없이 불현듯 집으로 돌아왔다. 그는 대문이 잠겨 있고 빗장이 걸린 것을 보자, 아내가 몸을 지키기 위해 평소에도 철저히 사전 대비를 하고 있다고 생각하면서 아주 좋아했다. 그는 평상시처럼 자기가 돌아왔다는 사실을 알리기 위해 창문 밑에서 휘파람을 불었다. 그러자 이럴 때만 교활하고 머리가 잘 돌아가는 그의 아내는 정부의 품에서 급히 벗어나 그를 한쪽 구석에 있던 커다란 욕조에 숨겼다. 그 욕조는 더럽고 금이 가 있었으며 텅 비어 있었다. 그다음에 그녀는 문을 열어 남편을 맞이하면서 잔소리하기 시작했다.

「하라는 일은 안 하고 이리저리 쏘다니기만 할 거예요? 아무 일도 하지 않고 주머니에 손만 넣고 돌아다니면서, 우리가 필요한 돈은 걱정도 하지 않을 거예요? 일하러 가서 먹을 거라도 제대로 가져온 적 있어요? 내가 어떻게 사는지 생각이나 해 봤어요? 난 밤낮을 물레 앞에 앉아 손가락에 굳은살이 배고 뼈마디가 굵어지도록 열심히 일하면서 등잔불에 넣을 기름값이라도 벌려고 안간힘을 쓰는데, 당신은 일도 안 하고 아침부터 이렇게 쏘다닐 작정이에요? 나는 내 친구 다프네처럼만 살아도 한이 없겠어요. 아침부터 먹고 싶은 거 다 먹고, 마시고 싶은 거 다 마시면서, 단지 애인들과 지내며 인생을 즐기고 있단 말이에요!」

그러자 남편은 무안해하면서 대답했다.

「내가 무슨 잘못을 했다고 그런 얼굴을 하는 거야? 주인이 재판소에서 온종일 있어야 한다면서 내일까지 쉬어도 좋다고 해서 돌아온 거야. 그리고 내가 저녁 걱정을 하지 않은 것도 아니야. 우리의 좁은 침실에서 거치적거리기만 할 뿐 아무짝에도 쓸모없는 욕조 기억나? 나와 함께 일하는 사람에게 5데나리우스에 팔았어. 조금만 있으면 그 친구가 이리로 와서 돈을 주고 욕조를 가져갈 거야. 자, 팔을 걷어붙이고 나 좀 도와줘. 방에서 꺼내 놔야 얼른 가져갈 테니까.」

이 말을 듣고도 그녀는 전혀 당황하지 않고, 그가 전혀 의심하지 않을 방법을 재빨리 머릿속으로 생각했다. 그녀는 깔깔대고 웃으면서 말했다.

「결국 내가 당신보다 더 능력 있는 장사꾼이 되었네요. 당신의 솜씨는 기껏해야 그건가요? 우리 욕조를 겨우 5데나리우스에 팔았단 말이에요?

나는 여자고, 집 밖으로 나가 돌아다니지 않으면서도 그 욕조를 7데나리우스에 팔았어요.」

가격 차이가 상당히 나자 아내의 말에 동의하면서, 남편은 그렇게 높은 가격으로 사는 사람이 누구냐고 물었다. 그러자 그녀가 대답했다.

「당신은 바보예요! 정말 멍청이예요! 그 사람은 욕조가 괜찮은지 살펴보기 위해 지금 욕조 안에 들어가 있어요.」

욕조 안에 들어있던 애인은 그녀의 말을 듣자 아니라며 부인할 수가 없었다. 그는 욕조에서 즉시 일어나 말했다.

「부인, 사실대로 말하면 이 욕조는 너무 낡고 안에 흠이 너무 많아요.」

그리고 마치 아무것도 모르는 것처럼 남편을 돌아보며 덧붙였다.

「당신이 누군지는 모르겠지만, 촛불 좀 주시오. 욕조 안에 묻은 더러운 것을 떼어 내야 이게 나한테 쓸모가 있는지 점검해 볼 수 있으니 말이오. 난 쓸데없이 돈을 낭비할 정도로 여유 있는 사람이 아니오.」

순진한 남편은 아무것도 의심하지 않고, 바로 촛불을 밝혀 그에게 주면서 말했다.

「아니, 그건 당신이 할 일이 아니오. 내가 욕조를 깨끗이 해 놓을 테니 당신은 그곳에서 나와 여기에 계시오.」

남편은 겉옷을 벗고 촛불을 든 채 욕조 안으로 들어가서 밑에 수북이 쌓인 진흙을 벗기려 벗겨내기 시작했다. 그리자 이 젊은 애인은 몸을 굽혀 욕조를 바라보고 있던 여자 뒤로 몰래 다가갔다. 그리고 천연덕스럽게 그녀를 흥분시키기 시작했다. 그녀는 욕조 안으로 몸을 굽힌 채 창녀처럼 애인의 애무를 기쁜 마음으로 즐기고 있었다. 그러면서 남편의 주의를 다른 곳으로 돌리기 위해 손가락으로 가리키며 말했다.

「여보, 여기예요! … 이젠 저기를 봐요, 아니 조금 더, 그래, 그래 바로 거기예요.」

이렇게 그녀는 남편에게 긁어내야 할 부분을 가리키고 있었다. 마침내 두 사람의 일은 거의 동시에 끝났고, 그녀는 만족스러운 표정을 지었다. 그다음에 가련한 남편은 어깨에 욕조를 짊어지고 아내의 애인 집까지 갖다 주고서 7데나리우스를 받고 집으로 돌아왔다.

우리 사제들은 그곳에 며칠간 머물렀다. 사람들은 그들을 친절하게 대했다. 그들은 점을 쳐준다면서 많은 돈을 모았다. 그러자 '정직한' 사제들은 최고의 조건으로 돈을 모을 방법을 궁리했다. 그들은 온갖 종류의 문제로 자기들에게 상담하러 온 사람들을 속이기 위해 만능 신탁神託을 만들어냈다. 그들은 항상 이런 말만을 되풀이했다.

멍에가 씌워진 소들이 땅을 일구게 하라.
그러면 마침내 못자리가 풍성한 싹을 틔울 것이다.

가령 시리아의 여신에게 결혼해야 할 것인지 아닌지를 물어보면, 그들은 이 말이 결혼의 멍에를 쓰면 수많은 아이를 갖게 될 것을 뜻한다고 말했다. 만일 누군가가 땅을 사고 싶은데 사도 되냐고 물으면, 멍에가 씌워진 소들과 풍성한 싹이란 말이 핵심적인 내용이 되었다. 또한 누군가가 사업차 여행을 떠나는데 신들의 의견을 알고 싶다고 말하면, 모든 동물 중에서 가장 부지런히 일하는 멍에가 씌워진 소는 이미 모든 것이 준비되어 있고, 풍성한 싹이란 확실한 이윤을 얻는다는 뜻이라고 해석했다. 그리고 어느 군인이 전쟁터에 나가거나 도적단들을 뒤쫓으러 가면서 임무를 제대로 완수할지를 물으면, 사제들은 이 신탁의 의미는 적들의 목덜미에 멍에가 씌워져 있음을 뜻하고, 또한 도둑들이 탈취한 수많은 전리품은 승리자들이 골고루 풍성하게 나누어 갖는다는 의미라고 말해 주었다. 사실 이렇게 교활한 예언으로 그들은 엄청나게 풍성한 수확물을 얻을 수 있었다.

하지만 계속되는 서로 다른 질문들에 대한 억지 해석이 고갈되고, 마을 분위기가 이상하게 돌아가자, 어느 날, 그들은 밤을 이용해 다시 도망쳤다. 그것은 최악의 여행이었다. 왜냐하면 그 길에는 깊은 구덩이가 수없이 패어 있었기 때문이다. 몇몇 구덩이에는 물이 가득했고, 길은 대부분 미끈미끈한 진흙으로 이루어져 있었다. 나는 구덩이에 빠지고, 진흙에 미끄러져 비틀거리면서 마침내 평평한 길에 도착했다. 하지만 내 발은 상상을 초월할 정도로 상처를 입고, 피로에 지쳐 있었다.

그렇게 한참 지났는데, 창으로 무장한 기수들이 우리를 뒤따라왔다. 그들은 미친 듯이 달리던 말들을 힘겹게 멈추고서, 성난 듯이 필레부스와 다른 사람들을 덮치고는 목을 잡고서 주먹질을 해대기 시작했다. 그러면서 기수들은 필레부스와 가짜 사제들에게 신성을 모독하는 파렴치한 놈들이라고 욕을 퍼부었다. 그런 다음에 그들의 손을 꽁꽁 묶고서 물었다.

"너희들이 문을 걸어 잠그고 비밀리에 성스러운 제사를 지낸다는 구실을 대면서 유노의 성전에서 훔친 황금 잔은 어디 있느냐? 너희들은 무례한 행동에 대한 죗값을 받지 않으려 했던 거야. 그래서 날이 밝기도 전에 비밀을 끝내 비밀 거지?"

이 질문이 떨어지기가 무섭게 한 기수가 내게 다가와 손을 내 등에 올려놓더니, 내가 신고 다니던 여신의 주머니에 손을 집어넣었다. 그는 그곳에서 황금 잔을 꺼내서 나머지 사람들에게 보여주었다. 그들이 도둑질했다는 눈부신 황금 잔이었지만, 그 역겨운 존재들은 전혀 당황하지 않았으며, 심지어 얼굴도 빨개지지 않았다. 오히려 그들은 뻔뻔하게도 비아냥거리듯이 웃으면서 농담을 했다.

"정말로 재수가 없군. 어쩌다가 우리처럼 죄 없는 정직한 사람들이 이런 증거 때문에 죄인 취급을 받아야 하는 거지? 유노 여신이 자기 동생인 시리아 여신에게 징표로 건네준 별것도 아닌 잔을 극진히 모셨다는 이유로 우리처럼 불쌍한 사제들을 사형시키겠다고 위협하고 있으니……."

이렇게 그들은 새빨간 거짓말과 엉터리 변명을 늘어놓았지만, 기수들은 그들을 데려가 모두 쇠고랑을 채워 툴리아누스[1]에 집어넣었다. 그리고 내가 가지고 다니던 황금 잔과 시리아 여신의 형상은 성스러운 물건이었기 때문에 정중하게 유노 여신의 신전에 봉헌제물로 놓였다. 다음 날, 그들은 나를 장터로 데리고 나가 다시 경매에 부쳤다. 인근 마을 방앗간 주인은 필레보스가 산 가격보다 7데나리우스를 더 주고 나를 샀다. 나를 사자마자 그는 조금 전에 구입한 많은 곡식을 즉시 내 등에 실었다. 그리고 돌멩이와 불거져 나온 나무뿌리가 가득한 길로 나를 데려갔고, 우리는 한참 후에 그의 방앗간에 도착했다.

방앗간에는 상당히 많은 당나귀가 있었다. 그들은 각각 돌아가는 모든 맷돌을 돌리고 있었다. 그 맷돌들은 낮에만 돌아가는 것이 아니라, 밤에도 쉬지 않고 돌아가면서 곡식을 빻고 있었다. 내가 도착한 첫날 새 주인은 나를 극진히 대해 주었다. 분명히 그것은 힘든 일에 내가 놀라지 않게 하려는 의도였다. 첫날 그는 내게 아무 일도 시키지 않고, 구유를 풍부한 먹이로 가득 채워 주었다. 하지만 이런 여유와 좋은 음식은 첫날이 지나자 끝나버렸다. 왜냐하면 다음 날 날이 밝자 나는 방앗간에서 눈이 가려진 채 가장 크고 무거운 맷돌을 끌게 원형 궤도에 배치되었기 때문이다. 나는 이 궤도를 따라 쉴 새 없이 빙빙 돌아야 하며, 또한 한 바퀴가 끝나면 회전 방향이 틀리지 않게 전에 밟은 발자국을 다시 밟으며 따라

---

1 로마에 있던 감옥. 넓은 의미로 도시와 마을에 있는 감옥들을 의미한다.

가야 한다는 사실을 알고 있었다. 하지만 지혜와 재치를 발휘하여 나는 그런 일을 배우는 데 아주 둔한 것처럼 행동했다. 물론 인간으로 살았을 때 나는 이렇게 빙빙 돌아가는 여러 종류의 기계를 보았고, 심지어 당나귀일 때도 목동의 아내를 위해 조그만 맷돌을 돌렸었지만, 이런 일을 처음 해서 현기증이 나는 것처럼 그대로 멈추어 서 있었다. 나는 만일 주인이 나를 그런 일에 부적합하다고 생각하면, 아마도 이것보다 덜 힘든 일에 배치할 것이라고 생각했다. 그리고 재수가 좋으면 아무 일도 하지 않고, 풀만 뜯을 수도 있었다. 그렇지만 현명한 내 계략은 전혀 쓸모가 없었다. 내가 눈을 가린 채 힘든 일을 하지 않으려고 꾀를 부리는 순간, 몇몇 사람이 막대기를 들고 들어와 일제히 소리 지르며 나를 때리기 시작했다. 갑작스럽게 매를 맞고 고함을 듣자, 나는 깜짝 놀랐다. 그래서 나는 모든 전략을 버리고, 내 몸을 두르고 있는 밧줄에 온몸의 무게를 싣는 가장 훌륭한 기술을 선보이며, 힘차게 돌기 시작했다. 나의 갑작스러운 행동 변화를 보더니 그들은 폭소를 터뜨렸다.

낮이 거의 끝날 무렵이 되자 나는 너무나 피곤해 한 발짝도 움직일 수 없었다. 그들은 맷돌에 맨 밧줄을 풀어주고, 나를 구유로 데려갔다. 나는 거의 쓰러질 정도로 지쳐 있었고 기운을 다시 차려야 했으며 배도 고팠지만, 평소의 내 습관을 버릴 수가 없었다. 먹이가 풍부했기 때문에 먹는 것을 나중으로 미루고, 나는 그 끔찍한 방앗간 생활을 눈여겨보기고 했디.

'아, 하늘이시여! 어떻게 인간을 이렇게 만들 수가 있습니까!'

그곳 생활은 너무나 끔찍했다. 우리를 돌보던 사람들은 정말로 불쌍했다. 그들의 피부는 멍으로 가득했으며, 어깨에는 수없이 매 맞은 자국이 선명히 새겨져 있었다. 그리고 옷을 입었다고 말하기보다는 오히려 다 헤지고 구멍 난 넝마 쪼가리로 몸을 가리고 있다는 편이 맞는 말이었다. 몇몇 사람들은 자신들의 몸을 과시하려는 것처럼 실 조각으로 음부

만 간신히 가리고 있었다. 또한 이마에는 낙인이 찍혀 있었고, 머리는 거의 빡빡 깎여 있었으며, 발에는 족쇄가 채워져 있었다. 그들의 얼굴은 창백했고, 속눈썹은 방앗간의 연기와 먼지로 새카맣게 그을려 있었다. 그들의 눈은 퉁퉁 부어 앞을 제대로 보지 못했고, 몸은 밀가루를 뒤집어 써서 하얬다. 마치 고급 분가루를 바른 투사들처럼 보였다.

사람들이 이 지경이니 내 동료 당나귀들의 모습은 말할 필요가 없지 않겠는가! 그들은 힘없는 늙고 거세당한 당나귀들이었으며, 고개를 구유에 처박고 산처럼 쌓인 밀짚 더미를 빨아야 할 운명이었다. 비쩍 마른 목은 밧줄에 쓸려 짓물러 있었고, 열린 콧구멍으로는 끊임없이 기침을 내뱉으며 경련하고 있었고, 그들의 가슴팍은 마구와의 끊임없는 마찰로 굳은살이 박여 있었고, 계속 매를 맞아 찢어진 가죽 사이로는 갈비뼈가 앙상하게 드러났다. 말발굽은 끝없이 빙빙 돌아가는 맷돌을 따라 하염없이 한 방향으로만 걸은 탓에 한쪽만 닳아 있었다. 모든 당나귀는 늙고 병들고, 먹을 것을 제대로 못 먹어 모두 야위어 있었다.

동료들의 이런 처참한 상황을 보자, 이내 나도 그들과 비슷해질 것이라는 생각이 들었다. 그러자 나도 그들처럼 슬픔에 젖어 고개를 숙인 채, 화려했던 예전의 루키우스가 이제는 가장 비참한 존재로 전락했다는 사실을 떠올렸다. 이런 비참한 상황에서 내가 가진 유일한 위안은 당나귀로 변한 이후 처음으로 내 주위에서 벌어지던 일들을 차분히 지켜보면서 내 호기심을 충족시킬 수 있었다는 사실이다. 왜냐하면 아무도 내가 지켜보고 있다는 사실을 염두에 두지 않고, 자기들 일에만 열중하고 있었기 때문이다. 호메로스는 오디세우스를 소개하면서 그를 최고의 지혜를 지닌 사람으로 예로 들었다. 그러면서 그는 "수많은 도시와 여러 나라를 여행하고 각양각색의 사람들을 보면서" 가장 고귀한 지혜의 미덕을 습득했다고 말했는데, 이 말은 지극히 옳은 말 같다. 이제 나는 당나귀로 지냈던 시절을 감사하게 생각한다. 당나귀 신세로 겪은 수많은 모험이 내게 지혜를 가르쳐주지는 않았지만, 풍부한 경험을 쌓게 해 주었기 때문이다. 바로 이 방앗간에서 나는 이전에 했던 이야기들보다 더 재미있고 유익한 이야기를 듣게 되었다. 그 이야기가 나를 매료시켰듯이 아마 여러분도 매료시킬 것이라고 나는 생각한다.

나를 돈 주고 샀던 방앗간 주인은 착하고 정직한 사람이었지만, 불행하게도 그는 내가 여행 중에서 만난 여자들 중에서 가장 못되고 혐오스러운 여자와 결혼했다. 그는 특히 침대에서 극도의 모욕과 비난을 감수해야만 했고, 나는 종종 그런 그에게 연민을 느꼈다. 그녀는 이 세상의 악이란 악은 하나도 빠짐없이 모두 지니고 있었다. 그것도 모자라 그녀의 가슴은 모든 종류의 음탕하고 더러운 하수구가 흘러드는 시궁창이었다. 그녀는 못되고 잔인하며 방탕하고 술주정뱅이였으며, 색을 밝히고 이기적이며 전례를 찾아볼 수 없을 정도로 남에게는 구두쇠였다. 하지만 자기에게는 뻔뻔스럽게 낭비를 일삼는 비열한 인간이었으며, 모든 정직과 정숙함의 적이었다. 또한 그녀는 불멸을 믿는 모든 진정한 신앙

을 경멸했으며, 거짓되고 신성 모독적인 의도로 이 세상에는 단 하나의 신[2]밖에 없다고 확신하면서, 모든 사람을 자기가 꾸며낸 허황된 개념으로 속이고 있었다. 이 종교를 평계로 그녀는 불쌍한 남편을 비웃으면서, 아침부터 술을 마시고 온종일 창녀처럼 끝없는 축제의 수렁에 있곤 했다. 이렇게 그녀는 남편을 포함한 거의 모든 사람을 속이고 있었다.

이 여자는 뚜렷한 이유도 없이 공연히 나를 미워했다. 그래서 새벽이 밝기도 전에 침대에 누운 채 커다란 소리로 새로 도착한 당나귀를 가장 무거운 맷돌에 잡아매라고 지시했고, 침대에서 일어나면 자기가 보는 앞에서 나를 마구 때리라고 명령했다. 그리고 다른 당나귀들은 맷돌에서 풀어 점심 식사를 줄 때, 그녀는 내가 구유에 가는 것을 허락하지 않고, 내 동료들이 밥을 먹고 휴식을 취한 후에야 내게 밥을 주었다.

---

2 이 대목은 아마도 그리스 전역과 로마 제국의 지방으로 퍼지던 새로운 종교를 경멸하는 작가의 의도를 반영하는 듯하다. 특히 유대교 혹은 기독교를 경멸하는 작가의 성향을 엿볼 수 있다.

그녀의 잔인성은 나의 본능적인 호기심을 일깨웠고, 그래서 나는 그녀의 습관을 주의 깊게 살펴보았다. 나는 어떤 젊은이가 그녀의 침실에 자주 찾아온다는 사실을 알고 있었다. 그래서 그의 얼굴이 매우 보고 싶었지만, 내 맷돌 작업을 위해 눈을 가린 헝겊 때문에 제대로 볼 수가 없었다. 하지만 나는 그녀의 속임수를 간파했다고 확신한다.

방앗간 주인 아내의 극진한 친구는 그녀의 부정을 부채질하던 더럽고 역겨운 늙은 포주였으며, 이 여자는 온종일 그녀의 옆에서 함께 지내곤 했다. 아침 식사가 끝나면 두 사람은 서로 맛있는 포도주를 주거니 받거니 했으며, 알지 못할 핑계를 대가면서 남편을 속이는 데 필요한 음모를 짜곤 했다. 비록 나는 포티스가 실수로 나를 새로 만드는 대신 당나귀로 만들었다는 사실을 절대 용서하지 않았지만, 이제는 적어도 내 끔찍한 모습을 위로할 수 있는 보상을 받았다. 그것은 나의 긴 귀가 아무리 멀리서 나누는 대화라도 모두 들을 수 있다는 것이다. 그래서 어느 날, 나는 뻔뻔스러운 내용을 속삭이는 무례한 노파의 말을 엿듣게 되었다.

"내 충고를 듣지 않고는 절대로 애인을 고르지 마. 내가 보기에 지금 당신 애인은 당신의 열정을 만족시키지 못하고, 일을 너무 빨리 끝내. 그래서 당신은 지금 고통받고 있는 거야. 그는 천성적으로 겁쟁이고, 게으름뱅이야. 이 겁쟁이는 당신 남편의 매서운 눈초리가 두려워 제대로 실력을 발휘하지 못하는 거야. 그놈보다는 필레시에타에루스가 훨씬 낫잖아! 빙신의 애인이 뫼너빈 찍이뫼 뒬네시에나네구스 찡뫄는 뫼이아 애. 멋지고 인자하고 강인하고, 또한 쓸데없이 의심하는 남편을 멋지게 속이는 데 일가견이 있거든. 그러니까 내 말은 그런 사람만이 이 땅에서 기혼녀의 매력을 한껏 즐길 수 있는 사람이란 뜻이야. 그리스 전체를 통해 금관을 쓸 수 있는 사람이 있다면, 그는 바로 필레시에타에루스야. 물론 질투심 많고 의심 많은 남편을 속이는 재주에 있어서 그렇다는 말이야. 이것이 바로 진정한 애인과 현재 당신 애인과의 차이를 보여주는 분명

한 예이지."

그러자 방앗간 주인의 아내는 "그럼 그가 어떤 과거를 지녔는지 말해 봐요"라며 노파를 보챘다.

"당신도 바르바루스가 누군지는 알 거야, 그렇지? 이 마을의 데쿠리오[3]이며, 무뚝뚝한 성질 때문에 '전갈'이라는 별명을 가진 사람이지. 그건 그렇고, 그는 훌륭한 가문 출신의 아름다운 여자와 결혼했어. 그런데 아내가 아주 친한 남자 친구를 가질지도 모른다고 생각했고, 그것에 대비하기 위해 가능한 모든 예방 조치를 취하면서 철저히 감시했어."

그때 방앗간 주인의 아내가 말했다.

"나도 그녀를 잘 알아요. 이름은 아레테인데, 우린 학교를 함께 다녔어요."

"그럼, 이미 필레시에타에루스와의 사건을 잘 알고 있겠네."

3　여기서 이 말은 마을 의회 의원을 뜻한다.

"조금밖에 몰라요. 하지만 그게 정확히 무엇인지 자세히 알고 싶어 죽겠어요. 처음부터 얘기해 주세요."

그러자 수다쟁이 노파는 주저하지 않고 말하기 시작했다.

"그런데 바르바루스는 여행을 떠나야만 했어. 갑자기 도저히 피할 수 없는 부름을 받았던 거야. 그러자 그는 자기가 없는 동안 아레테가 바람을 피우지 못하게 가능한 한 모든 조치를 다 취하려고 했어. 그래서 자기 하인 중에서 가장 믿을 만한 미르멕스라는 하인을 비밀리에 불러서 그녀를 감시하라고 지시했어. 그러면서 이렇게 말했어. '만일 그녀에게 나쁜 일이 발생하면, 그러니까 만일 어떤 남자가 거리에서 그녀를 손가락으로 건드리기만 해도 너에게 쇠사슬을 채워 어두운 감방에 처넣고는 굶겨 죽이겠어'라고 거의 협박조로 말했지. 그는 모든 신을 두고 맹세한다면서 이런 위협적인 말을 했기 때문에, 미르멕스는 겁을 먹고 목숨을 바쳐 감시하겠다고 다짐했지.

바르바루스는 이렇게 아내를 미르멕스에게 맡기고, 편안한 마음으로 여행을 떠났어. 한편 미르멕스는 너무도 긴장한 나머지 그녀를 한시도 눈 밖에 떼놓지 않았어. 그는 그녀를 온종일 물레만 짓게 하면서 밖으로 나가지 못하게 했어. 심지어 그녀가 저녁에 목욕하러 나갈 때도 그녀와 함께 나가 치맛자락을 붙잡고서, 마치 풀로 붙인 사람처럼 그녀에게 꼭 붙어 있었지. 이렇게 그는 주인의 명령에 복종했어. 하지만 그녀의 고상한 아름다움이 필레시에디에루스의 끝은 긴끈기의 예리한 눈을 비껴갈 수는 없었어. 그는 그녀의 정절이 난공불락이라는 평판을 들었고, 그녀가 철저한 경호를 받고 있다는 사실을 알았어. 그래서 도전해보고 싶은 충동을 느꼈던 거야. 그런데 그는 갑자기 그녀를 사랑하게 되었고, 그래서 어떤 위험을 감수하더라도 그녀를 차지하고 싶었어. 그는 모든 재주를 부려 그녀가 갇혀 있는 성을 공격하여 그녀를 빼앗기로 마음먹었어.

그는 인간의 약점을 잘 알고 있었지. 금은 거친 땅도 평탄하게 만들고, 쇠로 만든 아무리 단단한 문도 열리게 만들며, 아무리 어려운 문제도 해결할 수 있다는 사실을 알고 있었던 거야. 그래서 그는 미르멕스에게 잠시 말하자고 유인하여, 자기가 아레테를 뜨겁게 사랑하고 있다고 고백하면서, 그에게 자기의 고통을 줄일 방법을 찾게 해 달라고 애원했어. 그는 '내가 원하는 것을 이루지 못하면 나는 바르바루스가 돌아오기 전에 목숨을 끊고 말 거야'라며 단언했어. 그러면서 이렇게 덧붙였지. '하지만 아무 걱정하지 마. 이건 아주 간단한 거야. 어둠이 드리우면 나 혼자 몰래 들어갔다가 잠시 후에 나오기만 하면 돼.' 이런저런 애원을 하면서 그는 미르멕스의 완고한 고집을 산산이 부숴버릴 수 있는 것으로 그의 마음을 움직였지. 그는 미르멕스에게 조금 전에 조폐창에서 나온 번쩍이는 금화를 한 줌 보여주었어. 그러면서 그것이 모두 서른 개인데 스무 개는 안주인에게 주고, 열 개는 그에게 가지라고 말했어.

미르멕스는 뜻하지 않은 제안을 듣자 마음이 흔들렸어. 그러자 그는 자기 마음이 흔들리고 있다는 사실에 겁을 먹고, 더 이상 다른 말에 유혹되지 않게 귀를 막고 집으로 뛰어가기 시작했어. 하지만 그의 눈에서는 번쩍이는 황금이 아른거리고 있었지. 그가 모든 것을 놔둔 채 쉬지 않고 뛰어 집에 도착했지만, 그는 아직도 아름답게 눈부신 금화를 지닌 것처럼 생각되었고, 자기가 그 돈을 꼭 쥐고 있다고 상상했어. 이 가련한 사람은 그날 하루를 고민하며 보냈어. 그는 주인에게 충성할지 아니면 돈을 가질지, 혹은 돈으로 쾌락을 찾을지 아니면 주인의 위협대로 발각될 경우 죽을 것인지 어찌할 바를 모르고 있었어. 그러나 아름다운 금화에 대한 그의 열망은 시간이 지날수록 점점 강해지고 있었어. 그는 온밤을 고민하며 보내면서 한숨도 잠을 이룰 수 없었어. '잠깐! 그러면 안 돼'라고 그의 마음이 조심스럽게 말하면, 이내 '아니야, 우리에게로 와!'라고 금화가 그를 부르고 있었던 거야. 하지만 새벽녘이 되자 탐욕이 죽음의 공포를 이기게 되었지. 그러자 그는 자리에서 일어나 체면을 접어 두고 주인의 침실로 달려가 필레시에타에루스의 메시지를 전해 주었어.

아레테는 쉽게 사랑에 빠지는 여인이 아니었지만, 본래 창녀 기질이 있었던지 전혀 머뭇거림 없이 더럽고 추잡한 금화에 자기의 정조를 팔았어. 미르멕스는 기쁨에 넘쳐 주인에 대한 그의 기나긴 충성에 종지부를 찍으면서, 돈을 달라고 하고 싶었을 뿐만 아니라, 이제는 그 돈을 소유하고 자기 마음대로 사용하고 싶었어. 그래서 그는 그 길로 필레시에타에루스의 집으로 달려가 아레테가 그에게 동정을 베풀고자 한다는 말을 전했어. 그러자 필레시에타에루스는 그 자리에서 금화 열 개를 주었어. 미르멕스의 기분이 어땠을지 한번 상상해 봐! 그때까지 동전銅錢도 만져보지 못했던 미르멕스가 열 개나 되는 금화를 손에 넣었어.

어둠이 드리우자 그는 얼굴을 가리고 변장한 필레시에타에루스를 아레테의 침실로 안내했어. 한밤중이 되었지만, 벌거벗은 신출내기들은 아직 첫 포옹의 기쁨에서 해방되지도 않았어. 아니면 각자 행복한 마음으로 상대편의 비위를 맞추려고 더디게 사랑하고 있었는지도 모르지. 그런데 바로 그때 문을 두드리는 소리가 났어. 바르바루스가 뜻하지 않게 돌아왔던 거야. 아무도 그에게 대문을 열어주지 않자, 그는 고래고래 소리 지르면서 돌로 대문을 치기 시작했지. 하지만 계속해서 문을 열지 않자, 그는 자기 아내에게 무슨 일이 생겼을지도 모른다고 의심하기 시작했고, 목소리를 한껏 높여 미르멕스를 크게 비난했다고 말했어. 이런 갑작스러운 재앙을 맞이하자, 미르멕스는 어쩔 줄 몰라 주인에게 너무 어두워서 숨겨놓은 열쇠를 제대로 찾을 수가 없다고 변명했어. 한편 필레시에타에루스는 이런 소동이 일어나자 깜짝 놀라 급히 자기 웃옷을 입었지만, 너무 급히 서둘러 방을 빠져나가는 바람에 신발 신는 것을 잊어버리고 말았어. 그가 방을 빠져나가는 것을 보자, 미르멕스는 열쇠로 자물쇠를 열었어. 그리고 대문을 활짝 열고 주인을 맞이했지. 바르바루스는 욕설을 퍼부으며 도대체 무슨 일인지 알아보기 위해 급히 침실로 올라갔어. 그동안 필레시에타에루스는 들키지 않고 집을 빠져나갔고, 미르멕스는 대문을 잠갔어. 한편 바르바루스는 침실에 도착하자 아무 일 없었다고 확신하면서 방문을 닫고 자리에 누웠지. 그 모습을 보자 미르멕스는 안심하며 자기 침실로 돌아갔어.

하지만 다음 날 아침, 자리에서 일어나자 바르바루스는 침대 밑에서 처음 보는 신발을 발견했어. 물론 그것은 필레시에타에루스가 침실에 들어왔을 때 신고 있던 바로 그 신발이었지. 그러자 그는 그동안의 일이 의심스러웠지만, 그런 감정을 자기 아내나 그 어떤 하인에게도 드러내지 않았어. 그는 신발을 주워 자기 주머니에 넣고는, 미르멕스를 쇠사슬로 채워서 법정으로 끌고 오라고 다른 하인들에게 지시했지. 그는 분노를 속으로 삭이면서 성큼성큼 걸으며, 신발을 증거로 자기 아내와 간통한 정부가 누구인지 쉽게 찾을 수 있다고 확신하고 있었어. 바르바루스는 이마를 찡그리고 분노한 모습으로 시장 거리를 걸었고, 그 뒤를 따라오던 미르멕스는 쇠사슬로 꽁꽁 묶여 있었어. 그는 비록 자기가 잘못했다고 고백하지는 않았지만, 양심의 가책을 느껴 눈물을 흘리고 있었어. 하지만 바르바루스는 그에게 어떤 동정도 베풀지 않았어. 그런데 그때 사업으로 이리저리 왔다 갔다 하던 필레시에타에루스와 마주쳤어. 그는 자기 눈앞에 펼쳐진 광경을 보자 미르멕스가 너무 불쌍하다고 생각했고, 그 순간 너무 급히 침실에서 도망치다가 신발을 놔두는 엄청난 실수를 범했다는 것을 깨달았지. 그는 자기가 도망친 후 사건이 어떻게 전개되었는지를 머릿속으로 그린 다음, 흥분하지 않고 침착하게 대처했어. 그는 미르멕스를 끌고 가던 노예들을 밀친 다음, 그에게 달려들어 주먹으로 그의 얼굴을 때리기 시작했어. 물론 세게 때리는 척하면서 살살 때렸지. 그러면서 이렇게 목청껏 외쳤어.

'이놈 좀 봐! 이 죽일 놈 좀 봐! 어제 오후에 네 놈이 모독한 수많은 신의 이름을 말하지는 않겠다. 하지만 네 주인은 네 놈에게 합당한 벌을 주어야 할 것이야. 난 네 놈을 잘 알고 있어. 너는 어제 목욕탕에서 내 신발을 훔친 놈이야. 너 같은 놈은 갈기갈기 찢어 버려야 해. 너는 이렇게 쇠사슬에 매여 가도 시원찮은 놈이야. 그리고 평생을 어두운 감옥에 처박혀 살아야 할 놈이야.'

이 얼마나 멋진 재치야! 순간적으로 만들어낸 이야기지만 얼마나 그럴싸해! 바르바루스는 이 무례한 청년의 거짓말을 듣자, 뜻밖의 이야기에 어쩔 줄 모르고 있었어. 그는 이 이야기를 그대로 믿었지. 그러자 그는 즉시 집으로 되돌아갔어. 그리고 미르멕스를 풀어주고 신발을 돌려주면서 말했어. '네가 훔친 이 신발을 주인에게 돌려주어라. 그러면 내가 너를 용서하겠다.'"

노파가 이야기를 끝내지도 않았는데, 방앗간 주인의 아내가 끼어들며 말했다.

"정말이지 아레테는 행운의 여자네요. 그렇게 용감한 애인과 마음대로 즐길 수 있다니 말이에요. 그런데 왜 나한테는 맷돌 돌리는 소리에도 깜짝 놀라는 겁쟁이만 걸릴까요? 심지어 왜 눈을 가린 저 늙은 당나귀조차도 비웃을 애인만 걸릴까요?"

그 말을 듣자 노파가 말했다.

"걱정하지 말아. 내가 방금 색칠한 집처럼 신선하고, 놋쇠처럼 강인하며 근기한 애인을 만나게 해 줄 테니까."

노파는 밤에 다시 들르겠다고 말하고서 그 집을 떠났다.

노파가 떠나자 '정직하고 순진한' 여자는 사제들을 접대하듯이 진수성찬을 차리기 시작했고, 가지고 있던 포도주 중에서 최고의 포도주를 준비해 놓았다. 또한 쇠고기 라구[4]를 준비하고, 식탁을 화려하게 장식했

---

4   고기와 채소와 소스를 넣고 요리한 스튜의 일종.

다. 마침내 식탁에 음식이 가득 찼을 때, 그녀는 마치 신의 강림을 기다리는 것처럼 그녀의 애인을 기다렸다. 다행히 그날 저녁, 남편은 이웃한 세탁소 주인의 집에 저녁 초대를 받았다.

밤이 가까워 오자 나는 맷돌에서 해방되었고, 저녁 파티가 있을 커다란 방의 한쪽 구석에 있던 구유로 돌아왔다. 나는 힘든 일에서 해방되어 기뻤을 뿐만 아니라, 내 눈에서 눈가리개가 벗겨졌다는 사실 때문에 몹시 기뻤다. 이렇게 나는 부정한 아내의 음흉한 모습을 지켜볼 수 있었다.

어둠이 몰려오고 있었다. 이미 태양은 바다 저쪽으로 기울어 지구의 지하 세계를 비추고 있었다. 바로 그때 뚜쟁이 노파가 애인을 데려왔다. 그는 아직 애송이였으며 턱에 수염도 나지 않았지만, 매우 건장해 보이는 잘생긴 청년이었다. 방앗간 주인의 아내는 여러 차례 열렬히 키스한 다음, 이미 준비해 놓은 식탁에 그를 앉혔다. 그런데 그 청년이 포도주를 음미하고 애피타이저를 먹기 시작할 때, 생각했던 것보다 훨씬 이른 시간에 남편이 돌아오는 소리가 들렸다. 그러자 '헌신적인' 아내는 "제기랄, 문간 층계에서 다리나 부러져라"라고 뻔뻔스럽게 욕을 퍼부으며 투덜댔다.

청년은 너무 놀라 하얗게 질려 그곳에 앉아 있었다. 하지만 방앗간 주인의 아내는 가까이에 놓여 있던 밀가루 빻는 상자에 그를 숨겼다. 그리고 아무 일도 없다는 듯이 평소와 같은 표정을 지으면서, 어째서 가장 친한 친구와 저녁을 먹지 않고 이렇게 일찍 집에 돌아왔느냐고 물었다. 그러자 남편은 깊은 한숨을 내쉬며 대답했다.

"더 이상 참을 수가 없었소. 아, 정말로 빌어먹을 아내였어! 정말로 믿어지지 않는 일이었어. 가정일에 열심이고 남편에게 충성스러운 것처럼 보이던 정숙한 여자가 그런 뻔뻔스러운 짓을 하다니……. 케레스 여신을 두고 맹세하는데, 정말이지 이 두 눈으로 목격한 장면을 믿을 수가 없었소."

"도대체 무슨 일인지 얘기해 줘요."

"아니오, 너무 부끄러운 일이라 차마 입에 담을 수가 없소."

"제발 부탁이에요. 무슨 일인지 말해 줘요. 그 얘기를 듣지 않으면 오늘 밤 잠을 잘 수 없을 것 같아요."

처음부터 자세하게 이야기를 해달라고 졸라 대는 아내의 성화에 남편은 결국 굴복하고 말았다. 그래서 그는 자기 자신에게 일어난 일은 전혀 눈치채지 못한 채, 이웃에서 벌어진 창피스러운 이야기를 들려주기 시작했다.

"여보, 당신도 세탁소 주인이 내 오랜 친구이고, 그의 아내도 매우 정직하고 정조 있는 여자처럼 보였다는 사실은 알고 있을 거요. 이웃 주민들의 칭송을 한 몸에 받고 있었고, 남편과의 관계도 아주 좋았었소. 그런데 갑자기 어떤 바람둥이와 사랑에 빠져서, 그들은 비밀리에 만나 열정을 교환했소. 바로 오늘 밤 세탁소 주인과 내가 목욕을 마치고 저녁 식사를 하러 갔을 때, 그들은 사랑을 한껏 주고받고 있었소. 그런데 우리가 아무 예고도 없이 저녁을 먹으려고 집안에 들이닥치자, 그녀는 뜻하지 않게 도착한 우리를 보고 너무 놀란 나머지 그를 급히 나뭇가지로 만든 커다란 바구니 아래 숨겼소. 그것은 원뿔형으로 생겨서 위가 뾰족했는데, 그 주변에는 유황 가스로 표백하려고 갖다 놓은 옷가지들이 펼쳐져 있었소. 그녀는 그곳에 애인이 잘 숨어있다는 것을 확인한 후, 태연스럽게 우리와 저녁을 먹기 시작했소. 하지만 젊은이는 계속해서 뿜어져 나오던 유황 연기를 들이마셔야만 했소. 당신도 알겠지만 유황 가스는 너무나 독하고, 몸속으로 깊이 파고들어서 구역질과 재채기를 하게 만드오. 처음에 남편은 자기 아내가 있는 쪽에서 나오던 기침 소리를 듣고, 기침하는 사람이 아내라고 생각했소. 그래서 그는 아주 정중하게 아내에게 몸이 괜찮으냐고 물었소. 그러나 기침 소리는 자꾸만 계속되었고 갈수록 심해졌소. 마침내 그는 뭔가 이상하다고 의심하면서 이 기침의 원인을 깨닫기 시작했소. 그래서 그는 식탁을 밀치고 일어나 바구니를 열었고, 그 안에서 힘겹게 숨을 몰아쉬고 있던 청년이 나타났소.

배신감으로 화가 머리끝까지 치민 세탁소 주인은 하인들에게 칼을 가져오라고 명령했소. 그는 그 가련한 청년의 머리를 단칼에 자르려고 했지만, 나는 그를 억지로 제지했소. 나는 청년이 유황 가스에 중독되어 죽을 테니 그냥 놔두라면서, 그가 청년의 목을 베면 나를 포함한 모든 사람이 곤경에 처할지도 모른다는 사실을 일깨워 주었소. 그러자 그는 마음을 진정시켰소. 그것은 오랜 우정을 간직한 나의 말을 귀담아들었기 때문이 아니라, 내 말이 어느 정도 일리가 있다고 생각했기 때문이었소. 그는 막다른 골목에서 의식을 잃은 청년을 질질 끌고 방에서 나갔소. 그러자 나는 그의 아내에게 아무도 모르게 그곳을 도망쳐서, 남편의 화가 어느 정도 누그러질 때까지 멀리 떨어진 친구 집에 가서 잠시 지내라고 충고했소. 가슴속에 치민 화 때문에 그가 아내에게 폭언하면서 그녀를 죽이고, 그도 자살할지도 모른다고 생각했기 때문이오. 그렇게 나는 친구의 저녁 식사에서 기분 좋지 않게 집으로 돌아왔던 것이오.”

방앗간 주인이 이야기하는 동안, 그의 아내는 뻔뻔하게도 세탁소 주인의 아내에 대한 험담과 저주의 말을 늘어놓았다. 그녀는 자기 이웃을 풀 속에 숨어있는 사악한 뱀이며 파렴치한 창녀이고, 여인 중에서 가장 뻔뻔스러운 사람이며 모든 여자에 대한 모독이고, 남편의 명예를 더럽혔으며 남편의 은덕을 모르는 배은망덕한 여자라고 부르면서 이렇게 소리 높여 말했다.

“생각해 보세요! 결혼의 의미를 산산이 짓밟고, 남편의 집을 매음굴로 만들려고 했어요. 또 결혼한 여인의 명예를 창녀라는 이름으로 더럽혔어요. 그런 여자는 산채로 불태워 죽여야 해요.”

하지만 그녀는 아직도 안정을 되찾지 못하고 있었다. 그녀는 몰래 저지른 죄로 양심의 가책을 받으면서, 상자 안에서 고통받는 자기 애인을 가능한 한 빨리 내보내야 한다고 생각하고 있었다. 그래서 남편에게 이제는 침대에 가서 잠을 잘 시간이라는 것을 쉬지 않고 암시했다. 하지만 그는 저녁을 먹지 않았기 때문에 식사를 하겠다고 우겼다. 그래서 그녀는 애인을 위해 준비했던 음식을 마음에도 없는 남편에게 갖다 주어야만 했다.

그녀의 행동을 생각하면서 너무나 화가 치민 나머지 나는 배가 아프기 시작했다. 나는 그들의 음탕한 키스를 보면서 화를 느꼈지만, 이제는 몰염치하게 덕스러운 여인으로 행동하는 모습을 지켜보면서 분노를 느끼고 있었다. 나는 어떻게 해야 내 주인에게 아내의 부정을 폭로할 수 있을지 계속해서 고민하고 있었다. 상자를 발로 차서 껍질 안에 숨어있는 거북이처럼 그 안에 웅크리고 있는 애인의 모습을 드러내고 싶었다.

그런데 이때 하늘이 나를 도왔다. 그 순간 우리를 보살피는 절름발이 노인이 우리를 인근 연못으로 데려가 물을 먹이기 위해 왔다. 이것은 그녀에게 복수할 수 있는 절호의 기회였다. 나는 나뭇가지로 엮은 상자를 지나가면서 상자가 좁아 그의 손가락들이 약간 삐져나와 있다는 사실을 알았다. 나는 무자비하게 말발굽으로 손가락을 밟아 뭉개버렸다. 그는 고통을 참을 수가 없어 커다란 비명을 지르면서 펄쩍 뛰며 광주리에서 뛰쳐나왔다. 이렇게 해서 그는 보는 사람의 눈앞에 모습을 보였고, 빙싯간 주인 아내의 뻔뻔스러운 음모는 탄로가 났다.

그러나 방앗간 주인은 내가 기대했던 것만큼 충격을 받지는 않은 것 같았다. 그는 죽을지도 몰라 벌벌 떨고 있는 청년을 안심시키기 위해 부드럽게 어루만지며 말했다.

"나를 겁내지 말게. 나는 야만인도 아니고, 우악스러운 사람도 아니네. 나는 자네를 세탁소 주인처럼 유황에 질식시켜 죽이고 싶지도 않네.

또한 자네처럼 근사하고 다정한 청년을 간통죄로 고소하여 법의 심판을 받아 죽이고 싶지도 않네. 또한 나는 아내와 이혼하고 싶지도 않고, 재산 분할 소송을 내기도 싫다네. 내가 원하는 것은 자네와 내 아내를 공유하고 내 재산을 공동으로 사용하면서, 세 사람이 같은 침대에서 함께 자는 것일세. 그럼 법원이 개입하지 않고도 이번 사건은 큰 문제 없이 해결될 수 있네. 내 아내와 나는 지금까지 한 번도 싸워 본 적이 없네. 현자들의 가르침을 따라 나는 아내와 화합을 이루며 살아왔네. 이것은 우리 두 사람의 취향이 항상 똑같았기 때문이네. 내가 좋아하는 것을 아내도 좋아했고, 아내가 좋아하는 것을 나도 좋아했네. 공평하다는 법조차도 남편이 아내보다 더 많은 권리를 갖고 있다고 말하지만, 나는 그런 것에 상관하지 않는다네."

방앗간 주인은 야유와 비웃음으로 가득한 말을 하고 나서 그 청년을 침대로 데려갔다. 청년은 원치 않았지만, 그를 따라가야만 했다. 주인은 정직하고 순결한 자기 아내를 다른 방에 가두어 두고, 그 청년과 함께 잠자리에 들어 타락한 첫날밤을 보내며 한껏 즐겼다. 그렇게 그는 아내가 자기에게 했던 나쁜 짓을 멋진 방법으로 복수했다. 다음 날 아침 해가 뜨자 주인은 가장 힘센 노예들을 불러 청년을 맷돌 위에 올려놓고서 붙잡으라고 지시했다. 그런 다음에 그는 청년의 엉덩이를 막대기로 힘껏 내리치면서 말했다.

"너처럼 잘생기고 젊은 놈이 유부녀나 유혹하고 다녀! 네 나이 또래의 애인을 거부하고, 유부녀를 상대하는 이유가 뭐야? 도대체 뭘 바라는 거야? '여자의 정복자'라는 칭호를 받길 바라는 거야? 그리고 간통은 중죄라는 것을 잊었어?"

그는 많은 충고와 더불어 많은 매질을 하고 나서 그를 그곳에서 나가게 해주었다. 이렇게 무모하게 간통을 하려던 청년은 생명을 구했고, 그것은 그가 바라던 최고의 행운이었다. 그러나 하룻밤 사이에 그의 예쁜 엉덩이는 채찍에 맞아 상처를 입어 욱신욱신 쑤셨다.

　하지만 이것으로 끝난 것이 아니었다. 방앗간 주인은 대리인을 통해 즉시 그녀와 이혼했다. 천성적으로 사악한 그녀는 공개적으로 모욕받자 화가 치밀었다. 그래서 그렇게 쫓겨난 여자들이 일상적으로 애용하던 마법에 도움을 청했다. 그녀는 자기 속마음을 털어놓을 수 있는 마녀를 찾아다녔다. 그런 마녀를 찾자 그녀는 아부했다. 또한 선물을 한껏 안겨 주면서 둘 중 하나를 이루게 해달라고 부탁했다. 그것은 남편의 분노를 누그러뜨려 그녀와 다시 살게 해 주든지, 아니면 잔인하고 무서운 힘을 지닌 유령을 보내 남편을 죽여 달라는 것이었다.

　신들에게 어느 정도 영향력이 있고 압력을 가할 수 있었던 그 마녀는 즉시 작업에 착수했다. 그녀는 아주 부드럽고 가장 쉬운 마법을 사용해 모욕받은 남편의 마음을 누그러뜨려 다시 아내와 사랑에 빠지게 하려고 애썼다. 하지만 이 방법으로 만족스러운 결과를 얻지 못하자, 그녀는 분노하여 신들을 찾아갔다. 그녀는 자기의 마법이 치욕을 당했다면서, 만일 성공하면 그에 상응하는 보답을 하겠다고 신들에게 말했다. 그런 후 그녀는 매 맞아 죽은 여인의 유령을 가련한 방앗간 주인에게 보내 그의 목숨을 빼앗으라고 부추겼다.

　아마도 예리한 독자라면 내 이야기를 들으면서 대략 다음과 같은 반론을 제기하며 비판하기 시작할 것이다.

　"이봐, 루키우스! 병신은 빙 나귀였고, 세냐가 빙 싯긴에 믿혀 있있어. 아무리 당신이 영특하고 똑똑한 당나귀였다 하더라도 어떻게 마녀와 주인의 아내가 비밀리에 한 말을 알 수 있어?"

　물론 맞는 말이다. 그렇지만 나는 당나귀의 모습을 하고 있었긴 해도 항상 무언가를 궁금해하는 인간의 지성을 지니고 있었다. 당신은 이제 곧 내가 어떻게 우리 주인의 죽음에 얽힌 음모를 알게 되었는지 이해하게 될 것이다.

점심 무렵, 소름 끼치게 생긴 한 여인이 방앗간으로 들어왔다. 그녀는 더러운 누더기를 입고 있었으며 한 맺힌 모습을 하고 있었다. 나는 그녀가 중죄重罪를 범한 사람이라고 생각했다. 그녀는 더덕더덕 기운 상복을 허름하게 걸치고 있었으며 신발을 신지 않았고, 얼굴은 너무 야위고 해쓱해서 기형적으로 보였다. 흰 머리카락에는 더러운 재가 가득했고, 지저분하게 엉켜서 얼굴을 가리고 있었다.

그녀는 방앗간 주인에게 다가와 그의 손을 다정하게 잡았다. 마치 비밀리에 무언가를 말하려는 모습이었다. 그다음에 그를 따라 침실로 들어갔다. 그녀는 문을 닫았고, 그들은 오랫동안 그곳에 함께 머물러 있었다.

노예들은 밀가루를 만들라고 주인이 주었던 밀이 맷돌 안으로 모두 들어가자, 더 많은 밀을 가져와야 했다. 그러자 몇몇 노예가 침실 문을 두드리며 주인을 불렀다.

"주인님, 밀을 더 주세요. 밀이 모자라요!"

하지만 아무 대답도 하지 않자, 그들은 더욱 세게 문을 두드리며 소리쳤다.

"주인님, 밀을 더 주세요, 밀을 더 달란 말이에요!"

여전히 침묵이 흘렀다. 그들은 문을 열기로 마음먹었다. 하지만 문은 안쪽에서 걸쇠가 채워져 있었다. 그러자 그들은 주인에게 나쁜 일이 일어났을지도 모른다는 불길한 생각을 하면서, 문을 부수기로 결정했다. 노예들이 힘을 합쳐 문을 부수었지만, 방안에서 그 여자의 흔적은 찾을 수가 없었다.

그들이 찾은 것은 목에 밧줄을 걸고 매달려 있는 주인뿐이었다. 즉시 그들은 주인의 목에서 밧줄을 풀었지만, 그는 이미 죽어 있었다. 그들은 눈물을 흘리며 통곡하면서 마지막으로 주인을 깨끗이 씻겨 주었다. 장례식은 바로 그날 저녁에 치러졌고, 많은 사람이 그의 묘지까지 함께 따라가서 명복을 빌었다.

다음 날, 얼마 전에 결혼하여 이웃 마을에 살던 딸이 도착했다. 하지만 그녀가 슬픔에 젖어 자기 머리칼을 쥐어뜯고 가슴을 치며 통곡하면서 왔다는 점이 이상했다. 집안사람 중 그 누구도 계모와의 이혼과 주인의 사망 소식을 전해주지 않았는데, 그녀는 그런 모습으로 도착했다. 목에 밧줄을 맨 아버지가 슬픈 모습으로 그녀의 꿈에 나타나 계모가 부정을 저질렀으며 그녀가 마법을 이용했고, 그가 마법에 걸려 지하 세계로 내려와야만 했다고 설명했다고 한다. 다시 말하면, 실제로 일어났던 일을 꿈속에서 정확하게 말해주었던 것이다. 그녀는 한참 동안 슬피 울고 있었다. 그런데 몇몇 하인의 모습을 보자 그녀는 더욱 통곡했다.

그녀는 아흐레의 장례 기간 동안 무덤에서 아버지를 보살폈고, 마침내 장례 기간이 끝나자 유산을 책임지게 되었다. 그녀는 방앗간과 방앗간 기계와 노예들, 그리고 우리 당나귀들을 경매에 부쳤다. 이런 식으로 한 가정이 순식간에 산산조각이 났고, 그 물품들은 여러 방향으로 흩어졌다. 나 역시 경매에 부쳐졌고, 나는 50드라크마[5]에 어느 가난한 청과 재배 업자에게 팔렸다. 가난한 농부에게 이것은 엄청난 돈이었지만, 그는 나와 함께 열심히 일하면 곧 벌 수 있다고 생각했다.

이제 내가 새로운 상황에서 어떻게 살았는지 말해 보겠다.

매일 아침, 주인은 나에게 채소와 과일을 싣고, 인근 시장으로 데려갔다. 그리고 중간 상인들에게 그것을 판 다음 내 등에 올리꼈고, 우리는 밭으로 돌아왔다. 그가 오후 내내 한시도 쉬지 않고 고랑을 일구고, 채소나 과일나무에 물을 주거나 다른 일을 하는 동안, 나는 편안히 휴식을 취할 수 있었다. 하지만 포도를 수확하는 달콤한 가을이 끝나자, 자연의 순환법칙과 행성의 변화에 따라 폭우가 쏟아지고 밤마다 땅에 차가운 이

---

5   그리스 화폐로 로마의 1/10데나리우스에 해당한다.

슬이 맺히는 염소자리[6]의 추운 겨울이 돌아왔고, 나의 이런 즐거운 시간도 끝이 났다. 내 마구간은 문도 없고 지붕도 없어서 나는 얼어 죽을 지경이었다. 내 주인은 내게 문 달리고 지붕 있는 마구간을 해줄 경제적 여유가 없을 만큼 가난했다. 자기 자신도 짚으로 만든 침대에 의지할 뿐, 지붕 있는 집에서 살 형편이 못되었다. 그가 사는 조그만 초가집은 지붕이 나뭇가지로 얼기설기 엮여 있었고, 그 안에서 그도 매서운 겨울 추위를 견디며 살아야 했다. 게다가 아침마다 장터에 가는 것도 겨울에는 고역이었다.

나는 차가운 진흙이나 깨진 얼음 위를 걸어 다녀야 했지만, 내 발을 보호할 수 있는 신발도 신을 수 없는 처지였다. 또한 나는 배불리 먹을 수도 없었다. 나와 그는 음식을 나누어 먹었고, 그렇게 먹을 수 있는 음식도 양이 매우 적었다. 기껏해야 양상추가 전부였는데, 그것마저도 너무 시들고 뻣뻣해서 마치 낡은 빗자루 같았고, 씁쓸한 주스나 빗물처럼 떨떠름했다.

초승달이 뜬 어느 날 밤, 이웃 마을의 나이 먹은 대지주가 안개 때문에 길을 잃고 비에 흠뻑 젖은 채 우리 채소밭에 도착했다. 그와 그의 말은 극도로 지쳐있었다. 우리 주인은 친구를 맞이하듯이 그를 친절하게 대접했다. 궂은 날씨와 우리의 허름한 집 때문에 그가 불편해할지도 몰라 걱정했지만, 어쨌든지 가능한 한 편하게 해주려고 애썼다. 그는 밤새 잠을 자고 나자 추위와 피로에서 회복되었다. 다음 날 대지주는 우리 주인을 자기 집에 초대하면서 은혜에 보답하고자 했다. 그러면서 우리 주인에게 자기가 수확한 밀과 기름과 포도주 두 통을 주겠다고 약속했다. 그 말을 듣자 주인은 기꺼이 초청을 수락하면서 빈 밀가루 자루와 기름을 담을 가죽 병을 싣고서, 내 위에 올라탔다. 그러고서 13킬로미터가량

---

6 서양의 별자리에 의하면 이것은 12월 21일부터 1월 20일에 해당한다.

떨어진 대지주의 농장으로 나를 데려갔다.

마침내 농장에 도착하자, 대지주는 푸짐한 파티를 열었다. 서로 건배하면서 술을 마시며 즐겁게 이야기하고 있는데, 놀랄만한 사건이 벌어졌다. 암탉 한 마리가 알을 낳을 것처럼 마구 울어대면서 마당을 이리저리 뛰어다녔다. 그것을 보자 대지주는 이렇게 말했다.

"착한 암탉이구나. 너는 우리에 갇힌 다른 암탉들보다 더 많은 알을 낳는구나. 너는 몇 달 전부터 하루에 하나씩 알을 낳았는데, 이제 우리의 저녁 식사를 위해 맛있는 달걀을 주려는 모양이구나."

그러면서 자기 하인을 불렀다.

"얘야! 저 구석에 저 암탉이 항상 알을 낳는 바구니를 갖다 놓아라."

젊은 하인이 주인의 지시대로 하는 동안, 암탉은 평상시에 알을 낳던 바구니를 거부하고 주인에게 달려와 그의 발밑에 무언가를 낳았다. 그런데 그것은 우리가 알고 있던 모양의 달걀이 아니라, 깃털도 없고 발톱과 주둥아리도 없는 병아리였다. 이것을 보자 우리 모두 무언가 불상사가 일어날 것이라고 예감하면서 불안해했다. 이 병아리는 짹짹거리며 자기 엄마 뒤를 따라다니기 시작했다.

하지만 잠시 후, 가장 용감한 사람도 무서워 진땀을 흘리게 할 놀랄만한 기적이 일어났다. 푸짐한 저녁 식사가 남아있던 식탁 아래의 돌바닥이 흔들리더니 갈라진 틈 사이로 핏줄기가 분수처럼 솟구치기 시작하면서, 식탁 위에 놓여있던 그릇과 음식이 모두 피로 저셨다. 모든 사람이 공포에 사로잡혀 당황해하면서 이것이 무슨 재앙의 전조인지 궁금해 했다.

그때 한 늙은 노예가 창고에서 달려 나오면서, 얼마 전에 술통에 넣어서 창고 바닥에 놓아둔 포도주가 마치 커다란 불 위에 놓인 듯이 부글부글 끓고 있다고 말했다. 또한 족제비가 자기 보금자리에서 죽은 뱀을 이빨로 물어 꺼내는 것도 보았고, 조그만 개구리가 양치기 개의 입에서

뛰어내리는 것을 보았으며, 그 개 옆에 있던 양이 개를 덮쳐 이빨로 물어 죽이는 것도 보았다고 말했다. 이런 일련의 끔찍한 소식을 듣자, 대지주와 그의 가족들은 너무나 놀라고 당황해서 그곳에 그냥 있어야 할지, 아니면 무슨 일이라도 해야 하는지조차 모르고 있었다. 분명히 신들의 분노를 피하고 그들을 진정시키려면 희생제물을 바쳐야 하는데, 도대체어떤 희생제물을 받쳐야 하고, 얼마나 받쳐야 하는지도 모르고 있었다. 이렇게 그들은 우왕좌왕하면서 무방비 상태로 커다란 재앙을 기다리고 있었다. 그때 어느 젊은 노예가 농장 주인에게 끔찍한 소식을 갖고 달려 왔다.

농장 주인은 모두 잘 자라고 예의 바르며, 존경받는 세 아들의 아버지라는 사실을 자랑스럽게 여겼다. 그들은 가난한 이웃과 친하게 지내고 있었는데, 이 가난한 이웃의 오두막집은 부자이며 권력 있는 청년의 커다란 농장과 경계를 이루고 있었다. 그 청년의 가문은 유력 가문 중에서도 가장 커다란 영향력을 행사하고 있었다. 그 청년은 돈과 가문의 힘을 마구 사용하면서, 자기 시종들과 노예들을 고용해 그 도시를 자기 마음대로 다스리고 있었다. 그는 최근에 이 가난한 이웃 사람에게 횡포를 부리고 있었다. 그의 땅에 몰래 들어가 양들을 죽이고 소들을 내쫓았으며 곡식이 무르익기 전에 짓밟아버리곤 했다. 그런데 그 청년은 가난한 이웃의 땅이 모두 자기 땅에 속한다는 거짓 주장을 하면서 그의 땅을 빼앗으려고 했다.

가난한 이웃 사람은 순하고 착한 사람이었지만, 청년이 권력을 이용해 자기 땅을 차지하려는 사실을 알게 되자, 친구들에게 자기 재산의 경계가 어디까지인지 정확히 설정할 수 있게 도와달라고 부탁했다. 그는 자기 아버지가 묻힌 땅만 지킬 수 있으면 괜찮다고 말했다. 그를 도와주기로 한 수많은 사람 중에는 세 아들도 끼여 있었다. 하지만 이 파렴치한 세도가는 그토록 많은 사람이 증인을 서기 위해 도착한 것을 보고도 전혀 동요하지 않았고, 땅을 빼앗으려는 욕심도 버리지 않았다. 그는 말을 조심하지 않고 마구 내뱉었다. 그러자 그곳에 있던 사람들은 자신들이 중재를 서겠다면서, 정중한 말씨로 남의 땅을 차지하려고 하는 것은 법적으로도 맞지 않으며 도덕적으로도 있을 수 없는 일이라고 지적했다. 하지만 그들의 말이 이치에 맞았음에도 그는 계속해서 무례하게 행동했다. 그러면서 그와 그의 가족은 그들의 중재에 굴복하느니 차라리 죽겠다면서 "빌어먹을 놈들! 난 중재자가 아무리 많더라도 상관없어!"라고 소리 지르며 이렇게 하인들에게 명령했다.

"이봐라, 노예들이여. 저놈의 귀를 잡고 저 쓰러질 것 같은 집에서 될 수 있는 한 먼 곳에 갖다 버려라. 그리고 이곳에 다시는 얼씬도 못하게 해라."

이 말을 듣자 그곳에 있던 모든 사람이 분노했다. 세 형제 중 한 사람이 화를 못 이겨 그에게 돈이 많고, 권력을 갖고 있다고 해도 이렇게 협박하는 것은 아무런 소용이 없다고 말했다. 그는 버릇없는 부자에게, 가난한 사람도 부자의 횡포로부터 법으로 보호받고 구제받을 수 있다고 말했다.

이렇게 반박했지만, 그 말은 청년을 더욱 난폭하게 만들었을 뿐이다. 그것은 마치 불에 기름을 붓거나 혹은 불에 유황을 넣는 것과 같았으며, 푸리아에 여신이 채찍을 보면 흥분하는 것과 같았다. 그 말을 듣자 그는 이성을 잃고, 마치 미친 사람처럼 소리쳤다.

"이런 빌어먹을 놈들 같으니라고! 여기에 있는 모든 놈을 죽여 버려! 무슨 놈의 빌어먹을 법! 법도 없애 버려!"

그러면서 그는 몸집이 커다란 양치기 개와 경비견 등을 비롯하여 피에 굶주려 밭에 널린 시체들을 주워 먹으면서 가까이 지나는 사람들을 마구 물어뜯던 모든 맹수를 풀어놓고, 그곳에 모인 사람들을 전부 물어 뜯으라고 지시했다.

하인들의 공격 신호를 받자 개들은 무섭게 짖어대면서 가난한 친구를 지지하던 사람들에게 달려들어 물기 시작했다. 그들은 도망치려고 했지만, 개들은 그들이 뛰는 속도보다 훨씬 빠르게 쫓아가 더욱 성난 듯이 그들을 공격했다. 극도의 혼란에 빠져 도망치던 군중 속에는 세 형제 중 막내도 끼어 있었다. 그는 도망치던 도중에 돌에 발을 부딪혔다. 그가 쓰러지자, 개들은 그를 덮쳐 물어뜯고 그의 뼈에서 살점을 떼어 내어 맛있다는 듯이 삼켰다. 개들은 기운 빠진 먹이를 갈기갈기 찢어 먹었다. 다른 형제들이 그의 비명을 듣자 그를 구하기 위해 달려왔다. 그들은 양팔을 겉옷으로 칭칭 동여매고 동생을 구하기 위해 개들에게 비 오듯이 돌을 던졌다. 하지만 포악한 개들을 물리칠 수는 없었다. 개들은 피 맛을 보자 그곳에서 떠나려 하지 않았고, 그래서 그는 그들이 지켜보는 가운데 개들의 먹이가 되어 찢겼다. 그는 그곳에서 죽어가며 부탁했다.

"원수를 갚아줘요. 저 못된 부잣놈을 죽여줘요!"

그러자 흥분한 두 형제는 자신들의 목숨은 생각하지도 않고 비열한 부잣놈한테 달려가서 돌을 던졌다. 그러나 잔혹한 부잣놈은 이런 상황에 익숙해 있었다. 그래서 그는 창을 들어 한 형제에게 던졌다. 그 창은 그를 관통했지만, 그는 죽음으로 신음하면서도 바닥에 쓰러지지는 않았다. 창이 그를 관통했을 때 너무나 힘차게 날아와 등 윗부분을 뚫고 지나가면서 바닥에 꽂혔기 때문이다. 그래서 그의 몸은 쓰러지지 않고 땅에 발을 딛고 있었다. 이 순간 가장 힘센 노예가 살인자인 부잣놈을 방어하기 위해 뛰어나왔다. 그는 돌을 집어 나머지 형제의 오른팔을 향해 던졌다. 하지만 그 돌은 겉보기와는 달리 그의 오른쪽 팔을 힘없이 때리면서 그에게 아무런 상처도 입히지 못한 채 바닥에 떨어졌다. 그러자 영특한 그는 그 돌을 손에 쥐고 복수할 절호의 기회라고 생각했다. 그는 한쪽 손을 못 쓰는 것처럼 위장하면서 적에게 이렇게 외쳤다.

"우리 가족 모두의 죽음을 한껏 즐겨라. 그리고 세 형제의 피로 네 잔인한 마음을 한껏 채워라. 그리고 저기 겁먹고 서 있는 사람들마저 죽여 승리를 구가하라. 하지만 이것만은 명심해라. 네 놈이 가난한 사람의 재산을 빼앗아 갈수록 부자가 되고, 가난한 내 친구를 네 땅에서 멀리 떨어진 곳으로 보낼지언정, 너는 항상 이웃과 함께 살게 될 것이다. 너는 나와 같은 이웃을 만날 수도 있다는 사실을 알아라. 아, 네 이웃이 될 내가 이 팔로 네 놈의 목을 잘라야 했는데, 불공정한 운명의 장난으로 이 팔을 못 쓰게 되었구나."

이 말을 듣자 난폭한 불한당은 화가 치밀어 칼을 집어 들고서 손수 그의 목을 자르기 위해 덤벼들었다. 하지만 이것은 도저히 상대되지 않는 싸움으로 변해 예상치 못한 결과를 낳았다. 불한당이 생각한 것과는 달리 청년은 그와 용감히 맞섰고, 이내 그의 팔을 꺾어 칼을 빼앗았다. 청년은 아주 조심스레 정조준하여 그의 머리를 찌른 후, 몇 차례에 걸쳐 똑같은 부분을 마구 찔렀다. 이렇게 파렴치한 불한당의 썩은 영혼을 육체에서 꺼내 버렸다.

주인이 칼을 빼앗기자 노예들은 그를 구하러 달려왔다. 하지만 승리자는 그들이 도착하기 전에 아직도 적의 피가 뚝뚝 떨어지고 있던 칼로 자기의 목을 찔렀다.

이것이 바로 이상한 기적들이 예언한 소식이었다. 농장 주인은 너무 많은 재앙이 한꺼번에 닥치자 말도 제대로 하지 못한 채 하염없이 눈물만 흘리고 있었다. 그러면서 그는 손님들에게 나누어주기 위해 치즈를 잘랐던 칼을 집어 자기 아들이 부잣집 불한당의 칼로 그랬던 것처럼 자기의 목을 찔렀다. 그는 식탁 위로 쓰러지면서, 조금 전에 핏물의 샘이 솟구쳐 물들였던 테이블을 자신의 피로 뒤덮었다.

이렇게 순식간에 우리를 초대했던 농장 주인의 가족은 모두 목숨을 잃었다. 내 주인은 그곳에 있던 모든 사람과 함께 이 불행을 함께 슬퍼했다. 물론 그는 자기가 빈 자루와 빈 병을 들고 돌아가야 한다는 사실에 실망하지 않았다. 그는 만찬을 열어 주어서 감사하다는 말을 하고, 눈물을 터뜨리면서 죽은 농장주의 손을 꼭 잡았다. 그다음 그는 내 등에 올라타고 우리가 왔던 길로 다시 나를 몰기 시작했다.

하지만 그 여행도 순탄하지는 않았다. 우리가 가는 도중에 키 큰 로마 병사가 출현했기 때문이다. 그의 생김새와 복장으로 볼 때 그는 백인대百人隊의 병사임이 틀림없었다. 그는 거만한 목소리로 내 주인에게 짐도 싣지 않은 당나귀를 데리고 어디로 가느냐고 물었다. 하지만 내 주인은 조금 전에 목격한 끔찍한 사건 때문에 제정신이 아니었으며, 또한 라틴어를 몰랐기 때문에 그 물음에 대답하지 않고 계속해서 길을 갔다.

그러자 그 병사는 주인의 침묵을 자기에 대한 도전이라고 생각하여 화를 냈다. 그는 가지고 있던 포도나무 가지로 주인의 목을 후려쳤고, 내 주인은 바닥에 나뒹굴었다. 주인은 땅바닥에 넘어진 채로 겸손하고 유순하게 병사에게 대답했다.

"미안합니다. 하지만 나는 당신이 말하는 언어를 알아들을 수 없어요. 그래서 당신이 말한 것이 무엇인지 알 수가 없었습니다."

그러자 그 병사는 그리스어로 말했다.

"당나귀를 타고 어디로 가는 거야?"

"인근 마을로 갑니다."

"음…… 나는 그 당나귀가 필요해. 우리 대장의 짐을 다른 곳으로 옮겨야 하는데, 짐을 실을 짐승이 필요해."

이렇게 말하면서 그는 내 고삐를 잡고 자기가 왔던 길로 나를 데려가려고 했다. 나뭇가지에 맞아 찢어진 상처에서 흘러나오는 피를 닦으며 내 주인은 동료를 다루듯 악감정 없이 좀 더 예의 바르게 대해 달라고 병사에게 부탁했다. 그러면서 이렇게 말했다.

"당신이 원하면 가져가도 좋지만, 이 당나귀는 게으르고, 전염병에 걸려 있어서 전혀 쓸모가 없을 겁니다. 내 채소밭에서 재배되는 얼마 안 되는 채소 더미도 시장으로 운반할 힘이 없어요. 그래서 시장에서 집으로 돌아오면 숨을 헐떡이기 일쑤랍니다. 그러니 그것보다 무거운 짐을 실으면, 아마 너무 힘들어 이 당나귀의 심장은 터져 버리고 말 겁니다."

하지만 인정사정없는 이 병사가 자신의 간청에 귀 기울이지 않고, 오히려 더 큰 포도나무 가지로 다시 때리려고 하는 것을 보자, 그는 최후의 방법을 썼다. 그는 병사 앞에 겸허하게 무릎 꿇고, 제발 자기를 동정해달라면서 그의 발에 매달리려는 듯이 행동했다. 하지만 그때 그는 뜻하지 않은 행동을 했다. 그는 병사의 다리를 붙잡더니 양다리를 번쩍 들어 땅바닥에 쓰러뜨렸다.

그러더니 그를 주먹으로 때리고, 입으로 물어뜯고 팔꿈치로 마구 쳤

다. 심지어 길가의 돌을 집어 얼굴과 갈비뼈를 마구 내리쳤다. 병사는 바닥에 쓰러진 순간부터 자신을 방어할 수 없었고, 이 위기의 순간을 빠져나갈 수도 없었다. 단지 자기가 일어나면 칼로 토막토막 잘라서 죽여 버리겠다고 위협하는 게 고작이었다.

하지만 경고를 듣자 내 주인은 칼을 빼앗아 멀리 던져 버렸다. 그리고 전보다 더욱 세게 그를 때리기 시작했다. 그러자 기운이 빠져 처참한 모습으로 있던 병사는 자신의 목숨을 구하기 위해 마지막 수단을 썼다. 그는 죽은 시늉을 했다.

이 모습을 본 내 주인은 칼을 집어 들고, 내 등 위에 올라탄 후 마을로 갔다. 그는 자기 채소밭도 들르지 않고, 곧장 친구의 가게로 가서 무슨 일이 있었는지 말했다. 그러고는 만일 백인대 병사들이 이 사실을 알고 그를 체포하면 죽일지도 모르니, 문제가 잠잠해질 때까지 이틀이나 사흘 정도만 자기와 당나귀를 안전한 장소에 숨겨 달라고 부탁했다.

친구는 오랜 우정을 생각하여 그의 청을 들어주었다. 그래서 그들은 내 다리를 꽁꽁 묶은 다음 사다리를 통해 2층에 있던 다락방으로 옮겼다. 하지만 내 주인은 가게 1층에 머물렀다. 그는 현관 입구에 있던 커다란 바구니에 숨었고, 친구는 아무도 눈치채지 못하도록 조심스럽게 바구니 뚜껑을 덮어 주었다.

내가 나중에 들은 바에 의하면, 그 병사는 술 취한 것처럼 아프고 빙빙 도는 머리를 들고서 일어났다. 그러고는 지팡이에 의지해서 힘들게 마을에 도착했다. 하지만 내 주인에게 당한 모욕이 알려질까 두려워 혼자서 아무 말 없이 치욕을 삼키고 있었다. 하지만 이내 몇몇 동료를 만나 자기가 치욕을 당했다는 사실을 이야기했다. 그러자 그들은 막사에 며칠간 그를 숨겨두기로 합의했다.

시장 채소 업자에게 맞았다는 사실이 알려지면 백인대 병사의 직위를 박탈당할 뿐만 아니라, 무기를 빼앗긴 것은 군법에 따라 탈영과 똑같이 취급되며, 황제에게 했던 충성의 맹세를 어기는 것이었기 때문이다. 이미 우리에 관한 정보를 확보하고 있던 그들은 복수하기 위해 우리를 찾기 시작했다.

우리는 이웃 사람들이 고자질하지 않을까 두려웠다. 그리고 우리가 걱정했던 대로 실제로 못된 이웃 사람이 배신하여 우리가 어디에 숨어 있는지 밀고했다.

그래서 백인대 병사들은 민간 치안 판사를 찾아가 백인대 대장이 거리에서 은전을 잃어버렸는데, 그것을 어느 채소 새배입자가 밀쳤지만 돌려주기를 거부했으며, 지금 그는 어느 친구의 집에 숨어 있다고 말했다. 백인대 대장의 신원과 피해를 확인한 후, 치안 판사는 우리가 숨은 가게 문 앞에 도착했다. 그리고 큰 소리로 우리를 숨겨준 사람에게 우리가 그곳에 숨어 있는 것을 알고 있으니 자진해서 인도하라고 말했다. 그리고 그렇지 않을 때에는 중죄인重罪人 은닉죄로 사형 선고를 받을 것이라고 경고했다.

하지만 가게 주인은 용감한 사람이었으며 진정한 친구였다. 그는 자기 보호 아래 있는 사람을 구하기 위해 가능한 모든 방법을 동원했다. 그러면서 오래전부터 자기는 우리에 대해 아는 바가 없으며, 최근에 우리를 본 적도 없다고 대답했다. 하지만 병사들은 황제의 이름을 두고 맹세한다면서 그가 그 가게에 우리를 숨겨두었다고 계속해서 주장했다. 그러자 치안 판사는 가게 주인이 그토록 완강하게 부인하는 것이 사실인지 알아보기 위해 경찰을 보내 가게 구석구석을 샅샅이 조사했다. 그들은 아래층과 위층을 조사했지만, 당나귀건 사람이건 아무 흔적도 찾을 수 없었다고 보고했다. 이 말을 듣자 양쪽이 심한 설전을 벌였다. 병사들은 카이사르 황제의 이름을 걸고 우리가 그곳에 있다는 것을 확신한다고 말했고, 가게 주인은 병사들이 거짓말하고 있다면서 올림포스의 모든 신을 두고 맹세했다.

밖에서 이런 소란이 일어나자 나는 경솔하고 호기심 많은 당나귀라는 본성을 숨기지 못하고, 도대체 왜 그런지 알아보기 위해 다락방 창문으로 목을 약간 빼어 몰래 밖을 내다보았다. 그때 우연히 한 병사가 눈을 들어 위를 바라보았다. 그는 나를 제대로 볼 수 있는 위치가 아니었다. 그래서 이웃집 벽에 드리운 내 머리와 귀의 그림자를 보았다. 그러자 "저것 좀 봐요! 저걸 봐요!"라고 외쳤다. 그러자 모든 병사가 소리를 지르며 가게로 뛰어들어 내가 숨어 있던 2층으로 사다리를 타고 올라와 나를 밖으로 끌어냈다.

그다음에 그들은 다시 가게를 철저히 조사하기 시작했고, 마침내 문 앞에 있던 바구니 뚜껑을 열었다. 그곳에는 바로 불쌍한 내 주인이 숨어 있었다. 그들은 바구니에서 그를 꺼내 치안 판사에게 인도했고, 그를 로마 장교를 구타하고 욕보였다는 죄목으로 감옥으로 데려갔다.

당나귀가 창문으로 내다보다가 증거가 잡혔다는 이야기가 너무도 재미있어서 병사들은 며칠 동안 이 이야기를 하며 나를 비웃었다. 그래서 어떤 사람이 두 개의 잘 알려진 속담을 조합해서 '당나귀는 그림자만 봐도 당나귀인 줄 안다'[7]라는 명언을 탄생시켰다.

---

7 '몰래 엿본 당나귀 때문에'와 '모든 게 당나귀의 그림자 때문이야'라는 속담이다. 앞에 속담은 루키아 누스의 이 대목에 해당하는 것이며, 옹기장이가 제기한 소송에 바탕을 둔 것이다. 옹기장이는 당나귀 가 가게 진열장을 몰래 엿보다가 도자기를 깨뜨리자 당나귀 주인을 상대로 소송을 제기했다. 또한 두 번째 속담은 플라톤과 메난드로스가 인용한 것으로, 당나귀를 탄 여행자와 그 당나귀를 여행자에게 빌 려준 마부가 나무 한 그루 없는 사막에서 벌인 말싸움에 바탕을 두고 있다. 여행자는 당나귀의 그림자 아래서 낮잠을 자고 싶어 했지만, 그 마부는 자기는 당나귀만 빌려주었을 뿐 그림자를 빌려준 것은 아 니라는 이유를 대며 당나귀의 그림자는 자기 것이라고 우겼다. 결과적으로 두 사람의 말싸움은 결투로 변했다. 두 사람은 싸우다가 모두 목숨을 잃었지만, 당나귀는 그 어느 곳에서도 찾아볼 수 없었다.

10장

당나귀 루키우스,
음탕한 여인과 사랑을 나누다

다음 날, 나는 나의 주인인 채소 재배업자와 가게 주인에게 무슨 일이 일어났는지 전혀 알 수 없었다. 하지만 백인대를 망신시켰다는 이유로 엄청나게 맞았던 병사는 그 누구의 방해도 받지 않고 나를 마구간에서 꺼냈다. 그리고 나를 어떤 곳으로 데려갔는데, 내가 보기에 그곳은 그의 숙소 같았다. 그곳에서 그는 남들과 함께 쓰던 짐을 싣고서 군마軍馬와 흡사하게 나를 만들었다. 그는 높이 솟은 짐 위로 번쩍이는 청동 헬멧과 눈이 상할 정도로 눈부시게 빛나는 방패와 손잡이가 굉장히 긴 창을 놓았다. 하지만 길을 따라 행진하는 군인처럼 보인 이 모습은 군법에 저촉되었다. 그 병사는 단지 지나가던 행인을 겁주기 위해 이렇게 치장했다. 우리는 좋은 길을 따라 평원을 가로질러 조그만 마을에 도착했다. 그곳에서 그는 싸구려 여인숙에 거처를 정하지 않고, 데쿠리오[1]의 집으로 갔다. 병사는 노예에게 나를 보살피라고 지시하고, 즉시 1000명을 지휘하는 연대장에게 신고하러 갔다.

이후 며칠간 내게 특기할 만한 일은 없었다. 단지 내가 여기에 있는 동안 발생했던 끔찍한 살인 사건 재판만이 기억날 뿐이다. 그래서 그 사건이 무엇인지 여러분이 알 수 있도록 여기에 간략히 서술하고자 한다.

사건의 주요 인물들은 내가 있던 숙소의 주인들, 즉 데쿠리오와 그의 아내와 두 아들이며, 그 끔찍한 사건은 내가 도착했을 때 이미 진행되고

---

1 이 직책이 군인과 연관되어 사용될 경우는 10명의 기병을 지휘하는 장교를 뜻한다.

있었다. 데쿠리오의 아들은 공부를 잘했으며, 사실상 모든 좋은 점을 다 갖추었고, 모든 사람에게 본보기가 될 만한 청년이었다. 어떤 아버지라도 그런 아들을 갖고 싶어 할 정도의 사람이었다. 그의 어머니는 오래전에 세상을 떠났고, 그의 아버지는 재혼해서 다른 아들을 두고 있었다. 그 아들은 당시 열두 살이었다. 계모는 좋은 품성을 가지려하기보다는 오히려 미모만 자랑하면서 아무 일도 하지 않은 채 집안을 다스리고 있었다. 그녀가 천성적으로 음탕한 것인지 아니면 운명의 사주를 받아 어쩔 수 없었는지는 모르지만, 좌우간 자기의 의붓아들을 사랑하게 되었다. 독자들이여, 당신들은 이미 이것이 희극이 아니라 비극이며, 이런 이야기는 긴 장화를 벗고 반장화를 신은 채[2] 읽어야 한다는 사실을 익히 알고 있을 것이다.

이 조그만 쿠피도가 어린애였을 때, 계모는 자신의 부끄러운 생각을 떨쳐버리면서 자신의 열정을 숨길 수 있었다. 하지만 그가 자라서 어른이 되어 여자를 알 나이가 되자, 그녀의 마음은 불타오르는 사랑의 화살에 맞았다. 그리고 이런 사랑의 상처를 숨기자, 이내 그녀는 중병에 걸린 사람처럼 보이게 되었다. 사실 상사병의 증상이 평범한 질병의 증상과 쉽게 구별되지 않는다는 것을 많은 사람이 알고 있을 것이다. 가령 두 병 모두 창백한 혈색을 보이고, 우수에 잠긴 눈빛을 띠며, 무릎에 힘이 없고, 잠을 제대로 이루지 못하며, 오래될수록 점점 더 깊고 괴로운 한숨을 내쉰다. 만일 그녀가 울면서 온종일을 보내지 않았더라면, 어떤 사람이라도 그녀가 열병을 앓고 있다고 생각했을 것이다. 언젠가 베르길리우스는 「아아, 슬프도다! 예언자들은 모두 바보로구나!」라고 말했다. 나는 여기에서 「아아, 슬프도다. 의사들은 모두 바보로구나!」라고 말하고 싶다. 그녀를 진찰했던 의사들은 맥박이 빨리 뛰고, 종종 고열로 기절하며, 힘들게 호

---

2 반장화란 그리스 비극 배우들이 신고 다니던 밑창이 넓고 높은 구두이다. 반면에 긴 장화는 희극 배우들이 신던 신발이다. 여기에서는 이 이야기가 비극적인 것이므로 즐겁게 읽기보다는 엄숙하게 읽어야 한다는 사실을 뜻한다.

흡하고, 자주 기침하며, 잠을 잘 때 쉬지 않고 끊임없이 뒤척인다는 사실을 알고 당황했다. 그들은 이 병을 고치기 위해 어떤 약을 처방해야 할지 전혀 알 수 없었다. 아, 신이시여, 베누스의 열정을 조금이라도 이해한다면 의학적 지식이 전혀 없는 학생도 이 열병이 무엇인지 즉시 알 수 있었을 텐데, 의사들이 이걸 모르다니 말이 됩니까?

그녀의 건강은 갈수록 악화되었다. 그러자 그녀는 오랜 침묵을 깨기로 마음먹고 아들을 불러오라고 지시했다. 그녀는 얼굴을 붉히지 않기 위해 그를 '아들'이라 부르기 원치 않았다. 그 말을 사용하지 않길 바랐다. 어쨌거나 그는 병에 걸린 어머니의 부름을 받자 즉시 침실로 달려왔다. 어머니를 너무나 걱정한 나머지 그의 모습은 노인과 같았다. 그는 그녀가 자신에게 무엇을 원하는지 전혀 알지 못하고 있었다. 어쨌든 그녀는 아버지의 아내이자, 이복동생의 어머니였으므로 청년은 예의를 갖추어 침실로 들어갔다. 그동안 너무도 오랫동안 침묵을 지키는 바람에 죽을 지경에 이르렀으면서도, 그녀는 자기가 원하는 바를 어떻게 말해야 할지 몰랐다. 그녀는 이런 곤란한 만남을 대비하여 모든 것을 철저히 생각해 두었지만, 너무나 부끄러워 어떻게 말을 시작해야 할지 모르고 있었다. 바로 그때 아무것도 모르는 의붓아들이 아주 겸손하고 차분하게 그녀의 병의 원인이 무엇이냐고 물었다. 그러자 그녀는 두 사람만 있는 기회를 이용하기로 마음먹었다. 그녀는 갑자기 울음을 터뜨리면서 이브닝드레스 치맛자락으로 얼굴을 감싸고 눈물을 닦았다. 그러면서 떨리는 목소리로 말했다.

「바로 너야. 네가 나를 병나게 했어. 네가 나의 열병을 치료할 수 있는 유일한 사람이야. 네가 나를 치료해주지 않으면 나는 죽고 말 거야.」

그러자 그는 소스라치게 놀라며 소리쳤다.

「저라고요! 제가 어떻게 했기에 어머니를 병나게 했단 말이지요?」

「나를 자세히 봐. 네 눈은 내 마음속에 너무 깊이 들어와 있어. 그것이 바로 내 마음의 불씨에 불을 질렀던 거야. 나는 지금 죽어가고 있어.

나를 불쌍히 여겨 줘. 내가 아버지의 아내라고 생각해서 나를 멀리하지는 마라. 대신 너만이 그의 아내를 살릴 수 있는 사람이라고 생각해 줘. 그렇지 않으면 나는 죽고 말 거야. 난 널 사랑해. 내가 널 사랑한다고 나를 욕하지는 마라. 네 안에는 네 아버지의 모습이 있어. 자, 이리 와. 우리 말고는 아무도 없어. 아무것도 두려워할 게 없어. 자, 지금이 기회야. 너는 아마도 이것을 근친상간이라고 말할지도 몰라. 그렇지만 '눈에 띄지 않은 범죄는 이루어지지 않은 범죄이다.'라는 속담을 되새겨 봐.」

갑작스럽게 이런 뜻하지 않은 말을 듣자 첫째 아들은 너무도 당황한 나머지 멍하니 서 있었다. 비록 그녀의 요구를 받아들여야 한다는 사실이 끔찍스럽고 역겨웠지만, 너무 솔직하게 거절하여 분노를 일으킬 필요는 없다고 생각했다. 그는 계모에게 원하는 것은 모두 해 줄 것을 약속하면서, 잠시 시간을 두고 적당한 때가 오길 기다리는 것이 좋을 것 같다고 말했다.

「어머니, 이제는 건강을 돌보시고, 마음을 편히 하세요. 저는 당신과 함께 있을 기회를 찾아보겠습니다. 아버지가 말을 타고 멀리 떠나시면 아마 우리의 욕망을 마음껏 즐길 수 있을 겁니다.」

말을 마치자, 그는 성급히 자기 방으로 달려갔다. 계모의 얼굴만 보아도 병에 걸릴 것 같았기 때문이다.

그는 자기가 올바르게 처신하지 않으면 가족 모두가 파멸할지도 모르며, 이 문제에 대해 정말 현명하고 분별력 있는 사람에게 자문해야겠다고 생각했다. 그래서 그는 현명하다고 평판이 자자한 옛 학교 스승을 찾아가서 자기 문제를 설명했다. 스승은 한참 동안 골똘히 생각하더니 자기가 줄 수 있는 최고의 충고는 잔인한 운명의 여신이 폭풍을 일으키기 전에 가능한 한 빨리 집을 떠나는 것이라고 말했다. 그래서 그는 집으로 돌아와 떠날 채비를 했다. 하지만 계모는 더 이상 아들과의 사랑을 지체할 수 없었다. 그래서 남편에게 거짓말로 구실을 만들어 마을에서 멀리 떨어진 농장이 어떻게 되고 있는지 급히 둘러보고 오라고 말했다. 남편이 집을 떠나자마자, 그녀는 의붓아들에게 약속한 대로 자기의 열정을 해소해 달라고 요구했다.

그러나 그는 그러기가 너무나 싫었기 때문에 계모의 얼굴을 보고 싶어 하지도 않았다. 그래서 변명을 대면서 못 간다는 메시지를 보냈다. 그녀가 재차 약속을 지키기를 요구하자, 다른 핑계를 대면서 거절했다. 마침내 계모는 그가 약속을 지키지 않으리라는 사실을 깨달았다. 그러자 의붓아들에 대한 애욕愛慾은 순식간에 지독한 증오로 변했다. 그녀는 자기가 지참금의 일부로 데려왔고, 어떤 종류의 범죄도 능히 저지를 수 있는 노예를 불러 의붓아들을 죽여야겠다는 사악한 의도를 털어놓았다. 그들은 함께 머리를 맞대고 궁리한 끝에 이런 상황에서 할 수 있는 가장 좋은 방법은 독약을 먹여 죽이는 것이라는 결론에 도달했다. 그러자 계모는 사람의 목숨을 앗아갈 수 있는 치명적인 독약을 사 오라고 이 불한당을 보냈다. 그가 돌아오자, 그녀는 아무것도 모르는 착한 의붓아들이 먹으면 목숨을 잃을 정도의 독약을 포도주에 타고서 그 포도주 잔을 식탁에 놔두었다. 하지만 포르투나는 자기의 생각을 바꿨다.

정오경에, 그러니까 그들이 언제 포도주를 주어야 할지 골똘히 생각하는 동안, 이 사악한 아내의 아들이 학교에서 돌아왔다. 그는 점심을 먹은 후에 갈증을 느꼈다. 그리고 독약이 든 포도주 잔을 보자, 그 안에 자기 형을 죽이기 위해 타 놓은 독약이 있는 줄도 모르고 컵 밑에 가라앉은 찌꺼기까지 모두 마셔버렸다. 그러자 그는 순식간에 의식을 잃고 바닥에 쓰러졌다. 학교에 데려다주고 데려오는 임무를 맡았던 노예는 이 재앙에 너무도 놀란 나머지 흐느끼면서 어머니와 모든 집안 식구를 불렀다. 그리고 그 소년이 포도주를 마셨다고 말했다. 독약으로 인해 죽은 것이 밝혀지자, 그들은 누가 이런 끔찍한 범죄를 저질렀느냐면서 서로 헐뜯기 시작했다.

계모는 보통 못되다는 평판을 듣는데, 이번 경우는 그런 평판을 완전히 재확인시켜 주었다. 그녀는 자기가 낳은 아들의 끔찍한 죽음에도 전혀 동요하지 않았으며, 자기가 죽였다는 죄책감도 느끼지 않았다. 반대로 그녀는 가족의 이런 재앙을 복수로 갚으려 했다. 그녀는 심부름꾼을 보내 여행 중인 남편에게 이 소식을 전했다. 그리고 그가 집으로 돌아오자 의붓아들이 자기 아들을 독살시켰다고 말했다. 물론 형을 죽이기 위해 타 놓은 독약을 마시고 그가 죽었기 때문에, 이 말이 전적으로 틀린 것은 아니었다. 그러나 그녀는 의붓아들의 손에 자기 아들이 죽었으며, 그 이유는 그가 자기와 사랑을 나누자고 파렴치한 제의를 했는데, 자기가 그 제의를 거절하자 자기 아들을 독살시켰다고 말했다. 이것도 모자라 그녀는 자기가 그를 살인자라고 비난하자, 의붓아들은 칼로 위협하면서 그 사실을 밝히면 죽여 버리겠다며 위협했다고 덧붙였다.

데쿠리오의 마음은 고통의 바다를 항해하고 있었다. 한 아들은 장례를 기다리고 있었고, 다른 아들은 근친상간과 형제살인으로 사형을 언도받을 신세였기 때문이다. 그가 사랑하고 믿는 아내가 울면서 이런 충격적인 이야기를 하자, 그는 첫째 아들에게 연민의 정을 느낀 것이 아니라 증오했다.

아들의 장례식이 끝나고 그를 매장한 후, 가련한 아버지는 눈물을 삼키고 아들의 재가 남아있던 자기 흰머리를 쥐어뜯으며 중앙 광장에 있는 법정으로 향했다. 그곳에서 그는 부정한 아내의 속임수를 간파하지 못한 채, 치안 판사들과 자기 동료인 군 장교들의 무릎을 붙잡고 열변을 토했다. 즉, 그는 존속 살인과 근친상간과 부모의 침대를 더럽게 하고 계모를 죽이겠다고 위협했다는 이유로 자기에게 남아있는 아들을 사형에 처해 달라며 울면서 애원했다. 그러자 치안 판사들은 분노하며 그에게 연민을 느꼈다. 또한 법원 사람들뿐만 아니라, 마을 사람 모두 고소에 필요한 증인 채택과 범인의 진술을 듣는 등 지루하고 장황한 재판 절차를 생략하고, 고소인의 첫째 아들을 처형하려고 했다. 그들은 「저놈에게 돌을 던져라! 돌을 던져라! 인륜을 저버린 자는 공개 처형해야 한다!」라고 소리치기 시작했다.

하지만 판사들은 민중들의 격분한 감정으로 진행되는 야만스러운 심판은 민중들이 법을 우습게 여기게 만들어 반란으로 이어질지도 모른다며 걱정했다. 그래서 그들은 민중들을 진정시키기 위해 군 장교들에게 협조를 요청하는 한편, 선조들의 의식과 관습을 따라 고소인과 피고소인, 그리고 증인들을 불러 그들의 진술을 듣고 검토한 후 평결을 내리는 합법적인 재판 절차를 밟기로 결정했다. 판사들은 이렇게 말했다.

「우리는 피고소인에게 말할 기회조차 주지 않고 선고를 내릴 수는 없습니다. 그런 일은 야만족이나 전제정치 아래에서나 벌어집니다. 특히 현재와 같이 평화로운 시대에는 절대로 그렇게 할 수 없습니다. 후세에게 보기 좋지 않은 선례를 물려줄 수는 없습니다.」

이 말은 매우 합당한 결정이었고, 따라서 만장일치로 가결되었다. 그래서 그 마을 서기에게 모든 사법위원을 법정으로 소집하라고 지시했다. 모든 사법위원이 법정에 서열대로 앉자, 먼저 고소인을 법정으로 불렀다. 그다음에 피고소인을 데려오라고 했다. 본격적인 재판이 시작되기 전에 그들은 아티카 법과 아레오파고스가 채택한 소송법에 따라 양측 변호인은 법관들의 감정에 불필요하게 호소하거나 쓸데없는 말을 하지 말고 변호하라고 지시했다.

나는 법정에 가지 못하고 마구간에 매어져 있었지만, 마구간에 찾아와 떠드는 여러 사람의 대화를 통해 간접적으로 이것들을 알게 되었다. 따라서 나는 고소인이 뭐라고 말했으며, 피고소인이 어떤 논조로 고소문을 반박했고, 어떤 말들이 오갔으며 무슨 논쟁이 있었는지 정확히 옮길 수는 없다. 여기에서는 내가 사실인지 확인해 볼 수 있었던 것만을 적을 예정이다.

원고 측 변호인이 처벌을 주장하고, 피고 측 변호인이 혐의를 부인하며 범인을 변호하는 발언을 마치자, 판사들은 이런 중대한 사건에서 단지 혐의나 상황 증거에만 의존하여 판결을 내릴 수는 없다고 판단했다. 그래서 모든 사실을 알고 있는 유일한 증인으로 고소인이 채택한 계모의 노예를 소환했다. 이 극악무도한 인간은 증언하기 위해 엄숙한 법정에 섰을 때도 전혀 떨리는 기색이 없었다. 또한 이번 사건이 중대하여 모든 사법위원이 배석하고 있었지만, 그는 전혀 양심의 가책을 느끼지 않고서 태연하게 거짓 증언을 하기 시작했다. 그 노예는 계모의 이야기에 자기가 만들어 낸 이야기를 덧붙였다. 다시 말하면, 그는 피고가 근친상간을 하고 싶다는 욕망을 계모가 거부하자 원한을 품고 자기를 불러 독약을 사 오라고 시킨 후, 입을 막기 위해 엄청난 돈으로 매수했으며, 또한 그 독약을 사용하라고 지시했다고 증언했다. 그러면서 사건 경위를 이렇게 설명했다.

「저는 절대로 피고에게 그런 나쁜 짓을 못하겠다고 말했습니다. 하지만 그는 돈을 보여주면서, 제게 독약이 든 컵을 주었습니다. 그는 그 전에 이미 제가 보는 앞에서 포도주에 독약을 섞었습니다. 그러면서 제가 그것을 자기 동생에게 마시게 하라고 지시했습니다. 그리고 시키는 대로 하지 않으면, 저를 죽여 버리겠다고 위협했습니다. 그래서 저는 컵을 받았지만, 그 컵을 그의 동생에게 주지 않았습니다. 그러자 피고는 저를 찾아와 만일 제가 그 컵을 가지고 있으면 증거로 사용될지도 모르니 자기가 손수 주겠다고 말하면서, 그 컵을 제게서 빼앗았습니다. 그러고는 동생이 마시게 했습니다.」

이 극악무도한 파렴치한은 훌륭하게 연기했다. 그가 진술을 마치자, 모든 심문이 종결되었다. 그 노예가 너무도 자신 있고 자세하게 말했기 때문에, 피고 측 변호인은 의붓아들이 진심을 털어놓았던 옛 학교 스승이나, 혹은 죽은 동생이 컵을 들어 마셨을 때 있던 노예를 증인으로 채택할 수가 없었다. 단 한 사람의 반대자를 제외하고 모든 판사와 군 장교는 피고가 유죄라는 사실을 확신하고 있었다. 그들이 아무리 인정 많고 마음씨 좋은 사람들이라 할지라도 법에 규정된 대로 그를 네 가지 중죄의 상징인 개와 원숭이와 암탉과 살무사와 함께 가죽 포대에 집어넣어 봉한 다음 강에 던져버리라고 선고하는 도리 외에는 다른 방법이 없었다. 이제 투표만 남아 있었다. 오랜 관습에 따라 투표지는 청동함에 넣어야 했다. 그 안에 들어간 투표지 대부분에 사형 선고가 기록되어 있으면 그것은 절대로 바꿀 수 없으며, 사형 선고를 받은 사람은 사형 집행인의 손에 넘겨졌다.

이 마지막 순간에 법정에 앉아 있던 단 한 명의 반대자가 앞으로 나왔다. 그는 모든 사람의 존경을 받는 의사였고, 또한 많은 사람에게 도덕적인 사람으로 정평이 나 있었다. 그는 판사들이 너무 성급히 투표함에 투표용지를 넣지 못하게 투표함 입구를 막고서, 자기처럼 투표권이 있는 사람들을 향해 말하기 시작했다.

「존경하는 여러분, 저는 여러분의 존경을 받아가며 생명을 유지하고 있다는 사실에 긍지를 느낍니다. 저는 평생 살아오면서 여러분의 고귀한 의견에 한 번도 반대한 적이 없습니다. 하지만 이번에 저는 피고인은 거짓으로 꾸며 낸 범죄의 희생양이며, 그를 죽이는 실수를 범하지 말아 달라고 감히 여러분께 청합니다. 여러분은 진실만을 믿겠다고 선서하고 이 자리에 나와 있습니다. 그러니 저 노예의 거짓 증언에 속지 마십시오. 저 노예는 정의롭고 참된 진실만을 말해야 한다는 법정이 맹세를 어겼습니다. 저는 여러분에게 거짓말을 할 수 없는 몸입니다. 그것은 신들을 모욕하고, 제 양심에 어긋나는 일이기 때문입니다. 그러니 제 말을 귀담아들으시고, 무슨 일이 있었는지 들어보십시오.

방금 증언을 한 저 죄인은 이틀 전에 저를 찾아 왔습니다. 그리고 100 아우레우스를 주면서 사람의 목숨을 단숨에 끊을 수 있는 강력한 독약을 달라고 했습니다. 그는 불치병으로 고통받고 있는 한 친구에게 주기 위해 그 독약이 필요하다면서, 그 친구는 독약으로 자살하여 고통스러운 삶을 마감하고 싶어 한다고 말했습니다. 이 수다쟁이 노예는 그럴싸하게 둘러 댔지만, 왠지 모르게 확신이 없었습니다. 저는 그가 서툰 핑계를 대면서 거짓말을 하고 있는 것은 아닌지 의심했고, 또한 그가 모종의 범죄를 꾸미고 있을지도 모른다는 확신이 들었습니다. 그렇지만 저는 독약을 주었습니다. 분명히 저는 그에게 독약을 주었습니다. 하지만 저는 범죄 가능성을 간파했기 때문에 돈을 받지 않았습니다. 대신에 저는 이렇게 말했습니다. "네가 주는 돈이 가짜일지도 모르고 또 나쁜 데서 흘러나왔을지도 모르니, 다음 날 감정사에게 확인받을 때까지 이 가방에 돈을 넣어 보관하는 게 좋을 것 같다. 그리고 내가 돈을 몰래 꺼낼 수도 있으니, 이 가방을 묶고 너의 반지로 봉인을 찍어 두어라." 그는 이런 저의 속임수에 빠져 엄지손가락에 끼고 있던 반지로 봉인을 찍었습니다. 하지만 우리가 약속했던 시간에 그가 나타나지 않아 의아해하고 있던 참에, 저는 이 법정에 그가 증인으로 나온다는 소리를 들었습니다. 그래서 급히 제 하인 한 명을 저희 집으로 보내 여기로 그 가방을 가져오라고 시켰습니다. 자, 지금 그 가방이 여기에 있습니다. 제가 여러분 앞에 펼쳐 보이겠습니다. 그리고 이제 그의 봉인을 보시고, 그에게 이 봉인을 알아보겠냐고 물어보십시오. 그가 독약을 산 사람인데 어떻게 피고인이 독약을 사게 시켰다고 함부로 말할 수 있습니까?」

이 말을 듣자 음모를 꾸몄던 노예는 갑자기 사시나무 떨듯이 몸을 떨기 시작했으며, 그의 얼굴은 잿빛처럼 창백해졌고, 진땀을 흘리기 시작했다. 그는 발을 동동 굴렀으며, 입을 멍하니 벌린 채 자기 머리를 이리저리 마구 긁었고, 도대체 무슨 이야기를 하는지도 모르게 횡설수설했다. 그래서 아무리 무식한 사람도 그가 이 범죄와 관련이 있다는 사실을 짐작할 수 있었다. 그러나 그는 즉시 냉정함을 되찾고서 그 의사를 찾아갔다는 사실을 부인하며 그를 오히려 거짓말쟁이로 몰아세웠다. 의사는 배심

원으로서의 자기 지위와 자신의 명예가 위협받자, 그는 두 배나 더 열심히 반론했다. 그리고 마침내 노예를 앞으로 데려오는 데 성공했고, 판사들은 법정 간수들에게 노예의 반지와 가방의 봉인을 비교하라고 지시했다. 그 두 개는 완전히 일치했고, 노예가 거짓말을 하고 있다는 혐의가 재확인되었다.

그리스 관습을 따라 판사들은 노예의 자백을 강요하기 위해 그를 수레바퀴 위에 올려놓고 쉴 새 없이 바퀴를 밟게 하면서 채찍질을 했다. 또한 목마에 태우고서 발을 묶은 다음에 매질하기도 했다. 그렇지만 그는 놀랄 정도로 강인했고, 그의 발바닥을 화로에 지질 때까지도 자기가 한 말을 수정하지 않았다. 그러자 의사가 말했다.

「저는 피고석에 앉아 있는 젊은 청년이 자기가 저지르지도 않은 죄로 벌 받기를 원치 않습니다. 또한 이 노예가 법정을 비웃으면서 자기가 의당 받아야 할 벌을 피하게 만들고 싶지도 않습니다. 자, 이제 여러분에게 제 말이 진실이라는 분명한 증거를 보여드리겠습니다. 이 파렴치한 놈이 빨리 효과가 나타나는 독약을 달라고 왔을 때, 저는 의술이란 사람의 목숨을 구하기 위해 창안된 것이지, 죽이려고 만들어진 것이 아니라는 말을 떠올렸습니다. 그래서 저는 혹시 살인을 위해 사용될지도 모르는 독약을 파는 것은 제 직업의 원칙을 위반하는 것이라고 생각했습니다. 하지만 제가 팔지 않겠다고 단호하게 거부하면, 그는 다른 장소에서 독약을 사거나 혹은 최후의 수단으로 칼이나 창으로 자를 저지를 수 있다는 사실이 두려웠습니다. 그래서 제가 그에게 준 것은 사실 독약이 아니었습니다. 그것은 맨드레이크[3]라는 수면제였습니다. 하지만 너무 강력한 수면제이기 때문에 그것을 먹으면 거의 죽은 것처럼 보입니다. 이 노예는 최후의 순간에 우리 조상들의 관례를 따라 우리가 그에게 수레바퀴 고문이나 목마에 올

---

3 '맨드래고라'라고 불리기도 하며, 그 뿌리는 주로 수면제로 사용된다.

려놓고 채찍질하고 발을 지질 것이라는 사실을 미리 예견했고, 따라서 그 순간이 다가오면 이런 고문을 받기로 마음먹었던 것이 틀림없습니다. 이 것은 그가 자기 죄를 자백했을 때 받을 벌에 비교하면 훨씬 가벼운 것이 고, 참을 만한 것이기 때문입니다. 하지만 죽은 청년이 실제로 제 손으로 직접 준비해 준 약을 먹었다면 그는 틀림없이 살아있을 것이며, 아직도 잠 자고 있을 것입니다. 하지만 곧 약효가 다하면 그는 혼수에서 깨어나 세 상으로 다시 돌아올 것입니다. 그러면 이 살인 사건은 자연적으로 해결될 것입니다. 하지만 만일 그가 정말로 죽었다면 좀 더 자세하게 수사를 해 봐야 할 겁니다. 그러면 그의 죽음은 저도 모르는 원인에 기인하기 때문입 니다.」

　모든 사람이 이 늙은 의사의 말이 일리가 있다고 생각했다. 그래서 판 사들과 배심원들과 방청객들은 기대하며 급히 청년의 시체가 안치된 묘 지로 달려갔다. 청년의 아버지가 가장 먼저 도착하여 자기 손으로 관 뚜 껑을 들었다. 바로 그 순간 수면제 약효가 다하고 있었고, 그는 아들이 죽음의 경계에서 다시 이 세상으로 돌아오는 것을 보고 깜짝 놀랐다. 두 사람은 서로 꼭 껴안았다. 그리고 아버지는 그곳에 운집한 사람들에게 다시 찾은 아들을 보여주었다. 사람들은 너무도 감격해서 할 말을 잊고 있었다. 그 후 즉시 수의를 입고 있던 아들을 법정으로 데려갔다.

이제 이 사건의 진실은 더 이상 논란의 여지가 없었다. 못된 노예와 그보다 더 못된 계모가 마침내 범인임이 밝혀졌다. 판사들은 계모에게 영구 추방령을 내렸으며, 노예에게는 십자가에 못 박히는 형벌을 선고했다. 그리고 만장일치로 가방과 그 안에 들었던 100아우레우스는 이런 훌륭한 결과를 얻을 수 있게 수면제를 준 의사에게 보답으로 증정했다. 이렇게 이 이야기는 신들의 은총을 받아 극적으로 끝나게 되었다. 그리고 눈 깜짝할 사이에 두 아들을 잃을 뻔했던 데쿠리오는 이제 다시 두 아들의 아버지가 되었다.

그런데 그즈음에 갑작스러운 운명의 변화가 나를 기다리며 손짓하고 있었다. 나를 사지도 않았고, 아무런 대가도 지불하지 않고 손에 넣었던 그 병사는 사령관의 명령으로 황제에게 보내는 편지를 갖다 주기 위해 로마로 급파되었다. 그래서 그는 나를 이웃집 형제들에게 11데나리우스에 팔았다. 그들은 인근에 머물고 있었던 티아수스라는 부자의 자유 노예였다. 한 사람은 전문 제과업자로서 맛있는 빵이나 달콤한 파이를 만드는 노예였으며, 다른 사람은 감미로운 고기 요리와 맛있는 소스로 명성을 날리는 노예였다. 두 사람은 함께 살며 모든 것을 공유했다. 그들이 나를 산 이유는 주인인 티아수스가 다른 마을로 여행할 때 필요한 주방기구들을 나르는 데 사용하기 위해서였다. 그들은 나를 제3의 동반자로 받아들였다. 사실 내가 당나귀로 변신한 동안 나는 그토록 안락한 생활을 누려본 적이 없었다. 티아수스는 항상 파티가 열리듯이 푸짐하게 음식을 차려서 저녁을 먹곤 했고, 내 주인들은 그가 남긴 상당량의 음식들을 우리의 조그만 방으로 가져오곤 했다. 한 사람은 돼지고기와 닭고기, 생선을 비롯한 모든 종류의 음식을 가져왔고, 다른 사람은 빵과 파이, 슈크림 빵, 도마뱀[4], 낚싯바늘[5]을 비롯한 달콤한 과자들을 가져왔다. 그들은 몸을 씻고 기분을 전환하기 위해 목욕을 갈 때면 문을 잠갔다. 그러면 나는 신들이 은총을 베풀어 주셔서 내게 주신 이렇게 맛있는 음식들로 배를 채웠다. 비록 나는 당나귀였지만, 이렇게 맛있는 것을 놔두고 건초만 먹는 바보 같은 당나귀는 아니었다.

오랫동안 나는 기민함과 지혜를 발휘하여 성공적으로 음식들을 도둑질했다. 내 계획은 모든 음식을 조금씩 맛보는 것이었다. 그들은 당나귀가 없어진 음식들을 먹었을 것이라고는 추호의 의심도 하지 못 하고 있었다. 하지만 내 지혜를 너무 과신한 나머지, 나는 점차 가장 맛있는 고기를 먹고, 가장 달콤한 과자만 골라 먹었다. 그러자 두 형제는 그들의 음식이 매일 없어진다는 사실을 알고서 놀라기 시작했다. 그들은 아무도 내가 범인인 줄은 생각도 못하고, 각자 몰래 도둑을 찾기로 했다. 그들은 한시도 방심하지 않고 그릇을 지켜보았고, 심지어 케이크와 커틀릿의 숫자를 세기도 했다. 그렇게 서로 경계하는 마음은 상대편을 좀도둑이라고 생각하게 했다.

마침내 요리사 노예가 마음속에 품고 있던 말을 솔직하게 털어놓았다.

"형제여, 나는 말이지 이것을 비열한 행동이라고 부르고 싶어. 오래전부터 너는 주인이 남긴 음식 중에서 가장 맛있는 것만 훔쳐서 내가 모

---

4 여러 종류의 파이를 지칭하는 데 흔히 동물 이름이나 다른 기구들의 이름이 사용되곤 한다. 여기에서 도마뱀은 아몬드를 넣은 도마뱀 모양의 파이이다.

5 꽈배기 형태로 생긴 치즈 스틱.

르게 팔았어. 그러면서도 너는 나머지를 항상 똑같이 나누자고 요구했어. 만일 우리가 함께 얻은 이윤을 공동 분배하는 것이 싫어졌다면, 우리 조합을 해산하자. 하지만 그렇게 하더라도 우리는 형제니 서로 애정을 갖고 계속 함께 살자. 그렇지 않으면 우리의 불신이 날마다 가중되어 마침내 격한 싸움을 벌이게 될지도 모르니까 말이야."

그러자 제과업자 자유 노예가 반박했다.

"오, 맙소사! 네가 이렇게 뻔뻔할 줄은 전혀 몰랐어. 네가 음식을 훔치고서, 내가 해야 할 불평을 먼저 토로하다니! 나는 지금까지 이 말을 꾹 참고 있었어. 나는 내 형제를 좀도둑으로 몰아세우느니, 가능한 한 내가 참는 편이 낫다고 생각하고 있었지. 그런데 네가 감히 먼저 나를 좀도둑이라고 말하다니! 하지만 그게 어쨌거나 나는 우리가 이 문제에 대해 분명하게 말하게 돼서 기뻐. 서로의 감정을 숨기는 것보다는 해결책을 찾아야 에테오클레스[6]처럼 비극을 맞지 않을 테니까."

두 사람은 서로 이렇게 상대편을 나무랐다. 그 싸움은 서로 절대로 상대편을 속이지 않았으며, 음식을 더 많이 차지하지도 않았고, 절대로 한 치의 배신도 하지 않았다는 엄숙한 맹세를 하면서 끝났다. 그들은 공동 전선을 형성해서 공동 재산을 도둑질한 놈을 찾아야 한다는 결론에 이르렀다. 그러면서 그들 중 한 사람이 이렇게 말했다.

"당나귀가 도둑놈이라는 것은 말도 안 돼. 당나귀는 우리가 먹는 음식을 좋아하지 않아."

"그런데 어떻게 저녁마다 가장 맛있는 음식들이 사라진 걸까? 방에

---

6 에테오클레스는 폴리세스의 형제였으며, 두 사람은 모두 오이디푸스 왕의 아들이었다. 그들은 자기 아버지가 할머니인 요카스타와의 근친상간을 했다는 사실을 알게 된 이후, 그를 몹시 불쾌하게 대했다. 그러자 오이디푸스 왕은 두 아들에게 욕을 퍼부으며 서로 각자의 손에 희생될 것이라고 예언했다. 이 저주를 피하고자 그들은 왕국의 권력을 해마다 서로 교대하면서 차지하기로 합의했다. 그렇지만 에테오클레스는 첫해를 통치하고서 통치권을 폴리세스에게 양도하지 않았다. 그들은 결국 피비린내 나는 싸움을 벌였고, 그들이 피하고자 했던 예언은 이루어지고 말았다.

는 당나귀밖에 없었는데."

"파리도 아닐 테고."

"방안을 돌아다니는 파리는 하르피아[7]처럼 크지도 않아. 피네우스 왕[8]의 저녁을 훔쳐 먹던 하르피아는 아닐 거야."

그런데 당나귀의 사료를 놔두고 인간의 음식을 마음대로 먹자, 나는 굉장히 살이 쪘다. 기름이 껴서 내 가죽은 부드러워졌고, 내 털은 보풀처럼 윤기가 흘렀다. 하지만 이것은 내가 도둑이라는 사실을 드러내는 증거가 되고 말았다. 내가 건초에는 손도 대지 않는데 구입할 당시보다 두 배는 더 살이 쪘다는 사실을 알고서, 그들은 나를 감시하기 시작했다. 어느 날, 그들은 평상시처럼 목욕을 가는 척하면서 문을 잠갔다. 하지만 그들은 창문 틈 사이로 내가 어떻게 방 안에 있는 맛있는 음식들의 냄새를 맡는지 지켜보고 있었다.

그런데 그들은 당나귀가 맛있는 음식만 골라 먹는 진귀한 광경을 보자, 자기들 음식이 사라진다는 것은 생각하지도 않은 채 폭소를 터뜨렸다. 그들은 다른 노예들을 불러 창문 틈새로 당나귀가 얼마나 고상한 미각을 가졌는지 보여주었다. 사실 그 누가 이처럼 멋진 장면을 보았겠는가? 그들이 너무도 소란스럽게 웃어대자, 그 웃음소리는 그곳 주위를 우연히 지나고 있던 주인의 귀에까지 들리게 되었다. 그러자 티아수스는 그곳으로 다가와 도대체 무슨 일로 그렇게 웃느냐고 물었고, 사실을 알게 되자 그도 창문 틈새로 직접 들여다보았다.

그는 배가 아플 때까지 웃었다. 그러고 나서 문을 열라고 지시한 후, 내 곁으로 다가와 나를 유심히 살펴보았다. 나는 마침내 포르투나가 자

7　날개 달린 정령(精靈)으로 흔히 여자나 새의 몸을 하고, 여자의 머리를 지닌 것으로 표현된다. 항상 날카로운 발톱을 가지고 있으며, 아이들과 인간의 영혼을 유괴한다.

8　피네우스 왕의 전설에 의하면, 그의 앞에 놓인 모든 것, 특히 음식은 하르피아가 모두 빼앗아 먹을 것이라는 예언이 있었다고 말한다.

비를 베풀며 나를 바라보고 있다는 사실을 깨닫고, 전혀 동요하지 않은 채 계속해서 음식을 먹었다. 그가 크게 웃으면 웃을수록 나는 음식을 더욱 많이 먹었다. 드디어 이 진귀한 광경에 매혹된 주인은 나를 자기 집으로 데려오라고 지시했다. 그것도 모자라 그는 손수 나를 식당으로 데려갔다. 그곳에는 아무도 건드리지 않은 푸짐한 음식이 차려져 있었고, 그는 갖가지 음식과 마실 것을 내 앞에 갖다 놓으라고 말했다. 나는 이미 배가 불러 있었지만, 그를 기쁘게 해주고 싶었다. 그래서 내게 가져오는 음식을 모두 먹어치웠다.

티아수스와 친구들은 내가 먹는 것이 정확히 무엇인지 알고 싶어 했다. 그들은 이런 음식들은 당나귀가 싫어할 것이라고 생각하고 있었으며, 내가 어느 정도나 인간처럼 깬 당나귀인지를 확인하고 싶어 했다. 가령 라세르피시움[9]으로 양념한 쇠고기와 후추로 요리한 닭과 이국적인

---

9 대회향(大茴香)에서 추출한 일종의 끈적끈적한 향료. 고무수지라고도 불린다.

소스를 뿌린 생선을 가져왔다. 그들은 내가 모든 접시를 깨끗이 비우자, 서까래가 무너지도록 웃고 있었다.

마침내 바른말 하기로 유명한 어느 손님이 농담조로 말했다.

"저 친구에게 포도주를 조금 주는 게 어때요?"

그러자 주인이 대답했다.

"그리 나쁜 생각은 아니군. 우리 초대 손님이 맛있는 술을 한잔 마시고 싶어 할지도 모르니 말이오. 자, 얘야! 금잔을 깨끗이 헹구어 포도주를 따라 이 손님에게 주어라. 그리고 나는 이미 그의 건강을 기원하며 마셨다고 전해라."

이제 모든 사람의 호기심은 극에 달하고 있었다. 커다란 금잔이 내 앞에 놓였고, 나는 경험 많은 술꾼처럼 전혀 놀라지 않고, 아주 침착하게 내 아랫입술을 갖다 대고는 단숨에 그 컵을 비웠다. 그러자 모든 사람이 손뼉 쳤고, 내 건강을 위해 건배를 들었다. 너무 기뻐 어쩔 줄 모르던 주인은 나를 샀던 두 자유 노예를 불렀다. 그리고 그들이 산 가격보다 네 배를 더 주겠다면서, 나를 남자 노예에게 건네주었다. 그리고 나를 잘 다루라고 신신당부했다.

이 새 주인은 나를 다정하고, 인간적으로 대해 주었다. 그리고 그는 내가 여러 재주를 부리면서 진짜 주인을 가능한 한 즐겁게 해줄 수 있게 최선을 다했다. 우선 그는 테이블에 한쪽 팔꿈치를 괴고 어떻게 앉는지를 가르쳐 주었고, 그다음에는 앞발을 들고 어떻게 싸우며 어떻게 춤을 추는지 가르쳤다. 그리고 마지막으로 몸짓으로 말하는 법을 가르쳐 주었는데, 이것이 사람들에게 가장 놀랍고 경탄스럽게 보였다. 가령 "그렇다"고 말할 때는 고개를 앞으로 숙이고, "아니"라고 말할 때는 고개를 뒤로 젖혔으며, 내가 목이 말라 "물을 달라"고 할 때는 물시중 드는 하인을 바라보며 양쪽 눈을 번갈아 가며 윙크했다. 사실 나는 이것을 아무런 어려움 없이 할 수 있었다. 나는 이런 기술을 가르쳐주지 않았더라도 혼자 힘으로 할 수 있었다. 그렇지만 배우지 않고 내 마음대로 인간처럼 행동하는 것이 두려웠다. 대부분의 사람은 이것을 재앙의 징조로 받아들이고, 그러면 나는 위험한 괴물로 낙인이 찍힐 것이기 때문이다. 그러면 사람들은 분명히 내 목을 베어서 이 뚱뚱한 시체를 풀밭에 내던져 까마귀밥이 되게 했을 것이다.

내가 멋진 재주를 부린다는 소문은 곧 사방으로 퍼졌고, 우리 주인은 나 때문에 갑자기 유명 인사가 되었다. 사람들은 이렇게 말했다.

"생각 좀 해봐! 그 사람이 당나귀를 갖고 있는데, 마치 친구처럼 다루고, 함께 저녁을 먹기도 해. 자네가 믿을지는 모르지만, 저 당나귀는 레슬링도 할 수 있고, 지금은 춤도 출 뿐만 아니라, 사람들이 말하는 것을 이해하고 자기 의사를 몸짓으로 표현하기도 해."

이야기를 더 들려주기 전에 내 새로운 주인인 티아수스에 관해 말을 해야 할 것 같다.

그는 아카이아 지방의 수도인 코린토스에서 태어났다. 그의 혈통과 지위로 부여받은 모든 공직을 거친 후, 지금은 5년간 총독[10]으로 임명되었다. 관례로 이 직책은 시민들을 위한 공공 행사를 준비하곤 했다. 그는 사흘간 검투사 경기를 열어 자기의 넓은 아량을 보여주면서 취임 행사를 거행하고자 했다. 그래서 그는 테살리아로 와서 자기 시민들을 기쁘게 하려고 가장 뛰어난 맹수들을 구입했으며, 그곳의 가장 용감한 검투사들을 고대했다. 이제 그는 필요한 모든 준비가 끝났다고 생각하여 매우 만족스럽게 코린토스로 돌아가기 직전이었다. 하지만 그는 돌아가는 길에 자신의 화려한 마차에 타지 않고, 내 등에 올라탔다. 덮개가 있기도 하고 없기도 한 수많은 마차가 긴 행렬을 이루며 따라오고 있었지만, 그

---

10 이것은 지방 도시와 식민지의 감찰관을 의미한다. 이 직책은 5년마다 선출되었으며, 첫 18개월 동안 시민들의 동태를 파악할 의무가 있었다. 이 직책은 정치인에게는 최고의 영예로 여겨졌다.

는 그 어떤 마차에도 올라타지 않았다. 순종으로 높이 평가받는 테살리아 태생의 비싼 말이나 프랑스 태생의 멋진 말에도 오르지 않고 내 등위에 탔다. 그러면서 자기는 이 당나귀 때문에 말이나 마차를 비롯한 모든 탈것을 업신여기게 되었다고 말했다. 그는 금박 입힌 마구와 붉은 모로코 안장을 내 등 위에 올려놓고, 붉은 당나귀 옷을 입혔으며, 은 재갈을 물리고 작은 종을 달아 내가 걸을 때마다 방울 소리가 나게 했다. 또한 그는 아주 다정스럽게 내게 말했다. 가령 그는 친구로 대할 수도 있고, 동시에 탈 수도 있는 나 같은 당나귀를 소유하게 되어 정말 기쁘다고 말했다. 우리가 이올코스 항구에 도착하자 모든 가축을 배에 실었고, 보에오티아와 아티카 해안을 거쳐 코린토스까지는 바다로 항해했다. 코린토스에서는 수많은 시민이 쏟아져 나와 우리를 맞이했다. 하지만 내가 보기에 그것은 티아수스를 환영하기 위해서가 아니라, 나를 보려고 나온 것 같았다.

내 명성은 이렇게 널리 퍼져 있었다. 이것은 나를 보살피던 자유 노예에게 적지 않은 수입이 되었다. 그는 수많은 사람이 내 재주를 보기 위해 몰려들자, 나를 이용해 돈을 벌기로 마음먹었다. 그는 마구간 문을 닫고, 한 사람씩 들여보내면서 높은 입장료를 받았다. 그러자 그는 매일 많은 수입을 올릴 수 있었다.

그런데 이런 구경꾼 중에 부잣집 귀족 부인이 한 명 있었다. 그녀는 다른 사람들처럼 내 재주를 보기 위해 돈을 내고 들어왔다. 그런데 내 재주를 보자 이내 나에게 매혹되었고, 마침내 자기의 열정을 억제하지 못하고, 나를 은밀히 소유하려는 욕망을 품게 되었다. 실제로 그녀는 황소와의 사랑에 빠진 파시파에[11]처럼 나를 돌보던 노예에게 많은 돈을 주고

---

11 그리스 전설에 나오는 미노스 왕의 아내. 그는 포세이돈으로부터 제물용으로 선사 받은 아름다운 황소를 신에게 바치기 싫어 죽이지 않았다. 그 벌로 그의 아내 파시파에는 황소를 사랑하게 되었고, 머리는 소이고 몸은 인간인 미노타우로스를 낳았다.

나와 하룻밤만 함께 지낼 수 있게 해달라고 부탁했다. 그러자 그는 내가 어떻게 밤을 보낼지는 생각도 하지 않고, 자기 이익만 생각한 채 이내 그 제의에 동의했다.

내가 티아수스와 저녁을 먹고 마구간으로 돌아오자, 그 귀족 부인이 나를 기다리고 있었다. 그녀는 이미 한참 전에 그곳에 도착해서 이미 우리의 사랑을 위해 마구간을 멋지게 꾸며 놓았다. 네 명의 내시처럼 생긴 하인들이 바닥에 푹신푹신한 깃털 침대를 놓았고, 티루스의 황금빛 수가 놓인 자줏빛 시트로 그 침대를 덮었다. 또한 침대 머리맡에는 여자들이 뺨을 대거나 목을 기대는 데 사용하던 부드러운 방석과 조그만 베개들이 여러 개 놓여 있었다. 그러자 하인들은 여주인이 자신의 열정을 더 이상 지체하지 않도록 모두 그곳에서 물러나 문을 닫았다. 방안 한구석에는 어둠을 밝혀주는 환한 촛불을 몇 개 두고 나갔다.

이제 그녀는 주저 없이 옷을 완전히 벗었다. 심지어 아름다운 가슴을 동여매고 있던 가슴대도 풀고, 백랍으로 만든 그릇에서 향유를 꺼내 먼저 자기 몸에 발랐다. 그런 다음에 똑같이 내 몸을 문지르며 향유를 발랐다. 특히 내 코 주위를 집중적으로 발랐다. 이 작업이 끝나자 그녀는 내게 키스하기 시작했다. 하지만 그것은 사창가에서 창녀들이 고객에게 하는 의례적인 행동이 아니라, 순수하고 진심에서 우러나오는 진정한 사랑의 키스였다. 그러면서 동시에 "사랑해요, 당신을 원해요"라고 속삭였다. 이 말 외에도 "당신만을 사랑해요, 당신은 내 인생의 전부예요, 당신 없이는 이 세상을 살고 싶지 않아요"와 같이 여자가 진정으로 자신의 뜨거운 열정을 남자와 함께 공유할 때 사용하는 여러 말을 덧붙였다. 이 말이 끝나자, 그녀는 내 고삐를 잡고 한쪽 발을 굽히게 하면서 침대에 눕혔다. 이것은 모두 내가 배운 재주였기 때문에 전혀 어렵지 않았다. 그녀는 내가 이미 보여준 재주 외에는 더 이상 아무것도 바라지 않는 듯 보였다.

그녀는 아름다웠다. 그녀는 나의 품을 열렬히 갈망하고 있었다. 게다가 나는 몇 달 동안이나 여자에 굶주린 상태였다. 티아수스와 마신 포도주가 내 몸 안에서 효과를 발휘하기 시작했고, 내 콧구멍으로는 방안의 모든 향내가 들어왔다. 그러자 나는 무엇이든 할 수 있을 것 같았다. 사실 나는 그토록 아름답고 사랑스러운 여인과 잠을 잔다는 생각을 하면서, 북슬북슬하게 털 난 다리와 딱딱한 말굽으로 그녀의 우윳빛 같고 꿀 같은 피부를 어떻게 타고 오를지, 혹은 돌처럼 보기 흉한 커다란 이빨과 커다란 내 입으로 어떻게 그녀의 촉촉하고 빨간 입술에 키스해야 할지 걱정하고 있었다. 가장 근심스러웠던 것은 그녀가 나의 거대한 음경을 받아들일 수 있을까 하는 것이었다. 만일 내 것이 너무 커서 고귀한 여인에게 상처를 입히고, 그녀의 가느다란 것을 갈기갈기 찢어버린다면, 내 주인은 아마도 만인에게 약속한 공개 행사에서 나를 맹수의 밥이 되게 할지도 모를 일이었다. 하지만 그녀는 끝없이 키스를 퍼붓고 있었으며, 은은한 신음과 도발적인 시선으로 나를 바라보면서 이런 나의 걱정을 깨끗이 일소했다. 그러면서 이렇게 달콤한 목소리로 말했다. "이제 당신은 내 것이에요, 당신은 내 비둘기이고, 내 새[12]예요." 이 말을 듣자 나는 내 마음을 휘감고 있는 두려움이 얼마나 바보스러웠는지 깨달았다. 그래서 나는 그녀의 품 안에 힘껏 안겼고, 그녀 역시 나를 꼭 껴안았다. 그녀는 갈수록 나를 더욱 세게 안았고, 나의 전부를 느끼려 하고 있었다. 내가 그녀에게 상처를 입히지 않으려고 뒤로 물러설 때마다, 그녀는 미친 듯이 내 등을 더욱 팔로 세게 껴안으면서 내가 그녀의 품을 떠나지 못하게 했다. 그래서 나는 내가 그녀의 욕망을 만족시켜줄 수 없는 무기력한 존재는 아닌지 생각하기에 이르렀다. 그때 나는 파시파에의 이야기가 거짓말이 아님을 깨달았다. 만일 그녀가 이 여자와 같다면, 그녀는 자기의 애정을 황소에게 모두 바쳤을 테고, 그 결과 미노타우로스를 낳았을 것이 틀림없었다. 나의 새로운 정부情婦는 그날 밤 내가 한시도 눈을 붙이게 놔두지 않았다. 그러나 아침 햇빛이 방안으로 스며들어오자, 그녀는 살며시 방을 빠져나갔다. 그러면서 같은 요금으로 나를 다시 한번만 빌려달라고, 내 감시인에게 부탁했다.

그는 기꺼이 그녀의 욕망에 동의했다. 그것은 그녀가 상당한 돈을 주기도 했지만, 다른 한편으로는 그가 티아수스에게 새로운 음탕한 볼거리를 제공하려고 했기 때문이다. 그는 이내 티아수스를 찾아가 그날 밤 사건에 관해 자세하게 말했다. 그러자 티아수스는 "아주 멋진 생각이야, 아주 멋져!"라고 소리치면서 그에게 그 대가로 많은 돈을 주었다. 그리고서 나의 사랑 장면을 공개적으로 보여주기로 결심했다. 하지만 내 정부는 상류계급이었고, 따라서 그녀가 공개적으로 내 파트너가 된다는 것은 있을 수 없는 일이었다.

코린토스 지방의 창녀촌에는 관중들이 보는 앞에서 나와 사랑을 할

---

12 비둘기와 새는 서양 전통에서 사랑하는 연인의 음경을 뜻한다.

수 있는 여자를 찾는다는 광고가 나붙었지만, 아무도 지원하는 사람이 없었다. 상당한 돈을 지불하겠다고 했지만 자기의 명예를 팔아버릴 여자는 아무도 없었다. 하지만 티아수스는 한 푼도 지불하지 않고도 나와 사랑할 수 있는 여자를 찾을 수 있었다. 그녀는 맹수에게 던져져 맹수의 밥이 되도록 선고받은 여자였는데, 티아수스는 그녀가 나의 적당한 파트너가 될 수 있다고 생각했다. 이렇게 우리는 사람들이 운집한 원형 경기장 한가운데에 함께 있게 되었다.

나는 여러 사람에게서 그녀가 처형받게 된 이야기를 들었다. 이 일이 있기 오래전에, 어느 소년의 아버지는 외국으로 오랜 여행을 떠나야만 했다. 그 소년이 자라서 바로 맹수의 밥이 된 여인의 남편이 되었다. 그의 아버지는 아기를 기다리고 있던 아내에게 만일 여자아이가 태어나면 태어난 즉시 죽여 버리라고 지시했다. 남편이 부재중에 여자아이가 태어났지만, 모성 본능에 의해 어머니는 남편의 명령을 따르지 않고, 그 아이를 이웃 사람에게 건네주면서 길러 달라고 부탁했다. 그리고 남편이 돌아오자, 그녀는 여자아이가 태어났으며, 그래서 죽였다고 말했다.

세월이 흘러 그 여자아이는 결혼할 나이가 되었고, 마땅히 자기에게 할당된 지참금을 차지할 권리가 있었다. 하지만 어머니는 남편 모르게 그것을 줄 수는 없었다. 그래서 그녀는 자기 아들에게 이 비밀을 털어놓기로 했다. 그녀가 이렇게 한 데는 다른 이유가 있었다. 그 여자아이는 자기가 정말로 누구의 딸인지 모르고 있으며, 혹시 그녀의 오빠가 불행하게도 그녀와 사랑에 빠져 사랑을 할지 모른다고 두려워했다.

천성적으로 착하고 효심이 가득한 오빠는 어머니의 명령에 복종해야 한다고 생각했고, 그래서 다정한 오빠처럼 행동했다. 그는 가족의 어두운 비밀을 마음속에 간직하기로 맹세했다. 집 밖에서 그는 그녀와 일상적인 관계인 것처럼 보이게 하면서, 가족의 의무를 다하려고 노력했다. 그리고 자기 집에서 그녀를 맞이할 때는, 그녀가 법적인 보호자가 없는 고아처럼 생각하게 행동했다. 심지어 그는 그녀를 자기의 가장 친한 친구와 결혼시키기 위해 그녀의 지참금을 구하려고 애썼다.

훌륭하고 성실한 이런 준비 작업은 포르투나의 심술을 피해갈 수 없었다. 포르투나는 평상시보다 더 심술궂게 행동했다. 오빠는 이미 어느 여자와 결혼을 한 몸이었는데, 이 여자는 그 고아에게 심한 질투를 느꼈다. 그래서 마침내 일련의 범죄를 계획했고, 이런 이유로 맹수의 밥이 될 운명에 처했다. 그녀는 그 고아가 남편의 정부情婦이며, 연적戀敵이며 둘째 아내로 집안을 차지할지도 모른다고 의심하기 시작했다. 이 의심은 이내 증오로 변했으며, 마침내 그 경쟁자를 제거할 잔인한 계획을 세웠다. 그녀의 계획은 이렇게 진행되었다.

우선 그녀는 남편의 인감이 새겨진 반지를 훔쳤다. 그리고 그들이 갖고 있던 시골 별장으로 갔다. 자기에게 충성하던 한 노예를 시켜 남편이 그곳에서 만나고 싶어 한다는 전갈을 고아에게 보냈다. 그리고 가능한 한 빨리 그 누구도 대동하지 말고 오라는 말을 전했다. 여주인에게는 복종과 충성을 다짐했지만, 다른 사람에게는 무례하기 그지없었던 그 노예는 반지를 그 여자에게 보여주면서 이 메시지가 급한 것이며 사실임을 확인시켜주었다.

아무도 그녀에게 말하지 않았지만, 이제 그녀는 그가 자기 오빠라는 사실을 알고 있었다. 그래서 그녀는 오빠의 말을 믿었고, 그 반지는 효과를 발휘했다. 그녀는 서둘러 혼자서 시골 별장에 갔다. 하지만 즉시 자신이 함정에 빠졌다는 사실을 알았다. 오빠의 아내는 성난 질투심을 못 이겨 그녀를 모두 벗긴 다음에 그녀가 거의 죽을 정도로 매질을 했다. 그러면서 자기 남편과 정을 통했다는 사실을 고백하라고 요구했다. 그러자 불쌍한 여동생은 너무도 고통스러워 울면서 비밀을 말했다. "그는 내 오빠예요. 내 오빠예요." 하지만 그녀의 말을 곧이 듣지 않았다.

그녀가 억지로 말을 꾸며낸 것이라고 확신했다. 그리고 마침내 그의 아내는 타다 남은 횃불을 집어 그녀의 양 허벅지 사이에 집어넣었고, 그녀는 고통받으며 목숨을 잃었다.

여동생과 결혼했던 오빠 친구와 오빠는 그녀가 죽었다는 끔찍한 소식을 듣고 달려왔다. 그리고 시체를 집으로 가져와 눈물과 통곡 속에서 장례를 치렀다. 자기 아내가 살인자가 되리라고는 생각지도 못한 그녀의 오빠는 이 소식을 접하자 믿을 수가 없었다. 이것은 너무 큰 충격이었고, 마음의 고통을 이기지 못한 그는 자리에 눕게 되었다. 그리고 설상가상으로 뇌막염에 걸렸다. 그는 고열에 시달렸고, 그가 강한 약의 도움 없이는 회복될 수 없을 거라고 모든 사람이 생각했다.

남편이 병들어 자리에 눕자, 그녀는 야비한 방법으로 직업 수칙을 무시하기로 유명한 한 의사를 찾아갔다. 그 의사는 이미 많은 환자의 친척의 요청으로 여러 차례 환자들을 죽였고, 그는 그것을 자랑으로 여겼다. 그녀는 남편을 죽일 수 있게 강력한 약효를 보이는 독약을 주면 50세스테르티우스[13]를 주겠다고 제의했다. 의사가 동의하자, 그녀는 집으로 돌아와 그 약은 고명한 의사들 사이에 '성스러운 약'이라고 알려져 있으며, 그 약을 먹으면 위통胃痛이 없어지고 담즙이 분비되지 않는다고 말했다. 물론 이 약은 치료의 신인 아폴로의 '성스러운 약'이 아니라, 죽음의 여신인 프로세르피나의 '성스러운 약'이었다.

모든 가족과 몇몇 친구와 친척들이 모여 있는데, 의사가 그 약을 들고 찾아왔다. 그는 컵 안에 넣어 잘 저은 다음 환자에게 마시라고 주었다. 하지만 여자 살인마는 겁도 없이 공모자를 제거하고, 또한 동시에 그에게 지불한 돈도 절약할 궁리를 하고 있었다. 환자가 컵을 받아 마시려는 순간, 그녀는 환자를 저지하면서 말했다.

---

13 로마 화폐 단위에서 1아우레우스(금화)는 25데나리우스(은화)에 해당하며, 1데나리우스는 4세스테르티우스(동화)에 해당한다. 따라서 50세스테르티우스는 12.5데나리우스이다.

"선생님, 이 약을 사랑하는 내 남편에게 주기 전에, 먼저 당신이 마시십시오. 그 약에 해로운 독약이 있는지도 모르니까 말입니다. 이렇게 요구하더라도 당신처럼 박식하고 사리 밝은 분은 기분이 상하지 않을 것이라고 저는 믿습니다. 이것은 남편의 건강을 걱정하는 저와 같은 현모양처가 반드시 취해야 할 예방책입니다."

이 잔인한 여인의 자신만만한 태도에 의사는 너무도 놀란 나머지 어쩔 줄 몰라 하면서 어떻게 거절해야 할지 아무런 생각도 떠올리지 못했다. 만일 그가 약간의 두려움을 보이든지 주저하면, 그곳에 있던 모든 사람이 그 컵에 독약이 섞여 있다고 의심하게 될 것은 자명한 사실이었다. 그래서 그는 하는 수 없이 상당량을 들이마셔야만 했다. 그런 후에야 비로소 그녀의 남편은 의사가 먹고 남은 약을 마셨다.

이 일이 끝나자 의사는 자기가 마신 독약을 중화시킬 수 있는 해독제를 먹기 위해 급히 집으로 돌아가려고 했다. 하지만 사악하기 그지없는 아내는 악마처럼 완고히 의사를 자기 옆에서 한 치도 떨어지지 못하게 했다. 그러면서 "약효가 나타날 때까지 여기에 있어야 합니다. 그래야 그 약이 남편의 병을 치료하는 데 좋은 것인지 알지 않겠어요?"라고 말하며 그를 꼭 붙잡아 두었다. 그는 미안하지만 급한 일이 있어서 가봐야 한다고 애원하면서, 부당하게 그를 잡아놓는 것은 좋지 못하다고 항의했다. 그녀가 그를 놔주었을 때는 이미 독약이 의사의 내장을 황폐화시키고 있었다. 그는 격렬한 고통을 느끼며 간신히 집에 도착했다. 그리고 아내에게 무슨 일이 있었는지를 말해주고, 적어도 독약을 살 때 주기로 한 돈은 반드시 받아야 한다는 말을 남기고 죽었다. 이렇게 의학을 악용하기로 유명한 의사는 격렬한 통증 속에서 세상을 떠났다.

그의 환자 역시 그가 죽고 나서 얼마 되지 않아 숨을 거두었다. 그가 의사와 같은 증상으로 죽자, 아내는 가증스러운 눈물을 지으며 슬퍼하는 척했다. 장례식이 끝난 후 며칠이 지나자 의사의 아내가 집으로 찾아와 한 명 값으로 두 사람이 죽었다는 사실을 지적하면서 돈을 달라고 요구했다. 그러자 여자 살인마는 만인의 칭송을 받아도 좋을 만큼 자신의 본성에 충실했다. 그녀는 아주 다정한 어조로 자기가 시작한 것을 끝내야 하니 독약을 조금만 더 달라고 부탁하면서, 그 부탁을 들어주면 바로 돈을 지불하겠다고 약속했다.

의사의 아내는 그 부탁을 들어주면 부잣집 마나님의 마음을 사로잡을 것이라고 생각하면서 기꺼이 그렇게 하겠다고 약속했다. 그녀는 즉시 집으로 달려가 여자 살인마가 부탁한 독약 한 병을 통째로 가져다주었다. 그녀는 수많은 범죄를 저지를 수 있을 만큼의 독약을 보자, 대규모로 살인을 준비하기 시작했다. 그녀는 죽은 남편과의 사이에 어린 딸이 있었다. 남편의 가장 가까운 혈족인 그 아이가 남편의 모든 재산을 상속받는다는 사실이 몹시 비위에 거슬렸다. 그래서 딸아이를 죽여 그 재산을 모두 차지하려고 마음먹었다. 그녀는 법의 자문을 구한 끝에 어머니가 살인자이든 부정한 여인이든, 자식이 죽으면 어머니가 유산을 차지한다는 사실을 알게 되었다. 이렇게 그녀는 나쁜 아내뿐만 아니라, 나쁜 어머니였다.

그녀는 푸짐한 아침을 차려 의사의 아내를 초대했다. 그리고 의사의 아내가 먹을 음식에 몰래 독을 탔고, 약간의 독약을 자기의 어린 딸에게도 주었다. 독약은 어린 소녀의 연약한 창자 속에서 즉시 효과를 발휘해 숨을 거두게 했다. 하지만 의사의 아내는 끔찍스러운 독약이 자기 심장을 갉아 먹고 있다는 사실을 눈치챘다. 숨쉬기가 힘들다고 느끼는 순간 사악한 여인이 자기의 음식에 독을 탔다는 것을 깨달았다. 그러자 그녀는 총독의 집으로 달려가 고발해야 할 끔찍한 범죄가 있다고 소리높여 외쳤다. 수많은 사람이 이렇게 소리치는 여인 주위로 몰려들었다. 그래서 그녀는 총독 저택의 문을 열고, 총독 앞에서 모든 이야기를 할 수 있었다. 그녀는 돌팔매질을 당해도 마땅한 그 여인의 잔혹성을 처음부터 끝까지 하나도 빠짐없이 고발했다. 고발을 마치자 그녀는 한두 차례 머리를 흔들더니 입을 다물고 심하게 경련하기 시작했다. 그러면서 한참 동안 날카롭게 신음하더니 마침내 총독의 발 아래 고개를 떨어뜨리고 쓰러졌다.

총독은 유능하고, 경험 많은 장교였다. 그래서 다섯 명을 살해한 혐의가 있는 가증스러운 여인을 체포하여 즉시 데려오라고 지시했다. 또한 여자 노예들을 데려오라고 말한 후, 그들을 고문하여 진실을 파헤쳤다. 여자 노예들의 진술을 바탕으로 그는 그녀에게 맹수들의 밥이 되어 죽도록 선고했다. 물론 그녀는 이런 벌보다 더 잔혹한 운명을 맞아도 마땅했지만, 그는 이것이 가장 적당한 형벌이라고 생각했다.

내가 공개적으로 결혼을 올려야만 했던 여인이 바로 이 여자였다. 그런 장면을 보여줄 날을 기다리는 것은 정말로 고통스러웠다. 원형극장을 가득 메운 사람들이 보는 앞에서 이렇게 못된 여자와 함께 잠을 자면서 나의 명예를 더럽히고, 영원한 치욕을 당하느니 차라리 스스로 목숨을 끊는 편이 낫다고 생각했다. 하지만 나는 손도 없었고, 손가락도 없었다. 내가 가진 것은 그저 낡고 닳아빠진 둥근 발굽뿐이었다. 발굽으로는 칼을 쥐고 내 가슴을 찌를 수 없었다. 이런 절망적인 상태에서도 나는 한 가닥 희망을 품고 있었다. 그것은 겨울이 끝나고 마침내 봄이 오면, 나의 불행이 끝나리라는 것이다. 봄이 오면 새싹이 파릇파릇 돋아나고, 초원은 윤기 나는 푸른색으로 변할 것이다. 그리고 정원에는 장미꽃들이 가시 줄기에서 솟아 나와 봉오리를 피우며 한껏 장미 향내를 발산할 것이다. 그러면 나는 장미 잎사귀를 먹을 수 있을 것이고, 그다음에는 다시 루키우스로 변할 것이다.

마침내 운명의 날이 다가왔다. 나는 환호하는 군중들을 따라 원형극장으로 갔다. 이 공연의 1부는 발레였다. 나는 입구 쪽에 남아 그곳에서 자라고 있던 어린 새싹을 뜯어먹으며 기뻐하고 있었다. 그러면서 호기심으로 가득한 내 눈을 가끔 들어 활짝 열린 문으로 행사를 지켜봤다.

서막으로 예쁜 소년 소녀들이 멋진 옷을 입고 근엄한 자세로 일사불란하게 피루스의 춤[14]을 추며 동그란 원을 이루고 있었다. 가끔 다른 무희들이 나와 그 원안으로 드나들었다. 또한 모든 사람이 손을 잡고 무대를 가로지르며 춤을 추다가, 네 개의 V자 모양을 형성하다가 사각형을 만들기도 했다. 그리고 어떤 때는 갑자기 남자는 남자끼리, 여자는 여자끼리 구분되어 서로 멀어졌다가 다시 합쳐졌다.

곧이어 튜바[15]가 울리더니 이 복잡한 무용이 끝났음을 알렸다. 그리고 무대 커튼과 배경 커튼이 걷히고, 좀 더 멋진 공연을 위한 무대장치가 드러났다.

무대에는 나무로 만든 산이 있었다. 그것은 호메로스가 노래한 이다의 산을 나타내고 있었으며, 잔디와 나무로 덮여 있었다. 가장 높은 곳의 인조 분수에서는 격류를 흉내 낸 것처럼 물이 양편으로 흐르고 있었다. 몇몇 암양들이 풀밭에서 풀을 뜯고 있었고, 아주 예쁘게 차려입고 그 주위를 배회하던 목동은 머리에 황금빛 두건을 두르고, 약간 헐렁한 동양적인 복장을 하고 있었다. 그는 바로 파리스이자 프리키아의 목동을 상징하고 있었다. 그때 멋지게 생긴 청년이 무대 앞으로 나왔다. 소매 없는 외투를 입은 그는 왼쪽 어깨만을 가린 채 거의 벌거벗고 있었고, 감탄스러운 정도로 아름다운 금박은 햇살을 받아 더욱 반짝이고 있었다. 그의 머리칼 사이로는 두 개의 조그만 황금 날개가 선명하게 보였다. 그의 뱀 모양의 지팡이와 날개는 그가 메르쿠리우스임을 나타내고 있었다. 그는 춤을 추면서 파리스에게 다가가 황금 사과를 주고, 몸짓으로 유피테르

---

14 그리스의 피루스 왕에게서 유래한 춤으로 그리스의 칼춤, 혹은 전무(戰舞)를 의미한다.
15 저음의 큰 나팔.

의 명령을 설명하고서 우아한 자태로 무대에서 나갔다. 그다음에 나타난 인물은 유노였다. 이 배역을 맡은 사람은 근사하게 생긴 예쁜 소녀였다. 그녀는 머리에 흰 왕관을 쓰고 있었으며, 손에는 왕권의 상징인 홀笏을 들고 있었다. 그때 반짝이는 투구와 올리브 잎으로 만든 머리 장식을 한 다른 여자가 달려 나왔다. 그녀는 틀림없이 미네르바였다. 이 여신은 마치 누군가와 전쟁을 하려는 듯이 방패를 높이 들고 창을 휘두르고 있었다. 계속해서 세 번째 여자가 무대에 등장했는데, 무척 아름다운 그녀는 모든 관객의 시선을 한 몸에 받고 있었다. 그런 아름다운 몸매와 얼굴은 그녀가 결혼하기 전의 베누스라는 사실을 암시하고 있었다. 아름다운 몸매를 한껏 뽐내기 위해 그녀는 얇고 투명한 실크 옷을 입고 있었다. 그래서 불어오던 산들바람 속에서 자신의 양다리 속에 감춰진 사랑의 비밀을 보여주기도 했다. 가끔 다리로 실크 옷을 세게 잡아당겨 감미로운 각선미의 윤곽이 드러나게 했다. 베누스 여신의 몸과 옷은 교묘한 대조를 이루고 있었다. 육체는 하늘에서 내려온 것처럼 희었지만, 튜닉은 바다에서 나온 여인처럼 푸른색이었다.

이 여신들은 각각 수행원들을 대동하고 있었다. 유노 여신을 수행한 카스토르와 폴룩스[16]는 꼭대기에 별이 달린 알 모양의 투구를 쓰고 있었다. 디오스쿠로이[17] 역시 젊은 배우들이 배역을 맡고 있었다. 유노 여신은 조용히 파리스에게 다가가 이오니아 피리 소리의 감미로운 선율에 맞추어 우아하게 몸짓했다. 그것은 자신을 미의 여왕으로 뽑아주면 아시아 전체의 통치권을 주겠다는 의미였다.

---

16 비록 레다는 라케데모니아의 왕인 틴다레우스와 결혼한 몸이었지만, 유피테르와 사랑을 했다. 레다가 유피테르와 잠자리를 함께 했던 날 밤 그녀는 남편과도 잠자리를 했다. 이런 관계로 말미암아 레다는 두 알을 낳았는데, 폴룩스와 카스토르는 여기에서 태어난 쌍둥이이며, 유피테르의 씨를 받았다고 알려져 있다. 이 두 사람은 많은 전투에 참여해 싸운 젊은 용사이자 영웅으로 칭송 받는다. 가령 그들은 로마인들과 함께 레길루스 전투에 참전하여 로마에 승전보를 전해주기도 했다.

17 카스토르와 폴룩스를 지칭하는 말이다.

미네르바를 시중들던 두 청년은 '공포'와 '무서움'을 상징하고 있었다. 그들은 전쟁에 참여하여 방패를 들고 여신을 보호하는 전사처럼, 그녀 앞에서 손에 칼을 쥐고 휘저으며 춤을 추었다. 그리고 여신 뒤에 있던 풍류꾼은 도리아 스타일의 행진곡을 연주했다. 고음과 저음을 번갈아 가면서 부는 악기는 마치 전쟁터로 진군하라는 트럼펫 소리처럼 두 청년을 환희의 상태로 몰아가고 있었다. 미네르바는 그 춤에 합류했지만, 계속해서 고개를 좌우로 흔들었고, 그녀의 눈은 단검처럼 위협적인 눈빛을 발산하고 있었다. 이것은 만일 그가 미의 전쟁에서 자기에게 승리를 안겨 준다면, 이 세상에서 가장 용감하고 가장 훌륭한 병사가 되게 해주겠다는 의미였다.

그때 베누스가 달콤한 미소를 짓고 관중들의 우레와 같은 찬사를 받으며, 북적거리는 수많은 소년을 이끌고 무대 중앙으로 다가왔다. 너무나 귀엽고 흰 아이들이라 하늘과 바다를 날아 도착한 진짜 쿠피도들이라고 말해도 과언이 아니었다. 그들이 지닌 날개와 그들이 갖고 다니던 화살통은 그 역할에 너무도 잘 어울렸다. 이 외에도 그들은 횃불을 들고 있었는데, 그 모습은 베누스가 햇빛의 영접을 받으며 결혼식 조찬식장으로 향하는 모습을 제대로 재현하고 있었다. 또한 수많은 아름다운 처녀도 그녀를 수행하고 있었다. 우선 우아하기 그지없는 그라티아에가 모습을 드러냈다. 그 뒤에는 아름답기 그지없는 호루스가 여신을 찬미하기 위해 꽃과 꽃잎을 뿌리면서 봄의 기대를 한껏 지빙하여 베누스의 기분을 맞추고 있었다. 이윽고 리디아풍의 감상적인 달콤한 피리 소리가 울려 퍼지기 시작했고, 이 선율은 관객들을 무아의 경지로 몰입시키고 있었다. 그 사이 베누스는 천천히 걸어 나오면서, 피리 연주자의 은은한 음악에 맞추어 자기의 엉덩이와 머리와 팔을 눈에 보이지 않을 정도로 가볍게 흔들고 있었다. 그녀는 뜨거운 불덩이 같은 눈을 깜빡거리고 있었는데 그 눈조차도 춤을 추고 있는 듯했다. 심판관인 파리스 앞에 도착하자, 그녀는 팔을 움직이며 몸짓을 했다. 이것은 만일 자기를 미의 여신으로 뽑아 준다면, 그에게 자기처럼 아름다운 여자와 결혼시켜 주겠다는 의미였다. 그러자 프리키아의 젊은 목동은 황금 사과를 베누스에게 건네주었다. 이 황금 사과는 이제 세 여신 사이의 싸움에서 베누스가 승리했음을 상징했다.

'그런데 머리가 텅 빈 사람들아, 아니 좀 더 정확히 말하면 무대 앞에 앉은 멍청이들아, 아니 더 정확히 말하면 법복을 입은 멍청이들아! 재판관이 타락했다는 것에 그대들은 왜 그리 놀라 호들갑을 떠는가? 성性은 인류 최초부터, 즉 신들과 인간들이 지닌 말썽 많은 문제에 대해 판결을 내릴 때부터 모든 판단력을 마비시키고 타락시키는 주범이지 않았는가? 그래서 유피테르는 신들과 인간을 그토록 고민하게 만든 문제에 대해 심판을 내리라고 비천한 목동을 지정했다. 그러나 그 목동은 베누스의 뻔뻔스러운 성 뇌물에 굴복하여 판결을 내렸고, 그 결과 자신의 혈통조차 파멸의 길로 이끌었다는 사실도 모르는가? 아마 당신들은 또 다른 예를 기억할 수 있을 것이다. 트로이 전쟁 전에 그리스 군대의 뛰어난 수장이었던 아가멤논은 똑똑하고 학식 있는 팔라메데스[18]를 배신자로 규정하여 사형을 선고했다. 물론 그는 팔라메데스에 관한 모든 혐의가 거짓이라는 사실을 알고 있었다. 또한 오디세우스와 아이아스[19] 중

<hr>

18 팔라메데스는 현명한 사람의 상징이었으며, 지혜로운 오디세우스의 적수였다. 메넬라오스와 팔라메데스는 메넬라오스의 아내인 헬레네를 납치한 트로이인들이 자신들의 명예를 짓밟았다고 생각했다. 그래서 빼앗긴 명예를 찾기 위해 이전에 맺었던 약속을 지켜 달라면서 오디세우스를 찾아가자, 오디세우스는 미친 척하면서 거절했다. 그는 황소 대신에 당나귀를 이용해 땅에 소금을 뿌리며 농사를 지으면서 미친 척했다. 하지만 현명한 팔라메데스는 오디세우스의 아들을 철창에 가두어 그가 속임수를 쓰고 있음을 알아냈다. 이렇게 그의 계략이 들통나자, 오디세우스는 하는 수 없이 트로이 전쟁에 참여해야만 했다. 하지만 오디세우스는 이런 치욕을 절대로 잊지 않았다. 그래서 그는 팔라메데스를 기소할 거짓 증거들 - 가령 트로이 포로들의 편지, 짚방석 밑에 숨겨놓은 돈, 노예 매수 등등 - 을 확보했고, 마침내 그리스인들 앞에 팔라메데스를 배신자로 낙인찍히게 했다. 메넬라오스는 하는 수 없이 그에게 사형을 선고했고, 그는 그리스인들에게 돌에 맞아 죽었다.

19 트로이 전쟁이 끝난 후에 테티스는 아킬레스의 무기를 가장 용감한 그리스 병사에게 주기로 결정했

에서 누가 더 용감한지에 관한 논의를 기억할 것이다. 그들은 오디세우스가 항상 용감한 사람은 아니며, 아이아스가 훨씬 더 낫다는 사실을 알고 있었다. 그렇지만 그들은 우유부단한 오디세우스의 편을 들어주었다. 유명한 입법자들이나 저명한 과학자들, 고전 시대의 아테네 학자들 사이에서 진행된 유명한 소송과정은 또 어땠는가? 그들은 델포이 신탁이 인간 중에서 가장 현명하다고 말한 소크라테스에게 어떤 판결을 내렸는가? 사악한 파벌들이 그를 배신하고 질투하게 되었다. 그 결과 그의 철학이 젊은 사람들의 열정을 자제시키는 것이지 부풀리는 것이 아님을 알고 있으면서도, 젊은이들을 타락시켰다면서 유죄판결을 내렸다고 말하는 내 말이 틀린 것인가? 그래서 소크라테스는 하는 수 없이 독약을 마시고 죽는 형벌을 받았다. 이것이 바로 아테네 정의에 남겨진 지울 수 없는 오점이다. 이런 전통을 이어받은, 현재 최고의 철학자들이라 자처하는 사람들은 인간 최고의 행복을 염원한다면서 자기들의 체계를 모든 것 중에서 가장 거룩하다고 생각하고, 그의 이름을 걸고 맹세하지 않는가?'

그런데 갑자기 내가 왜 이런 감정을 분출하는 것일까? 이제 이 정도 되면 나는 독자들의 불평을 들을 것이다. "이봐, 이게 도대체 갑자기 무슨 소리야? 당나귀 주제에 감히 우리에게 철학을 강의하려는 거야?" 자, 그럼 이제 이런 것은 그만두고 중도에 끊긴 내 이야기로 돌아가겠다.

네가 이렇게 분노에서 흔지 띠드는 동안, 파기스의 심판은 같이 났다. 그리고 유노와 미네르바는 무대에서 퇴장했다. 슬픔에 잠긴 유노와 분노를 참지 못한 미네르바는 자신들이 상을 받지 못해서 화를 내며, 그런 결정에 따를 수 없다는 표정을 짓고 있었다. 하지만 베누스는 자기의

다. 즉 트로이 병사들에게 가장 공포의 대상이었던 사람에게 주기로 했다. 그리스군의 지휘관들은 투표로 아이아스가 아니라 오디세우스로 결정하였다..

모든 수행원과 함께 기쁨에 들떠 춤을 추고 있었다. 그때 사프란과 혼합된 포도주의 샘이 산꼭대기에 숨겨진 파이프에서 솟아 나왔다. 포도주는 바닥으로 떨어지며 주위에서 풀을 뜯고 있던 암양들을 포도주로 흠뻑 적셨다. 그리고 흰색이었던 암양들은 사프란의 샛노란 색으로 물들었고, 이것은 이다의 산에서 풀을 뜯는 양 떼들을 연상시켰다. 또한 포도주 향내는 원형극장 안을 가득 채웠다. 그러자 무대 장치가 작동하기 시작했고, 회오리바람과 같은 것이 나오면서 나무로 만든 산을 삼켜버렸다.

이런 장면이 끝나자, 관객들의 요청으로 병사 한 명이 감옥에서 여자를 꺼내오기 위해 급히 중앙 복도를 가로질러 갔다. 그 여자는 내가 조금 전에 말했듯이 맹수의 밥이 되도록 선고받았으며, 이제는 그녀가 저지른 수많은 죗값으로 나의 영광스러운 아내 역을 맡아야 했다. 인도의 거북이 껍질이 아로새겨진 우리의 결혼 침대는 이미 자리에 놓여 있었고, 그 위에는 깃털 매트리스와 꽃무늬가 박힌 중국 실크 침대 커버가 씌워져 있었다.

나는 공개적으로 행해야 한다는 것이 마음에 들지 않았다. 또한 재수 없고 사악한 여인과 살을 접촉하면 구역질이 날 것 같았다. 하지만 그것 외에도 나를 더 고민하게 한 것은 죽음의 공포였다. 갑자기 내가 그녀와 사랑의 절정에 이르렀을 때, 맹수를 풀어 여자를 죽여 버릴지도 모른다는 생각이 들었기 때문이다. 나는 맹수란 본성적으로 절식을 모르고 영리하지도 않으며, 잘 훈련되지 않았다는 사실을 알고 있었다. 그래서 맹수가 나와 한 몸이 되어 있는 그녀의 몸을 갈기갈기 찢으면서 내게 아무런 상처도 입히지 않을 거라고 확신할 수가 없었다.

이렇게 나는 수치심 때문이 아니라, 내 목숨 때문에 전전긍긍하고 있었다. 그동안 티아수스는 우리의 침실 안에서 침대를 최종 점검하고 있었고, 나머지 노예들은 관능적이고 음탕하기까지 한 그 장면을 넋 놓고 바라보거나, 아니면 우리의 무대가 끝난 후에 있을 사냥 전시회에 필요한 것을 준비하고 있었다. 이런 모습을 보자, 나는 도망치기로 마음먹었다. 나는 순하고 점잖은 당나귀라는 명성을 얻었기 때문에 누구도 나를 감시하지 않았다. 나는 아주 가까이에 있던 바깥문으로 다가갔다. 나는 바깥에 나가자마자 미친 듯이 최고 속도로 달리기 시작했고, 단숨에 9킬로미터를 달려갔다. 나는 코린토스 자치 시에서 가장 유명한 켄크레아에라는 곳에 도착했다. 그곳은 한쪽이 에게 해와 접해 있었고, 다른 쪽은 코린토스 만의 물과 접해 있는 환상적인 지역이었다.

켄크레아에는 안전한 항구였으며, 항상 수많은 사람들로 북적였다. 하지만 나는 가능한 한 사람들을 피하고 싶었다. 나는 아무도 없는 해변을 택했고, 그곳의 부드러운 백사장에 피곤한 몸을 쭉 뻗고 휴식을 취했다. 근처에서는 파도가 부서지고 있었다. 햇빛은 하늘 저 너머로 그날의 업무를 마치며 지고 있었다. 나는 그런 평온한 저녁을 감상하면서 휴식을 취했고, 이내 달콤한 잠에 빠져들었다.

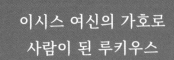

11장

이시스 여신의 가호로
사람이 된 루키우스

얼마 지나지 않아 나는 흠칫 놀라 잠을 깼다. 둥근 달이 눈이 부시게 바다에서 떠오르고 있었고, 바다는 달빛을 받아 반짝이고 있었다. 인간 세상의 유일한 군주인 달의 여신이 자신의 위대한 힘과 위엄을 한껏 발산하는 비밀스러운 시간이었다. 그녀의 통찰력과 의지의 빛나는 힘은 순한 짐승이든 맹수든 가리지 않고 살아있는 모든 생명체에 영향을 끼치고 있었다. 달의 리듬에 따라 하늘과 땅과 바다의 모든 것이 변하는 법이다. 달이 커지면 모든 것이 커지고, 달이 작아지면 모든 것이 작아진다. 이런 것들을 익히 알고 있던 나는 달의 모습을 보자, 운명이 이제는 내가 겪었던 수많은 재앙에 지쳐있고, 비록 늦었지만 내게 구원의 희망을 제시하고 있다고 생각했다. 그래서 내 앞에 모습을 드러내는 여신에게 제발 내가 생각한 대로 되게 도와달라고 애원하기로 마음먹었다.

나는 벌떡 일어나 졸음을 쫓았다. 그리고 나를 정화하기 위해 바다로 들어가서 바닷물로 목욕했다. 나는 내 머리를 밀려오는 파도 속에 일곱 번이나 담갔다. 철학자 피타고라스에 의하면, 그것은 모든 종교 의식에 공통되는 숫자였기 때문이다. 비록 내 얼굴 위로 눈물이 흘러내리고 있었지만, 나는 최고의 여신에게 말없이 기도했다.

"하늘이 축복받은 여왕이시여, 수확의 어머니이시고, 모든 밤이 영혼이자 기원이신 케레스이시여. 당신은 잃어버린 딸 프로세르피나를 찾은 즐거움으로 우리 조상들에게 도토리나 먹는 초라한 식사 습관을 버리게 하셨으며, 그 대신 그들에게 엘레우시스[1]의 비옥한 토양에서 나온

---

1 케레스의 신비로 알려진 도시. 케레스의 딸 프로세르피나는 유피테르의 동의 아래 그녀의 삼촌인 하데스에게 납치되었다. 그러자 케레스는 이미 지옥에 거주하던 자기 딸을 되돌려주지 않으면 올림포스에 사는 것을 거부하겠다고 말했다. 하지만 원칙상 한번 들어간 지옥에서는 나올 수가 없었다. 그러자 유

빵을 주셨습니다.

당신은 태초부터 천상의 베누스로서 사랑을 받아들여 처음으로 서로 다른 두 성性이 사랑하게 만드셨으며, 그로부터 나오는 새로운 싹으로 인류를 영원하게 하셨으며, 그 업적으로 이제는 바다로 둘러싸인 파포스에서 모든 칭송을 한 몸에 받고 계십니다. 포에부스[2]의 남매인 디아나로서 당신은 여인들의 출산의 고통을 완화시켜 주셨고, 수많은 고귀한 목숨을 탄생시켜 주셔서 이제는 에페수스의 성지聖地 같은 곳에서 숭배받고 계십니다. 또한 밤마다 울어대는 올빼미조차도 끔찍한 비명을 지르는 세 얼굴의 프로세르피나이시며, 당신은 사악한 귀신보다도 더욱 힘이 세고, 그 귀신들을 지하 세계에 가두어 두십니다. 그리고 성스러운 숲을 돌아다니시며, 숲속에서 거행되는 여러 의식에서 찬미를 받으십니다. 당신은 여성스러운 빛으로 모든 도시의 성벽을 환하게 비추시고, 당신의 신비스러운 빛은 축축한 땅속에 묻힌 씨앗을 자라나게 하며, 태양이 없는 동안 당신의 빛으로 모든 것을 인도하십니다.

당신이 어떤 이름으로 불리든지, 어떤 모습으로 계시든지, 혹은 어떤 의식으로 칭송을 받으시든지, 제발 바라오건대 극도의 비탄과 재앙 속에 있는 저에게 자비를 베풀어주십시오. 제발 힘든 비운 속에 있는 저에게 평화를 내려주십시오. 그리고 제 피로를 씻어 주시고, 제가 직면한 위험에서 벗어나게 해 주십시오. 끔찍한 노새의 모습에서 저를 해방시켜 주시고, 저를 가족에게 돌아가도록 도와주시고, 저를 루키우스로 다시 한번만 만들어 주십시오. 만일 제가 혹시라도 어떤 신을 모욕하였고, 그 신께서 분노를 누그러뜨리지 않으셔서 제가 인간의 삶을 누

피테르는 프로세르피나가 일 년의 반은 지옥에 있고, 나머지 반은 지상에서 그녀와 함께 살 수 있도록 했다. 프로세르피나가 지상에 도착하는 시간은 봄과 일치한다. 그리고 겨울은 그녀가 지옥에 거주하는 기간과 같다. 따라서 케레스와 딸의 만남은 인간들에게 대지가 비옥하게 되는 것을 의미한다.

2 아폴로 신의 별명이다.

릴 수 없다면, 제발 저를 죽여 주십시오. 적어도 죽음의 선물이라도 내려 주십시오.”

내 마음속에 간직했던 모든 말을 다 하고 기도를 끝내자, 갑자기 피로를 느꼈다. 나는 내가 잠을 자던 모래밭으로 되돌아왔고, 다시 잠이 나를 엄습했다. 잠을 자려고 눈을 감지도 않았는데, 바다 한가운데에서 어느 여인의 모습이 나타났다. 너무도 사랑스럽고 평온한 얼굴이라 신들조차도 그녀를 찬미할 정도였다. 먼저 머리가 나타나더니 곧이어 서서히 반짝이는 여인의 몸이 모습을 보이며 파도 사이에 서 있었다. 하지만 나는 그녀가 파도를 헤치며 내 앞으로 다가오고 있다고 생각했다.

그럼 이제부터 상상을 초월한 멋지고 아름다운 모습을 서술할 것이다. 물론 이런 모습을 제대로 묘사하기에 인간의 언어는 너무도 빈약하고 한정되어 있다. 하지만 이 여신께서 내가 본 것을 어렴풋이나마 전달할 수 있도록 충분한 시적 이미지를 주실 것이라고 생각한다.

돌돌 말려진 채 웨이브 진 그녀의 길고 풍성한 머리칼은 어깨까지 부드럽게 드리워져 있었고, 머리 위에는 형형색색의 꽃으로 만들어진 화관花冠을 쓰고 있었다. 그리고 바로 이마 위의 정중앙에는 거울 모양의 둥근 원반이 빛나고 있었다. 아니 거울이라기보다는 오히려 환한 달과 같았다. 그 모습은 그녀가 누구인지를 내게 말해주고 있었다. 왼손에는 꾸불꾸불한 뱀이 솟아오르고 있었고, 오른손은 원반이 있던 가르마 부뷰을 향하고 있었으며, 그 손들 위로는 밀알이 떨어지고 있었다. 그녀가 입고 있던 색색의 옷은 값비싼 리넨 천이었다. 흰빛을 발하던 그 옷은 사프란처럼 샛노란 황금색으로 변하기도 했고, 장미처럼 붉은색으로 보이기도 했다. 또한 옷에 달려있던 꽃과 과일들은 산들바람 속에서 가볍게 흔들리고 있었다.[3] 특히 내 주의를 끌었던 것은 운모雲母처럼 진하고 반

---

3 원 텍스트에서 이 부분은 빈칸으로 되어 있는데, 아풀레이우스의 연구가인 헬름은 이런 식으로 유추

짝이는 검은 망토였다. 그녀는 오른쪽 둔부부터 왼쪽 어깨까지 몸 전체를 그 망토로 느슨히 동여매고 있었으며, 그것은 어깨에 이르면서 방패처럼 그녀의 가슴을 가리고 있었다. 그런 다음에 수많은 주름이 우아한 모습을 이루고 있었고, 그 끝에 달린 술은 너울거리며 아래로 내려오고 있었다. 총총히 떠 있는 흩어진 별빛들이 모두 그 망토를 비추고 있었다. 특히 가운데 부분은 환한 보름달의 불타는 빛으로 가득 채워져 있었다. 그래서 망토가 쉴 새 없이 너울거리며 움직이고 있었지만, 그것이 모든 꽃과 과일로 짜져 있다는 것을 알 수 있었다.

그녀는 오른손에 청동으로 만든 청동 딸랑이를 들고 있었다. 그것은 시로코의 신에게 겁을 주어 달아나게 만드는 데 사용하는 것이었다. 가느다란 딸랑이는 칼을 차는 가죽 띠처럼 구부러져 있었고, 세 개의 작은 금속판은 수평으로 걸려 있었는데, 이것들은 그녀가 팔을 흔들 때마다 날카로운 종소리를 내고 있었다. 왼손에는 배 모양의 황금 그릇이 램프처럼 걸려 있었고, 그곳에서 목을 한껏 부풀린 뱀이 공격할 태세를 갖추고 고개를 쳐들며 나오고 있었다. 그녀의 신성한 발은 승리의 상징인 야자 잎으로 만든 신발을 신고 있었다.

아라비아의 모든 향수 냄새가 내 콧구멍으로 흘러들어오고 있었다. 그러자 그토록 지체 높은 그녀는 황송하게도 내게 말을 하기 시작했다.

"루키우스여, 네 기도를 듣고 감동하여 내가 손수 왔도다. 나는 자연의 어머니이고 모든 원소의 주인이며, 인간들의 기원이고 모든 영적인 것의 군주이며, 신들의 여왕이고 신들 중에서 가장 높은 신이며, 죽은 자들의 여왕이고 동시에 죽지 않는 모든 것의 여왕이기도 하며, 둥근 하늘에 사는 모든 신의 유일한 징표이다. 나는 고개를 끄덕이는 것만으로도

해석했다. 즉, corpus divinum tegebat vestis라고 설명하는데, 여기에서의 해석은 바로 헬름의 생각을 따르고 있다.

빛나는 높은 하늘을 통치하고, 모든 바닷물과 지하 세계의 침묵도 지배한다. 나는 여러 면에서 숭배받고 있고, 수많은 이름으로 불리고, 여러 다른 의식을 통해 경배받는 유일한 존재이며, 이 세상의 모든 사람이 나를 우러러본다. 인류 중에서 가장 오래된 종족이라고 자부하는 프리기아 인들은 나를 페시눈티카, 즉 신들의 어머니라고 부르고, 옛 아테네 사람들은 케크로피아의 디아나라고 부르며, 키프로스 섬 주민들은 나를 파피아의 베누스라고 부르고, 크레타섬의 궁수弓手들은 딕티나 디아나라고 부르며, 세 개의 언어를 사용하는 시칠리아 사람들은 스튁스의 프로세르피나라고 부르고, 엘레우시스의 사람들은 곡식의 어머니인 케레스라고 부른다. 또한 어떤 사람들은 유노라고 하기도 하고, 또 다른 사람들은 전쟁의 여신 벨로나라고 부르기도 하며, 몇몇 부족들은 헤카테나 혹은 람누비아라고 말하기도 한다. 또한 아침의 태양이 가장 먼저 밝아오는 에티오피아인이나 고대의 학문에 뛰어났던 이집트인들은 나의 신격神格에 어울리는 예찬을 하는 사람들이며, 나의 진정한 이름인 이시스로 나를 부른다. 나는 너의 간곡한 청원에 동정을 느껴 이곳으로 왔고, 너를 도와주려고 한다. 그러니 이제 눈물을 거두어라. 탄식하지 말고 슬픔을 버려라. 나의 도움으로 이제 네 행운의 여명이 밝아올 것이니 불안한 마음을 거두고 내가 지시하는 바를 행하라.

항상 나에 대한 예배 의식은 하루 동안 진행된다. 바로 오늘 밤에 시작될 예정이다. 내일 나를 찬미하는 사제들은 새로운 항해 계절의 첫 수확물인 새로 만든 배를 바칠 예정이다. 이때가 되면 겨울의 폭풍은 힘을 잃고 성난 파도는 잠잠해지며, 바다는 다시 한번 항해할 수 있게 되기 때문에 그런 의식을 행하는 것이다. 너는 미래에 대한 불안을 떨쳐버리고 속된 생각을 버려라. 그리고 나에 대한 존경심을 간직하고, 그 의식을 기다려라. 나는 가장 높은 사제에게 딸랑이와 함께 오른손에 장미꽃 화관을 가져가라고 지시할 것이다. 주저하지 말고 너는 사람들 틈에 있거라.

내 의지를 믿고, 그 행렬에 합류하라. 그리고 주임사제에게 다가가 그의 손에 입맞춤하기를 원한다는 듯이 행동하면서, 너의 입으로 얌전하게 장미를 뜯어 먹어라. 그러면 너는 우주에서 가장 천한 짐승인 당나귀 가죽을 벗게 될 것이다.

무엇보다도 믿음을 가져라. 내 명령이 지키기 어렵다고는 절대로 생각하지 마라. 그리고 지레 겁을 먹고 뒷걸음질 쳐서 도망갈 생각은 하지 마라. 바로 이 순간, 그러니까 네게 말하는 지금 이 순간, 나는 다른 곳에서 잠자고 있는 주임사제의 꿈에 나타나 그가 해야 할 바를 지시하고 있다. 내 지시를 따라 내일 빽빽이 모여든 군중들은 네게 길을 비켜줄 것이다. 네게 약속하건대, 기뻐 아우성치고 웃는 축제 속에서 그 누구도 너의 추한 모습을 혐오스럽게 바라보지 않을 것이고, 네가 갑자기 인간의 모습으로 돌아오는 것을 보고 의도적으로 해로운 해석을 할 사람도 없을 것이다. 그러나 단 한 가지만은 기억하라. 그리고 내 말을 네 가슴속에 항상 품고 간직하라. 지금부터 네 목숨이 다하는 날까지 너는 나를 위해 봉사해야 한다. 너를 다시 인간으로 만들어 주는 여신에게 평생을 바친다는 것은 어찌 보면 지극히 당연한 일이다. 너는 내 보호와 은총을 받아 행복하게 살 것이고, 이름을 후대까지 떨칠 것이다. 또한 예정된 네 목숨이 다하면, 너는 지옥으로 내려갈 것이다. 나는 지금의 나와 마찬가지로 그 지하 세계에서도 아케론테[4]의 어둠 속에서 너의 빛이 될 것이고, 스틱스 강을 건널 때 너의 안내자가 될 것이다. 그리고 네가 엘리시움 평원[5]에 거하게 되면 네 수호신으로 나를 섬기고 우러러야 한다. 만일 나를 섬기는 종교 의식을 충실히 이행하고 순결한 마음으로 나를 믿는다면, 너는 나의 전지전능한 보호를 받을 것이다. 그러면 너는 나,

---

4 아케론테는 지옥에 도달하기 위해 죽은 영혼이 건너야만 하는 강이다.

5 엘리시움은 영웅들과 덕을 베푼 사람들이 사는 곳이다. '엘리시움 평원'은 극락세계를 일컫는 말이다.

단지 나만이 운명이 규정한 한계를 넘어 네 목숨을 연장시킬 수 있음을 알게 될 것이다."

이렇게 말하고 나서 무적無敵의 여신은 자취를 감추며 바닷속으로 들어갔다. 나는 눈을 크게 뜨고 기쁨과 두려움을 느끼며 땀으로 범벅이 된 채 자리에서 일어났다. 그토록 권위 있는 여신이 내 앞에 나타나 분명히 말했다는 사실에 놀라움을 금치 못하며, 나는 잠시 바닷물 속에서 철벅거리면서 그녀의 명령을 조심스레 머릿속에 되새겼다. 하나도 빠짐없이 그 명령에 복종하려고 했기 때문이다.

잠시 후 황금빛 태양이 밤의 어두운 그림자를 가르며 바다에서 솟아나왔다. 그러자 거리는 이내 개선식이 열리는 것처럼 수많은 순례자와 구경꾼으로 가득 메워졌다. 나뿐만 아니라, 모든 사람이 기쁨으로 충만해 있었다. 어제까지만 해도 서리가 내리고 짓궂었던 날씨가 조용히 햇볕이 내리쬐는 날씨로 변해 있었다. 그래서 나는 동물과 집과 심지어 날씨조차도 모든 사람의 기쁨과 맑은 마음을 반영하고 있다는 인상을 받았다. 새들은 봄이 왔다는 것을 알리려는 듯이 노래를 부르고 있었고, 별들의 여왕이자 계절의 어머니이고 우주 만물의 주인을 반갑게 맞이하는 듯이 지저귀고 있었다. 과실수뿐만 아니라, 그늘을 주는 것만으로 만족하는 나무들까지도 따스한 남풍南風이 불어오자 겨울잠을 깨기 시작하면서 파릇파릇 돋아나는 새 잎사귀를 자랑하고 있었고, 나뭇가지들은 봄바람에 움직이면서 바스락거리는 소리를 내며 즐거워하고 있었다. 그리고 폭풍우가 동반한 번개와 천둥도 잠잠해졌으며, 검은 구름은 자취를 감추었고, 평온한 하늘만이 선명하게 반짝이면서 화려하고 푸른 광채를 내뿜고 있었다.

그때 의식 행렬의 선두가 눈에 들어오기 시작했다. 수많은 사람이 각자의 취향대로 선택한 가장의상을 입고 행렬을 이루고 있었다. 어떤 사람은 군인의 칼 혁대를 매고 군인처럼 가장했으며, 또 어떤 사람은 샌들과 사냥칼을 허리춤에 찬 채 사냥꾼처럼 한쪽 어깨를 드러낸 옷을 입고 있었고, 또 다른 사람은 금빛 구두와 실크 옷과 비싼 보석을 하고 머리를 묶은 여자 행색을 하고 있었다. 그들과 약간 떨어져 오던 어떤 사람은 각반과 방패와 투구와 칼을 들고 있어서 마치 검투사 학교에서 직접 나와 이 행렬에 참여하는 듯이 보였다. 자줏빛 법의와 사각모자를 쓰고 재판관 모습을 한 사람도 있었고, 망토를 걸친 채 지팡이와 샌들을 신고 염소처럼 수염을 달고서 철학자처럼 보이려는 사람도 있었다. 또한 새 잡는 끈끈이와 긴 갈대를 든 새장수와 낚싯줄과 낚싯바늘을 든 어부도 있었다. 나는 그곳에서 귀부인처럼 옷을 입고 가마를 타고 가던 잘 훈련된 곰을 보았고, 밀짚모자를 쓰고 프리기아 식으로 샛노란 옷을 입고 손에는 황금 잔을 들고 가는 원숭이도 보았다. 이것은 마치 유피테르의 술 시중을 드는 카타미투스를 익살스럽게 표현한 모습 같았다. 마지막으로 나는 등에 날개를 붙인 채 엉덩이에는 힘없는 노인을 앉히고 행진하는 당나귀도 보았다. 이것은 말할 것도 없이 페가수스와 벨레로폰[6]을 상징하는 것이었지만, 당나귀와 노인으로 이루어진 모습은 무척 우스꽝스러웠다. 이런 가장의상을 입은 광대들은 군중 속을 오가며 흥을 돋우고 있었다.

　수호 여신의 진짜 의식 행렬은 광대들 뒤를 따라오고 있었다. 그 행렬의 선두에는 여러 종류의 상징이 밝게 새겨진 흰옷을 입은 여인들이 오고 있었다. 그녀들은 봄꽃들로 장식한 채 즐거운 마음으로 무릎에서 꽃을 꺼내 길가에 던지면서 지나온 길을 온통 꽃으로 뒤덮고 있었다. 그 뒤로는 반짝이는 거울을 머리 뒤에 맨 여인들이 오고 있었다. 그 거울을 통해 그녀들은 여신들에게 자기들 뒤를 따라오는 행렬들을 보여주고 있었다. 그리고 그 뒤로는 손에 상아 빗을 든 여인들이 오고 있었는데, 그

6　넵투누스의 아들인 벨레로폰은 날개 달린 말인 페가수스를 타고 키마이라를 죽였다.

녀들은 여신의 머리칼을 빗듯이 머리를 매만지는 흉내를 내고 있었다. 그리고 또 다른 무리는 향수병을 들고서 거리에 향유와 냄새 좋은 향수를 뿌리고 있었다. 마지막으로 그 뒤로는 여신을 '별들의 딸'이라고 부르는 남녀 무리가 따라오고 있었다. 그들은 하늘의 별들의 기원인 여신의 축복을 받고자 횃불이나 램프, 초 혹은 갖가지 불과 관련된 것을 들고 행진하고 있었다.

그들의 뒤를 이어 악사樂士들이 피리를 불면서 달콤한 선율을 선사하며 오고 있었다. 그리고 정성 들여 선정한 소년 성가대가 흰옷을 입고 무사이의 은총을 독차지하던 어느 시인이 영감을 받아 작곡한 성가를 부르며 따라오고 있었다. 그 성가의 가사는 인간 최대의 행복이 무엇인지를 말하고 있었다. 그런 다음에 위대한 신 세라피스[7]를 섬기는 악사들이 자신들의 신과 신전을 찬양하는 노래를 연주하며 행진하고 있었다. 그들이 연주하는 악기는 부는 곳이 비스듬하고, 몸체 부분은 구부러져 오른쪽 귀에 닿았다. 또한 수많은 하층계급과 평범한 시민들은 "길을 비켜라, 여신에게 길을 비켜라!"라고 외치며 뒤따라 오고 있었다.

그러자 여신의 신비를 깨닫고 입신入信한 무리가 모습을 보였다. 남녀노소 가릴 것 없이 이루어진 이 무리는 모두 눈부시게 하얀 옷을 입고 있었다. 여자들은 모양새 좋게 머리를 매고 얇은 머리 장식을 걸치고 있었으며, 남자들은 모두 삭발해서 마치 지상의 별들처럼 반짝이고 있었다. 그들은 모두 청동이나 은, 심지어 금으로 만든 딸랑이를 들고 쉴 새 없이 날카로운 금속성의 소리를 내고 있었다.

발까지 닿고 가슴 부분은 꽉 조이는 긴 흰 리넨 옷을 입은 사제들은 전지전능한 신들의 상징을 들고서 걸어가고 있었다. 첫 번째 사제는 불빛이 반짝이는 램프를 들고 있었는데, 그것은 우리가 밤의 축제 때에 쓰

---

7 그리스인과 로마인들의 사랑을 받던 이집트의 신.

는 일상적인 것이 아니었다. 그 램프는 황금으로 만든 작은 배 모양을 띠고 있었는데, 움푹 팬 가운데 구멍에서는 큰불이 일고 있었다. 두 번째 사제 역시 눈부신 의상을 입고서 양손에는 구원의 단지이자 희생제물용 단지[8]를 들고 있었다. 이런 단지들은 바로 이시스 여신이 자기의 신도들을 도와준다는 특징을 그대로 보여주고 있었다. 세 번째 사제는 아주 정성 들여 세공한 황금 종려 가지를 들고 있었는데, 이것은 메르쿠리우스의 지팡이를 상징하고 있었다. 네 번째 사제는 정의의 상징으로서 긴 종려 가지를 왼손에 들고 있었다. 이것은 왼손이 본래 느리고 재주가 없으므로 오른손보다 훨씬 더 공평하다는 것을 보여주기 위함이었다. 그는 또한 젖꼭지 모양으로 생긴 단지를 들고 있었는데, 그 꼭지에서는 가느다란 우유 줄기가 땅으로 떨어지고 있었다. 다섯 번째 사제는 버드나무가 아닌 황금 가지로 만든 열쇠를 가지고 있었다. 그리고 마지막 사제는 술 항아리를 가지고 있었다.

사제들 뒤로는 신들이 인간처럼 걸으며 따라오고 있었다. 여기에는 천국의 신과 지옥의 신의 대단히 무서운 사자使者인 아누비스[9]가 있었다. 그는 반쪽은 검은 얼굴로, 다른 반쪽은 금빛을 하고서 몸을 꼿꼿이 세운 채 거만하게 행진하고 있었다. 또한 왼손에는 지팡이를 들고 있었고, 오른손으로는 푸른 종려나무를 흔들고 있었다. 그 뒤로는 풍요의 어머니의 상징으로 황소의 모습을 한 사람이 뒤따라오고 있었다. 그 황소 역시 뒷다리로 몸을 세우고 있었지만, 비틀거리면서 사제의 어깨에 기댄 채 걷고 있었다. 또 다른 사람은 여신의 성스러운 신비가 담긴 비밀 상자를 들고 오고 있었다. 또 다른 사람은 여신의 옛 상징을 옷자락 속에 숨겨

---

8 원문은 alcteria라고 씌어져 있는데, 이 단어는 사실상 번역이 불가능하다. 이것은 '처방' 혹은 '보호'나 '방어' 등을 상징하는 대상을 지칭한다. 이 말은 작가가 그리스어를 라틴식으로 사용한 것이다.

9 오시리스와 네프티스의 아들이며, 고대 이집트인들의 신이다. 흔히 인간의 몸과 개의 얼굴을 한 모습으로 표현된다.

오고 있었다. 그것은 동물의 모습도 아니고, 가축이나 맹수도 아니었으며, 새나 인간도 아니었다. 그것은 절묘한 솜씨로 너무도 아름답게 만든 것이었으며, 놀라움과 두려움을 동시에 불러일으킬 수 있는 독특한 것이었다. 그 상자는 여신의 고귀하고 이루 말할 수 없는 신비를 간직하고 있었기 때문에, 상자 내부의 비밀은 절대로 만인들에게 보여서는 안 되었다. 그것은 반짝이는 금으로 된 조그만 병이었으며, 그 위에는 이집트의 상형 문자가 가득 채워져 있었고, 바닥은 둥글었다. 또한 긴 목에서는 조그만 샘이 아로새겨져 있었고, 손잡이 부분에는 비늘로 덮인 채 목을 쳐든 커다란 뱀의 머리가 새겨져 있었다.

이 모든 것이 끝났다. 마침내 전지전능한 여신이 내게 약속했던 은총의 일들이 벌어지기 시작했다. 나의 운명과 구원을 손에 든 사제가 다가오기 시작했다. 나는 여신이 꿈속에서 예언했던 대로 오른손에 딸랑이와 화관을 갖고 있던 사제를 보았다. 물론 화관은 내게는 단순한 화관 이상의 것이었다. 그것은 잔인한 포르투나를 이길 수 있는 승리의 왕관이었다. 그것은 내가 수많은 역경과 위험과 고초를 겪은 후, 이시스 여신이 내게 선사한 왕관이었다. 나는 기뻐 미칠 것 같았지만, 서두르지 않았다. 당나귀의 갑작스러운 출현으로 조용하고 질서정연하게 진행되던 행렬을 소란스럽게 하고 싶지 않았기 때문이다.

나는 공손하고 점잖게 그에게 다가갔다. 여신의 은총을 받은 덕택인 기 사람들은 모두 내게 길은 비켜주었고, 나는 이내 사제 앞으로 간 수 있었다. 이미 전날 밤에 신탁을 받은 사제는 여신의 예언이 하나도 빠짐없이 그대로 이루어지는 것을 보고 놀라 있었다. 그래서 그는 가던 길을 멈추고 오른손을 뻗어 화관을 내 입에 가까이 대주었다. 내가 그 장미를 먹는 동안, 나는 떨고 있었고 내 가슴은 콩콩 뛰고 있었다. 그리고 장미를 먹자마자 여신의 약속이 거짓이 아니라는 사실을 깨달았다. 나는 즉시 추한 당나귀의 모습에서 인간의 모습으로 변하기 시작했다. 우선 내 몸을 뒤덮고 있던 거친 털이 떨어지기 시작했고, 그다음에는 축 처진 배가 팽팽하게 변하면서 몸이 줄어들었다. 뒷발은 발과 발톱으로 분리되었고, 앞발은 더 이상 걷는 데 사용되지 않도록 인간의 손으로 복구되었다. 나는 마침내 기립 자세를 취할 수 있게 되었다. 그러자 커다란 당나귀 목은 오므라들었고, 내 얼굴과 머리는 둥글게 되었다. 보기 흉하게 커다란 내 귀도 본래의 크기로 축소되었고, 돌처럼 딱딱하고 커다란 이빨도 본래의 크기로 돌아왔다. 또한 나를 가장 수치스럽게 만들었던 꼬리는 일순간에 사라져버렸다.

이런 장면을 목격하자 사람들은 경탄을 금치 못하고 있었다. 이 기적은 주임사제가 여신에게 받은 예언이 실현된 것임을 알자, 나머지 사제들은 모두 손을 높이 들어 커다란 목소리로 위대한 여신의 은총을 찬미했다. 또한 나도 너무 놀란 나머지 오랫동안 아무 말도 못하고, 그대로 멍하니 서 있었다. 내 마음은 이토록 크고 갑작스러운 기쁨에 제대로 대처할 수 없었다. 나는 여신이 베푼 이런 특별한 자비를 보고, 어떻게 감사의 말을 해야 할지 몰랐다. 하지만 여신의 은총으로 내가 겪은 모든 고통을 알고 있었던 사제는 무언의 손짓으로 내 몸을 덮을 수 있는 리넨 옷을 가져오라고 지시했다. 사실 나는 인간의 모습을 회복한 후, 벌거벗은 사람이 하는 행동을 그대로 재현했다. 즉, 내 무릎을 꼭 붙이고 양손으로 나의 가장 은밀한 부분을 가리고 있었다. 그러자 누군가가 급히 자기의 겉옷을 벗어 나를 덮어 주었다. 사제는 인자하며 심지어 초자연적인 표정을 짓더니, 인간의 모습으로 돌아 온 나를 신기하다는 듯이 쳐다보며 말했다.

"루키우스여, 너는 당나귀가 되어 수많은 고통을 견디었고, 포르투나가 네가 선사했던 여러 불행을 잘 이겨냈다. 마침내 너는 평화와 안식의 항구에 도착했으며, 지금은 자비의 여신의 신전에 서 있다. 그대의 고귀한 혈통이나 지위, 혹은 학식도 그대가 비천한 쾌락의 노예로 전락하

는 것을 막지는 못했다. 이제 젊은 날의 방탕한 욕망은 모두 사라질 것이다. 너는 그런 욕망 때문에 고초를 겪었다. 눈먼 포르투나는 자기가 무슨 일을 하고 있는지도 모른 채 그대에게 최악의 경험을 겪게 했지만, 그것은 그대에게 신앙의 은총을 받게 했다. 이제 포르투나는 자신의 화를 풀기 위해 다른 사람을 찾아다닐 것이다. 왜냐하면 존엄하신 우리 여신이 자신의 봉사자로 택한 사람에게는 그 어떤 재앙도 영향을 미칠 수 없기 때문이다. 그대는 도둑들이나 사나운 개 혹은 맹수들과 함께 있으면서 두려움에 떨어야 했고, 속박의 생활을 참고 겪어야만 했으며, 매일 죽음의 공포를 느끼며 살아야 했다. 하지만 그게 어떤 도움이 되었는지 그대도 알 것이다. 이제 그대는 진정한 포르투나이자 모든 것을 꿰뚫어 볼 수 있으며, 찬란한 빛을 내뿜는 여신의 보호 아래에서 안전하게 지낼 것이라는 사실을 명심하라. 이제 너는 흰 리넨 천 사제복을 입은 사람이 되었다. 그러니 기뻐하라. 그리고 너를 이렇게 만들어 준 수호 여신의 행렬에 늠름하게 동참하라. 그리고 신앙 없는 사람들이 너를 바라보면, 너는 그들의 잘못된 삶을 깨닫게 하면서 이렇게 외치게 하라. '저기 루키우스가 가고 있어! 이시스 여신 덕택에 끔찍한 운명에서 구원받은 루키우스 말이야! 이시스 여신이 사악한 포르투나 여신을 이기신 증거야.' 하지만 여신의 보호를 더욱 확실하게 받고 싶으면, 지금 당장 교단에 입단하라. 그대가 어젯밤에 하겠다고 맹세한 대로 말이다. 그리고 우리의 믿음에 절대적으로 복종하고, 자발적으로 그녀를 섬기는 사제가 되어라. 그대가 여신에게 봉사하기 시작하면, 그대는 완전한 자유가 무엇인지 맛볼 수 있을 것이다."

주임사제는 스스로 감격에 젖어 곧 끊어질 것 같은 목멘 소리로 말을 마쳤다. 나는 신자들의 틈에 합류하여 행렬을 따라갔다. 나는 모든 코린토스인들의 호기심 어린 시선을 한 몸에 받고 있었다. 그들은 손가락이나 혹은 다른 몸짓으로 나를 가리키면서 이렇게 말하곤 했다.

"저기 전지전능하신 여신의 도움으로 인간으로 돌아온 사람이 가고 있어. 전생에 아무 죄도 짓지 않고 착하게 행동해서 여신의 동정을 사서 지금처럼 인간으로 다시 태어났으니 얼마나 행운아야! 게다가 인간이 되자마자 여신을 모시는 성스러운 일을 맡게 되었으니 더 없이 축복받은 사람이지."

그런 웅성거림 속에서 우리는 서서히 움직이기 시작했고, 이윽고 해변에 도착했다. 그곳은 바로 지난밤 내가 당나귀였을 때 누워 있었던 곳이다. 의식 순서에 따라 여신의 상징물들이 놓였고, 엄숙한 기도와 함께 주임사제는 여신에게 아름답게 건조된 선박을 봉헌했다. 선체에는 형형색색의 이집트 상형 문자가 아름답게 가득 칠해져 있었다. 그는 환히 켜진 횃불과 달걀과 유황으로 조심스럽게 배를 정화했다. 아주 하얀 돛에는 항해의 계절 동안 배를 보호해 주십사고 여신에게 기원하는 글자들로 가득했다. 여신에게 봉헌된 이 배에는 커다란 전나무로 만든 돛대가 뱃머리에서 반짝이고 있었고, 선원들은 그곳으로 올라가고 있었다. 그리고 이시스 여신의 목처럼 아름답게 만들어진 선미는 티 하나 없이 반짝이고 있었다. 모든 성직자와 평신도는 향료로 가득한 상자들과 다른 봉헌제물들을 배에 부지런히 올리기 시작했다. 그리고 바다에 많은 우유를 뿌리며 살수식을 거행했다. 마침내 배에 행운을 비는 모든 봉헌 제물들이 올라가자, 배는 닻을 올리고 행운을 약속하는 부드러운 바람을 타고 서서히 바닷가에서 멀어지기 시작했다. 배가 시야에서 사라질 때까지 우리는 그곳에 꼼짝 않고 서 있었다. 마침내 배가 보이지 않자, 사제들은 다시 여신의 성스러운 상징물들을 꾸리고, 기쁜 마음으로 그곳으로 갔을 때와 같은 순서로 행렬을 이루면서 신전으로 돌아왔다.

신전에 도착하자, 주임사제와 여신의 성스러운 상징물들을 운반했던 사제들은 입회한 사람들과 함께 여신의 성소로 들어가 본래 위치에 그것들을 놓았다. 그러자 그들 중, 성스러운 박사로 알려진 한 서기관이 마치 이시스 여신의 훈령을 받은 듯이 성물 운반 사제들[10]을 신전 문 앞에 모이게 했다. 그는 책을 들고 연단으로 올라가 라틴어로 〈우리의 황제와 원로원과 기사단과 모든 로마 시민과 우리 제국의 바다를 지나는 모든 선원과 배〉에게 축복을 내리는 말을 읽었다. 그리고 그가 그리스의 전통 형식으로 '플로에아페시아'[11]를 읽자 그곳에 있던 모든 사람이 넘쳐흐르는 기쁨으로 박수갈채를 보냈다. 그리고 올리브 나뭇가지와 월계수와 화관과 같은 모든 종류의 장식품을 들고 집으로 향했다. 하지만 그 전에 그들은 신전 계단에 서 있던 여신의 은상銀像 앞에 입맞춤하는 것을 잊지 않았다. 하지만 나는 그곳에서 조금도 움직이고 싶지 않았다. 나는 여신상에 눈을 고정시키고, 지난날 불행했던 내 과거를 되새기고 있었다.

그사이 내가 겪었던 모험과 여신이 내게 이루 말로 할 수 없는 은혜를 베풀었다는 소식은 빠른 속도로 사방으로 번졌다. 그리고 그것은 내가 죽은 줄 알고 장례를 치렀던 마다우라까지 도착했다. 그 소식을 듣자 내 노예들과 하인들과 가까운 친척들은 슬픔을 잊고 기쁜 마음으로 급히 코린토스로 달려와 지하 세계에서 돌아온 나를 환영하며 온갖 종류의 선물을 주었다. 그들은 나를 보자 기뻐했고, 나 역시 그들을 만나자 기뻤다. 그들이 내게 가져온 선물에 고맙다며 여러 차례 감사의 마음을 전했다. 특히 내가 필요로 하던 많은 옷가지와 돈을 가져온 하인들에게 고맙게 생각했다.

나는 일일이 예의를 갖추어 그들에게 인사한 다음, 내가 겪었던 재앙과 현재의 행복한 상황을 말해 주었다. 그다음에 나는 여신상을 쳐다보면서 내 인생에서 느낀 가장 큰 기쁨으로 되돌아왔다. 나는 신전 내의 방

---

10 당시에는 사제들이 신들의 성물을 판자 위에 얹어 엄숙하게 운반했다.

11 그리스어로 순조로운 항해를 기원하거나 혹은 배로 여행하는 모든 사람에게 신의 가호를 비는 말을 뜻한다.

하나를 사용할 수 있게 되었다. 그곳에 머물면서 여신을 섬기는 일에 열중했다. 나는 본래 사제들의 의식에는 참석할 수 없었지만, 그들의 의식에도 참여했다. 형제들은 위대한 여신의 충성스러운 신도인 자신들과 거의 같은 자격으로 나를 받아들였다.

나는 꿈속에서 여신의 모습을 보지 않은 날이 단 하룻밤도 없었다. 심지어 대낮에 선잠을 자는 동안에도 여신의 모습을 보았다. 그녀는 항상 자신의 성스러운 신비에 입신_{入信}하라고 지시하면서, 나는 그녀를 섬기는 입신자의 운명을 지니고 있다고 말했다. 나는 그녀의 말대로 하고 싶었지만, 종교에 대한 경외심 때문에 머뭇거렸다. 왜냐하면 종단에 들어가면 자신을 힘든 삶에 얽매야 하고, 특히 입신한 사람은 엄격하게 순결을 지켜야 하며, 여러 가지 시험을 통해 그것을 증명해야 하고, 따라서 더러움에 빠지지 않게 항상 정신을 바짝 차리며 살아야 한다는 사실을 알고 있었기 때문이다. 이런저런 생각을 하면서 나는 종단에 입신하고 싶은 마음이 굴뚝같았지만, 계속해서 결정을 미루고 있었다.

어느 날, 나는 주임사제가 자기 무릎에서 무언가를 가져와서 나에게 주는 꿈을 꾸었다. 내가 그것이 무엇이냐고 묻자 그는 대답했다. "테살리아에서 온 것이다. 네 노예 칸디두스가 조금 전에 이곳에 도착했다." 나는 잠에서 깨자 이리저리 뒤척이며 그 꿈이 무엇을 예언하는지 생각했다. 무엇보다도 나는 칸디두스라고 불리던 노예는 가진 적이 없었기 때문에 더욱더 그 꿈이 의심스러웠다. 그 꿈의 의미가 무엇이든 상관없이, 나는 무엇을 준다는 것은 틀림없이 나에게 행운을 암시한다고 확신했다. 새벽이 밝아오자, 나는 초조한 마음으로 신전 문이 열리기를 기다렸다. 어슴푸레 빛나는 흰 커튼이 걷히고, 우리는 여신의 존엄한 모습을 보며 경배했다. 한 사제가 제단들을 일일이 돌아다니며, 관례적인 기도를 하면서 아침 예배를 드리고 있었다. 그는 성배를 손에 들고 경내에 있던 샘에서 가져온 물을 뿌렸다. 이 의식이 끝나자, 사제들은 커다란 소리로 합창하며 새날을 맞았다.

신전의 문이 열리자 두 명의 하인이 도착했다. 그들은 포티스가 실수로 나를 당나귀로 만든 바람에 하는 수 없이 히파타에 놔두어야만 했던 하인들이다. 그들은 내가 겪은 모험 소식을 듣고 당시에 내가 가지고 있었던 소지품을 모두 가져왔다. 심지어 그들은 내가 소유했던 백마를 찾으려고 무진 애를 썼다. 비록 여러 주인의 손을 거쳤지만, 목에 새겨진 낙인을 보고 그들은 내 백마를 확인하여 되찾을 수 있었다. 이제야 나는 내 꿈의 의미를 깨달았다. 그것은 그들이 테살리아에서 무엇인가를 가져오는 것뿐만 아니라, 꿈속에서 "네 노예 칸디두스[12]"라고 언급했던 백마를 되찾는 것을 의미했다.

이 일이 있고 난 뒤, 나는 더욱더 열심히 예배 의식에 참여하고 여신을 섬겼다. 나는 이렇게 해야 미래에도 여신의 은총을 보장받을 수

---

12 칸디두스는 사람 이름이 되면서 동시에 '흰' 것을 의미하는 형용사도 된다.

있을 것이라 여겼고, 그래서 교단에 입신하고자 하는 내 욕망은 갈수록 커졌다.

나는 종종 그 사실을 주임사제에게 말하고, 나를 성스러운 신비로 입신할 수 있게 해 달라고 졸랐다. 하지만 종교적인 문제에 대해 신중하기로 정평이 나 있던 그 사제는 내 요구를 거절했다. 마치 부모들이 말도 안 되는 것을 해달라고 조르는 아이들을 달래듯이, 그는 다정하고 점잖게 거부했고, 그래서 나는 전혀 마음의 상처를 입지 않았다. 그는 나의 바람은 여신이 결정한 날에 이루어지며, 그녀가 입신 의식을 행할 사제를 정할 뿐만 아니라, 그런 의식에 지출될 비용까지도 결정한다고 설명했다. 그리고 그는 내가 인내심을 갖고 기다리면서 극단적인 열정과 고집을 버리는 편이 좋을 것이라고 충고했다. 즉, 여신이 나를 부를 때 늦거나, 혹은 부르지도 않는데 서두르는 것을 피하라는 말이었다. 한편 그는 이렇게 말했다.

"우리 교단에는 그 누구도 자기 스스로 파멸하려는 나쁜 마음을 먹은 사람도 없고, 신성을 모독하는 사람도 없다. 그래서 여신의 직접적인 지시 없이 성사를 받은 사람도 없다. 여신의 지시 없이 입신한다는 것은 죄악이며, 우리 교단의 그 누구도 그런 죄악의 수렁으로 떨어진 사람은 없다. 생명과 죽음의 문은 여신의 손에 달려 있으며, 입신 의식은 자발적으로 죽음을 향해 가는 길이고, 그것에는 부활의 희망만이 있다. 그래서 여신은 항상 죽음이 임박한 누이들을 선택한다. 그것은 그들에게 위대한 여신의 신비의 비밀을 가르쳐주기 위함이다. 그리고 그녀의 은총을 입게 되면, 그들은 다시 생명을 얻은 듯이 새롭고 건강한 삶을 살게 된다."

이 말을 듣자 나는 여신의 결정적인 지시를 기다리기로 마음먹었다. 나는 오래전부터 여신의 은총을 받았고, 따라서 내가 여신을 공경하고 숭배할 수 있는 운명을 띨 수 있도록 분명하고도 명확한 결정을 여신 스스로 내릴 것을 굳게 믿고 있었다. 그 계시를 기다리는 동안 나는 사제들처럼 속세의 금지된 음식을 먹지 말아야 했다. 그래야 종교 중에서도 가장 높은 종교의 비밀에 도달할 수 있기 때문이다.

나는 그의 충고를 받아들여 인내를 갖고 기다렸다. 그리고 여신을 즐겁게 하려고 마음을 가라앉히고, 조용히 신전 예배에 참여했다. 하지만 나는 어렵고 힘든 시험 과정을 거치지 않았다. 내가 입신하기를 그토록 갈구했던 그 날 밤, 여신은 꿈에 나타나 내가 그토록 원하던 날이 다가왔다고 가르쳐주었다. 나는 그녀가 주임사제인 미트라스에게도 그것을 지시하고 있으며, 그의 운명은 행성 주기로 볼 때 나의 운명과 밀접한 관련이 있고, 따라서 그가 입신의 성사를 베풀 사제임을 알려주었다.

나는 여신이 내게 자비의 은총을 내려 명령을 하달하자 무척 기뻤다. 그래서 나는 아직 날이 밝지도 않았음에도 자리에서 일어나 사제의 방으로 달려갔다. 내가 그의 방에 도착했을 때, 그도 역시 방에서 나오고 있었다. 나는 그에게 인사하면서 여신이 지시를 내렸고, 따라서 입신 의식을 거행해달라며 부탁하려고 했다. 하지만 그는 나를 보자마자 먼저 말을 꺼냈다.

"축하하네, 루키우스. 위대하신 여신께서 그대에게 영광을 내리게 하셨네. 자, 쓸데없이 허비할 시간이 없네. 뭘 기다리는 건가? 자네가 그토록 갈구했던 날이 밝아 오질 않았는가? 수많은 이름으로 불리는 여신께서 내 손으로 자네에게 성스러운 신비의 비밀을 가르쳐 줄 입신 의식을 거행하라고 명령을 내리셨네."

그는 내 손을 잡고 정중하게 커다란 신전의 문으로 데려갔다. 그는 평상시처럼 엄숙한 방식으로 아침 의식을 진행했다. 그리고 아침 예배가 모두 끝나자 도저히 알 수 없는 글자로 적힌 두세 권의 책을 신전에서 가져와 내게 보여주었다. 그것은 동물 모양의 상형 문자로 씌었고, 또 일상적인 글자는 바퀴나 나선형 식으로 작성되어 있어서 평신도들이 도저히 읽을 수 없게 해 놓은 책이었다. 이 책에서 그는 입신 의식에 필요한 옷과 장식품들에 관한 내용을 읽어 주었다.

나는 즉시 친구처럼 지내던 사제들에게 달려가 비용은 상관 말고, 내가 필요한 것 중 일부를 구입해 달라고 부탁했다. 그리고 나머지는 내가 직접 샀다.

드디어 정해진 시간이 되자, 주임사제가 나를 인근의 공중목욕탕에 데려갔는데, 많은 사제의 호위를 받았다. 나와 주임사제가 즐거운 마음으로 목욕을 마치자, 그는 먼저 신들에게 자비를 베풀어달라며 기도를 올렸고, 깨끗한 물을 뿌려 나를 정화했다. 그다음 나를 다시 신전으로 데리고 와서 여신상 발 밑에 있게 했다.

거의 정오가 되어 가고 있었다. 그는 나에게 너무 신성한 지시를 내렸다. 열흘간 고기도 먹지 말고 포도주도 마시지 말고 금식하라고 지시했다. 나는 이 종교적 금욕을 어김없이 지켰다.

마침내 내가 서약을 받을 날이 되었다. 저녁 무렵이 되자 많은 사제가 사방에서 몰려와 내게 축하 선물을 주었다. 그것은 오랜 관습이었다. 그러자 주임사제는 서품을 받지 않은 모든 평신도에게 내게서 멀리 떨어지라고 명령한 후, 나에게 흰 리넨 옷을 입혀 주었다. 그러고는 내 손을 잡고 신전의 골방으로 데려갔다.

독자들이여, 당신들은 그 방에서 무슨 일이 벌어졌는지를 알고 싶을 것이다. 만일 내가 그것을 말할 수만 있다면, 여러분은 그 안에서 일어났던 일을 낱낱이 듣게 될 것이다. 그러나 내가 하지 말아야 할 말을 경솔하게 내뱉을지 몰라 두렵고, 여러분의 귀는 내가 할 수 없는 말을 알고 싶어 할지도 몰라 두렵다. 하지만 여러분이 믿음을 갖고 있다면, 더 이상 이에 대한 궁금증으로 고통받게 하고 싶지 않다. 그래서 나는 내가 겪은 일을 이시스 여신의 법이 허용하는 범위 내에서 서술하겠다. 비록 여러분이 내 말을 들을지라도 무슨 말인지 절대로 이해할 수 없을 것이다. 그래서 이제는 신성 모독을 하지 않는 범위 내에서 비 신도들에게 말하는 것처럼 이야기할 것이다. 하지만 한 가지 조건이 있다. 내 말은 틀림없는 사실이니 믿어달라는 것이다. 그러니까 나는 죽음의 문으로 다가가 프로세르피나의 문지방에 발을 들여놓았으며, 후에 주요 요소들을 통해 이 세상으로 되돌아왔다. 한밤중에 나는 마치 대낮처럼 비추는 태양을 보았고, 지하의 신과 천국의 신 앞에 서서 그들을 찬미했다.

엄숙한 의식은 새벽녘이 되어서야 끝이 났다. 나는 서로 다른 열두 개의 제의祭衣를 걸치고 신전에서 나왔다. 그것은 가장 성스러운 의복이지만, 아마 그것에 대해서 말하더라도 여신에게 해가 되지는 않을 것이다. 신전에서 나오자 주임사제는 내게 목재 연단에 올라가라고 지시했다. 그것은 신전 한가운데 있었으며, 여신상 바로 앞에 있었다. 그래서 그 순간 많은 평신도들이 나를 보았다. 나는 꽃무늬가 새겨진 얇은 리넨 천으로 된 옷을 입고 있었고, 그 위에 입고 있던 멋진 어깨 받이 옷은 형형색색의 여러 상서로운 동물들이 새겨져 있었다. 가령 인도 뱀이나 북쪽 땅의 그리핀[13] 등이 있었는데, 모두가 다른 세상에 사는 동물처럼 날개를 갖고 있었다. 사제들은 이 어깨 받이 옷을 '올림포스의 스톨라'[14]라고 불렀다. 나는 오른손에 불이 환히 켜진 횃불을 들고, 머리에는 햇빛처럼 하얀 야자수 화관을 쓰고 있었다.

나는 마치 여신상처럼 서 있었다. 그런데 커튼이 걷히자, 모든 사람이 기쁜 모습으로 나를 바라보기 시작했다. 이때가 입신 의식에서 가장 행복했던 순간이었다. 그 후 나는 마치 생일잔치처럼 모든 친구를 초대하여 맛있는 아침 식사를 대접했다. 이 의식은 사흘간 더 반복된 후에야

---

13 그리스 신화에서 사자의 몸에 독수리의 머리와 날개를 가지고서 황금 보물을 지킨다는 괴물이다.
14 주임사제가 목에 거는 목도리.

끝이 났다. 하지만 나는 며칠간 더 신전에 머물렀다. 나는 여신에게 너무나 큰 은혜를 지고 있어서, 어떻게 해야 그 대가를 지불할 수 있을지 몰랐다. 그래서 단지 여신상을 응시하면서 형언할 수 없는 기쁨을 더 누리고 싶었기 때문에 그곳에 머물렀다. 그런데 마침내 여신은 다시 꿈에 나타나 나에게 고향으로 돌아가라고 말했다. 나는 내가 할 수 있는 최대한의 고마움을 여신에게 표하면서, 길고 긴 작별 인사를 했다. 내가 그토록 사랑하게 된 장소를 떠나기가 쉽지 않았다.

나는 여신의 발 아래 엎드려 하염없이 흐르던 눈물을 훔쳤다. 눈물이 너무도 많이 흘러 그녀의 발밑을 적셨다. 흐느낌 속에서 나는 목이 메어 제대로 나오지도 않는 목소리로 이렇게 기도했다.

"성스러운 신 중에서 가장 성스러우시고, 인류의 영원한 위안이신 여신이여! 하해와 같은 은총으로 모든 세상을 풍요롭게 하시고, 어머니가 자식을 돌보듯이 따뜻한 마음으로 슬픔과 비탄에 잠긴 모든 이를 돌보시는 여신이여! 당신은 밤에도 주무시지 않고 낮에도 쉬지 않으시며, 육지나 바다에서 고난에 빠진 모든 이에게 몰아닥친 폭풍과 소용돌이를 없애시고, 그들을 구원하십니다. 단지 당신의 손만이 운명의 엉클어진 실타래를 풀 수 있으며, 포르투나 여신이 만든 악천후를 종식시킬 수 있고, 행성들의 사악한 결합을 저지할 수 있습니다. 그래서 높으신 신들은 당신을 사랑하고, 낮은 신들은 당신에게 경의를 표합니다. 당신은 지구의 우질일을 지배하시고 태양이 빛을 밝히게 하시며, 우주를 통치하시고 타르타로스의 힘을 짓밟아 버리십니다. 당신의 목소리가 명하는 대로 별들은 움직이고, 계절은 순환하며, 지상의 영혼들은 기뻐합니다. 또한 당신은 모든 요소의 주인이십니다. 그래서 당신의 의지대로 바람이 불고, 구름은 땅에 비를 내리며, 곡식은 자라고, 씨앗은 싹을 틔웁니다. 당신의 권위 앞에서는 하늘을 가르며 나는 새들과 먹이를 찾아 산속을 돌아다니는 맹수와 땅을 기어 다니는 뱀들과 바다의 괴물들 모두가 벌벌 떱니다. 당신을 찬양하는 제 말솜씨는 보잘것없으며, 또한 당신에게 희생제물을 받칠 많은 재산도 없습니다. 제가 하는 이런 말들은 당신의 위엄과 권능에 대해 느끼는 제 감정을 표현하기에 충분치 않습니다. 비록 제가 천 개의 입이 있더라도 쉴 새 없이 열거해야 할 것입니다. 저는 이렇게 돈도 없고 말재주도 없는 비천한 몸입니다. 하지만 당신을 위해 이 한 몸을 바치겠습니다. 저는 당신의 얼굴을 항상 제 눈앞에 있게 할 것이며, 또한 당신의 성스럽고 비밀스러운 정신을 제 마음 깊숙이 간직하겠습니다."

기도가 끝나자, 나는 내 영혼의 아버지가 된 주임사제 미트라스에게 가서 그의 목을 껴안고 여러 차례 입을 맞추었다. 그러면서 그의 친절과 애정에 제대로 보답하지 못한 것을 용서해 달라고 빌었다. 이 작별 인사는 내가 생각했던 것보다 훨씬 더 길어졌고, 그래서 그는 내가 "고맙습니다, 고맙습니다"라는 말을 영원히 계속할까 봐 내심 걱정하고 있었던 것 같았다.

마침내 나는 오래전에 떠나온 내 고향 마다우라로 돌아가기로 결심했다. 하지만 며칠 후 여신은 다시 내게 나타나 급히 짐을 싸서 로마로 가는 배를 타라고 지시했다. 예상했던 것처럼 여행 기간 내내 순풍이 불었고, 나는 곧 오스티아 항구에 도착할 수 있었다. 그곳에서 나는 마차를 타고 단숨에 성스러운 도시 로마에 도착했다.

때는 12월 이두스[15] 밤이었다. 나는 먼저 캄푸스 마르티우스[16]에 있던 이시스 여신의 신전을 찾아갔다. 그곳에서 그녀는 '전쟁의 여신'으로 불리고 있었다. 나는 그곳에서 여신을 열렬히 봉헌했다. 비록 나는 이방인이었지만, 사제들은 내가 코린토스에서 그녀의 신비를 깨달았으며 그

---

15 12월 12일을 뜻한다.

16 로마인들이 여러 행사를 벌이거나 만남의 장소로 사용하던 곳으로 이시스 여신은 이곳에 자신의 신전을 갖고 있었다. '캄푸스 마르티우스'란 마르스의 신전임을 뜻한다.

녀를 믿는다는 사실을 알고, 자유롭게 신전을 출입할 수 있게 해 주었다.

태양이 12궁을 돌아 제자리로 돌아왔다. 그때까지도 나를 지켜보고 있던 자비로운 여신은 다시 꿈속에 나타나 새로운 입신 의식과 새로운 서약을 준비해야 한다고 일러주었다. 나는 도대체 무엇을 해야 하며, 무슨 일이 일어나고 있는 것인지 전혀 이해할 수가 없었다. 분명히 나는 이미 입신 의식을 치르지 않았는가? 나는 이 문제를 깊이 생각한 후 주임 사제에게 자문했다. 그리고 내가 완전히 모르던 놀랄 만한 결론에 도달했다. 그것은 내가 이시스 여신의 신비만 알고 있을 뿐, 신 중의 아버지인 무적의 신 오시리스[17]의 신비에 대해서는 아직 모르고 있다는 사실이었다. 물론 이시스 여신과 오시리스 신은 부부관계이며 같은 부모에서 태어났지만, 틀림없이 이시스 여신의 입신 의식과 오시리스 신의 입신 의식 사이에는 많은 차이가 있었고, 그래서 각각 다른 제식祭式을 치러야만 했다.

나는 위대한 신이 나를 자신의 봉사자로 원하고 있다고 생각했고, 이 추측은 바로 다음 날 밤에 확인되었다. 나는 흰 리넨 옷을 입은 오시리스의 사제가 덩굴나무와 흰 화관花冠과 내가 말할 수 없는 다른 성스러운 물건을 가지고 내 방으로 들어와 내 가정 수호신들 사이에 그것들을 놓는 꿈을 꾸었다. 그다음 그는 내 의자에 앉아 숭배의 만찬을 지시하고,

---

17 이시스의 남편이자 오빠. 그의 형제인 세트는 오시리스를 큰 상자 속에 가두어 나일 강에 던졌다. 이시스가 남편을 찾아 나섰지만 모두 허사였다. 오시리스를 싣고 강물을 따라 흘러가던 상자는 비블로스 해안의 갈대밭에 멈추었다. 그런데 그 늪에서 한 그루 나무가 자랐고, 그 나무의 줄기 속에 오시리스의 상자가 들어가게 되었다. 페니키아의 왕궁에서는 아름답게 자라던 그 나무를 궁전의 기둥으로 쓰겠다며 잘랐고, 그때 궁녀로 변장한 이시스가 나타나 그 상자를 갖겠다고 애원했다. 하지만 이 사실을 안 세트는 상자 속에 죽어 있던 오시리스를 열네 토막 내어 강물에 던져버렸다. 죽은 남편의 토막 난 시신을 찾아 나선 이시스는 물고기가 삼켜버린 남근을 제외하고는 나머지 부분을 모두 찾을 수 있었다. 토막 난 남편의 몸을 본래의 모습으로 맞춘 그녀는 자신의 마법을 사용하여 황금의 남근을 만들었고, 그 남근과 결합하여 아들인 호루스를 낳았다.

그것이 어떻게 행해져야 하는지 설명했다. 나는 그가 걸을 때 절뚝거리며, 왼쪽 발목이 약간 구부러져 있다는 사실을 알았다. 그것은 내가 현실 속에서 그를 보게 되면, 그를 알아볼 수 있게 하기 위한 것이었다. 그가 아주 분명하게 신의 의지를 설명하자, 내가 가지고 있던 의심의 그림자는 모두 사라져 버렸다.

다음 날 나는 여신에게 바치는 아침 예배 의식을 드리러 신전으로 갔고, 그 의식이 끝나자마자 꿈속에 나타난 발을 절뚝거리는 사람과 비슷한 사제가 누구인지 찾기 시작했다.

이런 내 믿음은 어긋나지 않았다. 나는 사제들 중에서 즉시 그 사람을 알아볼 수 있었다. 그는 왼쪽 다리를 절고 있었을 뿐만 아니라, 체격이나 그의 옷 모양새도 지난 밤 꿈에서 보았던 것과 정확하게 일치하고 있었다. 그리고 나중에 안 바에 따르면, 그의 이름은 아시니우스 마르셀루스였는데, 이것은 내가 당나귀로 변신한 것을 지칭하는 듯했다.[18] 나는 주저하지 않고 그에게 다가갔다. 하지만 그는 이미 내가 말하려는 것이 무엇인지 정확하게 알고 있었다. 왜냐하면 나와 마찬가지로 그도 성스러운 의식을 시작해야만 한다는 지시를 받았기 때문이었다. 그는 전날 밤 오시리스의 조상彫像에 화관을 놓는 동안, 인간의 운명을 예언하는 성스러운 입에서 흘러나온 신탁을 들은 것 같았다. 그 신탁은 마다우라 태생의 몹시 가난한 사람이 나타날 것인데, 그에게 성스러운 신비를 전하라는 것이었다. 오시리스 신은 그 사람은 자기의 보호를 받아 문필가로 대단한 명성을 누릴 것이며, 그의 고민을 해결해 주면 아시니우스에게 많은 보상을 받을 것이라고 덧붙였다.

이렇게 해서 나는 다시 성스러운 신비의 의식을 치르는 데 전념했다. 하지만 실망스럽게도 나는 의식을 치를 돈이 충분하지 않았기 때문에

---

18 아시니우스는 라틴어로 당나귀를 뜻한다.

의식 준비를 미루어야만 했다. 내가 코린토스를 떠날 때 가지고 있던 얼마 안 되는 돈은 여행 경비와 로마에서의 생활비로 썼기 때문이다. 로마에서의 생활비는 시골보다 훨씬 들었기 때문에 나는 의식을 치를 경제적인 여력이 없었다. 이런 궁핍한 사정이 나를 맥 빠지고 고민하게 했다. 옛 속담대로 뒤에는 벽이, 앞에는 칼이 가로막고 있는 사면초가의 상황이었다. 그런 데다 오시리스 신은 계속해서 꿈속에 나타나 자기의 명령을 다시 일깨워주었다. 마침내 그는 내게 셔츠를 벗어 팔라고 지시했다. 나는 주저하지 않고 신이 시키는 대로 했고, 비록 얼마 되지 않았지만 의식을 시작할 정도의 돈은 마련할 수 있었다. 분명한 것은 신이 직접 내게 이렇게 말했다는 것이다.

"뭐라고? 만일 네게 진정한 기쁨을 줄 수 있는 것을 사고 싶다면, 왜 내게 네 옷을 내어주기를 주저하느냐? 나의 성사를 받을 찰나에 너는 돈이 없다는 것만 한탄하고 있느냐? 이제는 더 이상 가난을 탓할 필요는 없다."

나는 모든 준비를 했다. 그리고 다시 고기와 생선을 먹지 않고 열이틀을 보냈으며, 심지어 머리도 삭발했다. 그 후 나는 위대한 신의 축제에 들어갈 수 있었고, 그의 비밀을 깨달을 수 있었다. 나는 이시스의 의식과 관련 있는 지식을 익히면서, 그를 모시는 일에 희생적으로 참여했다. 이 것은 내 조국이 아닌 다른 곳에 체류해야만 했던 나에게 위안이 되었고, 동시에 약간 더 풍요로운 생활을 할 수 있게 되었다. 왜냐하면 성공이 시이 도와준 덕택에 나는 법정에서 타인들을 변호하면서 돈을 벌기 시작했기 때문이다. 물론 그리스어가 아니라, 라틴어로 변론을 해야만 했다.

당신들이 믿을지는 모르지만, 나는 얼마 지나지 않아 꿈속에서 다시 신들의 새로운 지시를 받았다. 그것은 내가 세 번째 입신 의식을 치러야 한다는 것이었다. 물론 나는 너무 놀랍고 당황스러워서 도대체 무엇 때문에 이런 새롭고 전대미문의 요구사항이 주어진 것이며, 이미 두 차례

나 입신 의식을 거쳤는데도 무엇이 모자란 것인지 마음속으로 물었다.

'분명히 이건 사제들이 실수했기 때문일 거야. 혹은 두 사람 중 한 명이 신이 요구하는 절차대로 하지 않았을 거야.'

고백하건대 나는 그 사제들이 나를 속인 것인지 의심하고 있었다. 이렇게 나는 문제를 해결하느라 머리를 쥐어짜고 있었고, 그런 의구심으로 거의 미칠 지경에 이르고 있었다. 그런데 어느 날 밤, 다정하고 평화로운 하늘의 신이 다시 꿈속에 나타나 이렇게 설명했다.

"아직도 또 다른 입신 의식을 행해야 한다는 것에 너무 불안해하지 말라. 혹은 지난번 입신 의식에서 무언가를 빠뜨렸다고 생각하지도 말라. 반대로 너는 이것이 신들의 은덕이라고 생각하며 기뻐하라. 다른 사람들에게는 한 번이나 두 번밖에 요구하지 않았는데, 너에게는 세 번씩이나 요구했다는 사실을 행복해하라. 3이란 숫자는 성스러운 것이며 너에게 영원한 축복을 내리는 전조임을 명심하라. 그리고 코린토스에서 받은 여신의 신성한 옷은 아직도 네가 놓아둔 장소에 있으며, 네가 그 옷을 가져왔더라도 여기서 입고, 기도 의식에 참여하라는 지시는 받지 못했다는 사실만 생각해도, 너는 세 번째 의식이 꼭 필요함을 알 것이다. 그것은 그리스의 옷이고, 따라서 '전쟁의 여신'의 사제에 걸맞지 않으며, 인정받을 수도 없다. 그러므로 네가 건강과 행복과 풍요로운 생활을 원한다면, 위대한 로마의 신들을 너의 조언자로 택하고, 다시 한번 전과 같이 기쁜 마음으로 입신 의식을 거행하라."

이 성스러운 꿈은 내가 세 번째 의식을 치러야 함을 일깨워주었다. 그러면서 필요한 것들을 내게 알려주었다. 나는 바로 주임사제에게 달려가 이 꿈을 말했다. 그러자 다시 한번 고기와 생선을 먹지 않는 금식에 들어갔다. 하지만 이번에는 규정된 열이틀보다 더 많은 시간을 자발적으로 금식했다. 또한 나는 가진 돈을 모두 합쳐 필요한 것들을 준비하기 시작했다. 이번에 준비한 의식 규모는 신전의 요구에 따르지 않고, 나의 종교적 열망대로 결정했다.

나는 입신 의식을 위해 내가 해야 할 일이나 들여야 할 비용에 불평하지 않았다. 신들의 자비를 받아 법원에서 많은 수입을 얻고 있는데, 어떻게 그런 것을 탓할 수 있겠는가? 마침내 며칠 후, 신 중의 신이며, 높은 신 중에서 가장 위대하고 가장 강력한 힘을 지녔으며, 가장 위대한 통치자인 오시리스 신이 손수 자신의 모습을 보이시며 내 꿈에 나타났다. 지난번 꿈에서 그는 다른 사람을 통해 자신의 말을 전했지만, 이번에는 자신이 직접 성스러운 입으로 내게 말을 하기 위해 오셨다. 그는 내가 법정에서 유명한 변호사가 될 것이며, 따라서 질투하는 사람들의 험담에 귀 기울이지 말고, 이런 질투는 모두 나의 박식한 지식을 탐내기 때문이라는 것을 확신하라는 말을 전해주기 위해 손수 오셨다. 또한 그는 내가 다른 사제들처럼 그를 모시는 성스러운 의식에 참석하기를 원하며, 따라서 나를 사제단의 일원으로 받아들일 뿐만 아니라, 앞으로 5년간 신전 관리자 중의 하나로 선택했다고 말했다.

그러자 나는 다시 한번 내 머리를 삭발했다. 이번에는 계속해서 삭발 상태로 있었으며, 행복한 마음으로 술리아 시대에 세워진 고대 사제단의 임무를 수행했다. 또한 가발이나 그와 비슷한 것을 머리에 쓰면서 보기 흉한 삭발 모습을 숨기려고 하지도 않았다. 그래서 지금도 나는 아무런 부끄럼 없이 모든 행사 때마다 사람들에게 내 머리를 보여주고 있다.

작품 해설

송병선

1.『황금 당나귀』는 어떤 작품인가

"나는 이 작품이 너무나 눈부셔 현기증을 느낀다. 이 작품은 고대 그리스와 기독교적인 것들을 한데 아우르고 있으며, 이 속에 담긴 장면과 사건들은 현대적 감각으로 보아도 하나도 손색이 없다. 여기에는 감미로운 향기와 오줌 냄새가 뒤섞여 있으며, 동물의 본성이 신비성과 하나가 되어 있다."

이 말은 프랑스의 유명한 작가인 플로베르가 아풀레이우스의『황금 당나귀』를 두고 한 말이다. 그러나 플로베르만 이 작품을 높이 평가한 위대한 인물은 아니다. 이 작품 속에 들어 있는〈쿠피도와 프쉬케〉의 이야기(4장~6장)는 훗날 많은 작가들이 사랑을 말할 때면 빠짐없이 언급하는 중요한 이야기이다. 윌리엄 모리스는『지상의 낙원』에서, C. S. 루이스는 소설『우리가 얼굴을 찾을 때까지』(홍성사, 2007)에서 아풀레이우스의 이 이야기를 모델로 사용하여 작품을 쓰기도 했다. 또한 루키우스의 모험은 보카치오의『데카메론』(민음사, 2012), 세르반테스의『돈키호테』(열린책들, 2014), 알랭 르사주의『질 블라스』등에서 나타난다. 그리고 당나귀라는 가장 비천한 동물의 눈으로 인간 세계의 수많은 악을 바라보는 이 작품은 소위 피카레스크 소설이라고 불리는 문학 장르에 지대한 영향을 끼쳤다.

　이 작품은 고대 종교의 계시록으로 여겨졌으며, 재미있고 때로는 음란하기조차 한 에피소드들을 거침없는 소설 문체로 썼기 때문에 많은 사람의 찬사를 받아왔다. 여기에 담긴 에피소드들은 품위 있고 익살스러우며, 방탕하고, 소름 끼치는 것까지 다양한 이야기들을 망라하고 있다.

2. 아풀레이우스는 누구인가

『황금 당나귀』를 쓴 아풀레이우스는 누구일까? 아풀레이우스는 북아프리카의 카르타고 근처에 있는 마다우라 지방에서 영향력 있는 가문의 아들로 태어났다. 그래서 그는 자신의 신분에 걸맞은 교육을 받았고, 그리스로 가기 전에 이미 그리스어와 라틴어와 웅변술을 배웠다. 그는 그 지방에서 모든 교육을 마친 후, 더 많은 교육을 받기 위해 그리스로 여행하여 그곳에서 수년간 머물면서 플라톤 철학 계열의 가이우스에게서 철학을 배웠다. 그리고 시와 점성술, 음악 등의 분야도 깊이 공부했다. 그 자신도 『플로리다』라는 자신의 저서에서 이런 여러 장르를 익히 잘 알고 있으며, 자신에게 질투하는 아홉 무사이에게 둘러싸여 있었다고 말한다. 그가 그리스에서 보낸 기간은 그의 인성에 지대한 영향을 끼쳤다. 그는 플라톤 철학과 예술을 배웠을 뿐만 아니라, 당시 그리스 로마 세계에 급속히 번져 있던 동양 종교의 의식도 배웠다. 이런 종교성은 그의 작품에 깊은 흔적을 남기고 있는데, 이것은 『황금 당나귀』에서도 많이 나타난다.

　그는 공부를 마치고 로마로 갔다. 그가 그곳에 정착하려고 갔는지는 전혀 알 수가 없다. 단지 그가 오랜 기간을 그곳에서 보냈으며, 그 기간에 법조계에서 변호사로 간헐적으로 일했다는 것만 알려져 있을 뿐이다. 그는 서른 살에 자기 고향으로 돌아온다. 그리고 알렉산드리아로 여행한다. 당시 알렉산드리아는 기원전 4세기와 5세기의 그리스처럼 모든 학문의 중심지였다. 이 여행 역시 그의 생애에서 매우 중요하다. 그곳에서 그는 마법을 행했다는 이유로 고발되어 재판을 받게 되었기 때문이다. 그는 에아에 도착하자 아테네 시절에 함께 공부했던 리키니우스 폰키아누스를 만났고, 그를 통해 알게 된 에밀리아 푸덴틸라와 결혼한다. 그녀는 리키니우스 아미쿠스의 미망인이었으며, 친구 폰키아누스와 리키니우스 푸덴스의 어머니였다. 이 결혼 때문에 폰키아누스는 아풀레이우스와 불구대천의 원수가 된다. 하지만 얼마 후 폰키아누스는 세상을 떠난다. 그러자 그의 장인인 헤렌니우스 루피누스와 리키니우스 푸덴스의 스승은 아풀레이우스를 동창이자 의붓아들을 죽인 장본인으로 고발한다. 그는 미망인의 재산을 노리고 결혼을 했으며, 젊은 의붓아들을 죽였다는 이유로 고발되었는데, 마법이 어떻게 이루어지고 사용되는지를 보여주는 이 사건은 그의 작품에 나타나 있다. 이 재판은 당시에 굉장한 반향을 일으키며, 아풀레이우스는 서기 157년경에 클라우디우스 막시무스 총독 앞에서 변호한다. 이 재판의 결과가 어떻게 되었는지는 알 수 없으나, 그에게 매우 유리하게 진행되었던 것 같다.

이 재판 이후 아풀레이우스는 카르타고에 정착한다. 그곳에서 그는 자기가 배운 지식을 깊이 연구하고 전파하는 데 전념한다. 그는 수많은 연설을 하며, 따라서 그는 그 도시의 공식 웅변가로 간주되기에 이른다. 심지어 법관의 직책을 맡도록 선임되기도 한다. 현재까지 그의 생애에 관해 마지막으로 알려진 사실은 마르쿠스 아우렐리우스 시대인 서기 170년경에 『황금 당나귀』를 썼다는 것이다.

『황금 당나귀』는 그리스 전통에 입각한 작품이다. 그것은 작가가 작품 시작 부분에서 말할 뿐만 아니라, 모험을 중심으로 전개되고, 사랑의 이야기를 다루는 그리스적 서사물의 특성과 일치한다. 그래서인지 아풀레이우스는 『황금 당나귀』의 첫 부분에서 이렇게 말한다. "나는 밀레투스식의 몇몇 이야기들을 한데 모아 이야기하려고 합니다."

이 작품은 파트라이의 루키아누스가 썼다고 전해지는 유실된 저작 『변신』에서 소재를 빌려오고 있다. 하지만 이 두 작품은 분명히 다르다. 특히 두 작품의 근본적인 차이는 내용보다도 어조語調에서 발견된다. 루키아누스는 빈정대며 회의적인 어투를 사용하지만, 아풀레이우스는 종교적이며 신비적이다. 이것 이외에도 아풀레이우스는 초자연적인 것을 믿는다. 이런 특징으로 말미암아, 서술 대상이 단조롭게 진행되는 루키아누스의 작품과는 달리, 이 작품은 다양하고 역동적으로 서술되어 있다.

3. 『황금 당나귀』의 내용

젊은 루키우스는 사업 문제로 테살리아로 간다. 가는 도중에 그는 두 여행자와 만나서, 그중 한 명인 아리스토메네스에게서 마법에 관한 이야기를 듣는다. 그러자 그는 그 마법에 대해 알고 싶은 욕망을 불태운다. 목적지인 히파타에 도착하자, 그는 부자이지만 구두쇠인 밀로의 집에 손님으로 머문다. 그의 아내인 팜필레는 위험한 마법을 부리는 여인이다. 그의 이모인 비라에나는 자신의 멋진 집에 머물라고 권하지만 그는 그 제의를 거절한다. 그러자 그녀는 팜필레의 사악한 마법에 걸리지 않게 조심하라고 충고한다. 루키우스는 그 마법의 신비를 알고자 초조해하면서 그 집의 하녀인 포티스를 정복한다. 그리고 마법의 세계로 입문한다.

어느 날 밤, 그는 비라에나의 저택에 초대받고, 그곳에서 텔리프론

이 마법에 걸려 코와 귀를 잃은 이야기를 듣는다. 술에 만취해 집으로 돌아오는 도중에 그는 어둠 속에서 밀로의 대문을 두드리는 세 명의 도둑을 보고 그들을 칼로 찌른다. 다음 날, 그는 체포되어 세 명의 살해범으로 재판을 받게 된다. 그 재판은 폭소를 터뜨리며 지켜보는 관중들이 가득 찬 원형 극장에서 진행된다. 그런데 판사는 선고를 내리면서 그가 죽인 세 명의 시체들의 수의를 벗겨서 확인하라고 지시한다. 그가 수의를 벗기자 그 세 명은 구멍 난 세 개의 커다란 양가죽으로 만든 술 자루에 불과한 것이 확인된다. 그는 미소의 여신을 기리기 위해 매년 열리던 축제에서 히파타 사람들에게 웃음을 주기 위한 대상으로 선정되었던 것이다. 루키우스는 자기가 사람들에게 비웃음을 당했다는 기분으로 집에 돌아오고, 포티스는 그를 위로하기 위해 자기 여주인의 마법을 보게 해 주겠다고 약속한다.

다음 날 밤, 루키우스는 옥상 문틈을 통해 팜필레가 부엉이로 변하는 멋진 장면을 지켜본다. 그리고 그 마법에 너무나 매료된 나머지 포티스에게 자기도 동일한 변신을 경험할 수 있게 도와달라고 애원한다. 그러자 포티스는 마법 연고가 든 상자를 가져오려고 하지만, 실수로 다른 것이 들어 있는 똑같은 상자를 가져온다. 루키우스는 연고를 바르자 새가 아닌 당나귀로 변하게 된다. 하녀 포티스는 자기의 실수를 괴로워하지만, 다음 날 아침 그를 인간으로 다시 변하게 할 수 있는 장미꽃을 갖다 줄 것을 약속한다.

비록 당나귀가 되었지만, 루키우스는 인간의 지성을 지니고 있다. 그래서 자기를 그 지경으로 만든 포티스를 뒷발로 차는 대신에, 마구간에서 새벽의 여명이 트기를 기다리기로 한다. 바로 그곳에서 그는 비참한 동물이 겪어야 할 불행을 알게 된다. 그의 말과 밀로의 당나귀는 그가 자기들 구유로 접근하는 것을 보자 마구 뒷발질 한 것이다. 그리고 그가 당나귀의 수호신인 에포나 여신의 성체를 모신 곳에 있던 장미꽃을 먹으려는 순간, 마구간을 지키고 있던 사람은 그것을 목격하고 그에게 마구 몽둥이질을 한다. 바로 그때 도둑 무리가 집을 습격하고 밀로의 재물들을 약탈한다. 그리고 그것을 마구간에 있던 두 당나귀와 말에 싣고 도망친다. 루키우스는 어느 마을을 지나면서 카이사르의 이름을 외치며 당나귀에서 벗어나려고 하지만, 단지 "오"라는 말밖에 할 수가 없었다. 그러자 도둑들은 당나귀 울음소리에 화가 치밀어 다시금 그에게 몽둥이질을 한다. 그는 잠시 쉬는 동안 풀을 뜯으면서 인근 채소밭에 있는 야생 장미를 본다. 하지만 그 장미를 씹으려는 순간, 야채밭 주인이 몽둥이를 갖고 달려온다. 그는 뒷발질로 그를 쓰러뜨려 간신히 목숨을 구한다.

이런 일련의 사건 후에 루키우스는 도둑들의 은거지인 동굴에 도착하여 노파의 감시를 받는다. 다음 날, 도둑들은 카리테라는 여자를 데려오고, 그녀의 가족에게서 몸값을 받을 때까지 그녀를 노파에게 맡긴다. 결혼식 당일 납치된 이 불쌍한 여자를 위로하기 위해 노파는 〈쿠피도와 프쉬케〉의 이야기를 들려준다. 루키우스 역시 이 기나긴 이야기를 기쁜 마음으로 듣는다. 하지만 이야기가 끝나자 까마귀밥이 되게 만들겠다는 도둑들의 위협을 받고 있던 루키우스는 도둑들이 없는 틈을 이용해 밧줄을 끊고 자기 등에 카리테를 태우고 도망친다. 하지만 도둑들과 길에서 마주치는 불행을 겪고, 도둑들은 자기들의 손아귀를 빠져나가려고 했던 카리테와 루키우스에게 어떻게 벌줄 것인지 생각한다. 바로 그때 카리테의 사랑인 틀레폴레무스가 나타난다. 그는 거기 도둑으로 위장한 채, 자기가 도둑들의 두목을 맡겠다고 자청한다. 그리고 그들에게 술을 먹여 취하게 만든 후, 카리테를 구출하여 당나귀 등에 태우고 돌아온다. 그들은 결혼하고, 당나귀의 은혜를 잊지 않는다. 그래서 당나귀는 한가로이 풀만 뜯게 된다. 하지만 그곳에서 루키우스는 인간들의 사악함을 경험하게 된다. 나귀 치기의 아내는 그를 이용해 맷돌을 돌리게 하고, 어느 못된 청년은 그를 괴롭히다가 마침내 거세하겠다는 생각을 품는다.

그런데 이때 카리테와 틀레폴레무스가 죽었다는 소식이 도착하고, 이것은 불쌍한 당나귀에게 새로운 불행을 선사한다.

그들의 하인들인 나귀 치기들은 그곳을 도망쳐 당나귀를 팔아버린다. 루키우스는 시리아의 여신을 믿는 타락한 사제들의 손에 들어가지만, 이들이 동성애를 했다는 죄목으로 구속되자 방앗간 주인에게 팔린다. 그의 아내는 그가 자기가 저지르는 부정을 지켜본다는 이유로 원한 섞인 눈초리로 대한다. 그런데 남편은 아내의 부정을 알게 되고, 그의 아내는 마법을 이용해 남편의 목숨을 빼앗는다. 그러자 루키우스는 다시 다른 주인의 손(채소 재배업자와 군인)의 손에 넘어가게 되고 배고픔과 부당한 몽둥이질을 겪는다. 또한 그 과정에서 일어나는 인간들의 나쁜 짓과 뻔뻔함과 가난을 목격한다.

마침내 루키우스는 부잣집 주인의 주방에서 일하는 두 형제의 손에 들어간다. 그는 밀 겨울을 먹는 대신, 주인의 식탁에서 가져온 맛있는 음식을 훔쳐 먹는다. 그러자 두 형제는 서로 상대가 그것을 훔쳤다며 싸운다. 하지만 마침내 그 원인이 당나귀에 있다는 사실을 발견하지만 그 장면을 보고 벌을 주는 대신에 박장대소한다. 그러자 그곳을 지나던 주인은 맛있는 음식만 골라 먹는 당나귀의 신기함에 매료되어 그 당나귀를 산다. 그는 사람처럼 앉아서 먹는 당나귀를 보며 즐거워한다. 그리고 많은 것을 가르치는데, 루키우스는 미리 알고 있던 것이었지만 고분고분하게 배운다. 그는 현명한 당나귀가 되고 주인은 모든 사람에게 그 모습을 보여준다. 그런데 그의 재주에 감탄한 어느 여인이 자신의 욕망을 참지 못해, 루키우스를 지키고 있던 사람을 매수하여 당나귀와 함께 하룻밤을 보낸다.

주인은 이 사실을 알고 자기가 준비하고 있던 공개 행사에 의붓아들과 부정을 저지르려 한 죄로 맹수의 밥이 되도록 선고받은 여인과 당나귀가 사랑하는 장면을 보여주기로 결심한다. 루키우스는 이런 치욕을 면하겠다고 마음먹는다. 행사가 열리는 날이 되자, 그는 그곳을 도망쳐 켄크레스로 가서 바닷물로 몸을 정화하고 자기에게 인간의 모습을 되돌려달라고 이시스 여신에게 애타게 기원한다. 그러자 여신은 꿈속에서 나타나 다음 날 이시스 여신을 기리는 축제에 참가하여 사제가 들고 있는 장미를 먹으라고 지시한다. 이미 여신의 지시를 받고 있던 사제는 들고 있던 장미를 그에게 주면서 변신의 의미를 설명한다.

이것은 바로 이 작품의 교훈이다. 즉 악과 쓸데없는 호기심에 전념하는 인간은 인간의 존엄성을 포기하는 것이며, 단지 자비와 종교만이 그것을 구원할 수 있다는 것이다. 루키우스는 여신에게 감사를 표시하며, 여신의 신비로운 의식에 입신入信하기로 결심한다. 성스러운 의식을 마치자 그는 로마로 가라는 부름을 받으며, 그곳에서 이시스의 남편인 오시리스를 숭배하는 의식을 다시 거행한다. 이것은 이제 그리스인 루키우스의 모습이 아니라, 마다우라의 아풀레이우스의 모습으로 이루어진다. 그는 그곳에서 변호사 일을 하면서 마침내 오시리스 신의 사제가 된다.

작가의 모습을 직접적으로 제시하는 이 마지막 부분은 환상적인 요소로 드러나지 않던 신비적이고 종교적인 모습을 보여주면서, 플라톤의 철학을 드러낸다. 많은 비평가는 갑작스러운 종결을 비난하지만, 그것은 이런 종류의 우화에 있어서는 당연한 현실의 결로이며, 이것은 마법적이고 철학적이며 소설적인 요소들이 한데 어우러지는 깊은 암시적 의미를 지닌다. 또한 이 작품은 화자가 생각했던 목적을 잊어버린 채, 말하는 기쁨을 만끽하면서 말하는 재미를 느끼게 해줄 뿐만 아니라, 우리에게 당대의 진실과 삶을 악한 소설적 기법으로 있는 그대로 전달한다.

『황금 당나귀』를 통해 살펴볼 때, 아풀레이우스는 성스러운 학문과 속세의 지식을 함께 겸비한 사람이다. 그의 글은 시세나의 〈밀레투스〉

부터 페트로니우스의 소설에 이르는 전통을 그대로 이어받고 있다. 이 첫 부분에서는 전혀 복잡하지 않게 마법적 분위기를 형성하며, 이후에는 여자들의 음란함을 다룬다. 〈쿠피도와 프쉬케〉는 이 작품의 중심을 이루고 있으며, 수많은 연구가에게 아풀레이우스 작품의 대명사로 일컬어진다.

그동안 이 작품은 라틴어로 쓰여진 최초의 산문이라는 역사적 의미에 억눌려 많은 사람이 이 작품을 재미있게 읽지 못했던 것이 사실이다. 그러나 이런 억압을 제거하고 읽으면 매우 재미있는 사랑에 대한 신화적 에피소드들이며, 이런 재미를 통해 이 작품의 의미를 다시금 되새겨볼 수 있을 것이다.

4.『황금 당나귀』와 에로스의 문제

『황금 당나귀』는 여러 가지 사랑의 모습을 보여준다. 사랑을 의미하고, 우주의 생기를 불어넣은 신의 이름이며, 동시에 이성異性에 대한 욕망을 불러일으키는 에로스는 그리스어의 '에란εραν'에 그 뿌리를 두고 있다. 이 말은 나를 위해 남을 필요로 하는 사랑을 뜻한다. 여기에서 에로스는 일방적인 사랑이라는 느낌을 준다. 즉, 나를 위해서 남의 육체를 탐하는 욕망은 있을지언정, 상대방에 대한 배려는 존재하지 않는다. 유피테르처럼 한번 자기의 것으로 만들겠다고 마음먹은 여인의 육체는 반드시 차지할 때에도 상대방 여성의 마음 따위는 전혀 상관이 없거나 부차적일 뿐이다.

그러나 이런 사랑은 대부분 비극적이기 마련이다. 그것은 대부분 '사랑'보다 '애욕'이 앞서기 때문이다. 『황금 당나귀』에서 애욕이 앞선 사랑은 대부분 비극으로 끝난다. 하지만 그리스 시대의 이런 비극적 현상과는 달리, 이 작품에는 〈쿠피도와 프쉬케〉라는 아름다운 러브스토리가 삽입되어 있다. 프쉬케라는 개인의 영혼이 사랑으로 인해 유한한 목숨의 인간에서 불멸의 신으로 승화되는 이 이야기는 '애욕'이란 진정한 사랑을 바탕으로 이루어져야 한다는 것을 의미한다. 사랑에는 영혼이 존재해야만 불멸의 경지에 이른다는 이 이야기는 플라톤적인 뉘앙스를 풍긴다. 일방적인 사랑만이 존재하던 그리스 시대에 프쉬케와 쿠피도의 서로에 대한 지극한 사랑, 마침내 행복한 열매를 맺는 사랑은 예외적이다.

일방적인 사랑을 의미하던 에로스는 현대에 이르면서 프쉬케와 쿠피도의 사랑의 신화처럼 정신과 육체가 함께 있고 두 사람 상호 간의 사랑을 존중하는 세계로 변한다. 이런 에로스는 바로 로마 제국을 향해가던 새로운 사랑의 전조였다. 그러나 이런 사랑은 기독교가 세계를 지배하면서 다시금 지하 세계로 침몰한다. 중세 기독교는 에로스를 저질의 육욕으로 배척하고, 새로운 사랑을 불러들였다. 이 새로운 사랑은 바로 아가페였다. 이것은 인간에 대한 신의 사랑, 형제간의 사랑처럼 '베푸는 사랑'을 이야기할 때 많이 쓰인다.

이런 에로스는 현대에 이르러 비로소 권리를 되찾고 있다. 정신과 육체가 결합된 상호 간의 사랑이 자유롭게 이루어지면 사랑하는 연인들 사이에는 비극이 존재하지 않을 것이다. 하지만 성 해방이 어느 정도 이루어진 요즘도 현대인의 심금을 울리는 애달픈 러브스토리들이 존재한다. 자유로운 선택 끝에 서로의 육체를 함께 탐하고 사랑의 씨앗을 공유하고자 마음먹은 두 남녀의 실연을 우리는 주위에서 너무도 흔하게 목격한다. 도대체 왜 그럴까? 자유와 사랑을 외치면서도 정작 사회가 공인하는 결혼이 이루어질 때면, 상대방의 경제 사정과 사회적 신분을 들여다보려는 현대인은 한둘이 아니다. 이런 점에서 그들은 어쩌면 에로스의 화살만 맞았다 하면 인간이고 신이고 가리지 않고 덤벼든 유피테르보다도 더 위선적인 사람들이다.

사랑이란 우리가 가장 많이 생각하면서도 가장 복잡한 주제이다. 우리는 모두 사랑을 경험하지만, 그것은 객관적이라기보다는 주관적으로 경험한다. 그러므로 사랑이란 객관적으로 표현될 수 없다. 사랑이란 복잡하다. 그것은 복합체이다. 즉, 여러 다른 것으로 짜여 있다. "사랑해"라는 말은 간단하고 명료하지만, 그 뒤에는 수많은 요소가 복합적으로 얽혀 있으며, 이런 요소들이 서로 모여 "사랑해"라는 말을 이룬다.

사랑에는 육체적 요소가 간과될 수 없다. 물론 '육체적'이란 말은 '생물학적'인 요구이다. 이것은 섹스의 구성요소일 뿐만 아니라, 또한 육체적이어야 한다는 것을 의미한다. 하지만 이런 사랑에는 신화적이고 상상적인 차원의 요소도 필요하다. 신화와 상상은 단순한 상부구조가 아니며 환상도 아니라, 심오한 인간적 현실이다. 그리고 이런 신화성은 바로 성욕을 인간의 마음과 만나게 한다. 육체의 에로스라는 욕망은 우리를 소유하지만, 신화적이고 상상적인 차원은 우리를 지배하는 육체의 에로스를 소유하는 인간의 권리이다.

오비디우스의 『변신 이야기』가 운문체로 되어 있는 것과는 달리, 아풀레이우스의 『황금 당나귀』는 구어口語 서사체로 되어 있다. 이것은 번역할 때, 구어의 '생생한 목소리'를 살려주어야 함을 뜻한다. 하지만 이 작품이 사어死語인 라틴어로 쓰여 있음을 생각할 때 거의 불가능한 작업이다. 그래서 본 책에서는 이 작품의 어조를 살리는 작업은 포기하고, 이 작품이 지닌 수사적 의미를 최대한 충실하게 전달하려고 노력했음을 밝힌다.

이 작품에는 워낙 이중적 의미를 지닌 단어들이 많이 쓰이고 있으므로 그 단어들을 일일이 설명하기는 불가능하다. 그래서 영어권, 스페인어권을 비롯한 여러 나라에서 계속해서 이 작품에 대한 수정본이 나오고 있는 실정이다. 하지만 가능한 한 그런 의미가 텍스트 내에 전달되도록 노력했다. 참고로 번역을 위해 사용한 책은 라틴어 원본에 비교적 충실하다고 알려진 호세 마리아 로요José María Royo 번역으로 스페인의 카테드라 출판사에서 나온 『변형담들 혹은 황금 당나귀』*Las metamofosis o el asno de oro, 1998*이다. 하지만 가끔 의미가 애매한 부분은 펭귄에서 나온 로버트 그래브스 번역의 『황금 당나귀』*The Golden Ass*도 참고했음을 밝혀둔다.

신들의 이름

그리스	로마
데메테르	케레스
디오니소스	바쿠스(혹은 리베르)
레아	시뷜레
레토	라톤
모이라이	파툼(혹은 파르카이)
셀레네	루나
아레스	마르스
아르테미스	디아나
아테나	미네르바
아폴론	아폴로
아프로디테	베누스
에니오	벨로나
에로스	쿠피도
에리니스	푸리아에(혹은 디라에)
에리스	디스코르디아
에오스	아우로라

에일레이티이아	루키나
암피트리테	살리키아
제우스	유피테르
카리스	그라티아(복수형 그라티아에)
크로노스	사투르누스
티케	포르투나
판	파우누스
팔라이몬	포르투누스
페르세포네	프로세르피나
포세이돈	넵투누스
하데스	플루토(혹은 오르쿠스 또는 디스 파테르)
헤라	유노
헤르메르	메르쿠리우스
헤스티아	베스타
헤파이스토스	불카누스

현대지성 클래식 살펴보기